La Renarde

Catalogage avant publication de la Bibliothèque nationale du Canada

Brouillet, Chrystine

    La renarde

    Nouv. éd.

    Éd. originale : Paris : Denoël, 1993.

    Suite de : Nouvelle-France.

    ISBN 2-89077-273-X

    I. Titre.

PS8553.R684R45 2004   C843'.54   C2004-941133-0

PS9553.R684R45 2004

Conception et graphisme de la page couverture : Olivier Lasser

Illustration de la page couverture : Luc Normandin

Photo de l'auteur : Josée Lambert

Cette édition de *La Renarde*

est publiée par Flammarion Québec

avec l'aimable autorisation des Éditions DENOËL.

Tous droits réservés

ISBN 2-89077-273-X

Dépôt légal : 4e trimestre 2004

Imprimé au Canada

www.flammarion.qc.ca

Chrystine Brouillet

La Renarde

❦ ❦ ❦

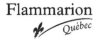
Flammarion
Québec

C'est moi qui l'ai fait !
en collaboration avec Christiane Beauregard, 2001

Marie LaFlamme

Marie LaFlamme, t. I
Nouvelle-France, t. II
La Renarde, t. III

L'auteur tient à remercier
pour leur aide aussi précieuse qu'amicale :
ses parents, Gilles Langlois,
Jean-Pierre Leroux et Jean Héritier.

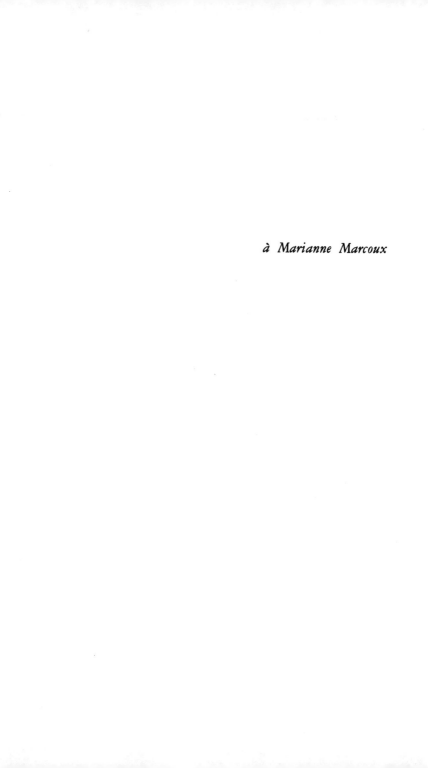

à Marianne Marcoux

Chapitre 1.

Guillemette Couillard se précipita en même temps que Rose Rolland vers Marie qui venait de s'effondrer, mais Guillaume avait déjà rattrapé sa femme et se détachait rapidement de la foule venue assister à l'arrivée du marquis Alexandre de Prouville de Tracy et de quatre compagnies d'infanterie. L'évanouissement de Marie surprit certains colons, mais le spectacle du débarquement les captivait trop pour qu'ils s'en soucient réellement. On n'avait jamais vu tant de monde au quai Champlain! Le fondateur de Québec aurait été heureux de l'accueil des habitants; il y avait une telle presse au port que certains se remémorèrent la foire Saint-Germain à Paris, ou la place de Grève les jours d'exécution capitale.

Personne n'allait être décapité, ce 30 juin 1665, ni pendu, fouetté ou soumis à la gêne, même si la mine des nouveaux arrivants n'avait rien à envier à celle des condamnés. Les premiers soldats étaient descendus lentement, le pied hésitant après des semaines de navigation. Ils n'avaient pas pensé mettre tant de temps entre l'île Percée et Québec. La terre leur semblait trop ferme, trop plane, et plusieurs trébuchèrent. Le vertige n'était pas seul responsable de ces faux pas; la fatigue et la fièvre marquaient si cruellement les visages de chaque recrue que les colons les auraient aidés à marcher s'ils n'avaient redouté de blesser leur amour-propre. Les soldats ne voulaient pas faire moins que leur commandant qui cheminait vaillamment malgré sa faiblesse.

Prouville de Tracy était d'une pâleur inquiétante mais s'efforçait de sourire aux habitants qui le fêtaient. Il n'allait pas les décevoir et se félicitait d'avoir tout préparé à bord : vingt-quatre gardes arborant les couleurs de Sa Majesté et quatre jeunes pages attendaient son signal pour se mettre en route. Dès qu'ils s'avancèrent, le marquis et le chevalier Alexandre de Chaumont, son aide de camp, six laquais et plusieurs officiers grandement vêtus leur emboîtèrent le pas et se dirigèrent vers l'église où les attendait Mgr de Montmorency-Laval. La foule suivit le cortège avec enthousiasme. Les cris et les exclamations des colons couvraient quasiment le joyeux carillon des cloches.

Deux femmes qui s'étaient élancées avec la foule vers l'église s'arrêtèrent et se tournèrent vers Marie et Guillaume. Avant qu'elles n'aient seulement décidé de les rejoindre, Rose s'y opposa avec vigueur : elle connaissait trop Marie pour ne pas craindre qu'elle ne soit mêlée à quelque méchante histoire. Certes, sa vie était plus rangée depuis qu'elle avait quitté la prison Saint-Louis, mais Marie LaFlamme était si mystérieuse ! Bien qu'elle fût assurée de l'amitié de cette dernière, Rose se demandait souvent si sa compagne ne lui cachait pas certains épisodes de son passé. Ce n'était pas la curiosité qui animait Rose, c'était la prudence ; comment ne pas s'inquiéter après tant de fâcheux événements ? Marie avait conté à Rose la condamnation de sa mère pour sorcellerie, son mariage forcé, à Nantes, avec l'odieux Geoffroy de Saint-Arnaud, son court séjour à Paris où elle avait été témoin d'un meurtre, son départ clandestin pour la Nouvelle-France. Cinq mois à travailler chez les Hospitalières de l'Hôtel-Dieu n'avaient pas guéri Marie de sa mauvaise habitude de s'attirer les traverses : après les tentatives de viol de Germain Picot et de chantage d'Ernest Nadeau, elle avait été accusée de meurtre et si Rose se félicitait d'avoir contribué à la libération de son amie, elle s'en étonnait encore. Marie était trop douée pour les ennuis !

— Suivez le régiment, dit Rose en souriant aux commères. Vous me raconterez ! Vous savez bien que Marie LaFlamme refuse d'être mal-en-point ! Elle aura eu honte de s'être évanouie devant nous.

Une femme hocha la tête avant d'ajouter avec un petit sourire que Marie devrait pourtant admettre qu'elle avait ses faiblesses, et qu'elle aurait peut-être des nausées comme toutes les femmes grosses.

— Grosse? s'écria Rose.

— J'ai dit ça comme ça, mais voyez-vous meilleur motif?

Rose, interloquée, courut alors vers Noémie qui s'avançait dangereusement vers le quai. Mkazawi l'aurait arrêtée avant qu'elle chute dans le Saint-Laurent, pour sûr, car ce chien-loup était plus dévoué et plus futé que bien des hommes, mais aurait-il deviné qu'il fallait la ramener rue Sault-au-Matelot?

Tandis qu'elle retenait Noémie, Rose Rolland signalait à son mari de se rendre à l'église; elle l'y rejoindrait plus tard. Guillemette Couillard l'approuva, sans cacher toutefois sa perplexité :

— Croyez-vous vraiment que ce soit une affaire de femmes?

Rose haussa les épaules; Marie lui aurait confié son secret. Elles étaient si proches l'une et l'autre! Et ce cri? Elle était certaine d'y avoir décelé l'épouvante. Ou la peur? Marie avait-elle cru perdre l'enfant qu'elle portait? Rose regarda le sol; nulle trace de sang ou d'humeurs. La robe bleu ciel de Marie était impeccable quand son époux l'avait prise dans ses bras. Alors? Rose leva la petite Noémie et l'appuya contre sa hanche pour atteindre plus vite la demeure des Laviolette.

Rose poussa la porte sans frapper; Guillaume détachait maladroitement le corsage de sa femme tout en lui tapotant les joues :

— Marie!

Tandis que Rose s'agenouillait auprès de Marie, elle songea qu'elle n'avait vu son amie dans cet état qu'une fois : ce matin de mai 1664 où un marin lui avait remis une lettre de Victor Le Morhier lui annonçant la mort de Simon Perrot. Rose était la seule à connaître la vérité sur cet homme : Marie l'avait aimé de tout son être et avait désiré l'épouser. Elle le lui avait décrit longuement.

— Il avait le plus joli visage dont on puisse rêver. Avec des yeux aussi sombres que des baies de bryone et des cheveux noirs qui faisaient mille boucles brillantes. Sa bouche?... Sa bouche bien rouge me donnait envie de la goûter, de la mordre. Il avait des fossettes quand il riait et un menton bien carré. Même son nez était droit. Il était grand ; ma tête reposait tout entière sur son épaule et il pouvait de ses mains faire le tour de ma taille. Il courait plus vite que les chiens, savait attraper tous les poissons et il était aussi leste qu'Ancolie quand il grimpait aux arbres. Combien de fois s'y est-il caché, se moquant de ma détresse quand je le cherchais ! Il me taquinait sans cesse. Pour éprouver mon amour.

Rose doutait qu'on puisse être aussi beau que Marie le prétendait, mais elle avait demandé gentiment dans quel combat Simon était mort. Marie avait hésité, bafouillé, puis répondu que son fiancé avait été attaqué sur le Pont-Neuf alors qu'il raccompagnait l'invité de marque du baron chez qui il servait. Tout cela, elle l'avait dit à Rose plusieurs jours après avoir appris que Simon s'était noyé dans la Seine. Quand sa fille adoptive l'avait arrachée à son hébétude.

Rose n'attendit pas que les sourires de Noémie qui tirait sur le bonnet de Marie fassent le même effet ; elle avança une bouteille de vinaigre sous le nez de Marie. La jeune femme toussa, claqua la langue, secoua la tête et finit par ouvrir un œil. Elle dévisagea Rose et Guillaume en fronçant les sourcils :

— Pourquoi êtes-vous ici ?

Guillaume se racla la gorge et dit d'un ton qu'il voulait badin :

— Je suis ton mari, alors j'habite avec toi...

Marie se redressa, puis écarquilla les yeux ; elle porta la main à sa poitrine comme si elle étouffait.

— Marie, s'écria Rose. Tu te sens empirer ?

Rose trouvait à Marie cet air effaré auquel elle songeait plus tôt ; elle ne croyait plus du tout à une grossesse mais se rongeait les sangs en devinant que sa meilleure amie avait reconnu un homme parmi les soldats. Un homme qui la bouleversait encore plus qu'Ernest Nadeau. Ce dernier avait pourtant réservé une très méchante surprise à Marie. Qui pouvait l'effrayer davantage que ce maudit écrivain ?

— Marie ! Qui as-tu vu ? Qui ?

Guillaume Laviolette réprima un juron, comprenant que Rose

avait raison. C'était l'apparition d'un revenant qui avait fait perdre connaissance à son épouse! Qui donc avait terrorisé Marie au point de lui faire quitter la France? L'armateur nantais...

— Marie! Dis-moi si tu as aperçu Geoffroy de Saint-Arnaud! Parle, je t'en prie!

Marie battit des paupières, gémit et secoua la tête; non, ce n'était pas son mari qui était arrivé en Nouvelle-France.

— Alors qui?

Marie LaFlamme soupira. Elle avait rêvé; la personne qu'elle avait cru voir était morte depuis longtemps.

— C'est la fatigue, sans doute... J'ai cueilli des herbes si tôt ce matin, et jusqu'à midi. Je vais dormir maintenant.

Guillaume connaissait suffisamment son épouse pour deviner qu'elle mentait. Il souleva Noémie et entraîna Rose hors de la chambre :

— Marie doit prendre du repos. Elle me parlera à son réveil.

Rose aurait aimé rassurer Guillaume, mais elle se retira sans mot dire et marcha vers le port où elle rejoignit son époux.

— Alors? demanda Alphonse Rousseau.

— Essaie de savoir si un nommé Simon Perrot a débarqué.

— Et si oui?

— Marie aura encore des tracas...

Alphonse Rousseau réprima un soupir; Marie LaFlamme ne pouvait-elle pas mener une vie calme, rythmée par un mariage, des baptêmes, les changements de saisons, des guérisons, des délivrances? Devait-il trembler pour elle à chaque fois qu'on annonçait l'arrivée d'un vaisseau? Il avait promis à Julien du Puissac de veiller sur Marie, mais le chevalier se doutait-il de l'exigence de cette tâche?

— Au moins, Guillaume est là.

— Je ne sais pas si c'est une bonne affaire, marmonna Rose.

— Que veux-tu dire?

Rose haussa les épaules avant de prendre son époux par la taille.

— Rentrons.

En écoutant le bruit sec que faisait la jambe de bois d'Alphonse

Rousseau, Rose se réjouissait d'avoir conté son passé à son mari. Elle avait vécu à la cour des Miracles et elle avait été une femme du monde. Elle avait subi tant d'hommes qu'il pourrait en descendre en Nouvelle-France sans qu'elle les reconnaisse. Elle avait même été marquée de l'infamante fleur de lys et elle ne pouvait entendre le mot « catin » sans faire son signe de croix pour remercier Dieu de lui avoir permis d'échapper à cette misère. Et de lui avoir permis de rencontrer Alphonse Rousseau. Il avait connu les abords du Temple, lui aussi. Il avait été mutilé pour qu'il puisse quêter. Il avait eu froid et faim avant d'être recueilli par le chevalier. Il n'avait jamais jugé Rose. Contrairement à plusieurs de leurs concitoyens, il ne condamnait pas une femme qui avait été violée. Il pensait qu'elle avait subi cet outrage comme il avait subi la mutilation. Il avait cinq ans lorsqu'on lui avait coupé le pied, mais jamais il n'oublierait la terreur, la douleur, l'impuissance qu'il avait éprouvées. Rose lui avait confié qu'elle avait vécu des années avec ces mêmes sentiments.

— Marie a peur, dit lentement Rose, alors qu'Alphonse déposait une bûche dans l'âtre pour chasser l'humidité.

— Si ce Simon entend la faire chanter comme Nadeau, il verra que les coutumes sont autres par ici!

— Je ne crois pas que ce soldat veuille imiter l'écrivain, dit Rose. Voyons d'abord s'il est bien vivant.

— Comment?

Rose lui rappela la lettre qu'avait reçue Marie où Victor affirmait le décès de Simon.

— S'il est mort, il ne peut traîner maintenant au port, dit Alphonse. Marie a vu un homme qui lui ressemble. Ou son besson. Il y a longtemps qu'elle a quitté Paris; son souvenir n'est plus aussi net...

Si, il l'était.

Absolument.

Marie gardait les yeux clos afin d'éviter de répondre aux questions de son époux. Que pouvait-elle, que devait-elle lui dire? Qu'elle avait espéré Simon durant des jours, des mois, des années? Qu'elle avait pensé mourir quand elle avait appris sa disparition?

Qu'elle avait défailli de joie en le revoyant au port? Qu'elle avait une furieuse envie de courir vers le quai Champlain et de se jeter dans les bras du soldat?

Comment expliquer tout cela à Guillaume sans le blesser? Elle l'entendait jouer avec Noémie dans la pièce voisine; sa petite riait de plaisir quand il imitait les grognements d'un ours et faisait mine de la dévorer avant de lui baiser les joues. Noémie riait beaucoup depuis que Guillaume habitait avec elles. Elle montait sur ses genoux dès qu'il s'assoyait et tentait de lui natter les cheveux comme elle l'avait vu faire au fort des Hurons, elle le forçait à manger les pauvres fruits qu'elle avait écrasés ou l'obligeait à la prendre sur ses épaules. Elle hurlait dès que Guillaume quittait la maison, ce qui avait amené le coureur à se charger régulièrement de l'enfant. Les habitantes de Québec s'émouvaient de l'attachement de Noémie pour le colosse et Marie lui était reconnaissante de la libérer souvent de sa fille. Elle l'aimait, pourtant. Elle l'aimait autant qu'elle avait aimé Anne LaFlamme. Et Simon Perrot.

Simon. Par quel miracle était-il vivant?

Et si c'était un sosie? Non, Simon était trop beau pour qu'on puisse lui ressembler. C'était bien lui qu'elle avait vu. Comment Victor pouvait-il s'être à ce point trompé? Lui avait-il menti? Pourquoi? Quand Simon avait-il appris qu'elle était en Nouvelle-France? Comment? Quand avait-il décidé de venir la retrouver? Etait-il toujours marié? Les questions se bousculaient dans sa tête, de sorte qu'aucune ronde, même pas celles des fêtes de la Saint-Jean, n'aurait pu l'étourdir autant. Marie redoutait de se pâmer de nouveau en voyant Simon. Elle devait se ressaisir.

Comment y parvenir en sachant que Simon Perrot était venu la chercher? En sachant qu'il l'aimait toujours?

L'aimait-il? Et s'il avait été envoyé à Québec simplement parce qu'il était soldat? Non. Il était là pour elle.

Marie remonta sa couverture pour se couvrir le visage, honteuse de son bonheur; Guillaume souffrirait inévitablement. Elle avait pensé lui cacher l'existence de Simon et ce qu'il représentait pour elle, mais Guillaume la connaissait trop bien. Elle ne pouvait lui mentir aisément. Et elle l'estimait trop pour le tromper. Elle allait lui dire qui était ce soldat.

Marie n'eut pas à interpeller Guillaume ; il se tint subitement devant elle, comme s'il avait deviné qu'elle avait pris une décision. Il l'écouta sans l'interrompre. Quand elle eut terminé le récit de sa passion pour Simon Perrot, il garda le silence durant un long moment. Marie n'osait le regarder, même si elle se répétait qu'il n'avait jamais été question d'amour entre le coureur et elle. Que de complicité. Leur mariage était une union d'estime et de raison.

Elle ne pouvait cependant s'empêcher de songer à ces quelques nuits où il lui avait donné du plaisir. Et aux regards qu'il avait ensuite posés sur elle.

— Quand le verras-tu ? demanda simplement Guillaume.

— Je ne sais pas.

— Que veux-tu ?

— Je ne sais pas, répéta Marie qui s'étonna d'être aussi indécise.

Elle éprouvait autant de peur que de hâte à l'idée de rencontrer Simon, pressentant que son destin serait autre dès qu'elle aurait revu son amour de jeunesse.

— Et Noémie ?

— Je ne veux pas vous quitter, murmura Marie. Je ne dois pas. Je ne peux pas. Mais il faut que je parle à Simon.

Guillaume expliqua à sa femme qu'elle ferait mieux de recevoir Simon Perrot rue Sault-au-Matelot, à l'abri des oreilles indiscrètes. Elle lui apprendrait qu'elle avait parlé à tout le monde d'un cousin mort à Paris.

— Personne ne doit faire de lien entre Simon et la lettre de Victor Le Morhier. Je resterai dehors avec la petite tandis que tu lui parleras. Sois prudente, Marie. Ce n'est pas moi qui t'accuserai d'adultère, mais si on te surprend avec Simon, tu seras vite condamnée. Mgr de Laval n'a aucune pitié pour ces péchés.

— Guillaume ! Je n'ai même pas vu Simon et tu crois que...

— Je crois qu'on t'enlèverait Noémie si tu manquais de retenue. Tu ne seras jamais agréée comme matrone si ta conduite n'est pas celle d'une bonne chrétienne. Je te mets en garde, Marie. Je ne connais pas Simon Perrot, mais je sais qu'il ne t'apportera que des soucis. Ce n'est pas l'envie qui me fait parler. C'est la peur. J'ai peur pour toi. J'ai peur de toi.

Guillaume sortit alors en marmonnant qu'il allait chez Boisdon. Il avait bien besoin de chopiner!

Simon Perrot tirait sur son pourpoint de drap; l'uniforme des soldats du régiment de Carignan-Salières n'était pas aussi seyant que celui des gardes du Roi, mais Simon s'en moquait. Il avait depuis longtemps oublié ses rêves parisiens, les promesses de la baronne de Jocary, cette maîtresse qui avait toujours prétendu faire de lui un mousquetaire. Il ne porterait pas la grande casaque bleue à croix blanche. Il ne servirait personne, pas même son souverain. Il serait bientôt riche. C'est lui qui aurait des gens à son service.

Simon se lissa la barbe; il engagerait surtout de jolies filles. Des jeunes, des pucelles qu'il formerait à ses goûts. Elles apprendraient vite à tendre leur cul, à ouvrir leurs cuisses sans discuter. Comme Josette, qui n'était pourtant pas sa servante. Mais qui lui aurait bien lavé les pieds. Il se souvenait avec agacement de son regard de chien fidèle. Simon détestait les chiens, les chats et les enfants. Quand Josette lui avait révélé qu'elle était enceinte, il avait dû se retenir de lui cracher au visage, et s'il l'avait approchée quelques fois par la suite, c'était dans l'espoir qu'elle perdrait l'enfant. Dès qu'elle avait commencé à enfler, il l'avait évitée. Ce qui n'avait pas déplu à Armande de Jocary. Qu'il regrettait donc de n'avoir pu corriger cette ingrate avant de quitter Paris! Il l'aurait fouettée au sang pour la punir de son égoïsme. Comment avait-elle pu le jeter si aisément hors de chez elle et lancer Victor Le Morhier à sa poursuite? Pour quelques malheureux bijoux! Un pendentif, une gourmette, des bagues, une escarboucle... Le petit trésor de la Jocary, et alors? Avec tout le beau monde qui fréquentait son salon, elle n'aurait pas tardé à trouver l'amant qui lui offrirait de nouvelles parures.

Simon grimaça; il avait failli périr pour quelques pierres

empruntées à la baronne. Il portait la cicatrice du coup de poignard qu'il avait reçu à l'épaule gauche juste avant que des brigands le fassent basculer dans la Seine. Il avait eu la chance de s'agripper à une branche. Rien de tout cela ne serait advenu si Victor Le Morhier l'avait laissé en paix. Un jour, il aurait sa peau. A La Rochelle, il avait manqué de temps. Mais il le retrouverait. Il ne le tuerait peut-être pas de ses propres mains. Il paierait un sicaire. Celui-ci ressemblerait peut-être au Petit qu'employait Geoffroy de Saint-Arnaud. Simon Perrot savait depuis longtemps que l'infirme ne se contentait pas de veiller sur les biens de l'armateur quand il arpentait le quai de la Fosse; il guettait une proie ou cherchait un gueux pour une sale besogne. Le Petit était très habile car on ne l'avait jamais soupçonné; Simon connaissait la vérité depuis qu'il l'avait suivi, un soir, et l'avait vu égorger un horsain. Un étranger qui sortait justement de chez Geoffroy de Saint-Arnaud. Un hors-venu dont personne ne se soucierait. Mais dont l'escarcelle bien garnie réjouirait l'armateur. Simon s'était toujours demandé si le Petit avait remis la bourse sans l'ouvrir ou s'il avait subtilisé quelques pièces. C'est ce qu'il aurait fait à sa place. Mais le Petit n'était pas aussi malin que lui et n'avait peut-être jamais songé à tromper son maître.

Simon Perrot, lui, était allé trouver Saint-Arnaud en sachant qu'il lui mentirait. Qu'il le roulerait. Il en avait décidé ainsi après avoir vu Michelle qui lui avait enfin avoué où était Marie. Il avait besoin d'argent pour la retrouver : qui était mieux nanti que l'armateur? Avant d'atteindre Nantes, il avait vécu de vols, grandement facilités par le peu de méfiance qu'inspirait le costume dérobé à un mousquetaire. Perrot savait cependant qu'il aurait affaire à forte partie : l'homme le plus riche de Nantes avait leurré bien du monde pour amasser sa fortune, il était rusé et plus suspicieux que le lieutenant Chalumeau. Et ce dernier, pourtant, vérifiait douze fois plutôt qu'une les liens qui retenaient les prisonniers du Châtelet quand Simon et lui les sortaient des geôles pour les mener au supplice. Oui, Geoffroy de Saint-Arnaud était aussi futé qu'un renard, mais Perrot avait su amener l'armateur à le considérer comme son allié. Il avait répété bien des fois qu'ils ne seraient pas trop de deux pour tromper Marie LaFlamme. La haine que nourrissait l'armateur pour son épouse avait favorisé le projet de Simon Perrot. Dès que celui-ci avait dit à l'armateur qu'il savait où se cachait Marie, il avait vu l'opulent Nantais changer d'attitude; il avait cessé de regarder Simon d'un air méprisant et l'avait invité à souper chez lui. L'armateur avait abandonné le père Thomas et le conseiller Darveau avec qui il discutait de l'arrivée d'un navire hollandais où, disait-on, des Juifs avaient été admis à bord. Il avait prétexté un soudain mal de dents pour rentrer chez lui et il avait attendu avec une anxiété grandissante la visite de Simon Perrot.

Le soldat lui avait rapporté les révélations de sa sœur Michelle.

— Elle a bien tenté de m'échapper, mais j'ai réussi à la confesser. Elle savait tout depuis le début. Et la baronne aussi!

— Quelle baronne? avait aboyé l'armateur qui détestait que tant de personnes connaissent l'existence du trésor de Marie LaFlamme.

Il comptait mentalement : Michelle Perrot, son frère, Victor Le Morhier, ses parents évidemment et cette baronne. Plus le damné matelot qui devait apporter la solution de l'énigme. Geoffroy de Saint-Arnaud l'attendait depuis deux ans. Il commençait à croire à une fable et souhaitait plus que jamais retrouver Marie LaFlamme pour lui faire regretter de s'être moquée de lui, quand Simon Perrot l'avait abordé sur le quai.

— La baronne? Une garce, avait répondu le soldat. Mais elle a été la première à me parler du trésor de Marie. Michelle a ensuite avoué que sa chère amie vous avait fui afin de tout garder pour elle.

— Elle ne possédait rien quand elle est partie! avait assuré l'armateur. Je la faisais surveiller; elle n'a vu aucun matelot et n'a pu résoudre l'énigme, ce qui lui aurait permis d'entrer en possession du trésor.

— Ma sœur a admiré une énorme bague au doigt de Marie.

— C'est le diamant qu'elle m'a volé! avait tonné l'armateur.

— Elle mérite bien d'être châtiée. Seriez-vous satisfait si je vous la ramenais ici?

Geoffroy de Saint-Arnaud fronça les sourcils; Simon Perrot était-il présompteux ou avait-il une bonne raison de croire à sa réussite?

— Marie LaFlamme est venue à Paris car elle a suivi Chahinian, qui est actuellement embastillé, si cela peut vous amuser. Elle vous fuyait certes, mais elle n'aurait pas été aussi loin de Nantes si elle n'avait eu en tête de me retrouver. Elle a toujours dit m'aimer... Et croit que ses sentiments sont partagés. Je ne la détromperai point.

— Comment ferez-vous? avait demandé Saint-Arnaud.

— Même si on forçait Marie à revenir à Nantes, elle ne vous dirait jamais où est son trésor. Elle se tuerait plutôt que de vous contenter. Elle l'a dit à ma sœur. Elle lui a dit aussi qu'elle irait si loin que vous ne la reverriez jamais.

— Comment récupérera-t-elle son butin si elle vit au bout du monde?

— Elle chargera quelqu'un de cette mission. Quelqu'un en qui elle a une confiance absolue. Quelqu'un comme moi.

Simon Perrot avait souri longuement à Saint-Arnaud. Celui-ci l'avait bientôt imité. Il allait tirer parti de la naïveté du soldat. Soldat? Bien des Nantais avaient cru Simon qui prétendait être mousquetaire du Roi, mais Saint-Arnaud avait deviné que Perrot avait dérobé sa casaque fleurdelysée. Quand Jacques Lecoq lui avait demandé pourquoi il n'accompagnait pas son corps de garde, Simon avait raconté qu'il remplissait une mission nécessitant beaucoup de discrétion. Et qu'il devait agir seul. Saint-Arnaud avait alors eu envie de parler de désertion, puis il s'était ravisé. Par paresse? Il s'était félicité de ne pas avoir indisposé ce Perrot qui le mènerait au trésor. Il saurait se défaire de lui au moment opportun.

— J'aimerais que Marie vous suive ici.

— Je le souhaite aussi, avait dit Simon Perrot. Il faudrait qu'elle vous croie mort. Elle a une grande crainte de vous.

— Dites-lui que je suis atteint des fièvres et qu'Hornet m'a si mal soigné que je rendrai l'âme avant que vous ne rentriez à Nantes. Mais au fait, où est-elle?

— Votre âme? avait ironisé Simon.

Geoffroy de Saint-Arnaud avait ricané, puis regardé fixement le jeune homme.

— Marie détestait M. Hornet, elle sera ravie de cette nouvelle. Où se cache-t-elle?

— Je voudrais l'assurance que nous partagerons bien son trésor.

— Je le veux autant que vous, je me demande même depuis que vous êtes entré pourquoi vous êtes venu quérir mon aide.

— J'ai grand besoin d'argent pour aller chercher Marie. Vous pourriez m'embaucher et me donner ma paie à l'avance.

— Qui me dit que vous ne garderez pas pour vous le trésor quand vous aurez retrouvé Marie?

— Le trésor est à Nantes. C'est ce que Michelle m'a affirmé. Elle m'a parlé du marin qui apportera ici la clé de l'énigme. Pensez-vous que je serais assez sot pour tenter de vous tromper à Nantes? Où vous régnez aussi sûrement qu'un prince? Je n'aurais même pas le loisir de regretter ma sottise.

— Vous êtes sage, mon ami, avait murmuré Saint-Arnaud. Dites-moi où vous devez aller... pour notre bien commun.

— Dans les colonies.

— Les colonies? Elle y est astheure?

— Oui. Si elle n'est pas morte. Mais nous ne le saurons qu'au moment où je débarquerai en Nouvelle-France. Je ne mettrai guère de temps à l'amadouer, je vous en fais le serment.

Une semaine après leur entretien, Geoffroy de Saint-Arnaud avait habillé et botté bravement Simon Perrot. Il lui avait remis assez d'argent pour payer son voyage jusqu'à La Rochelle et son passage pour la colonie. Ce qu'ils n'avaient pu prévoir, c'est qu'aucun navire ne quittait le port à destination de Québec avant plusieurs semaines. Simon avait dépensé son viatique pour survivre à La Rochelle et s'était engagé ensuite dans la compagnie d'infanterie du Poitou; celle-ci faisait partie de la flotte de Tracy de Prouville qui quitterait la France le 26 février 1665.

Simon Perrot avait détesté le trajet de mer et, bien que l'arrêt à Cayenne eût retardé son arrivée en Nouvelle-France, il avait été fier de se battre et de reprendre la ville aux Hollandais. Il avait vu aussi la Martinique, la Tortue, la Guadeloupe, Grenade et la Marie-Galante avant que la flottille emprunte le détroit des Caïques, double les Bermudes et pénètre dans le golfe du Saint-Laurent. Quatre semaines plus tard, les vaisseaux qui transportaient six cent cinquante colons et quatre compagnies d'infanterie mouillaient à l'île Percée. Le mois suivant, on apercevait Québec.

Simon s'était frotté les mains de contentement au fur et à mesure que le navire s'approchait de la ville : ce n'était pas une bourgade miséreuse, comme il l'avait craint, mais son périmètre était suffisamment restreint pour qu'il y retrouve aisément Marie. Il ne l'avait pas distinguée, dans la multitude bruyante qui grouillait dans le port, et même si... Il n'aurait pu s'écarter à ce moment de sa compagnie pour l'aller saluer ; son supérieur ne l'aurait pas toléré. Il n'avait pourtant pas été choisi pour revêtir la belle casaque des gardes, malgré le fait que tout le monde s'accordait pour dire qu'il avait beaucoup de prestance. Le marquis de Tracy avait voulu le punir d'avoir été diverti, la veille, durant la prière du soir. Ce n'était pas la première fois et Simon Perrot avait dû déjà verser deux sols d'amende. Ce matin de juin, il aurait préféré payer de nouveau, mais le commandant avait été inflexible et Simon avait dû renoncer à parader avec les gardes. Bah, il aurait pu être mis aux fers durant sept jours si le capitaine avait appliqué la peine habituelle. Il s'en tirait à bon compte. Et de toute manière, il n'avait qu'à sourire pour attirer le regard des femmes ; elles remarquaient moins sa tenue que sa bouche étonnamment rouge. Elles étaient toutes pareilles, duchesses ou manantes ; elles aimaient les lèvres pleines et chaudes.

En marchant vers l'église, Simon Perrot sentit qu'on le remarquait ; il ne détournait pas son regard des épaules du soldat qui le précédait, mais il était persuadé qu'une ou deux bourgeoises l'avaient déjà repéré. Même si M. de Tracy avait recommandé à ses hommes de se conduire de manière à faire honneur au Roi, en respectant les colons de Québec, « et leurs femmes ». Simon se promettait de vérifier si ses charmes opéraient autant dans la colonie qu'à Paris.

Marie serait sa première victime.

L'église était trop petite pour contenir tout le régiment et la population de Québec. Bien des gens se contentèrent d'imaginer les prières de Mgr de Laval; Simon fut un des seuls à ne pas regretter d'être repoussé à l'extérieur de la nef. Il avait eu l'impression d'être enfermé sur le navire et n'aspirait qu'à l'air pur. L'odeur entêtante de l'encens lui aurait retourné le cœur. Il ne croyait pas non plus que Marie puisse être agenouillée dans l'église; seules les personnes de qualité y avaient été admises. Il devait la chercher tout près, devant ou derrière lui.

Il vit soudain une rousse, de dos, à trois toises de lui. Il réussit à se glisser adroitement jusqu'à elle, puis à la frôler en murmurant « Marie ». La jeune femme leva la tête, lui fit signe de se taire encore un moment, le *Te Deum* achevait, puis elle referma les yeux. Elle les rouvrit dès qu'un mouvement général lui indiqua que M. de Prouville de Tracy quittait l'église pour se rendre au château Saint-Louis.

— Vous n'êtes pas le premier à vous méprendre, mais Marie LaFlamme a toujours une natte, à la réserve des jours de fête. Pour cueillir les plantes et soigner, c'est moins malaisé.

— Vous êtes une amie de Marie?

Nicolette Jasmin hocha la tête gravement :

— Elle a été si charitable envers moi.

Simon Perrot retint un cri de surprise; Marie aurait-elle tant changé en Nouvelle-France? Il n'avait pas souvenance d'une fille douce, bonne ou pieuse. Il avait vu plus d'une fois ses yeux virer du parme au violet sous l'effet de la colère ou de l'orgueil; sans Michelle Perrot, qui l'avait souvent calmée, elle aurait insulté bien des Nantaises. Au marché, elle se moquait quasi ouvertement des commères qui se battaient pour un gros poisson, un beau quart de bête ou le dernier drap d'Aumale. Elle ne ressemblait en rien à Michelle; si le soldat Perrot s'étonnait encore que sa cadette et Marie aient été des amies, il n'en était pas moins ravi. Sans Michelle, il n'aurait jamais su où était Marie LaFlamme. Et son trésor...

Geoffroy de Saint-Arnaud avait prétendu ignorer en quoi consistait le butin. Il avait toutefois admis que cela pouvait être des pierres précieuses.

Simon n'avait pas été dupe et il se demandait, alors qu'il exa-minait Nicolette Jasmin, à combien se chiffrerait sa prise, où il vendrait au meilleur prix des diamants et des rubis et comment il se débarrasserait de l'armateur.

— Vous savez où je trouverai Marie?

— Le trajet de mer a été une longue épreuve.

Simon Perrot acquiesça; pourquoi lui parlait-elle de ce cauche-mar?

— Est-ce vrai que vous avez perdu des gens en mer? s'enquit Nicolette. Vous êtes tous si amaigris, si hâves. Marie aura bien du monde à contenter.

— Contenter?

— Elle prépare les racines mieux que quiconque et saura vous remettre sur pied. Elle doit être à l'Hôtel-Dieu.

— A l'Hôtel-Dieu? bredouilla Simon. Elle est... novice?

Nicolette Jasmin s'amusa fort de cette question; le soldat ne devait guère connaître Marie LaFlamme pour l'imaginer cloîtrée! Personne ne s'agitait autant que l'empirique; du lever au coucher du soleil, Marie courait d'un malade à un autre, d'un champ aux abords d'une rivière, du port au fort des Hurons, du jardin des Hospitalières au magasin. Qu'il pleuve, qu'il grêle, qu'il neige ou qu'il vente, elle allait par la ville dispenser son savoir. La confes-sion de Louis Jasmin qui l'avait innocentée du meurtre d'Ernest Nadeau lui avait ramené ses pratiques habituelles et celles des médisants qui se repentaient de l'avoir crue coupable.

— Marie n'est ni novice, ni même converse, mais elle éprouve de la reconnaissance envers mère Catherine qui l'a recueillie.

Simon s'assombrit; si Marie logeait chez des religieuses, il la verrait moins facilement. Quant à la séduire...

— Mais elle est peut-être chez elle, poursuivit Nicolette Jasmin. Depuis que Guillaume est revenu de la course, elle reste volontiers rue Sault-au-Matelot.

— Guillaume?

Nicolette se troubla; elle parlait peut-être trop à cet étranger qui lui souriait si gentiment. Et s'il était de la même engeance qu'Ernest Nadeau?

– Qu'y a-t-il? Qui est Guillaume?

– Et vous, qui êtes-vous? Vous m'interrogez sans que nous ayons été présentés!

Simon effleura son épaule d'une main caressante.

– Doucement, je ne te veux aucun mal. Ni à elle non plus. Ma cadette et elle voisinaient à Nantes. En débarquant, j'ai entendu prononcer son nom; je me suis demandé si c'était la même Marie. Si elle est aussi rousse et aussi jolie que toi, je n'en doute plus.

La jeune femme s'empourpra et balbutia que Marie était bien plus belle qu'elle.

Simon l'aurait priée de le conduire rue Sault-au-Matelot, mais un de ses compagnons lui fit signe de le rejoindre :

– Tu lutines déjà les créatures, Perrot?

Simon se contenta de sourire en prenant sa place dans les rangs du régiment. Il avait beaucoup appris en peu de temps. Marie habitait tout près, chacun la connaissait et elle guérissait comme sa mère. Certes, il y avait ce Guillaume, mais Simon avait détourné trop de femmes des liens sacrés du mariage pour s'en inquiéter.

Et, pardieu! ce mariage n'était qu'un simulacre. Marie était toujours unie à Geoffroy de Saint-Arnaud. Il saurait le lui rappeler s'il le devait.

L'idée de la revoir le mettait assez en joie pour lui faire oublier sa lassitude. Et puis, il n'était pas comme certains soldats qui s'étaient enrôlés dans l'espoir d'amasser un peu de bien et d'acquérir un lopin de terre après les combats, mais qui étaient anxieux en songeant aux affrontements avec les Sauvages; lui, il aimait se battre, charger, tirer, enfoncer sa baïonnette ou sa lame dans le ventre de l'ennemi. Simon ne craignait pas les Indiens; on lui avait dit que la très grande majorité était armée d'arcs et de flèches. Les pauvres diables n'auraient même pas le temps de plonger la main dans un carquois que leur cervelle éclaterait. Il n'aurait pas le loisir d'en tuer plusieurs; il retournerait à Nantes avant la fin de l'été, dès que Marie serait prête à l'accompagner.

Elle se donnerait à lui avant les moissons.

Et il serait riche à la Toussaint.

Chapitre 2.

— M. de Tracy ne se montrera pas à la fête, dit Guillaume Laviolette à sa femme. Mais tous les soldats valides y assisteront.

— Si on m'avait fait quérir pour M. le Marquis, il ne serait plus alité.

— Tu aurais accepté de le voir?

Le coureur de bois faisait allusion aux refus successifs de sa femme de visiter ses pratiques; Marie avait soutenu qu'elle n'avait plus d'herbes ni de mousse et qu'elle devait les cueillir avant les grosses chaleurs de juillet, mais ni Guillaume, ni Rose, ni Alphonse ne l'avaient crue. Ils savaient qu'elle craignait de croiser Simon Perrot. La veille, elle n'avait pu cacher sa hâte de le revoir. Au matin, elle repoussait la rencontre et préférait chercher ses racines à l'extérieur de la ville.

— Tu serais allée à son chevet? répéta Guillaume en dévisageant Marie.

— C'est le nouveau Gouverneur!

— Tu aurais peut-être aperçu ton Simon.

— Ce n'est pas mon Simon, protesta mollement Marie. Il était marié quand j'ai quitté Paris.

— Il faudra bien que tu le voies et que tu apprennes ce qu'il te veut. Tantôt, à la fête, tu devras lui parler.

— Je sais. Viendras-tu avec moi?

Guillaume Laviolette soupira et accepta; il savait qu'il détesterait Simon Perrot. Que Marie l'ait épousé ne changeait rien à l'histoire : la vérité était qu'elle aimait le soldat depuis trop long-temps. Il faisait partie d'elle. Comme Nantes. S'il lui plaisait tant d'arpenter le quai Champlain, c'est qu'elle avait besoin de contempler le Saint-Laurent, d'entendre le clapotis des vagues après avoir passé son enfance au quai de la Fosse. Simon, c'était cligne-musette et cache-cache, courses folles, rondes effrénées, pommes volées dans les vergers d'un cobourgeois, et pêche à la boiselle. Simon n'aimait pas la mer, mais il était ravi de rappor-ter sa manne d'osier bien pleine, car il adorait la petite friture et la matelote d'anguilles.

Marie se demanda quand Simon viendrait manger rue Sault-au-Matelot. Elle se réjouit d'avoir profité des enseignements de Nanette lorsqu'elle vivait chez l'armateur. Elle savait cuire les viandes et les plantes et Guillaume ne manquait jamais de la complimenter pour ses talents de cuisinière. Nanette aurait été fière d'elle. Mais elle n'aurait pas aimé qu'elle serve Simon Per-rot... Marie se demandait encore pourquoi sa vieille nourrice le détestait alors qu'il n'avait rien fait pour lui déplaire. Nanette avait toujours soutenu que Simon Perrot était un vaurien, un bandit, un pleutre qu'il valait mieux éviter. Marie rétorquait qu'il avait fait quelques bêtises comme tous les gamins, mais que ce serait un bon mari.

Marie regarda Guillaume ; c'était un bon époux, elle n'en dis-conviendrait jamais. Comment revoir Simon sans blesser le cou-reur ? Ah ! Si elle avait su régler cette question comme elle savait manier la lancette et préparer les pessaires, baumes et basilicons !

— Il paraît que cette fête sera aussi réussie que celle des blés, dit Guillaume. J'entendais les commères tantôt ; elles sortiront tous leurs colifichets. Fais de même, Marie.

La jeune femme rougit devant cette suggestion charitable qui lui permettrait de s'arranger longuement avant de sortir. Elle annellerait ses cheveux car elle était certaine que Simon aimerait voir des boucles rouler sur ses épaules plutôt qu'une tresse. Elle mettrait la jolie robe de drap corail que Mariette Bonin lui avait cousue pour la remercier de l'avoir guérie de ses panaris. Elle croiserait peut-être un religieux qui s'offusquerait de sa poitrine découverte, mais il faisait assez chaud pour qu'elle aille ainsi vêtue sans s'attirer l'opprobre des colons. Nicolette Jasmin, Anne-Marie Dumont et bien d'autres seraient décolletées. Seule Rose faisait preuve de plus de pudeur.

Guillaume prit Noémie dans ses bras et sortit sans embrasser sa femme comme il le faisait à l'accoutumée. Marie faillit le rappeler, lui dire qu'elle n'avait pas envie de le quitter, mais elle voulait aussi revoir Simon. Avait-il beaucoup changé ? En se coiffant, elle regretta que le capitaine Dufour lui ait pris le diamant que Saint-Arnaud avait fait tailler pour elle ; elle aurait aimé montrer ce bijou à Simon, paraître mieux nantie. En même temps, elle préférait que son beau soldat ignore son mariage avec l'armateur car il en serait peut-être dégoûté. Personne n'aimait Geoffroy de Saint-Arnaud ; le fait d'imaginer qu'elle lui avait appartenu, même contrainte, pourrait déplaire à Simon. Marie s'examina dans le miroir qu'elle avait reçu à son mariage. Il était bien petit mais ce qu'elle y vit la rassura ; Simon Perrot ne regarderait qu'elle !

Quand Guillaume revint avec Noémie, il recula de saisissement à la vue de son épouse ; il réussit un sifflement admiratif même si ses lèvres tremblaient. Marie LaFlamme éclipserait toutes les femmes, et tous les hommes envieraient le coureur sans savoir qu'elle ne s'était pas habillée pour lui. Il fut tenté de tirer sur la longue boucle rousse qui, coulant entre ses seins, faisait paraître sa peau encore plus rose. Guillaume avait prié, plus tôt dans la journée, afin que Simon déçoive Marie et qu'elle l'oublie. Il avait espéré que toutes les heures qu'il avait données aux sœurs pour réparer le muret de leur jardin lui vaudraient la clémence divine. Il lui arrivait de jurer quand il était dans les bois, mais Dieu devait savoir qu'il n'y avait point de malice dans ces manquements. D'un autre côté, Dieu n'écouterait pas un homme qui souhaite du mal à son frère, et c'est ce que Guillaume désirait pour Simon avant même de l'avoir vu. Pourquoi ne s'était-il pas noyé ?

Noémie, qui s'était jetée dans les bras de sa mère en riant, était le seul obstacle à l'attirance de Marie pour Simon. Guillaume contemplait l'image qu'offrait sa femme, radieuse, dévorant Noémie de baisers. L'enfant saurait-elle ramener la Renarde à des sentiments plus sages? Il aurait voulu y croire. Il détestait à l'avance cette fête pour laquelle il avait tant travaillé tout en pensant qu'il valait mieux affronter Simon rapidement. Il se rappelait comment un sorcier avait arraché une flèche de son épaule, brutalement, pour lui éviter de souffrir encore plus. Il devait voir Simon et subir le regard amoureux que lui destinerait Marie. Il prévoyait même de lui amener Simon, pour qu'on croie qu'il l'avait connu avant elle.

C'est Nicolette Jasmin qui se chargea de présenter Simon à Marie. Elle l'avait repéré immédiatement dans la foule qui grouillait sur la place publique et elle avait rougi quand il l'avait saluée. Elle lui avait timidement rendu son sourire, puis, apercevant Marie qui s'approchait derrière lui, elle le lui avait signifié. Il s'était retourné si vite, sans lui laisser le temps de terminer sa phrase, qu'elle avait compris qu'il était venu en Nouvelle-France pour retrouver Marie LaFlamme. Cette rebuffade l'avait laissée perplexe; elle aurait pourtant juré que le soldat la trouvait plaisante. Elle oublia ces réflexions quand elle surprit le regard de Marie; ses beaux yeux semblaient prune tant son émotion était vive. Elle se tenait très droite, mais elle était trop blême pour paraître aussi glorieuse qu'à l'ordinaire. Nicolette constata alors que Guillaume aussi était pâle et qu'il observait Simon comme si le diable était devant lui. Qui était donc ce soldat pour effrayer un homme tel que le coureur de bois?

Nicolette remarqua Rose Rolland qui pressait Noémie contre elle et son mari, qui dessinait des ronds dans le sable du bout de sa jambe de bois, visiblement contrarié. Nicolette s'approcha de Rose pour l'interroger, mais celle-ci dévisageait Simon, se rappelant la description de Marie, retrouvant les mèches noires, le mâchoire carrée, le nez bien droit, le front altier. Et jugeant l'œil obscène. Elle rougit. Elle n'était pourtant pas timide, elle avait tout vu dans sa courte vie, et, contrairement à Marie, elle connaissait bien les hommes; elle aurait mis sa main à couper que le soldat qui caressait toutes les femmes du regard ne les aimait pas. Il ne dissimulerait pas éternellement sa cruauté... Elle prit d'instinct la main de son époux, heureuse d'aimer un homme qui ne la ferait jamais souffrir.

— Marie, dit Simon. C'est donc vrai, tu es venue jusqu'ici?

Marie LaFlamme hochait la tête, incapable de prononcer une parole; elle avait envie de toucher Simon pour s'assurer qu'elle ne rêvait pas mais elle était paralysée. Elle scrutait ce visage qu'elle avait si longtemps cherché dans ses songes, cette bouche qui lui avait tellement fait envie, elle se demandait combien de femmes l'avaient embrassé à Paris, combien de temps elle lui résisterait et s'il était venu la rejoindre. Lorsque Guillaume tendit la main à Simon, elle eut l'impression que ce geste était d'une incroyable lenteur; la voix de Rose lui parvint comme un écho, celle d'Alphonse et celle de Nicolette lui parurent irréelles. C'est un éclat de rire de Noémie qui la tira de sa torpeur. Elle déglutit et sourit à sa fille, puis admira de nouveau Simon.

— Tu as eu un trajet de mer fort pénible, dit Guillaume d'une voix ferme. J'espère qu'on te traite bien depuis ton arrivée?

Simon hocha la tête sans cesser de contempler Marie. Elle était superbe! Même sans trésor, il l'aurait séduite. Il ne se souvenait pas qu'elle était si agréante et qu'elle avait un visage aussi fin. Il avait quitté une enfant, il découvrait une femme; avec tous ces appas et malgré la fatigue du voyage, il aurait assurément pu l'honorer plusieurs fois. Il regarda son époux; elle avait choisi un vrai colosse et il devrait éviter l'affrontement. Bah, Guillaume serait bien forcé d'admettre que son mariage avec Marie ne pouvait plaire à Dieu...

— Je suis du pays, dit Guillaume. Je suis né au Croisic.

— J'y suis déjà allé, répondit Simon. Comme escorte.

— Je... je suis contente de te voir, finit par bredouiller Marie. Que devient Michelle?

— Elle a accompagné un marquis à Versailles, mais elle prononcera bientôt ses vœux.

Il n'ajouta pas que sa sœur lui avait dit qu'elle n'aurait pas assez de neuf vies pour prier pour son rachat.

— Je suis veuf maintenant.

— Ah! soupira Marie.

Guillaume perçut en même temps que Simon le soulagement de Marie. Non, ses prières ne seraient pas exaucées. Rose leva les yeux au ciel quand il croisa son regard, et Alphonse semblait si désemparé qu'il allait s'approcher de lui quand Mkazawi, qui furetait, s'arrêta devant Simon et se mit à japper comme si l'homme l'avait menacé.

— Tais-toi, Mkazawi! dit Marie.

— Mkazawi? C'est un nom sauvage?

— Oui, fit Marie, avec une note de fierté dans la voix. C'est un bon chien. Doux, Mkazawi, doux...

Le chien avait cessé de japper, mais ses grandes oreilles frémissaient, trahissant son malaise. Guillaume prétendit qu'il se comportait de cette façon à chaque fois qu'il rencontrait un étranger; tous les témoins savaient qu'il mentait. Il y eut un long silence, puis Rose proposa d'aller se servir de crêpes avant qu'il n'y en ait plus.

— Toutes les femmes de la colonie en ont préparé, mais vos troupes doivent être si allouvies!

— C'est sûr! reconnut Simon. Je ne souhaite ce trajet de mer à personne!

— Je me rappelle comme j'ai eu faim sur l'*Alouette*, dit Marie.

— Astheure, c'est ton ogresse qui réclame, dit Rose en tendant Noémie à sa mère.

Marie prit sa fille en riant.

— Elle me ressemble, dit-elle à Simon. Elle a toujours faim. Tu te souviens comme j'avais de l'appétit? Ce jour où j'ai mangé plus d'écrevisses que toi? Et les pâtes de fruits de Nanette? Comme elle me manque...

— C'est ta fille? demanda Simon interloqué.

Avant que Marie n'ait pu répondre, Guillaume, qui caressait doucement les boucles cuivrées de Noémie, dit :

— C'est *notre* petite Noémie. Elle a déjà deux ans. On dit qu'elle sera aussi babillarde que sa mère.

Alphonse Rousseau eut un regard admiratif pour Guillaume; il conversait avec Simon comme s'il se fût agi d'un frère ou d'un cousin de Marie, non d'un rival. Espérait-il, en agissant ainsi, forcer le soldat à se comporter en parent? Ce dernier continuait à regarder l'enfant avec surprise.

— Elle a deux ans? répéta-t-il.

— Depuis quelques jours.

Marie, baisant les menottes de sa fille, n'avait pas vu la colère briller dans l'œil de Simon Perrot. Il souriait la seconde suivante, mais Guillaume avait compris comme la maternité de Marie contrariait le soldat. Devait-il s'en réjouir ou s'en inquiéter? Simon renoncerait-il à Marie à cause de Noémie ou tenterait-il de distraire la jeune femme de son enfant? Guillaume se jura qu'il veillerait à ce que l'enfant ne pâtisse point de l'arrivée de Simon Perrot.

— Allons manger, répéta Rose. Sinon, Noémie va se mettre à hurler. Et quand elle veut, elle crie aussi fort que Mkazawi.

Le chien-loup, en entendant son nom, se tourna vers Rose, mais il ne bougea pas d'une ligne. Il se tenait devant Simon comme s'il voulait l'empêcher d'avancer. De fait, quand Simon esquissa un pas, Mkazawi gronda. Guillaume dut prendre le chien par le cou pour l'obliger à le suivre. Marie rougit, embarrassée par la conduite de sa bête.

— Ça doit être la foule. Il y a tant de gens nouveaux depuis hier! Et il est...

— Marie LaFlamme! Marie Laviolette! Marie!

Marie se haussa sur la pointe des pieds pour voir qui l'appelait. Guillaume l'informa :

— C'est Le Duc! Il court aussi vite qu'il peut.

Horace Bontemps continuait à crier, bien que Marie fût maintenant à deux pieds de lui.

— C'est un soldat, chez Boisdon. Il est devenu tout pâle, puis il est tombé en bas de son banc. Il n'avait même pas chopiné!

Marie soupira, tendit Noémie à Rose :

— J'y vais.

Guillaume et Simon l'accompagnèrent. Ainsi, réfléchit ce dernier, les propos de Geoffroy de Saint-Arnaud étaient fondés : Marie avait suivi les traces de sa mère. Il faudrait peut-être lui rappeler les risques que prend une sorcière.

Marie entra dans le cabaret sans avoir besoin d'écarter les gens ;
même sans Guillaume, on se serait tassé sur son passage. On le
faisait naturellement car on respectait chaque jour davantage les
connaissances médicales de la guérisseuse.

En se penchant sur le soldat, Marie songea qu'on enrôlait vraiment des enfants pour servir dans la colonie. Pas un poil au menton et de si frêles épaules ! Elle ouvrit ses paupières, scruta ses yeux
inexpressifs, le tâta rapidement. Rien qu'un ventre trop plat, des
côtes trop saillantes ; le garçon avait dû manger la veille d'abondance et son estomac amenuisé par le trajet de mer se rebellait
contre tant de nourriture.

— Donne-moi une goutte, dit-elle à Guillaume.

Son mari s'empressa de tirer une petite outre de sa chemise. Un
bon chrétien ne devait pas conserver d'alcool sur lui, Monseigneur
l'aurait dit, mais personne ne s'aviserait de dénoncer Guillaume
Laviolette, car chacun lui était obligé. Sa force considérable, son
jugement sûr, sa jovialité, lui valaient l'estime des colons. Il avait
aidé des dizaines de familles à s'installer, à essoucher leurs terres,
abattre les arbres, les débiter en belles planches. Il y avait toujours
à boire et à manger pour le coureur de bois, où qu'il aille. On
espérait secrètement qu'il pourrait traiter avec les Iroquois si
ceux-ci parvenaient à entrer dans la ville. On savait qu'il parlait
les langues indiennes et qu'il s'entendait avec plusieurs tribus.
C'était d'ailleurs ce qui désolait les religieux de Québec ; un
homme tel que Laviolette leur aurait été bien utile pour leurs
conversions. Guillaume avait refusé catégoriquement d'aider les
prêtres dans leurs entreprises ; il désirait conserver sa neutralité. Il
acceptait d'enseigner les rudiments des langues et les coutumes à
ceux qui le désiraient, il voulait bien indiquer les passages, les
routes, les haltes de ses expéditions, mais, même s'il était baptisé,
il renierait Dieu si on le faisait prisonnier. Il ne mourrait pas martyr comme les pères Brébeuf ou Lalemant. Il était venu en Nouvelle-France pour échapper à une condamnation à mort, non pour
courir à sa perte. Quand il rencontrait des Indiens, il discutait de
troc, pas de religion. Il était curieux de leur mode de vie, et
souvent admiratif. Il avait adopté certaines attitudes ; ainsi, il

avait été tourmenté par des Agniers, mais il ne leur en gardait pas rancune. Ils avaient agi selon des règles précises que le coureur connaissait avant de s'aventurer sur leur territoire. Quand on l'avait détaché du poteau de torture, il était resté debout malgré sa souffrance. Une vieille femme avait alors demandé qu'on lui donne l'esclave. Elle l'avait amené dans sa tente et avait soigné ses plaies. Il avait compris qu'il devait remplacer son fils tué par des Français. Il avait vécu plusieurs lunes dans cette tribu. Il s'ennuyait souvent de ses frères indiens.

En tendant son outre à Marie, Guillaume se rappelait l'avoir prise à un ennemi, lors d'un affrontement près de Ville-Marie. Il l'avait tué. Il n'y avait plus repensé depuis. Mais voilà qu'il se souvenait que celui-ci avait des cheveux et des yeux aussi noirs que ceux de Simon Perrot.

Marie versa quelques gouttes d'eau-de-vie sur les lèvres du garçon. Celui-ci toussa, roula des yeux apeurés puis se détendit quand Marie posa une main sur son front.

— Tout va bien, dit cette dernière, mais il faudrait que tu te contentes d'eau fraîche et d'herbes pour aujourd'hui. Ton ventre n'est plus accoutumé à tant de viande. Je gage aussi que tu as mangé une miche bien chaude en te levant.

Le garçon battit des paupières en signe d'assentiment et se frotta le ventre.

— Colique, fit Marie. Attends.

Elle tira de sa besace quelques feuilles d'angélique et les tendit au malade, lui expliquant qu'il devait les faire infuser, puis boire leur eau. Le Duc ne lui refuserait pas ce service.

— Si tu n'es pas mieux demain, fais-moi quérir. Je m'appelle Marie.

Elle avait failli dire Marie LaFlamme, puis elle avait vu l'ombre de Guillaume derrière elle et avait songé qu'elle devait dire Marie Laviolette. Mais il y avait Simon à côté de Guillaume ; elle s'était tue. Elle avait cru si longtemps qu'elle s'appellerait Marie Perrot.

Guillaume aida le jeune garçon à se relever.

— Tu n'es pas bien vieux pour être soldat, lui dit-il, devançant Marie, qui lui sourit pour la première fois de la journée, comme si cet incident faisait revivre cette complicité quotidienne qui les amenait à penser la même chose en même temps.

— J'ai l'âge que mon père avait quand il est parti à la guerre.
— Tu l'as revu? demanda Marie.
— Non.
— Tu as été obligé de t'enrôler?

Guillaume faisait allusion à l'enrôlement forcé de bien des matelots, quand tenanciers et avitailleurs s'entendaient pour laisser boire les hommes jusqu'à ce qu'ils soient assez ivres et endettés pour signer leur engagement sur un vaisseau.

— Je voulais venir en Nouvelle-France!
— Pourquoi?
— Parce que je veux être riche.

Cette déclaration suscita le rire général; les colons qui chopinaient chez Boisdon vivaient dans la colonie depuis assez longtemps pour savoir qu'ils n'y feraient pas fortune. Ils ne s'en plaignaient pas, ils gagnaient plus qu'à Tours, Mortagne, Paris, Châlons, Aumale ou Lusignan. Ils espéraient acquérir un lopin de terre et ils mangeaient de la viande plus d'une fois par semaine. Mais la richesse allait aux marchands, aux nobles ou aux commerçants. Quelques habitants étaient bien pourvus, certains colons avaient plus d'une chemise de change, mais l'aveu du garçon était net : il rêvait de pourpoints ornés, de nourritures variées et de chevaux pour le mener à sa belle demeure.

— Tu as entendu trop de contes, fit Marie doucement, se souvenant comme il lui était facile de rêver.

Alphonse et Rose entrant dans le cabaret, Guillaume héla le tenancier :

— Allez, un bran de vin pour mes amis.

Simon, qui se sentait relégué au second plan alors que Marie s'occupait du gamin, se rapprocha d'elle :

— Tu es comme ta mère? C'était donc la vérité?

Marie fronça les sourcils :

— Quelle vérité?
— Michelle m'a dit que tu étais guérisseuse, mentit Simon.
— J'ai appris beaucoup à Paris, chez l'apothicaire...

Elle s'interrompit et fouilla dans sa besace pour se donner une contenance; elle avait failli parler de Jules Pernelle. Il était beaucoup trop tôt pour aborder cette épineuse question avec Simon. Elle devait s'habituer à sa présence. Emue de le savoir près d'elle, elle était également gênée, comme si elle ne parvenait pas à se persuader que ce n'était pas un spectre. Elle avait l'impression qu'un siècle s'était écoulé entre le jour où elle l'avait vu en France pour la dernière fois et son arrivée à Québec. Il était à la fois pareil à ses souvenirs, à ses songes, et différent d'eux. Il souriait davantage dans ses rêves. Et il aurait dû embrasser Noémie.

— Tiens, dit-elle au malade qu'on avait fait asseoir, prends donc ça aussi.

Elle lui donnait un sachet de fleurs de tilleul séchées. Le garçon la remercia en bredouillant qu'elle était aussi bonne que belle. Marie entendit Simon murmurer que le malade disait vrai. Elle se sentit rougir. D'embarras et de plaisir. Rose, heureusement, l'appela :

— Laisse les hommes boire leur goutte. Ta fille te réclame.

— Baptisez votre vin, dit-elle aux colons. Il fait trop chaud pour le boire pur, vous auriez la colique comme notre ami.

Deux ou trois colons se levèrent pour mettre de l'eau dans leur chopine. Elle se retint de montrer la satisfaction qu'elle éprouvait d'être obéie, puis elle se demanda comment prendre congé de Simon tout en lui laissant deviner qu'elle voulait le revoir. Guillaume s'en chargea :

— Marie, va devant nous et tâche de nous mettre quelques parts de côté. Je te retrouverai à la maison avec notre ami.

Simon sourit à Marie, puis à Guillaume; était-il sot pour faire entrer lui-même le loup dans la bergerie? Il faisait tout pour être cocu, encornaillé... Il ne serait pas déçu! Si le coureur de bois croyait que des manifestations d'amitié pouvaient l'ébranler, il se trompait lourdement. Le soldat trouvait seulement fâcheux de ne pas pouvoir parier sur le temps qu'il mettrait à séduire Marie. Une à deux semaines, tout au plus, il l'aurait juré. Il regarda le gobelet de vin s'effacer dans la main droite de Guillaume et songea qu'il faudrait être prudent avec un homme qui possédait de pareils poings.

Le coureur vida son verre d'un trait et resservit du clairet.

— Eh! Tu ne l'aimes pas? dit-il à Simon en constatant que son verre était plein.

— Si, mais je crains de voir apparaître le lieutenant qui nous a défendu de boire.

— Ton lieutenant a bien d'autres choses en tête que de te surveiller; on le presse de questions, on lui réclame le courrier de France, on l'invite partout. Et il doit se tenir prêt à obéir aux ordres du colonel de Salières, lequel doit s'occuper de M. de Tracy qui est malade. Alors? Tu ne refuseras pas de trinquer avec un pays?

L'allusion à la proximité de leurs lieux de naissance était naturelle; les colons se réjouissaient habituellement de voir arriver des habitants de leur bourg, de leur hameau, de leur village. On apprenait les morts et les naissances, les mariages, les ventes de terres, de troupeaux, d'échoppes; si on éprouvait une pointe de nostalgie, elle était vite balayée par le plaisir de montrer aux anciens voisins comment on vivait dans la colonie. Certains prétendaient même s'être accoutumés à l'hiver.

Guillaume leva son godet à la santé de Simon; quand la manche de sa chemise se retroussa, le soldat remarqua une cicatrice qui mesurait près d'une palme.

— Où t'as pris ça?

— Un ours.

— Un ours?

Simon sourit, croyant que le coureur se moquait de lui. Guillaume expliqua comment il s'était trouvé face à un ours brun et Simon comprit que l'homme disait la vérité. Il regarda de nouveau ses poings, puis son torse; ce colosse aurait fait merveille comme bourreau à Paris! Il aurait soulevé la masse vingt fois avant de se fatiguer et la lourde épée n'aurait pas tremblé dans ses mains quand il aurait décapité un noble.

— C'est l'ours qui a perdu? demanda Simon.

— Personne n'a gagné, dit simplement Guillaume.

— Et les Sauvages, ils t'ont déjà attaqué?

— Non, mentit Guillaume, qui n'avait pas envie d'expliquer encore une fois ce que représentaient pour lui les Indiens.

Mais Simon, avide de récits sanguinaires, insistait :

— On racontait sur le vaisseau qu'ils vous arrachent les cheveux sur le crâne. Je suis venu ici pour les dompter!

— Ah, ce n'est pas pour t'établir?

Simon parut étonné :

— Ici?

— Plus de la moitié des soldats restent en Nouvelle-France après avoir servi dans l'armée.

— Pas moi. Je materai les Sauvages, puis je rentrerai. Dis-moi, il y a un fort indien à Québec; pourquoi n'a-t-on pas tué ces animaux plutôt que de les garder prisonniers?

Guillaume se retint de sourire; Marie n'aimerait assurément pas le ton qu'employait Simon pour parler des Indiens.

— Ils sont libres et protégés par le Gouverneur. Ce sont des Hurons.

— Mais bêtes tout de même! s'entêta Simon.

— Negabamat est assez fin pour porter le dais lors de la procession de la Fête-Dieu. C'est une distinction.

Guillaume demanda à Simon si c'était son veuvage qui l'avait décidé à quitter la France.

— Oui, répondit le soldat trop rapidement. Et toi? Tu as épousé Marie sur le bateau qui vous menait ici?

— Non, j'ai connu Marie quand elle est arrivée.

— Votre fille est bien grande...

— Je n'ai pas épousé Marie pour sauver son honneur, si c'est ce que tu veux savoir. Elle a adopté Noémie quand sa mère est morte en couches sur l'*Alouette*.

Simon but une gorgée de vin pour cacher sa satisfaction; les liens qui unissaient Marie à Guillaume étaient moins forts qu'il ne le craignait.

— Allons rejoindre Marie. Elle doit nous attendre pour manger.

Quand Simon sortit de la taverne, il fut ébloui par la pureté de la lumière. Déjà, alors que le navire s'avançait sur le Saint-Laurent, il avait été frappé par la netteté de l'air. Les côtes se dessinaient si parfaitement qu'on aurait pu compter les têtes des sapins et des épinettes. Il avait pensé alors qu'en ville la proximité du fleuve et le nombre d'habitations appelleraient une certaine touffeur, mais il s'était trompé. Il distinguait nettement les aspérités des pierres des maisons, les nœuds des planches empilées contre un mur, l'irrégularité du verre des rares carreaux. Il se protégea les yeux un moment, presque étourdi :

— Ce n'est rien, dit Guillaume. En hiver, on est aveuglés! Le fleuve brille comme l'or et la neige fait penser à une montagne de diamants. Ça donne envie d'être riche!

Simon serra les dents : Marie aurait-elle parlé de son trésor à Guillaume? Il n'avait aucunement l'intention de partager le butin avec le coureur de bois. Il ne composerait pas plus avec ce dernier qu'avec Saint-Arnaud. L'armateur serait peut-être tenté de le faire assassiner dès qu'il serait rentré à Nantes, mais Simon cacherait Marie; comme elle était la seule à détenir la clé de l'énigme qui permettrait de récupérer le trésor, Saint-Arnaud se plierait à leurs exigences... Il tenterait ensuite de les poursuivre? Simon aurait bien assez d'argent pour s'offrir les complicités nécessaires afin de quitter Nantes, les chevaux les plus rapides, les cochers les plus diligents. Il lui tardait de parler du trésor avec Marie.

— Notre demeure est tout près.

— Mais mon régiment?

— Tes compagnons fêtent ou sont alités à l'Hôtel-Dieu. Personne ne remarquera ton absence. On dira que tu avais des nouvelles pour Marie.

Il en avait en effet, mais ne les conterait pas devant Guillaume. Toutefois, alors qu'il tendait sa gamelle à Marie pour ravoir du ragoût d'anguilles, il parla de Victor Le Morhier avant qu'on ne l'interroge à ce sujet. Simon voulait découvrir s'il avait maintenu le contact avec Marie, si elle savait que Victor l'avait poursuivi jusqu'au Pont-Neuf à Paris. Il était persuadé que Le Morhier ne l'avait pas aperçu à La Rochelle, la veille de l'embarquement pour Québec. Il l'avait vu sortir de *L'Auberge du mouton noir*, l'air repu, quiet. Il l'avait suivi jusqu'au port malgré l'envie qui le démangeait de lui ficher son poignard entre les deux épaules. Victor avait grimpé dans une chaloupe, avait fait signe aux matelots de ramer. Etait-il devenu officier? On lui avait si prestement obéi... Simon avait regardé l'embarcation se diriger vers le *Grand-Faucon*, terrible monument qui trônait en face de La Rochelle depuis une semaine. Frustré de ne pas être définitivement débarrassé de Victor, Simon s'était peu à peu calmé en estimant qu'il était chanceux que le hasard lui ait permis de voir sans être vu; Victor aurait assurément alarmé toute la garnison s'il l'avait reconnu. Il l'aurait accusé de meurtre, de vol. Et même si on était bien loin de Paris, Simon aurait eu à se justifier devant son lieutenant, ou même devant M. de Tracy. Celui-ci savait que les éléments recrutés n'étaient pas tous de la meilleure graine, mais il n'aurait pu, en toute conscience, laisser monter un assassin à bord d'un de ses navires.

Quatre mois plus tard, Simon Perrot se félicitait encore de sa bonne fortune. Il dit à Marie, d'un ton détaché, que sa sœur Michelle lui avait appris que Le Morhier naviguait vers Amsterdam et Londres.

— Pourquoi? demanda Marie. Ses parents vivent à Nantes. Sont-ils encore vivants?

— Je l'ignore, dit Simon. Je ne les ai pas vus à Paris.

— Tu n'es pas allé à Nantes? demanda Guillaume.

Simon secoua la tête avant de rapporter les propos de sa cadette concernant Victor :

— Il paraît qu'il veut faire des marchés avec les Anglais. Et si c'était un traître?

— Que veux-tu dire?

Simon haussa les épaules, soupira :

— Rien. Victor est fou; tout le monde sait que la peste a fait bien des morts à Amsterdam et qu'elle gagnera Londres. Quand je suis parti, fin février, j'ai connu un capitaine qui refusait d'embaucher les marins qui venaient de l'île. Il disait que ça serait bien pis qu'on ne le croyait.

— Il faut qu'il revienne! s'exclama Marie. Je ne veux pas que Victor meure!

Le cri de la jeune femme indisposa Perrot; qu'avait-elle à se soucier de Le Morhier? Il aurait pourtant juré qu'elle ne l'aimait pas!

— Il est plus costaud qu'il n'en a l'air, dit Guillaume; sois assurée qu'il ne trépassera pas à Londres!

Simon, qui buvait du clairet, s'étouffa. Son hôte lui tendit un broc d'eau en souriant :

— Oui, je connais Victor Le Morhier. Il accompagnait Marie lors de son arrivée.

— C'est le compère de Noémie, ajouta Marie. On l'a baptisée sur le bateau. Victor avait grand peur de l'échapper!

Marie regarda sa fille tendrement; qu'elle avait donc forci depuis deux ans. Son parrain ne la reconnaîtrait pas quand il la reverrait. S'il la revoyait... Marie n'aimait pas entendre parler de la peste; elle se souvenait de la peur qu'elle éprouvait pour sa mère quand celle-ci allait soigner des pestiférés. Pourtant, ce n'était pas la Mort noire qui avait tué Anne LaFlamme, mais la cruauté des hommes. Simon savait-il ce qui était advenu de sa mère?

— Tu sais que maman est morte? dit Marie.

— Michelle me l'a rapporté.

Il garda un silence qu'il voulait respecteux, puis affirma qu'il en avait ressenti un grand chagrin.

— C'est elle qui avait délivré ma mère quand je suis né. Tu es aussi sage-femme?

Marie soupira; non, elle ne l'était pas encore! On lui refusait le statut de matrone qu'elle espérait depuis son arrivée, mais la venue inopportune d'Ernest Nadeau, sa mort mystérieuse avait tout gâché. Que Marie ait été lavée de l'accusation de meurtre n'était pas suffisant pour qu'on la considère comme étant digne de la charge de mère-sage. Devrait-elle attendre encore longtemps?

— Je suis guérisseuse. Et aussi douée que ma mère.

— Tu ne crains rien?

Marie secoua la tête; non, on ne la brûlerait pas en Nouvelle-France.

Guillaume bâilla ostensiblement, s'étira :

— Si je reste assis, je vais m'endormir comme Noémie.

Il sortit avec l'enfant en faisant un signe de tête à son épouse. Dès qu'il eut passé la porte, Simon s'approcha de Marie, lui prit les mains, les regarda longuement :

— Elles ne méritent pas de se ruiner à arracher des plantes, ou laver les chemises de ton mari.

— J'ai toujours eu du plaisir à la cueillette, balbutia Marie.

— Mais tu préférerais laver mes chemises ? murmura Simon. Je suis venu te chercher. Dès que ma femme est morte, j'ai su que je te voulais.

Marie tenta mollement de se dégager, mais il la tenait avec fermeté. Puis, il la relâcha en ricanant :

— Pardonne-moi, j'oubliais que tu es mariée. Et Michelle m'avait juré que tu m'aimais encore. Tu n'as pas mis grand temps à te consoler. D'abord Victor, puis ce coureur... Il y en a eu d'autres ?

Marie s'empourpra mais rétorqua qu'il avait été le premier à perdre la mémoire ; n'avait-il pas contracté une union à Paris ? Bien avant qu'elle s'embarque pour la Nouvelle-France ?

— J'étais désespérée en apprenant cette nouvelle. C'est pourquoi j'ai quitté la France.

— Seulement ?

Marie tortilla le bord de son tablier ; que voulait-il savoir, que pouvait-elle lui dire ? Lui avait-on révélé qu'elle l'avait vu tuer Jules Pernelle et arrêter Guy Chahinian et qu'elle avait craint d'être accusée de ce crime ?

— J'ai vu Geoffroy de Saint-Arnaud, Marie. J'ai menti devant ton coureur ; je suis allé à Nantes, je t'ai cherchée. Je sais que tu es venue ici pour fuir l'armateur.

— Je n'avais pas le choix, dit Marie à voix basse.

Elle avait frémi quand Simon avait emprisonné ses mains, mais elle hésitait à évoquer la mort de Pernelle. Pourquoi se méfiait-elle de lui ? Elle était pourtant amoureuse de Simon depuis toujours. Elle se désolait de son attitude et se répétait que c'était la soudaineté de Simon qui la déconcertait. Elle avait oublié son impétuosité jusqu'à ce qu'il glisse vers elle sitôt que Guillaume était sorti. Elle était plus habituée au calme du coureur de bois, à ses sourires amusés. Simon, lui, donnait l'impression qu'il voulait la dévorer à l'instant. Son regard perçant l'inquiétait. Et l'attirait. Quand elle avait parlé de Victor, elle avait lu de la jalousie dans le regard de

Simon et s'en était flattée. Maintenant, elle redoutait de l'entretenir de Saint-Arnaud.

— Je devais l'épouser.

— Lui, oui, mais ce coureur?

— Guillaume est...

— Est?

— Un bon ami.

— Si j'avais dû épouser toutes les bonnes amies que...

Marie hésitait entre la joie et la colère : si elle était ravie que Simon tienne autant à elle, elle ne pouvait s'empêcher de penser qu'il l'avait trompée rapidement. Elle savait que c'était un homme, mais elle admettait difficilement qu'il ait tous les droits.

— Geoffroy de Saint-Arnaud m'a forcée.

— Je le tuerai! s'écria Simon. J'ai réussi à contenir ma rage quand je l'ai vu à Nantes. Il faisait le gros monsieur sur la place du Bouffay, mais je voulais le piéger pour lui faire expier ton humiliation.

— Simon!

— Je n'ai pas pu te venger, hélas, car la nature s'en charge pour nous.

— Quoi?

— Il n'est peut-être pas mort, mais quand j'ai quitté Nantes il était pris des fièvres. Hornet le soignait...

— Cet âne!

Simon appréciait la tournure que prenait leur conversation; il menait Marie là où il le voulait et la ferrerait aisément. Il avait perçu une touche d'admiration dans sa voix quand il avait parlé de vengeance.

— Peut-être que l'armateur est rongé par les vers.

— Non! s'écria Marie. Je voulais le tuer de mes propres mains!

— Attends! se reprit Simon. Il m'a dit qu'il guérirait pour avoir le plaisir de te voir brûlée!

Il expliqua qu'il avait leurré Saint-Arnaud en lui promettant de ramener Marie en France contre une bonne récompense.

— L'armateur est un idiot! J'ai pris la moitié de l'argent pour venir te rejoindre et j'en aurai tout autant quand nous rentrerons.

Il croit qu'il pourra t'obliger à lui donner ton trésor, mais je serai là pour te protéger. J'étais mousquetaire, après tout! Et si je peux défendre une colonie, je peux pourfendre pour ma mie!

Fier de sa rime, Simon souriait à Marie qui lui servait à boire; elle s'enorgueillissait de ne jamais trembler quand elle opérait les malades. Elle était soulagée de constater que ses mains ne la trahissaient pas devant Simon.

— As-tu porté la casaque des mousquetaires à Paris? demanda Marie.

— C'était bien chaud! mentit Simon. Quand je devais rester immobile près de la grille des Tuileries, en plein soleil, je rêvais de toi pour m'encourager. J'aurais tant aimé que tu me voies avec ma cape bleue.

— Pourquoi as-tu quitté la France?

— Pour toi, Marie. Je suis venu dès que j'ai pu. Il fallait que je rencontre Saint-Arnaud pour savoir s'il avait pu s'approprier ton bien. Il n'a rien trouvé, sois sans crainte.

Marie dit d'une voix égale que l'armateur n'avait pas récupéré le trésor parce que le trésor n'existait pas.

— Quoi?

— J'ai mis du temps à l'accepter, mais c'est le capitaine Le Morhier qui a raison. Il n'y a pas de trésor. C'est une invention de mon père.

Marie croyait à moitié à ce qu'elle racontait. Elle espérait que son trésor existe, mais elle en doutait plus qu'auparavant. Deux ans dans la colonie l'avaient éloignée de son rêve. La vie quotidienne l'avait ancrée dans la réalité. Une réalité qui ne lui déplaisait pas : elle était estimée par ses concitoyens, Guillaume était un bon compagnon, elle avait une fille adorable et des amies fiables. Pourquoi fallait-il que Simon soit toujours aussi beau?

— Pas de trésor! clama-t-il. Mais tu déparles!

Marie prit une mine désolée :

— Non, et je le regrette. Mais M. Le Morhier et M. Chahinian se trompent rarement.

— Cet hérétique a voulu garder le trésor pour lui!

— C'est impossible!

— Il aurait mis moins de temps à m'en parler s'il avait pensé pouvoir sortir de prison pour s'en emparer, sois-en assurée!

— En prison? articula Marie. Pourquoi? Qui l'y a mis?

La Renarde ne pouvait oublier ce qu'elle avait vu dans l'apothicairerie, mais elle refusait encore d'y croire. Elle espérait que Simon justifierait son geste; il s'impatienta:

— Est-ce que je sais? Il y était et je l'y ai visité. Je voulais l'aider. Son cas était trop grave. Un hérétique! Maître d'une secte impie! On l'a sans doute exécuté depuis mon départ.

Marie gémit:

— Il ne méritait pas ça.

— Et moi, je ne méritais pas de te trouver mariée avec un autre, dit Simon qui ne tenait pas à parler de Chahinian.

Il attrapa Marie par un poignet, l'attira vers lui. Mkazawi jappa. Marie échappa à l'étreinte de Simon, confuse; elle avait rêvé qu'il reviendrait et l'aimerait. Il lui adressait des récriminations et se montrait trop pressé. Comme s'il ne comprenait pas qu'ils avaient besoin de refaire connaissance. Elle avait imaginé qu'ils marcheraient dans la ville endormie, qu'ils écouteraient ensemble les vagues qui déferlaient au quai Champlain, qu'ils reparleraient de leur enfance, de leur jeunesse, de leur amitié. Au lieu de cela, Simon l'entretenait de Geoffroy de Saint-Arnaud et lui mentait sur le compte de Guy Chahinian.

Non, elle ne pouvait pas l'embrasser maintenant.

— Ce n'est pas parce que tu es mariée que tu me repousseras... D'ailleurs, tu n'es pas vraiment mariée, puisque tu es toujours l'épouse de l'armateur.

Marie se mordit la lèvre; elle avait réussi à se persuader de la validité de son union avec Guillaume. Mais Simon avait raison; son mariage n'était pas acceptable aux yeux de Dieu.

Et aux yeux des colons? Des religieux dont elle cherchait les appuis pour être sage-femme? Devrait-elle renoncer à ce but?

— Tu dis toi-même que Saint-Arnaud était moribond, fit Marie. A l'heure qu'il est, mon union doit être approuvée par Dieu.

— Je ne veux pas! dit Simon en lançant son gobelet d'étain contre le mur. Tu vas quitter ton coureur!

— Mais, Simon... Je ne peux pas.

— Ah non?

— Que vont dire les gens? Je serai condamnée pour bigamie, obligée de quitter la Nouvelle-France. Où irais-je?

— A Nantes, avec moi, récupérer ton bien. C'est notre pays, nous devons y vivre. Tu ne vas pas t'enterrer ici?

— Il n'y a pas de trésor.

Simon s'efforça de se calmer; il avait envie de frapper la jeune femme quand elle niait l'existence du trésor.

— Tu ne m'aimes plus, dit-il d'une voix rauque.

— Simon!

— Si tu étais ma bonne amie, tu rentrerais avec moi.

Marie s'approcha de Simon, mit ses mains sur ses épaules et le regarda fixement en espérant que l'autorité qu'elle détenait auprès des malades ferait son effet sur le jaloux.

— Simon, je t'ai toujours aimé, tu le sais bien. Mais tu sais aussi qu'on ne peut retourner à Nantes maintenant. Tu t'es enrôlé, tu dois suivre ta compagnie. Sinon, tu seras un déserteur et puni comme tel...

— Je m'enfuirai dans les bois. Je ferai comme ton coureur.

— Tu n'es pas Guillaume!

Simon jura :

— Mordieu! Tu l'aimes!

Marie soupira :

— Je voulais dire que Guillaume parle la langue des Indiens, qu'il peut traiter avec eux.

Simon tapota le pistolet dissimulé dans les plis de sa casaque de drap :

— J'ai ce qu'il faut pour me faire entendre. Les Sauvages doivent savoir ce que c'est qu'un peu de poudre!

Marie secoua la tête, découragée; Simon n'avait aucune idée de la vie dans la colonie pour croire qu'il quitterait son lieutenant sans ennui et qu'il pourrait survivre en forêt jusqu'à leur départ pour la France. Mais comment le lui dire? Il s'encolérait si rapidement! Tout en s'épatant de le voir après une si longue séparation, Marie constatait que Simon était ombrageux et elle désespérait de se faire entendre. Comme elle se taisait, il esquissa un sourire :

— Nous serons partis à la fin de l'été, assura-t-il.

Marie lui rendit son sourire, puis ramassa le gobelet qui avait roulé sous la table d'érable. Simon eut envie de la prendre par la taille et de soulever sa jupe ou d'arracher la gorgerite qui couvrait sa poitrine. Si Marie était plus belle qu'à Nantes, elle était moins riante et regimberait peut-être s'il la contraignait. Pourtant, il y avait un témoignage irrécusable de l'attirance qu'elle éprouvait pour lui dans son entêtement à le regarder.

Il suffisait d'être patient quelques jours ; Marie jouait à la bourgeoise qui s'inquiète de l'opinion publique. Elle avait épousé Guillaume pour s'établir. Il lui ferait oublier ses prétentions...

Marie déposa la timbale sur la table, y versa du clairet. Simon l'avala d'un trait. Elle le resservait quand elle entendit le babillage de Noémie. Elle arrangea sa chemise et ses cheveux comme si elle avait la regardure d'une femme qui a fauté et qui doit ajuster ses habits pour faire bonne figure auprès de son mari.

Guillaume poussa la porte et tendit un panier de fraises à Marie :

— C'est Catherine qui te les envoie. Tu te souviens comme Victor les aimait !

Simon déposa son gobelet d'un geste brusque.

Guillaume souleva le pichet de vin pour l'emplir. Simon refusa tout d'abord, puis accepta. Il but goulûment.

— Tu n'as pas d'autres nouvelles que la peste ? demanda Guillaume.

Simon eut un sourire étrange :

— Non. Pas de guerre... Je m'ennuyais. C'est pourquoi j'ai choisi de défendre les colonies. Les Sauvages goûteront à ma médecine.

Il tapota encore son pistolet et Marie ne put retenir un soupir. Simon crut qu'elle s'inquiétait pour lui :

— Ne t'en fais pas, il m'a toujours fidèlement servi.

Il salua Guillaume et Marie et dit qu'il devait rejoindre sa compagnie.

— Il est parti bien vite, dit Guillaume.

— Il décide tout très vite, expliqua Marie. Il est...

Elle se tut, consciente de la maladresse qu'elle s'apprêtait à commettre. Elle n'allait tout de même pas raconter à Guillaume que Simon était revenu pour elle. Pour la ramener à Nantes.

— Il est un fameux fosse-pinte, fit Guillaume en montrant le pichet vide. Il n'en reste plus une goutte.

Marie s'écria qu'elle allait en chercher.

— Non, ne t'en fais pas... Alors, il est allé à Nantes?

— Comment as-tu deviné?

— Il a nié trop promptement quand je le lui ai demandé. Il a vu l'armateur?

Marie hocha la tête, confuse mais soulagée que Guillaume l'interroge; elle était accoutumée à le consulter, à lui relater ses journées, ses rencontres. Se taire subitement lui avait semblé étrange. Elle décida qu'elle lui conterait tout ce qu'il pourrait entendre sans être blessé.

— Saint-Arnaud va aller au monument.

— Il rendrait l'âme comme ça, sans souffrir?

— Simon dit qu'il veut me voir pendue avant de mourir, qu'il dure dans l'espoir qu'on me ramènera à Nantes.

— Il croit toujours au trésor, souffla Guillaume. Ainsi que Simon.

Marie déshabillait sa fille en écoutant le coureur de bois. Elle se souvenait de sa réaction lorsqu'elle lui avait parlé du trésor, la veille de son départ pour la course, quelques semaines après leur mariage. Il avait ri et Marie s'en était vexée. Mais il lui avait fait admettre que ni Martin Le Morhier ni Guy Chahinian n'étaient des insensés. Et que rien ne pouvait autoriser Marie à mettre leur parole en doute. Ils prétendaient qu'Anne LaFlamme avait inventé ce trésor pour lui sauver la vie; ils disaient vrai. S'il existait un trésor, c'était l'amitié que ces hommes-là lui avaient témoignée pour la sauver.

Guillaume lui avait ensuite parlé d'un sorcier indien qui s'était moqué de lui, des années auparavant, alors qu'il avait failli se noyer pour capturer un renard argenté. A Guillaume qui expliquait que sa prise valait cher, l'Agnier avait rétorqué qu'il connaissait peu d'hommes qui préféraient une fourrure à leur propre vie.

— Si tu étais restée en France, tu serais morte à l'heure qu'il est.

— Saint-Arnaud n'est pas si puissant, avait-elle répliqué alors.

— Tu m'as dit que tu avais été témoin et soupçonnée d'un meurtre.

Marie assit Noémie sur elle, approcha un broc d'eau et un grand drap beige et entreprit de faire disparaître les taches de boue et de fruits écrasés qui la barbouillaient.

Guillaume chatouilla Noémie qui rit si fort que Mkazawi jappa. Puis il dit à Marie qu'elle ne pourrait pas effacer une erreur aussi facilement que les taches qui maculaient les genoux de sa petite.

— Je pense que ton Simon est trop fier pour aimer autre que lui. Il était heureux de voir comme Nicolette s'est avancée vers lui.

— Nicolette! s'exclama Marie. C'est une enfant.

Guillaume se pencha vers Noémie pour cacher son trouble : la réaction de Marie était éloquente. Elle était jalouse. Il se souvint que Simon avait eu la même attitude quand Marie s'était inquiétée pour Victor.

Victor Le Morhier. Que n'était-il resté en Nouvelle-France! Il aurait épousé Marie et c'est lui qui aurait souffert.

Un long soupir divertit Guillaume. Marie lui demanda s'il croyait vraiment que Victor n'était pas en péril.

— J'y pensais précisément, dit Guillaume. J'espère qu'il sera prudent. Il m'a semblé un homme avisé.

— Tu as raison, fit Marie en lui tendant la main. Comme toujours...

Chapitre 3.

Malgré le vent, Victor Le Morhier avait traîné quelques heures dans le port de Londres. Il aurait pu rejoindre plus tôt Paul Brune, mais il appréhendait toujours une ville étrangère en se promenant sur ses quais, en longeant ses eaux. Cela le rassurait et l'instruisait tout à la fois. Que ce soit à Nantes, Cadix ou Amsterdam, il retrouvait les mêmes agreurs, les mêmes menuisiers, avitailleurs, regrattiers, marchands, cuisiniers, recruteurs, caliers, officiers, matelots et les mêmes filles abandonnées qui venaient accueillir l'équipage des flûtes, des heux, des bélandres ou des hourques. Simplement, elles ne parlaient pas la même langue.

Une rousse avait essayé de le convaincre de la suivre, mais malgré sa chevelure qui lui rappelait Marie LaFlamme, Victor Le Morhier avait décliné son invitation. Il avait envie de se promener afin de réfléchir au marché qu'il proposerait à M. Brune. En évaluant le nombre de navires hollandais, espagnols ou français qui mouillaient au port, il avait tenté de se faire une idée de la situation commerciale à Londres. Il lui était apparu qu'il y avait plus de miséreux qu'à Paris, assurément plus, en tout cas, qu'à La Rochelle où il s'était engagé. Là, on avait eu un peu de mal à compléter l'équipage. Ici, bien des hommes devaient tenir leurs sabots dans leurs mains et ne les porter qu'en rentrant dans une église ou une maison bourgeoise. Il avait vu moins de sourires sur les visages, plus de fièvre dans les regards. On lui avait dit que l'Anglais était distant, il l'avait cru à moitié. Si le marin britannique était semblable au marin français par les rires tonitruants et les beuglements qui provenaient des tavernes où les bières coulaient à flots, il s'emportait moins violemment qu'un Malouin ou un Dieppois lorsqu'il constatait qu'il avait non seulement bu sa paie, mais fait assez de dettes pour être obligé de se rembarquer le lendemain. Victor avait vu deux hommes ivres se présenter au capitaine d'un vaisseau pour signer un engagement sans y être contraints par la menace. Victor ignorait alors que ces miséreux voulaient quitter Londres. Qu'ils avaient entendu des marins hollandais décrire les ravages que la maladie avait faits dans leur contrée et qu'ils avaient eu la sagesse de croire ces hors-venus. Ils s'étaient saoulés pour avoir le courage de s'engager sur un navire qui les mènerait aussi loin qu'à Trinité. On les avait moqués à la taverne quand ils avaient parlé de la peste. Oui, il y avait bien eu des décès du côté de Clerkenwell et Holborn, mais les vents froids et les gelées avaient nettoyé ces quartiers des miasmes et on n'avait plus à craindre d'épidémie.

Victor Le Morhier avait aussi ouï quelques rumeurs concernant la maladie, mais il ne s'en était pas alarmé ; s'il y avait eu un véritable péril, on aurait interdit le port aux navires étrangers. Il s'était souvenu que sa marraine Anne LaFlamme avait déjà traité des cas de peste au lazaret sans qu'il y ait contage. Quelques personnes étaient mortes, emportant leur mal avec elles. Victor avait pourtant mis des gamaches pour protéger ses bottes des immondices qui souillaient les rues et avait, en descendant du vaisseau, tenu un mouchoir près de sa bouche. Il l'avait discrètement enfoui dans sa ceinture en se rendant compte qu'il était le seul à vouloir se préserver. Il avait rapidement oublié ses craintes en découvrant un port grouillant de monde. Un port qui grossirait vite ; Victor était prêt à parier que le trafic doublerait ou triplerait avant cinq ans. La présence d'une grande variété de navires étrangers prouvait l'intérêt d'un transit par Londres. En s'extasiant sur la démesure de certains vaisseaux, Victor avait décidé d'apprendre la langue anglaise car il serait amené à traverser régulièrement la Manche. En ce jour de mars 1665, il n'avait pas été surpris d'entendre parler autant l'espagnol que l'anglais, le français que l'italien. On baragouinait sur le port sans timidité puisqu'on parlait tous le même langage, celui de l'argent. Avec dix doigts, chacun pouvait se faire comprendre.

Victor Le Morhier s'était réjoui cependant que M. Brune fût angevin; ils pourraient converser aisément. En quittant le port, Victor avait tâté la lettre que son père lui avait remise pour M. Brune. Il en connaissait par cœur tous les termes et souhaitait que ce dernier ait gardé un bon souvenir du capitaine Martin Le Morhier. Pourquoi pas? Son père était âpre en affaires, mais juste, loyal. Il respectait scrupuleusement sa parole et ceux qui trouvaient au départ qu'il marchandait beaucoup se félicitaient ensuite de son honnêteté. Mauvais coups, traverses en mer ou non, le capitaine Le Morhier payait ce qu'il avait promis. M. Brune devait l'estimer comme les autres.

Victor Le Morhier avait regretté d'avoir tant tardé sur les docks en constatant qu'il était encore plus malaisé de trouver son chemin à Londres qu'à Paris. En deux heures, il avait dû arrêter une passante à laquelle il avait articulé lentement le nom de la place où habitait M. Brune, mais sans succès. Allait-il se présenter chez le marchand à la noirceur? Certes, M. Brune ne l'attendait pas à une minute, une heure ni même une journée précise, puisqu'on ne pouvait pas deviner quel temps mettrait un navire à toucher le port, mais puisque Victor avait décidé de le voir avant le souper, il espérait trouver bientôt la chapelle St. Clement. Le marchand lui avait écrit qu'il habitait cinq rues à gauche de cette chapelle, six rues avant la cathédrale St. Paul. En était-il encore très éloigné?

Un gentilhomme l'avait enfin renseigné. Il avait regardé le papier que Victor tenait à la main. Il l'avait lu, puis avait tiré son fleuret. Victor avait eu un geste de recul, mais l'Anglais s'était mis à esquisser sur le sol un plan de la route à suivre. Victor avait compris qu'il devait continuer à longer la Tamise, passer devant la Tour. Au pont, il n'aurait qu'à tourner à droite et remonter vers le nord.

L'homme avait rangé son arme et levé le pouce :

– One mile.

Victor Le Morhier l'avait chaleureusement remercié, ravi

d'apprendre qu'il n'en avait plus que pour une demi-heure de marche.

Tout en se demandant si M. Brune accepterait de traiter avec lui, Victor Le Morhier avait noté qu'on avait construit récemment des dizaines de maisons en briques. Elles étaient toutes pareilles, pas mieux éclairées que les demeures parisiennes aux rares fenêtres, mais plus tristes, maussades, ennuyantes dans leur similitude. Sans doute des gens se trompaient-ils de porte quand ils rentraient chez eux. Mais peut-être que l'intérieur était plus salubre que celui des anciennes demeures?

Devant la Tour, il avait songé à tous les condamnés qui avaient péri en ses murs. Son donjon lui semblait encore plus sinistre que les tourelles du Châtelet. Anne Boleyn, Catherine Howard, Thomas More, avaient posé leur tête sur le billot. Et combien d'autres? Un soir, à *La Fosse aux lions*, Emile Cléron lui avait raconté que des spectres hantaient la Tour. Victor avait raillé son ami, mais devant le lugubre bâtiment il avait compris la crédulité de Cléron. La Tour était assez effrayante pour générer pareilles fables. Il l'avait toutefois vite oubliée en apercevant le pont.

Le pont. Le seul pont d'une aussi formidable cité. Comment pouvait-on se contenter du London Bridge uniquement? A Paris, plusieurs ponts reliaient les îles aux rives de la Seine; les habitants auraient vivement protesté s'il en avait été autrement. Personne n'aurait accepté de faire mille détours pour emprunter le seul pont de la capitale. Bien sûr, des embarcations menaient les Londoniens d'une rive à l'autre, mais n'eût-il pas été plus simple d'ériger de nouveaux ponts? Victor avait bifurqué vers la gauche et avait vu six chapelles avant de trouver St. Clement. En moins de deux cents pieds! Tournant à gauche, il avait compté cinq rues, puis avait hésité avant de frapper à la maison qui faisait l'angle.

Une marchande de fleurs lui avait confirmé que c'était la demeure du monsieur français. Victor avait rajusté sa chemise, son pourpoint, il s'était passé une main dans les cheveux, avait resserré le nœud qui les retenait et s'était précipité. Il avait grande hâte, soudainement, de saluer M. Brune. Hâte d'expliquer tout l'intérêt de commercer avec les colonies françaises. Il avait regardé les lilas en pensant aux yeux de Marie LaFlamme et s'était demandé s'il y en avait en Nouvelle-France. Il aurait aimé offrir ces fleurs à Marie, lui en offrir en grappes immenses, au parfum si capiteux, si envoûtant qu'elle en aurait été étourdie, comme ce soir de la fin d'été 1663 où elle l'avait embrassé. Il aurait cueilli ses lèvres parmi des nuages de pétales mauves, il leur aurait trouvé la même douceur qu'aux lilas.

Il avait traversé la place en se disant qu'il reverrait bientôt Marie, dès qu'il aurait amassé assez de bien pour remplacer son trésor. Il se proposait d'être une sorte de commis voyageur qui achèterait et revendrait divers effets pour le compte de quelques gros marchands. Il ne pensait pas à des colifichets, mais à des épices, des armes, des fourrures, des pierres précieuses ou quelque objet qui soit en demande. Lors de son voyage précédent, un officier espagnol lui avait dit que les Français adopteraient le chocolat puisque la reine Marie-Thérèse l'aimait. Il décrivait la substance onctueuse, son parfum, sa chaleur et les bienfaits qu'elle apportait tant à l'âme qu'au corps. Les Parisiens adoreraient le cacao, l'Ibère était prêt à parier sa chevalière.

Victor avait souvent repensé à ce mystérieux chocolat; peut-être en goûterait-il un jour? Peut-être en importerait-il? Tous les marchés avaient leur intérêt, se répétait-il, tous: qu'il s'agisse de denrées, de métal ou de tissu. Son père lui avait beaucoup parlé des draperies anglaises; il avait hâte d'en apprendre davantage.

Il avait frappé vigoureusement à la porte de M. Brune. Celui-ci devait le guetter par une des trois fenêtres qui donnaient sur la rue, car un serviteur lui avait aussitôt ouvert. Paul Brune avait l'air soulagé en voyant Victor. Il l'avait examiné minutieusement, cherchant les points de ressemblance avec le capitaine Le Morhier. Le front haut et la bouche large, oui, et cette poignée de main, aussi franche. Victor lui avait tendu une lettre, mais M. Brune n'avait pas eu besoin de la lire pour accorder son attention au fils de Martin Le Morhier. Il l'avait invité à le suivre et l'avait fait pénétrer dans le salon. Un fauteuil tiré près d'une fenêtre trahissait l'attente de M. Brune:

— Oui, je redoutais que vous ne vous soyez égaré.

— Je crains d'avoir pris du retard en errant sur le port.

— Surrey's dock? avait demandé M. Brune.

Victor avait haussé les épaules :

— Je ne parle pas bien votre... enfin, cette langue.

— Vous pouvez dire que c'est ma langue, avait soupiré Paul Brune. Assoyez-vous, je vous en prie, et dites-moi ce qui vous amène à Londres.

Victor avait exposé les raisons de sa visite. M. Brune l'avait écouté sans l'interrompre, se permettant seulement de hocher la tête ou de froncer les sourcils. Il avait trouvé le jeune homme fort ambitieux. Et plutôt téméraire. Il voulait être capitaine, comme son père, mais commercer davantage en pariant sur la variété et la qualité des fournitures. Il espérait créer une petite société de marchands qui échangeraient, par lui, leurs meilleurs produits. Il parla même du chocolat et du café, qui n'excitaient pas encore l'envie des nobles, mais auxquels il faudrait tantôt songer. Il raconta ses voyages à Madère et aux Canaries, et son périple en Nouvelle-France. Il se disait prêt à y retourner malgré l'épouvantable trajet de mer. On lui avait dit que les prix des peaux de castor avaient chuté, car la demande européenne avait beaucoup baissé, mais il avait vu comme les colons attendaient avec impatience l'arrivée des vaisseaux chargés de marchandises. Le sel, le sucre, l'eau-de-vie, les outils, les remèdes, les tissus étaient trop rares au magasin où s'approvisionnaient les habitants. Les coureurs de bois obligés d'y vendre leurs prises tenaient à y trouver du tabac et des babioles destinées à séduire les Indiens, en plus d'un pourcentage sur les peaux. Oui, Victor remettrait les pieds en Nouvelle-France s'il le fallait.

— Buvez, avait dit M. Brune en tendant un verre de cristal à Victor. On aime beaucoup le porto à Londres. De plus en plus...

Victor avait trempé les lèvres en s'étonnant de la finesse du verre. Le salon où l'avait reçu son hôte était meublé sans goût ; les fauteuils étaient dépareillés, les deux tapis juraient entre eux et la table était beaucoup trop grosse pour la dimension de la pièce. Cet intérieur ne reflétait en rien l'opulence de Brune et Victor s'était demandé si le marchand anglais n'avait pas subi quelque revers de fortune.

Il n'avait pas fini son porto que son hôte le resservait en lui disant que depuis que l'Angleterre avait perdu le marché espagnol, elle s'était beaucoup rapprochée du Portugal qui lui permettait l'accès à ses colonies d'Asie, d'Afrique ou d'Amérique. Pour le bourgeois qui ne connaissait rien à ce traité signé en 1654, les liens qui unissaient l'Angleterre au Portugal se ramenaient à l'exportation des serges des Nouvelles Draperies et l'importation de porto.

— Il détrônera le bordeaux, vous savez, avait prédit M. Brune. Il voyage mieux.

— Et les Anglais et les Français ne se sont jamais tellement aimés.

M. Brune avait regardé Victor intensément.

— Vous dites vrai, hélas. Je le sais mieux que quiconque.

— Vous avez des regrets? Pourquoi ne pas revenir en France?

— Je suis trop âgé; mes filles sont anglaises, comme leur mère. Elles ne sauraient s'installer à Paris.

— On vous accueillerait bien à Nantes! avait protesté Victor. Mon père garde le meilleur souvenir de vous.

— Je l'aime aussi, avait fait Paul Brune. Et ça me réjouit le cœur de connaître son fils. Etes-vous aussi goupil que lui?

— Je le souhaite! avait répondu Victor Le Morhier.

S'il avait fait preuve de naïveté dans le passé, ses pérégrinations lui avaient dessillé les yeux : il fallait être agile et obéissant pour survivre sur un navire. Et rusé et silencieux pour commercer. La fréquentation d'Emile Cléron lui avait beaucoup appris. Il ne serait jamais un gredin comme son ami, il n'empaumait pas les bourgeois qui s'encanaillaient dans les maisons de jeu, mais il savait dorénavant les observer. Il les devinait assez pour devancer leurs désirs, pressentir leurs envies. Il leur en inventerait s'il fallait! Les Parisiens aimaient tant lancer des modes! Il saurait en profiter. On lui avait parlé plusieurs fois de Nouvelles Draperies et il avait voulu rencontrer sur place un de leurs représentants.

— Je vis à Londres depuis vingt-trois ans, Victor. Je n'ai plus autant d'années devant moi. Mais j'espère voir Londres devenir l'empire que je pressens. Depuis dix ans, il y a eu bien des changements. Ce sera bientôt la victoire du commerce national. On traite maintenant les matières premières avant de les renvoyer partout dans le monde et parfois même dans leurs pays d'origine. Le sucre, le tabac et le coton... Qui dit vente sur le continent dit navigation. Qui dit navigation dit construction : savez-vous que c'est une des plus grosses industries du pays? Que nos équipages anglais voient sans cesse leurs salaires s'élever? On unifie l'île : on a rasé tous les murs des villes, il y a trois ans. Même les gens changent; on a vu des nobles ruinés épouser des bourgeoises bien nanties.

— Mais les Londoniens ne vendent toujours pas leur laine, avait dit Victor.

Paul Brune avait éclaté de rire. Le fils Le Morhier s'était renseigné avant de le visiter; il n'était point sot. Il lui avait versé une rasade de porto, s'était servi avant de répondre :

— La laine restera au pays. On soutient nos éleveurs de moutons.

— Je ne crois pas, avait répliqué Victor. Imposer aux gens d'acheter de la laine ne donnera rien de bon. La qualité de la laine s'est amoindrie. A Paris, certains soutiennent qu'on mélange la fibre anglaise à la fibre espagnole pour l'améliorer.

Décidément, ce garçon plaisait de plus en plus à Paul Brune. Il avait commencé à se demander si son ami Le Morhier ne le lui avait pas envoyé dans un but précis : le marier à une de ses filles. Au lieu de répliquer à Victor, il avait sonné son valet pour lui demander de quérir sa famille. Puis il avait resservi le Nantais malgré ses protestations :

— Une larme de porto ne saurait ébranler un marin.

Il avait décacheté la lettre, subitement curieux. Martin et Myriam Le Morhier se portaient bien, Nantes était toujours florissante et Victor plus buté qu'il n'y paraissait. « Mon fils est difficile à ferrer, écrivait le capitaine; il obéit en mer, mais dès qu'il touche le sol, il invente mille manières d'amasser du bien, et rien ne saurait le détourner de ce projet. Myriam soutient qu'il me ressemble. » Martin Le Morhier poursuivait en assurant son ami de l'honnêteté et du bon sens de son héritier. Il se portait garant de sa conduite. Il terminait sa lettre en priant son ami de revenir dans son pays natal.

Pas un mot sur une éventuelle union entre Victor et Mary ou Elizabeth. C'est que Martin n'avait pu songer que les filles avaient vieilli ; il devait se les imaginer comme il les avait vues l'unique fois où il était venu à Londres : décoiffées, courant derrière leur cerceau, tannant leur mère pour aller jouer sur les bords de la Tamise. Le Morhier serait étonné de constater combien elles avaient changé. Les jumelles étaient devenues des femmes accomplies. Les années n'avaient pas atténué leur surprenante ressemblance, mais ni Paul Brune ni sa femme ne se trompaient en s'adressant à l'une ou à l'autre, car elles n'avaient pas le même regard. Mary était si gaie qu'elle étourdissait son entourage en chantant, en riant, en plaisantant du matin au soir. Elle inventait des jeux pour les enfants des rues avoisinantes, elle gambadait en allant porter l'aumône aux miséreux, et sa mère devait lui dire plusieurs fois de baisser la voix quand elle chantait aux offices religieux. Elizabeth avait aussi les yeux verts, mais ils ne rappelaient pas les jeunes trèfles, comme ceux de sa sœur, ils évoquaient des landes désertes. On aurait dit qu'Elizabeth avait tout perçu du monde, le mal comme le bien, et que ces images s'étaient gravées sur sa rétine. La jeune fille n'était pas triste, mais elle se contentait de sourire quand sa jumelle s'esclaffait, ou de hocher la tête à un bon mot. Si Elizabeth était réservée, les Brune savaient toutefois qu'elle n'était pas aussi sage que le suggéraient les apparences. Ils avaient vu leur fille jeter une pierre à la tête d'un cocher qui maltraitait un cheval, ils avaient deviné maintes fois qu'elle s'était battue pour défendre plus petit qu'elle. Elle prétendait avoir chuté, mais ils la savaient trop souple pour trébucher si souvent ; les écorchures, les marques au visage étaient le fait de jeunes vauriens. Mme Brune avait récemment arraché à Elizabeth la promesse de renoncer à ces pugilats ; aucun homme ne saurait épouser une femme qui lutte comme les monstres des foires, la cause fût-elle excellente. Elizabeth avait rétorqué qu'elle se moquait bien du mariage. Que Mary s'y intéressait pour deux.

M. Brune sourirait longtemps en songeant à cette réplique ; sa fille n'avait pas tort. Depuis que Mary était fiancée, on n'entendait plus parler que de son mariage. On avait tout chamboulé dans la maison; le salon où M. Brune avait reçu Victor en témoignait. Il s'était alors avisé que son visiteur ignorait la nouvelle:

— Ma fille Mary se marie dans cinq jours, Victor. C'est pourquoi la pièce est dans cet état... Je ne comprends rien à ce qui se passe ici et je préfère traîner à la City jusqu'au mariage.

— Vous devez être très heureux de conduire votre fille à l'autel.

M. Brune avait dodeliné de la tête, il était ravi de la tournure des événements. Le fiancé, James Alley, était le fils d'un membre du Parlement. Il était plus âgé que sa fille, certes, mais un écart de vingt ans entre les époux n'était pas rare. Mary était très impulsive et l'autorité d'un mari lui serait nécessaire. Si M. Brune avait constaté avec plaisir qu'Elizabeth partageait le bonheur de sa jumelle, il avait aussi deviné qu'elle s'était vite lassée de l'entendre parler de sa dot ou vanter les mérites du soupirant. Mary avait bien voulu du premier homme qui ait demandé sa main, car elle prenait la vie comme elle venait, sans s'interroger, sans sonder son âme.

Mais Paul Brune et sa femme craignaient de rencontrer plus de résistance quand viendrait le moment de marier Elizabeth. Moment qui ne saurait être trop retardé: si Mary était en âge de convoler, sa jumelle l'était aussi. M. Brune avait demandé à Victor s'il continuerait à voyager ou s'il s'établirait à Nantes pour commercer.

— M'établir? avait répondu Victor, stupéfait.

M. Brune ne l'avait donc pas écouté?

— Mais si vous aviez assez d'argent pour vous installer, renonceriez-vous à parcourir le monde?

Victor avait secoué la tête vivement. Jamais! Il aimait trop cette mer qu'il commençait tout juste à courtiser; il l'avait connue douce et chaude autour des Açores, impétueuse le long des côtes anglaises, glaciale et meurtrière près des Terres-Neuves. Il savait qu'elle changeait de robe à chaque jour, coquette, cherchant à séduire l'azur. Elle se parait d'indigo, de bleu roi, de saphir, de céladon, apparaissait mouchetée ou pommelée, argentée et chatoyante, virginale dans ses dentelles d'écume, mais Victor l'avait vue rougir dans les étreintes du soleil et devinait qu'elle s'encolérait quand elle fonçait jusqu'à l'ardoise. Elle avait le don d'ubiquité, se multipliait à l'infini sous tous les cieux et envoûtait les marins : elle avait appris son chant aux sirènes, Victor n'en doutait aucunement.

L'abandonner? Alors qu'il venait de la rencontrer? Alors que la seule personne qui aurait pu le faire renoncer à cette passion était justement celle qui l'avait poussé à repartir?

— N'y pensons plus, avait marmonné M. Brune.

Il s'était levé en entendant des pas.

— Ma femme et mes filles, avait-il dit à Victor au moment où Mme Brune pénétrait dans la pièce avec les jumelles.

C'était une femme de grande taille, osseuse, au cou très long et au visage ingrat, mais dès qu'elle avait regardé Victor, il avait su pourquoi M. Brune était resté à Londres. Jane Brune avait des yeux d'une incomparable beauté; d'un vert si intense qu'il avait immédiatement songé à Tadoussac. Il s'était rappelé son arrivée en Nouvelle-France par le Saint-Laurent, la découverte de milliers d'ares de forêt. Puis il avait pensé à Anne LaFlamme, qui n'était pas belle, mais à laquelle personne ne résistait. Mme Brune semblait aussi vive, aussi décidée que sa marraine : elle s'était subitement écartée pour lui présenter Mary et Elizabeth.

Leur ressemblance étonnait tous les étrangers, les inquiétait aussi; ne disait-on pas que les bessons étaient marqués par le diable? Personne n'en avait jamais fait la moindre allusion devant les Brune, mais bien des femmes en avaient parlé lors de leur confession à St. Clement. Leur directeur de conscience avait tenté de les rassurer; les Brune étaient de bons pratiquants qui élevaient leurs filles dans le respect de Dieu. Et toutes ces rumeurs étaient mensongères; il fallait chercher la présence démoniaque ailleurs. Les Brune avaient eu beaucoup de chance que leur pasteur soit un homme si avisé; ils n'avaient pas vu leur commerce péricliter après la naissance de leurs jumelles.

Victor Le Morhier aussi avait été frappé par la similitude des traits d'Elizabeth et Mary, mais il avait pressenti des caractères bien distincts; la manière dont elles le saluèrent le conforta dans cette idée. On eût dit que Mary allait se mettre à danser après cette révérence, alors qu'Elizabeth donnait l'impression qu'elle se penchait pour examiner une tache sur le tapis. Mary lui souriait de toutes ses dents, alors que sa sœur l'agréait du regard. Les deux femmes avaient cependant en commun un délicieux accent dont elles s'étaient excusées à tort.

— Je leur ai appris notre langue, avait expliqué M. Brune à son invité, mais elles ne la parlent guère. Et comme leur mère préfère sa langue maternelle...

Victor avait rassuré Mme Brune et ses filles : elles s'exprimaient avec beaucoup d'aisance.

Durant le souper, il avait pu apprécier chacun des membres de cette famille. M. Brune parlait fort bien du commerce ; il connaissait tous les marchands et les notables de la ville, leurs ventes, leurs achats, leurs pourcentages, il savait si tel armateur préparait un gros coup et si telle loi serait abrogée. Il avait informé Victor de l'importance de la houille et avait mentionné plusieurs fois les Nouvelles Draperies. Mme Brune avait apporté quelques précisions tout en manifestant son intérêt pour les projets du Nantais. Mary et Elizabeth étaient charmantes, chacune dans son genre, et Victor avait dit à ses hôtes, en quittant leur table, qu'il regrettait d'avoir été un enfant unique. Il avait la nostalgie de ces repas animés qu'il n'avait jamais connus. Pour la première fois de la soirée, Elizabeth avait ri franchement :

— Restez une semaine ici et vous êtes très fatigué d'entendre Mary parler de le mariage !

Sa sœur l'avait pincée pour toute réponse, et tandis que M. Brune corrigeait les fautes de sa fille, son épouse s'était excusée auprès de Victor de ne pas s'être préoccupée plus tôt de son confort. Elizabeth avait raison ; ce mariage les bouleversait !

Victor avait expliqué qu'il avait vu une auberge, non loin du pont et qu'il y serait à son aise, mais M. Brune avait alors insisté pour le loger chez lui, si Victor acceptait de se contenter d'une chambre sous le toit.

— Ces auberges ne sont pas toujours bien fréquentées, avait dit M. Brune.

— Et elles sont souvent sales, avait ajouté son épouse.

— Et il y a peut-être des risques de contage, avait renchéri Mary.

Victor avait frémi :

— On m'a pourtant dit que les froids avaient gelé tous les miasmes et qu'on ne comptait plus de cas de peste.

M. Brune avait hoché la tête :

— Les miséreux ont souffert cet hiver, il est vrai. Les oiseaux étaient pétrifiés tant l'air était glacial. Et on n'a probablement plus rien à redouter. Même si les enterrements de la paroisse de St. Giles sont bien nombreux.

— Taisez-vous, mon ami, avait soufflé Mme Brune. Personne n'a souffert de la maladie dans la cité. Et nous ne sommes pas allés à St. Giles pour vérifier si c'était la peste ou la pleurésie qui avait emporté les malheureux.

M. Brune avait souri :

— Ma femme a raison ; les froids ont étouffé l'épidémie. La peste n'aura fait que quelques victimes. Mais il faut agir prudemment et éviter ces hostelleries où on ignore qui a dormi avant vous.

— Je me croirai chez ma tante, à Paris, avait dit Victor en acceptant l'hospitalité des Brune. Je dormais tout en haut, je voyais les étoiles.

Mary avait applaudi en apprenant qu'il resterait et elle lui avait fait promettre de tout lui dire sur Paris, dont le seul nom la faisait rêver.

Victor Le Morhier se souviendrait longtemps, et avec émotion, de l'accueil des Brune lors de son premier séjour à Londres. Paul Brune lui avait non seulement présenté les marchands susceptibles de cautionner son projet, mais il leur avait fait comprendre qu'il considérait Victor comme un membre de la famille. Mme Brune l'avait prié de raconter ses voyages ; comment il s'était embarqué pour la Nouvelle-France. Elle avait noté que la voix de Victor changeait quand il parlait des talents d'une jeune guérisseuse, Marie LaFlamme. Il avait ensuite narré une rencontre avec des pirates, l'abordage, la boucherie, les camarades perdus, puis, devant le regard effrayé de Mary, il avait peint la douceur des Açores, leurs étranges fleurs, leurs oiseaux si colorés.

Elizabeth avait soutenu qu'elle aimerait voyager comme un homme. Sa mère avait cligné des yeux, avec une expression qui montrait autant d'amusement que de découragement. Puis elle avait forcé Victor à reprendre du bacon.

— Il faut manger avant de partir sur ces bateaux où on vous affame !

Victor avait tendu son assiette ; les morceaux de porc salé étaient si appétissants ! Il les préférait au bouilli servi la veille ou à la soupe de racines et Mme Brune avait raison de lui rappeler les maigres pitances servies sur le *Grand-Faucon*. Le trajet de mer qui le séparait du continent était court, mais pourquoi se priver quand on lui offrait tout si affablement ?

Victor ne savait comment remercier ses hôtes. Chagriné de ne pouvoir assister au mariage de Mary, il lui avait donné une petite boîte ornée de marqueterie et avait chargé Elizabeth de tout observer de la fête : elle la lui raconterait à l'été, quand il reviendrait à Londres.

Le départ du *Grand-Faucon* s'était déroulé sans encombre ; avant de le mener en furin, on s'était assuré que nulle filandre ne s'accrocherait au vaisseau pour en retarder le cours. Un marin qui s'était déjà acharné à couper ces maudites herbes avait expliqué à Victor qu'elles étaient diaboliquement fortes.

Le Morhier avait regardé le garbin gonfler les voiles en se demandant si ce vent du sud-ouest soufflerait plus d'une nuit. On devrait peut-être recourir aux pantochères pour roidir les haubans si le navire penchait trop. Le marin avait respiré profondément et regardé la grande île s'éloigner entre deux manœuvres. Il était satisfait de son voyage à Londres ; il croyait sincèrement qu'il pourrait mettre sur pied la compagnie dont il rêvait. Cette compagnie qui lui permettrait d'offrir un trésor à Marie LaFlamme.

Il avait chevauché durant deux jours et deux nuits pour gagner Paris au plus vite ; il avait hâte de retrouver Emile Cléron et de lui parler de son projet. Il s'était d'abord présenté chez la baronne de Jocary qui l'avait reçu avec empressement, le moment de surprise passé. Elle l'avait renseigné sur Cléron : il devait être en route pour venir la retrouver car il y aurait du beau monde dans son salon avant la tombée de la nuit.

— Un Anglais est venu jouer, après Pâques, avait dit la baronne. Il a perdu. Vous avez fait vos pâques en mer?

Victor avait hoché la tête avant d'émettre un sifflement admiratif; le petit salon avait bien changé durant son absence, Armande de Jocary avait acheté de nouvelles chaises et on avait repeint les moulures d'un rose indéfinissable.

— Soupir d'un après-dîner de mai.

— Pardon?

— C'est la teinte de mes moulures.

— Auriez-vous vu Mlle de Scudéry à la place Royale pour parler ainsi?

La baronne lui avait tiré la langue :

— Elle viendra chez moi comme les autres!

— Vous avez déjà fort bien réussi, baronne, avait-il dit en évaluant combien avaient coûté ces travaux. Des dizaines de pigeons avaient été plumés dans ce salon afin qu'elle s'offre cette fantaisie.

Il lui avait souri avec indulgence; Mme de Jocary était à la fois rusée et naïve, désabusée et puérile, capricieuse et réfléchie. A force de la fréquenter, il avait compris qu'elle était dure parce qu'elle n'en avait eu guère le choix. Elle était égoïste, ses désirs devaient être exaucés. Mais quand elle était satisfaite, cette intrigante savait vraiment s'amuser et profiter de tout ce qu'elle pouvait obtenir de la vie. Elle n'était jamais malade, jamais lasse, et seule sa condition de femme l'empêchait de courir de son salon à une autre maison de jeu clandestine. Cléron lui racontait tout quand il revenait de ses virées nocturnes.

— Votre ami est d'un commerce fort agréable, avait-elle confié à Victor. Il est avisé et goguenard; il a toujours quelque bon mot pour me distraire.

— J'espère qu'il aura aussi de bonnes nouvelles de M. Chahinian.

La baronne avait croisé les bras devant sa poitrine découverte comme si elle avait soudainement froid.

— L'orfèvre est toujours à la Bastille.

— Le marquis de Saint-Onge ne peut rien pour lui?
La baronne s'était tendue.

— Ni le marquis ni le chevalier; M. Chahinian est un hérétique.

— Le chevalier?

— C'est un ami de M. Chahinian. Julien du Puissac. Il vivait en
Nouvelle-France et il est revenu voilà près d'un an. Juste après
votre départ pour les îles. Il va à la Bastille toutes les semaines,
mais il n'est pas mage et ne peut libérer l'orfèvre par enchantement! Que celui-ci soit toujours vivant est déjà un miracle...

Armande de Jocary avait entraîné Victor dans sa chambre, désireuse de lui montrer l'alcôve qu'elle avait fait construire, le mois
précédent. Depuis, elle montait sur l'estrade et en caressait les
colonnes avec un inaltérable ravissement; elle souhaitait que tout
le monde voie le grand lit où chaque élément, ciel, dossier, traver-
sin, couverture, cantonnière, était recouvert d'une indienne ama-
rante. La soie avait coûté une fortune, mais aucune des précieuses
qui dédaignaient encore sa maison n'en avait de semblable. Et
depuis qu'elle recevait en son alcôve, on lui avait dit quelques
madrigaux. Les vers étaient inégaux et moins travaillés que ceux
d'un sonnet, mais ils étaient tendres et agréables, et la baronne
recevait ces hommages avec un plaisir évident. Non qu'elle appré-
ciât beaucoup la poésie, mais cette forme d'expression était à la
mode chez les gens de qualité et elle tenait à pouvoir répéter une
rime quand elle rencontrait des dames place Royale.

Victor s'était assis en flattant le tissu qui recouvrait le dossier de
sa chaise; décidément, la baronne avait fait de bonnes affaires
depuis le début de l'année. Et elle était suffisamment protégée
pour se permettre d'étaler toute cette soie sans craindre de représailles.

— Vous ne redoutez rien, avait-il dit à son hôtesse.

— Non, avait répondu la baronne d'une voix forte. Cette soie
ne me vaudra pas d'ennuis. J'ai trop d'amis. Je crois d'ailleurs que
cette interdiction sera bientôt levée... Personne ne la respecte plus.

— Votre marquis ne peut vraiment rien faire pour M. Chahinian?

La baronne avait esquissé un geste entre le regret et la résignation.

— Le marquis de Saint-Onge est loin d'ici. Il a obtenu qu'on garde Guy Chahinian à la Bastille plutôt qu'au Châtelet, mais il serait en péril s'il sollicitait davantage Sa Majesté. D'autant qu'il ne connaît pas M. Chahinian. On trouverait cela très étrange.

— Et Michelle Perrot?

— Elle demeurera chez le marquis jusqu'à la Noël. Elle prononcera ensuite ses vœux.

— Elle est vraiment décidée?

La baronne avait eu une grimace de mépris qu'elle n'avait même pas tenté de dissimuler.

— Oui, quel gaspillage! Prenez donc une gimblette. Songer à Michelle-Ange m'aigrit le sang!

Mme de Jocary avait croqué une petite pâtisserie d'un coup de dent rageur et Victor Le Morhier n'avait pu s'empêcher de sourire devant sa déconvenue.

— Cela vous amuse? Quand je pense que j'ai tout fait pour cette oie!

Victor avait protesté : Michelle Perrot avait attiré bien du monde chez la baronne avant de la quitter pour aller vivre chez le marquis et enchanter ses soirées par sa divine musique. Les joueurs et leurs amis étaient devenus des habitués du salon de la rue du Bourubourg. Qu'avait-elle à se plaindre?

La baronne avait mangé une autre gimblette pour éviter de répondre à la question du Nantais. Elle l'avait ensuite prié de lui narrer ses voyages dans les îles à bord du *Rubis*, et son arrivée à Londres où elle irait assurément avant la fin de l'année.

— Est-il vrai qu'on y craint la peste?

Victor avait secoué la tête :

— Il y a eu quelques cas dans une paroisse éloignée de la City. Mais la froidure des derniers mois a découragé la maladie.

Victor était en train de rapporter à la baronne ses conversations avec les marchands quand une servante avait annoncé Emile Cléron. Ce dernier avait jeté son chapeau sur le lit avec une désinvolture qui avait amusé et surpris Le Morhier : son ami avait manifestement ses aises chez la baronne. Il l'avait étreint avec émotion, puis l'avait dévisagé, heureux de revoir ses traits familiers.

Armande de Jocary s'était éclipsée, devinant que les deux hommes lui sauraient gré de cette intimité. Elle avait fermé la porte derrière elle ; ils pourraient parler en toute quiétude des événements des derniers mois.

Quand ils étaient sortis de la chambre, deux heures plus tard, la baronne les avait conviés à souper ; la servante avait apporté un potage de sarcelles aux navets frits, un pâté de canard et des barbeaux en ragoût. Victor Le Morhier avait mangé avec appétit, et il s'en était étonné :

— Le sort de Guy Chahinian me désole grandement, seulement Mme Brune n'a pas une cuisinière aussi heureuse que la vôtre, baronne. J'ai aimé leur bacon, mais leur mouton...

Emile Cléron avait ri tout en remplissant les verres de vin. Puis, redevenu sérieux, il avait expliqué à Victor que l'avenir de M. Chahinian était cruellement incertain.

— Ils ne savent qu'en faire. On ne l'a point tué pour ne pas déplaire au marquis, mais ce dernier ne vit plus à Paris. Il ne faut pas oublier que l'orfèvre a été accusé par Simon Perrot du meurtre de Jules Pernelle. Perrot était le seul à connaître la vérité, mais il a coulé dans la Seine sous tes yeux.

— Il n'aurait jamais avoué que c'était lui le coupable ! Marie a bien vu Simon tuer Pernelle, même si elle ne l'admet pas !

— Que ce soit Perrot ne change rien à l'histoire. Le meurtre d'un obscur apothicaire sert de prétexte ; on garde Chahinian parce qu'il est le grand maître de la Confrérie de Lumière. Mais le chevalier du Puissac redoute le pire, même si on a adouci la détention de l'orfèvre.

— Le pire ? On l'exécuterait ?

Emile Cléron avait fermé les yeux ; il n'aurait pas dû parler ainsi à Victor Le Morhier. S'il savait la vérité sur Chahinian, il voudrait participer à son évasion, ce que refusait carrément ce dernier. Cléron tairait les craintes du chevalier : qu'on ne garrotte Chahinian dans sa geôle et qu'on ne prétende l'avoir trouvé mort.

— Il n'est pas très costaud, avait bredouillé Cléron, qui se souvenait des paroles de Julien du Puissac.

— Il doit quitter la Bastille ! s'était exclamé Victor.

– Je sais, avait murmuré Emile Cléron. M. du Puissac s'en occupe et rencontre des gens tous les jours pour le secourir.

En quittant leur hôtesse, Emile Cléron et son ami étaient allés chopiner aux *Trois Maillets*.

– Je veux aider le chevalier, avait déclaré Victor avec fougue.

– Attends ton heure ; Chahinian devra se cacher quand il sortira de prison. Il ne pourra rester longtemps à Paris. Ni même en France.

– Il irait à Londres ?

Le joueur avait hoché la tête, expliqué que le chevalier du Puissac avait laissé entendre que d'autres membres de la Confrérie vivaient dans l'île. Cléron avait ajouté qu'il ne comprenait pas qu'on risque sa vie pour une idée.

– Je n'ai pas d'inclination pour le martyre...

– Tu aideras pourtant Chahinian ?

– Du Puissac paie bien. Et l'orfèvre est ton ami. Il logera même chez la baronne quand il quittera la Bastille.

– C'est moi qui devrais tout arranger avec du Puissac.

Cléron avait eu un regard ironique : Victor ne pouvait le seconder. Il ne connaissait ni brigands ni tire-laine, encore moins des sicaires. Pour réussir une évasion, il fallait s'assurer de bien des complicités. Vivant du jeu et de rapines depuis toujours, Emile Cléron saurait s'entourer. Comme il ne pouvait parler du projet du chevalier, il avait affirmé que du Puissac ne verrait pas aboutir ses démarches avant la fin de l'été.

Il avait bu une gorgée de bordeaux et avait ajouté que le chevalier était plus puissant qu'il ne l'avait cru au départ.

– Parle-moi de cet homme.

– Un seigneur ! Il paie avant même d'avoir demandé. Hélas, il n'aime guère le jeu, il préfère les sciences curieuses. Il a des cornues chez lui et des grimoires. Il réfute la magie, soutient qu'il n'y a aucun enchantement dans les expériences qu'il effectue avec l'orfèvre, mais j'ai bien vu des poudres et des fioles, et malgré ses jurements, je crois qu'il cherche la Benoîte.

Victor Le Morhier s'était penché vers son compagnon :

– Il saurait changer le métal en or ?

Il avait alors compris à quelle motivation obéissait Cléron; il espérait être initié, ou du moins grandement récompensé, après avoir sauvé le Grand Maître de la Confrérie. Victor Le Morhier était persuadé que ni Chahinian ni du Puissac ne cherchaient la Pierre, mais il n'avait pas détrompé Cléron. Après qu'on leur eut rapporté un pichet de vin, il avait narré sa rencontre avec Paul Brune, ses projets de marchés entre les continents. Emile Cléron l'avait taquiné :

— Tu seras le rival de la Compagnie des Indes occidentales et orientales!

— Tu te gausses, mais tu verras que je réussirai.

Emile Cléron ne lui avait pas demandé pourquoi il était si acharné à commercer; il savait que son ami n'avait jamais oublié Marie LaFlamme et qu'il voulait l'éblouir par ses succès le plus rapidement possible. Le fol! Cette femme devait s'être mariée en Nouvelle-France depuis longtemps; pourquoi l'aurait-elle attendu? Il ne s'était même pas déclaré, n'avait fait ou obtenu aucune promesse. Heureusement que Victor Le Morhier était moins naïf en affaires! En le quittant, ce dernier lui avait promis d'aller le voir le lendemain après avoir visité M. Chahinian à la Bastille.

Victor Le Morhier n'avait eu aucune peine à rencontrer Guy Chahinian, semant des piécettes de l'entrée à la geôle de l'orfèvre. Le dernier soldat qu'il avait payé lui avait « loué » le prisonnier pour une heure, l'avait fouillé sommairement, puis avait sorti ses clés pour ouvrir la lourde porte de la cellule. Il s'était effacé pour laisser passer Victor tout en lui chuchotant qu'il pourrait prolonger sa visite moyennant une autre livre.

— Victor! s'était exclamé Chahinian. C'est bien vous?

La stupéfaction faisait trembler la voix de l'orfèvre.

— Le chevalier du Puissac m'a secouru; il me nourrit et m'apporte des livres, de quoi écrire. Mes journées passent plus vite, je ne perds pas la main et mon geôlier veille à ce que je sois mieux traité. Je mange à ma faim. Et je marche.

Guy Chahinian avait fait quelques pas pour montrer ses progrès. Il manquait d'aisance, mais il se déplaçait assez rapidement sans trébucher. Victor Le Morhier avait souri à l'orfèvre tout en songeant au traitement que lui avait fait subir Simon Perrot. Il lui avait broyé la jambe gauche pour lui faire dire ce qu'il savait du trésor de Marie LaFlamme. On avait dû amputer l'orfèvre au-dessous du genou.

— Je n'ai plus qu'une béquille.

— Vous ne souffrez plus?

Guy Chahinian avait haussé les épaules; il n'imaginait plus une journée sans douleur, une nuit sans s'éveiller en sueur, mais il était si content des bonnes nouvelles que lui apportait régulièrement du Puissac qu'il offrait ses maux à Dieu sans se plaindre. Il espérait seulement que le loup qui rongeait sa jambe valide serait bientôt guéri. Le chancre le brûlait et il lui fallait toute sa volonté pour ne pas arracher le pansement que du Puissac y avait appliqué. Il aurait soufflé et soufflé encore sur l'ulcère. Il avait encore pensé à Anne LaFlamme; il s'était étonné, au début de sa captivité, de songer quotidiennement à la sage-femme. S'il était vrai qu'elle avait été, en partie, à l'origine des événements qui l'avaient conduit au Châtelet, il l'avait pourtant peu connue. A Nantes, il ne l'avait vue qu'une dizaine de fois avant qu'elle soit condamnée pour sorcellerie. Ils avaient échangé alors de graves confidences, mais Chahinian n'aurait jamais cru que leurs destins seraient aussi intimement liés. Pour avoir protégé la fille d'Anne LaFlamme, il avait été arrêté.

Non, il y avait aussi Pernelle, qui l'avait trahi, parce qu'il avait été subjugué par Marie.

Marie LaFlamme... Guy Chahinian avait interrogé Victor Le Morhier sur ses parents, sur Nantes, sur ses périples, sur ses projets en cherchant une brèche dans la conversation qui lui permettrait de glisser, doucement s'il le pouvait, que Marie s'était mariée à Québec. Paradoxalement, à chaque fois que Victor avait fait une pause ou tenté de le questionner, Chahinian l'avait relancé, incapable de nommer Marie. C'était le Nantais, finalement, qui, sentant un malaise chez son interlocuteur, l'avait forcé à parler:

— Est-ce que votre chevalier du Puissac avait des nouvelles de Marie LaFlamme?

Le silence de l'orfèvre s'était terriblement prolongé, comme si la sordidité de la geôle en permettait l'écho, et Victor s'était demandé s'il avait rêvé ou posé sa question. La tristesse patente de l'orfèvre l'avait renseigné. Il avait deviné ce qu'on lui apprendrait.

Guy Chahinian avait répété deux fois que la jeune femme n'avait pas eu le choix d'épouser Guillaume Laviolette; elle n'aurait pu survivre autrement en Nouvelle-France.

— Elle m'avait promis de rester chez les Hospitalières, avait murmuré Victor en regardant fixement le prisonnier.

— Et vous l'aviez crue?

Chahinian avait failli demander par quel pouvoir Marie amenait les hommes à gober ses paroles. Il devait être honnête; la Renarde, comme du Puissac la surnommait, à l'instar de bien des colons de Québec, était remarquablement belle. Et aussi intelligente qu'entêtée. Du Puissac n'avait pas caché son admiration; il n'était pas enchanté par Marie, comme l'avait été Pernelle ou comme l'était Victor, depuis toujours, mais il avait raconté qu'elle avait permis par son esprit et son courage l'arrestation de Germain Picot, un criminel. Chahinian avait été heureux d'apprendre que la fille d'Anne LaFlamme s'était distinguée dans la colonie et que ses pratiques augmentaient.

Il avait dit tout cela à Victor Le Morhier, mais avait vite compris que le marin nantais ne l'écoutait pas.

Celui-ci avait protesté, argumenté :

— Marie n'a pas pu épouser Laviolette, elle est déjà mariée avec Geoffroy de Saint-Arnaud, vous le savez bien!

— Oui, je le sais, vous le savez et les gens de Nantes aussi. Mais tous l'ignorent à Québec. Marie aura convolé malgré sa première union. Elle n'est probablement pas la seule à avoir usé de ce stratagème.

— Et si un Nantais débarquait en Nouvelle-France?

Guy Chahinian avait fait une moue d'ignorance, puis il avait marmonné que cette hypothèse était peu probable. Peu de Nantais entreprenaient ce trajet de mer. Les colons venaient plutôt de la Normandie, du Perche, du Poitou, de Saint-Malo.

— Avez-vous déjà entendu parler de Nantais qui soit parti vivre en Nouvelle-France?

Victor Le Morhier avait voulu rencontrer le chevalier du Puissac. L'orfèvre avait hésité, mais il avait tout de même indiqué la demeure de son compagnon. A force d'entendre la même histoire, Victor Le Morhier finirait bien par y croire.

Il devait oublier Marie LaFlamme.

Chapitre 4.

Le 4 juillet 1665, Victor Le Morhier se brûlait les mains en hissant les voiles du *Poséidon*. La veille, il avait souri en apprenant le nom du bateau qui le mènerait en Angleterre, puis il s'était dit que le propriétaire avait eu raison de flatter le dieu de la mer : sa bélandre faisait tout juste quatre-vingts tonneaux. Le capitaine jurait qu'une inspection stricte les garderait des avanies, mais Victor le croyait à moitié.

Il s'embarquait pour Londres, même s'il trouvait que la bélandre avait déjà trop voyagé. C'était le seul navire qui partait pour la grande île.

Aucun capitaine sain d'esprit n'acceptait d'aborder dans cette ville rongée par la peste.

Victor Le Morhier en déduisait que les membres de l'équipage du *Poséidon* étaient tous plus ou moins fous, lui y compris.

Le capitaine Bourré et la plupart des matelots croyaient qu'ils pourraient, moyennant des sommes très élevées, permettre à des nobles ou à des bourgeois de quitter leur ville. Bourré envisageait de jeter les amarres à quelques miles de la City et d'attendre les offres. Bien sûr, il refuserait les malades, mais les bien portants auraient leur chance s'ils pouvaient payer. Un calfatin avait malgré tout avancé que la maladie était sournoise et que des gens de belle apparence pouvaient avoir la peste en leur sein sans le savoir.

— J'ai pensé à tout, mon gars, avait rétorqué le capitaine. On les laissera quelques jours dans une felouque à cinquante toises du

Poséidon. Avec des vivres. S'ils ne meurent pas, c'est qu'ils ont échappé à la Mort noire. On les fera alors grimper à bord.

— Et payer !

Le capitaine avait éclaté de rire ; il rêvait déjà au vaisseau qu'il pourrait acheter en revenant de Londres. Il avait eu du mal à former son équipage, mais l'appât du gain avait fait son œuvre. En ce soir de juillet, alors que tous les marins s'activaient autour de lui, le capitaine Bourré demandait à l'aumônier de recommander le *Poséidon* au Très-Haut avec conviction.

Le père Jodoin s'était moqué :

— Je croyais que vous ne craigniez point la peste, capitaine.

— Ce n'est pas la peste mais les pirates qui m'inquiètent.

Le père Jodoin avait promis de faire de son mieux. Ce qui n'avait guère rassuré le capitaine, ni Victor Le Morhier qui savait que l'aumônier avait été quasiment forcé de s'embarquer. Sa mauvaise conduite à terre où il commettait les sept péchés capitaux et montrait du talent pour en imaginer de nouveaux, l'avait condamné à échouer sur le *Poséidon*. Il avait failli promettre au Très-Haut de s'amender s'il revenait vivant de ce périple, puis il s'était emporté contre ce Dieu qui l'avait fait naître cadet, se le réservant du même coup. Pourquoi n'était-il pas l'aîné de la famille, pourquoi n'héritait-il pas de la fortune familiale au lieu d'être obligé d'aider les matelots à enverguer ?

L'aumônier sentit le regard de Victor posé sur lui. Il le toisa un moment, puis l'interrogea :

— Que me veux-tu ? Te confesser ?

— Je me moque de périr en enfer.

— Tant mieux, car nous nous y dirigeons tout droit, répliqua Gilles Jodoin. Mais si tu crois mourir, pourquoi t'es-tu donc embarqué ? Tu n'auras peut-être pas le temps de dépenser tes gains avant de pourrir de la peste...

— Peu me chaut de mourir.

— J'ai entendu, mon ami, mais tu pourrais plonger dans la Seine pour le même résultat.

— Je veux aider des amis anglais, s'ils sont toujours vivants. Ce qui m'arrivera ensuite... Admirons plutôt la failloise.

– La failloise?

– Là où le soleil se couche.

L'aumônier regarda au loin en grognant qu'il n'était pas marin et qu'il ignorait le sens de bien des mots.

– Tant que vous savez vos prières, dit Victor.

L'aumônier grimaça; il lui semblait que l'horizon tanguait exagérément. Il eut un haut-le-cœur, baissa la tête et s'efforça de fixer le pont, mais celui-ci aussi valsait. On aurait dit que les planches entraient les unes dans les autres. L'aumônier se laissa tomber par terre et Victor lui promit de lui envoyer le chirurgien. Celui-ci ne pourrait rien contre le mal de mer, mais il réconforterait peut-être l'homme d'Eglise. Marie LaFlamme l'avait fait tant de fois sur l'*Alouette*.

Marie.

Ne plus y penser. Jamais.

Quand Emile Cléron avait appris que Victor partait pour Londres, il l'avait giflé et l'aurait battu si la baronne ne s'était interposée. Il était furieux contre Victor qui allait droit au suicide.

– Tu veux être un martyr de ton amour! Marie s'est mariée? Tu veux mourir de la peste! Tu es un sot, un benêt et un lâche. Un orgueilleux! Un fier! Admets une fois pour toutes que cette femme n'était pas pour toi. Oublie-la et vis, sacredieu!

– Par Morgane! Tu n'as pas le droit de...

– J'ai tous les devoirs de l'amitié, Victor. Tu es fou de t'embarquer pour Londres. Si je pouvais te faire enfermer pour démence, je le ferais. Je te protégerais de toi.

– Je dois aider les Brune.

– Pour justifier ta mort? Un acte valeureux avant de périr pour déguiser ton suicide? Tu crois que Dieu s'y laissera prendre?

Victor n'avait rien rétorqué avant de sortir en courant du salon de la baronne de Jocary. Il avait ramassé quelques affaires chez Cléron, rue de la Verrerie. Il s'embarquerait sans écrire à ses parents la destination choisie. Ils l'apprendraient assez vite.

Ne pas penser à eux.

Ne penser à rien.

Il y réussit assez bien : il fallait combler le manque d'effectifs du *Poséidon* : les marins occupaient donc plus d'une fonction et les quarts s'étiraient pour tous. Après trois jours en mer, un menuisier dit à Victor que les galériens ne devaient pas suer plus qu'eux. Le cuisinier ajouta qu'ils seraient moins frais que les Londoniens qu'on ferait monter à bord quand ils arriveraient à destination.

Il avait tort. Quand il le comprit, il s'enferma dans sa cuisine pour ne plus en sortir.

Le *Poséidon* croisa d'abord un flibot. Les marins crièrent au capitaine de rebrousser chemin, car la peste était à Londres. Puis il y eut une pinasse, puis une hourque, puis des dizaines de bennes, tous en mouillage dans la Mare, en aval du pont de Londres. Nul ne sait si c'était le chaos régnant à Londres qui poussait ces embarcations à former de longues files disciplinées, en rangs de deux, mais le spectacle était assez insolite pour que Victor songe aux Enfants rouges, à Paris, qui marchaient par paires, l'un derrière l'autre, lorsque leur maître les emmenait en promenade. Les Enfants rouges, cependant, riaient parfois. Tous les passagers de toutes les barques étaient terrifiés, hagards ; ils avertissaient les matelots du *Poséidon* du danger qui les guettait s'ils s'avançaient davantage vers la City, mais le capitaine Bourré n'était pas du genre à écouter les mises en garde.

Puis il vit un corps flotter à quelques pieds du navire. Puis deux, puis trois. Il aperçut, en face de Redriff, une benne où on ne distinguait aucun mouvement. Mais en s'approchant, du haut du *Poséidon*, Bourré compta sept cadavres. Ils étaient tout noirs, sang, humeur et mouches confondus. Il n'y avait eu personne pour les jeter par-dessus bord. Personne pour dire la prière des morts. L'aumônier bénit les malheureux et implora le capitaine de faire demi-tour, puis il vomit à grands flux.

Bourré refusa d'écouter l'homme de Dieu ; il allait prendre d'abord des passagers. Il rappela à son équipage de se couvrir la face avec un mouchoir trempé dans du vinaigre.

— On a ce qu'il faut ; la piquette a tourné, s'écria un marin en riant.

Le capitaine lui sourit :

— On aura bientôt assez d'or pour s'acheter dix barriques de rhum! On fait payer les Anglais, on les emmène dans une ville saine, puis on repart. Du rhum, les gars, du rhum et des louis pour tous! Vous n'aurez plus à vous embarquer tellement vous serez riches. Ce sera votre dernier voyage.

Victor, cynique, songea que le capitaine avait raison; peu d'hommes survivraient à cette expédition. Les passagers des navires qui remontaient le fleuve avaient quitté Londres à temps; la plupart n'avaient pas été contaminés, mais les habitants qui n'avaient pu fuir, avaient beaucoup moins de chances d'échapper à la maladie. Victor regarda longuement les corps qui pourrissaient au soleil, et songea que la vie était dérisoire. Ces morts avaient été des hommes qui avaient ri, pleuré, travaillé, mangé, forniqué, prié, triché, qui avaient craint la mort et qui avaient tenté de l'abuser en grimpant à bord d'une ridicule petite barque. Mais l'Implacable les avait vite touchés de son doigt empoisonné. Ils avaient souffert trois heures ou trois jours, puis ils avaient péri. Quelle absurdité; une semaine auparavant, ils marchaient, parlaient, achetaient des vivres, emplissaient des malles pour le voyage; ils ne s'étaient même pas rendus jusqu'à Ratcliff Dock.

Victor se promit d'atteindre la maison des Brune. Il fut un des premiers à descendre du *Poséidon*. Ses compagnons avaient noué leur foulard sous les yeux, mais il avait refusé cette précaution. Il irait dans la ville comme au printemps. Il emprunterait les mêmes rues, s'étonnerait encore de la singularité du pont, passerait devant St. Clement et frapperait à la porte des Brune pour leur offrir son aide.

Il marchait si vite que les marins qui le suivaient le perdirent de vue. Il avait déjà rejoint St. Katherine quand il s'avisa de la désolation des lieux. Rêvait-il? Etait-il vraiment à Londres? Un calme inquiétant avait remplacé l'habituelle animation des rues. On avait exécuté quatre mille chiens et vingt mille chats, mais pour l'heure, ce n'était pas l'absence d'animaux qui déroutait comme le silence des docks. Les charpentiers, armuriers, calfats, cordiers, agreurs ou bateliers erraient le long de la rive, les mains aussi vides que le regard. Ils avaient délaissé leurs outils; personne n'avait plus recours à leurs services depuis plusieurs semaines, aucun navire n'entrant plus dans le port. Ceux qui en sortaient omettaient l'inspection, trop pressés. Les marteaux des forgerons, des artisans s'étaient tus. On n'entendait que les cris des marchands et des passants qui voulaient vendre et acheter, mais sans s'approcher les uns des autres. En même temps, Victor voyait des gens pénétrer dans les temples comme s'ils ne craignaient pas que leurs voisins soient malades.

Au moment où il atteignait la Tour, un attroupement se formait près d'une femme qui regardait le ciel avec une telle intensité que ceux qui l'encerclaient l'imitaient rapidement. Victor ne comprenait pas tout ce qu'elle disait, mais il lui semblait qu'elle parlait d'un dragon qui enflammait la ville. L'ange qui venait de lui apparaître avait une épée en or et se battait contre la peste, mais il prédisait que les deux tiers des habitants mourraient. Un homme témoigna de la vision et il décrivit les ailes de l'ange, très grandes, très blanches et sa longue robe bleue.

Victor poursuivit son chemin avec le sentiment que les gens étaient devenus fous pour croire à cette apparition. Il distingua ensuite par terre une bourse ouverte; des pièces s'échappaient et certaines avaient roulé jusqu'à trois pieds. Si certains passants s'apprêtaient à saisir la bourse, tentés par la fortune, ils s'en écartaient finalement, déduisant qu'elle avait appartenu à un pestiféré. Alors qu'il commençait à mesurer la terreur qui étranglait la ville, Victor remarqua de longues croix rouges peintes sur les murs de certaines demeures et devina que la mort avait emporté leurs habitants. Il eut aussitôt un geste de recul et choisit de marcher en plein centre de la rue.

Sans s'en apercevoir, il voulait se garder de la contagion. Il était cependant trop troublé par le spectacle lugubre qui s'imposait à lui pour comprendre que le dégoût de la vie l'avait quitté. Il était fasciné par les changements qui s'étaient opérés dans la ville : une échoppe sur quatre était fermée, de larges charrettes étaient arrêtées aux places publiques où des charlatans annonçaient leur produit miracle en affirmant qu'ils lui devaient leur bonne santé, et les gens échangeaient des regards résolument étranges. Porteurs éventuels de mort, chacun ressentait de la peur et de la compassion pour son voisin, voyait le criminel et la victime, repoussait l'un en pleurant l'autre.

Alors qu'il ne lui restait plus que quelques toises à parcourir, Victor ralentit le pas : comment réagirait-il si la maison des Brune était marquée de rouge? Fuirait-il en sachant qu'il éprouverait du remords et de la honte sa vie durant, ou ferait-il fi de sa vie, justement, en voyant les Brune? Même s'il avait dit qu'il reviendrait à l'été, ceux-ci ne l'attendaient pas et devaient l'avoir oublié dans la tourmente qui s'abattait sur Londres. Il avait encore le loisir de rebrousser chemin.

Il pria Dieu de lui pardonner sa bêtise et de l'inspirer. Il n'hésita pas à s'agenouiller; il avait vu bien des hommes le faire depuis qu'il avait quitté le navire. Les Londoniens se confessaient à voix haute, en pleine rue, persuadés d'avoir été touchés par le mal et de perdre l'âme dans l'heure. Ils s'accusaient d'adultère, de vol, de tromperie et même de crime. Certains de ces meurtres étaient tout récents. Un homme avait dépouillé un bourgeois qu'il avait trouvé inanimé sur un banc; il souffrait maintenant du même mal que lui. Une femme avait encornaillé son mari; son amant avait la peste; elle sentait les bubons grossir sous ses aisselles. Une vieille fille avait menti à son frère de peur qu'il ne la jetât hors de chez lui et avait contaminé ses neveux et sa belle-sœur.

Victor se releva et alla frapper chez les Brune. On mit tellement de temps à lui ouvrir qu'il commençait à imaginer le pire. Mais il entendit la voix de Paul Brune qui s'enquérait du visiteur.

— C'est moi, Victor Le Morhier. J'arrive de Paris.

— Mon pauvre ami, gémit le marchand, ne vous a-t-on pas averti du péril?

Victor n'osait demander à M. Brune s'il souffrait de la peste. Il se répétait que c'était improbable, puisque aucune croix ne désignait la maison à l'inspecteur, mais il attendait qu'on le lui confirme.

Il y eut un moment de silence, puis la porte s'ouvrit. M. Brune examina Victor avant de le faire entrer. Il s'en excusa :

— L'habitude... On essaie sans cesse de deviner qui mourra, qui nous tuera. Qu'êtes-vous venu faire ici?

Paul Brune avait le teint gris, les yeux rouges et il n'avait pas mis sa perruque, si bien que ses traits défaits étaient encore plus accusés. Victor qui l'avait toujours connu coiffé des longues boucles blanches, découvrait un homme vieilli par l'épouvante et le chagrin.

— Ma femme est morte. Ma fille aussi.

— Elizabeth?

— Non, Mary. Son mari a disparu avant elle. Elle est revenue ici. J'ai ordonné à mon épouse et à ma fille de quitter la ville, mais elles n'avaient pas dépassé Whitechapel qu'elles s'effondraient en même temps que notre servante.

— Comment l'avez-vous appris?

— Un échevin a surpris un malandrin qui les détroussait. Il a reconnu ma femme et m'a averti.

Paul Brune racontait la mort de son épouse et de sa fille d'un ton uni, mais le tremblement de ses mains trahissait son désespoir.

— Où est Elizabeth?

— Dans la maison voisine; elle est saine, personne n'y pénètre alors que des échevins sont venus chez moi cette semaine. J'ai percé un mur pour accéder à cette demeure. Les gens qui l'habitaient ont quitté Londres il y a plus d'un mois. Avant l'hécatombe... J'aurais dû les imiter.

— Mais vous ne pouviez faillir à votre charge...

— Vous l'aviez deviné? C'est pourquoi vous êtes venu? s'écria Paul Brune, incrédule.

Il avait expliqué à Victor, lors de son précédent séjour, qu'il avait été élu membre du conseil municipal et qu'il en était très fier. Il avait juré de seconder le mieux possible les échevins et le lord-maire.

— Je dois veiller à ce que les inspecteurs fassent respecter les consignes de quarantaine. Il faut aussi trouver des infirmières, s'assurer qu'on vide les maisons des corps, que les charrettes prennent bien leur sinistre chargement.

— Vous vous promenez sans plus de précautions?

— Je croque de l'ail, je fume du tabac et j'ai enduit ma perruque de vinaigre. Je me couvre le visage en public.

– Et votre fille? Comment se fait-il qu'elle soit restée ici?

Paul Brune grimaça :

– Le destin est ironique, Victor. Elizabeth était alitée il y a une semaine. J'ai cru qu'elle était pestiférée et j'ai ordonné à sa mère et à sa sœur de quitter notre demeure. Depuis, Elizabeth s'est guérie d'une fièvre bénigne, alors que Jane et Mary nous ont été enlevées. J'ai interdit à ma fille de sortir de la maison, mais j'avoue que je serais heureux que vous lui parliez. Elle est si... bouleversée par la mort de sa jumelle que je crains pour sa raison. Elle répète qu'elle veut la retrouver et que personne ne l'en empêchera. A chaque fois que je quitte cette demeure, j'ai peur qu'elle ne profite de mon absence pour s'enfuir. Parlez-lui, oui, parlez-lui.

– Je suis venu vous proposer de vous réfugier sur le *Poséidon*. Acceptez mon offre!

Paul Brune se mit à pleurer en remerciant Victor; Dieu avait-il décidé qu'il avait payé un assez lourd tribut pour lui envoyer un tel ange gardien?

– Elizabeth fuirait Londres.

– Vous aussi! Elizabeth est maintenant seule au monde; vous ne pouvez l'abandonner.

– Mais mes devoirs...

– Vous mourrez tous les deux si vous restez ici!

Paul Brune hocha la tête; le Nantais avait raison. Il le pria cependant de l'attendre deux heures; il devait se rendre à sa banque pour régler ses affaires et remettre certaines listes aux échevins. Victor tenta de l'amener à renoncer à ce projet, mais le commerçant s'entêta. Il lui dit que son père ferait la même chose que lui. D'entendre évoquer Martin Le Morhier fit fléchir Victor. Il promit au marchand de convaincre Elizabeth de les suivre sur le navire.

Victor Le Morhier était intimidé; il hésitait à rejoindre Elizabeth car il ne savait comment la rasséréner. Que disait-on à une jeune femme qui venait de perdre sa mère et sa sœur? C'était la

volonté divine, certes, mais cette remarque ne la réconforterait
guère.

Il ne dit rien, mais serra Elizabeth dans ses bras. Elle pleura
longtemps, puis s'apaisa. Elle prit alors conscience de l'incongruité
de la présence de Victor à Londres.

— Vous ignorez que la peste ravage notre ville?

— Non, je ne l'ignorais pas, répondit Victor. Mais j'avais promis de revenir.

— Les marchands avec qui vous devez acheter sont partis.
Tous.

Elizabeth raconta les premiers départs. Quand Victor était rentré en France, on avait recommencé à dénombrer des cas de peste.
En juin, les nobles et les bourgeois avaient quitté Londres pour les
comtés de Lincoln, Northampton, Bedford et plus loin encore.
Ceux qui avaient tardé devraient s'enfuir à pied : on ne trouvait
plus un coche ni un cheval dans toute la ville. Bien des auberges
allaient fermer, car les Londoniens redoutaient d'y attraper la
peste; on préférait dormir armé sous une tente qu'à l'abri des
pluies ou des bandits dans un lit malsain.

— Les moins nantis sont restés, c'est cela?

Leurs pratiques exilées, les artisans, les petits commerçants, les
domestiques et les ouvriers avaient vite manqué d'argent. Les
modistes, les tapissiers, les maçons, les laquais, les rubaniers, les
ébénistes, les peintres, les servantes, les miroitiers étaient sans
emploi : on fermait les maisons au lieu d'en construire, on jetait
ses robes dans une malle plutôt que d'en acheter, on abandonnait
sa domesticité, on oubliait ses fournisseurs. La masse de chômeurs
aurait grossi chaque jour si la mort n'en avait décimé autant. Les
nouveaux pauvres se joignaient aux miséreux et attendaient leur
fin à Londres, sachant qu'aucun village ne les accueillerait. Certains hantaient les maisons désertées et détroussaient les cadavres.
Pour une maigre pitance, plusieurs acceptaient de ramasser et
d'enterrer les corps.

— Mourir de faim n'est pas mieux que de mourir de la peste,
fit Victor.

Elizabeth acquiesça et poursuivit son apocalyptique récit :

— Notre servante Jamie est morte parce qu'elle est allée voir une diseuse de destin. Jamie croit que nous ne la gardons pas et veut le savoir. La sorcière a la peste et la donne à Jamie. Et Jamie la donne à mère et Mary.

— En faisant route vers votre demeure, j'ai vu des gens en masse dans les églises comme s'il n'y avait pas de danger.

— Je sais, murmura Elizabeth.

Puis elle lui expliqua que les paroissiens avaient d'abord pénétré dans les temples en se tenant à grande distance les uns des autres. Ils refusaient même de s'isoler avec un pasteur pour se confesser, si bien que tous entendaient les fautes dont un pêcheur s'accusait. Mais personne n'écoutait vraiment, chacun étant occupé à déceler les marques de la peste sur le visage des dévots, songeant que la moitié d'entre eux assistaient à leur dernier office, redoublant d'ardeur dans la prière afin d'être épargné. Puis les décès s'étaient multipliés ; on les comptait, ce 13 juillet, par centaines. Il n'était plus rare de voir un homme s'écrouler en pleine rue, frappé par la maladie comme il l'aurait été par la foudre. On priait à côté de lui la veille, on priait pour lui le lendemain. Mais si on priait, c'est qu'on était vivant ; on n'avait pas été contaminé. On comprenait de moins en moins à quel dessein obéissait la Mort noire. Au début, elle avait choisi les pauvres. On avait pensé que la peste était une maladie de gueux. On avait vite révisé cette idée : la peste frappait aveuglément. Les bons, les cruels, les riches, les petits, les hommes, les femmes, les enfants, les vieillards, les bigots et les athées. On avait pris mille précautions, des plus simples aux plus folles : les bouchers demandaient à leurs clients de déposer leur argent dans un pot de vinaigre pour le désinfecter, les maraîchers laissaient leurs légumes à l'entrée de la ville, une modiste suçait un morceau de plomb, un menuisier s'était fabriqué une cage de bois dans laquelle, se croyant protégé, il se déplaçait péniblement, plusieurs apothicaires recommandaient les fumigations et vendaient des magdalons, ces petits cylindres de soufre qui devaient chasser les miasmes. Des charlatans, déjà nombreux à Londres, surgirent au coin de chaque rue. Ils avaient tous trouvé le remède miracle contre la contagion : pastilles, pommades, élixirs, reliques, sirops, cataplasmes, poudres et formules magiques.

Rien de tout cela n'avait rebuté la peste. L'Ogresse voulait des tonnes de chair, aussi exigeante que l'autre grande faucheuse. Bien des hommes regrettaient la guerre, ses lances, ses hallebardes, ses épées et ses mousquets qui vous enlevaient la vie proprement, dignement. Une lame s'enfonçait dans votre cœur et c'était fini. Vous échappiez à la démence causée par trop de souffrance, vous n'alliez pas vous jeter par la fenêtre de votre maison, l'incendier ou assassiner votre père. Chaque Londonien avait été témoin de scènes d'épouvante ; ils avaient vu la folie métamorphoser plus d'une âme, quand les tumeurs se multipliaient dans le corps, que les pustules durcissaient. En voulant les crever, les médecins infligeaient aux pestiférés des tortures aussi grandes que celles du bourreau du Châtelet soumettant son patient à la gêne.

Victor grimaça, mais Elizabeth continua son récit. Il n'exorciserait pas ces semaines d'horreur, elle le savait, rien ne lui ferait jamais oublier l'été 1665, si elle y survivait. Cependant, et bien qu'elle sût parfaitement que cette impression était fausse, elle avait l'impression que Victor était sain, que lui parler garantissait son avenir.

Elle égrena ses souvenirs ; sa première morte, juste en face, chez les Wright ; sa première famille, les Waterman, leur maison barricadée, un homme peignant une croix rouge d'un pied de haut.

— En France, la croix était blanche, l'interrompit Victor dont les parents avaient souvent parlé de l'épidémie de 1634.

— En Hollande, ils mettent de la paille devant les maisons.

A Londres, on clouait les portes, les fenêtres, un gardien faisait une ronde régulière pour vérifier que les pestiférés ne s'étaient pas enfuis. On avait bien vu des gens tenter de creuser un tunnel pour sortir.

— Mais s'il n'y a qu'un malade dans la maison ? On condamne les membres de sa famille !

— Oui.

Victor en comprenait la raison, évidemment. En mer, dès qu'un marin trépassait, on le jetait à la mer pour éviter la contagion.

– Et la nourriture? demanda-t-il. Comment faites-vous?

Elizabeth soupira; c'était la seule épreuve qu'ils n'avaient pas encore connue. On trouvait du pain aussi facilement qu'auparavant. Il fallait simplement apporter la somme exacte pour ne pas avoir à toucher des pièces qui auraient été infectées. On payait trop, s'il le fallait, plutôt que de reprendre sa monnaie.

– Mais je peux cuire le pain ici, affirma la jeune femme en se levant.

Elle se dirigea vers un grand bahut et l'ouvrit. Il y avait des sacs de farine, du beurre salé, du chester, du malt pour la bière, du sucre, du porto et un tonnelet de vinaigre.

– Je ne mange pas la viande. Je lave tout avec le vinaigre ou de la cendre. Et je prie. Mais je me demande pourquoi, ajouta-t-elle en baissant la voix.

– Vous blasphémez, chuchota Victor, sans une once de reproche dans la voix.

– Je sais.

Victor lui tapota le bras sans rien dire.

Elle reprit sa narration, avoua comme la clochette signalant le passage de la charrette l'apeurait. Il y avait maintenant jusqu'à vingt cadavres par charrette. On creusait des fosses qui mesuraient plus de quarante pieds de long sur quinze de large.

– Ma mère et Mary... comme des chiens.

Elizabeth renifla un bon coup, expliqua combien les autorités étaient dépassées par les événements. Et que tous étaient coupables de n'avoir pas pris les mesures nécessaires à temps.

– On ne veut pas y croire.

– On ne *voulait* pas, la reprit Victor pour la première fois et il s'en excusa aussitôt.

Elizabeth le rassura.

Victor crut le moment propice pour lui apprendre que Paul Brune était parti à la banque, non pour y accomplir sa tâche habituelle, mais afin d'y prendre ses économies.

– Nous partirons dès qu'il arrivera. Il devrait déjà être ici.

Elizabeth souleva discrètement un coin de la toile qui pendait à la fenêtre.

— Il ne tarde pas à venir.

— Tardera, dit Victor qui espérait que la jeune femme avait raison.

Elizabeth alluma une autre chandelle et demanda à Victor de lui raconter ses voyages :

— Je veux croire que la peste ne ruine pas toutes les cités!

— Rassurez-vous, la peste n'a pas touché la France. Les bateaux anglais sont mis en quarantaine dès qu'ils approchent de nos côtes. Nous devrons nous y soumettre aussi. Mais nous irons ensuite à Paris ou Nantes, la Loire vous charmera... Mes parents seront heureux de revoir votre père.

Elizabeth hocha la tête ; Victor nota qu'il préférait ses cheveux défaits. Il avait un jour exprimé à Cléron que les coiffures compliquées vieillissaient trop vite les jeunes femmes. Cléron, lui, les aimait pour les bijoux qui s'y nichaient. Les bijoux que des belles engageaient lors des parties de pharaon.

— Parlez de Paris.

Victor prévint Elizabeth qu'il ne connaissait pas bien la ville du Roi. Il n'y avait séjourné que quelques mois. Il raconta pourtant les Tuileries et le Palais-Royal, le Louvre où habitait Louis XIV, la place Royale construite sous le règne du Vert-Galant où les précieuses côtoyaient des femmes abandonnées, Notre-Dame, la Seine qui coulait sous *plusieurs* ponts, tous couverts d'habitations, sauf le Pont-Neuf. Il évoqua l'île Saint-Louis et l'île aux Vaches. Et la Bastille, juste en face. Il confia qu'on y détenait un de ses amis pour hérésie. Elizabeth voulut en savoir davantage sur les motifs de l'incarcération de Chahinian et Victor lui dit ce qu'il savait des Frères de Lumière. Bien peu de chose, en vérité ; il comprenait maintenant que l'orfèvre avait voulu le protéger par son silence.

Il se tut, repensant à sa dernière visite à Chahinian. Il avait été égoïste et n'avait fait que gémir sur lui. Il n'avait même pas interrogé le prisonnier sur le sort de ses frères incarcérés. Il n'avait pensé qu'à partir pour ne plus revenir.

Elizabeth commençait à s'inquiéter de l'absence prolongée de son père, mais désireuse de poursuivre la conversation elle demanda, d'une voix altérée par l'angoisse, s'il était vrai que le Roi aimait danser. Victor le lui certifia ; le marquis de Saint-Onge l'avait rapporté à la baronne de Jocary. Il s'efforça de peindre celle-ci avec gaieté, mais sans y parvenir ; l'anxiété d'Elizabeth était communicative. Victor se répétait que Paul Brune avait été retenu par un échevin, ou peut-être même le lord-maire en personne, et que ses affaires avaient été plus longues à expédier, mais la flamme de la chandelle qui allait s'éteindre disait que trop d'heures s'étaient écoulées.

Quand Elizabeth remit une autre bougie dans le chandelier d'argent, elle dit à Victor que son père ne reviendrait pas.

Il la crut, même s'il protesta. Même s'il la força à manger de la galette avec lui, même s'il réussit à conter les duperies de Cléron en riant.

Il perçut le tintement de la clochette et mit ses mains sur les oreilles d'Elizabeth. Puis il entendit des cris qui s'effacèrent avec la nuit.

A l'aube, Elizabeth vit deux hommes se diriger vers leur maison. Elle insista pour être seule à leur parler et traversa le mur. Un inspecteur lui cria derrière la porte que son père était mort et qu'elle, ni personne, n'avait plus le droit de quitter la demeure de M. Brune. Par égard pour sa qualité de membre du conseil municipal, il avait déjà été enseveli.

Les messagers repartirent si vite qu'ils n'entendirent pas la fureur d'Elizabeth, ses imprécations contre Dieu. Puis ses pleurs déchirants ; elle répétait qu'elle voulait rejoindre sa famille, qu'elle était seule au monde, qu'elle n'aurait jamais dû se séparer de sa mère, qu'elle sortirait de cette maison même si elle devait égorger le surveillant. Ses cris cessèrent dès qu'elle s'avisa qu'elle et Victor Le Morhier pouvaient avoir été contaminés par son père. Pétrifiée par ce constat, elle le regarda longuement. Il s'avança vers elle, ils s'examinèrent, miroirs d'une mort annoncée. Se pouvait-il que ces mains qui avaient brodé des canards bleus sur une jupe grise ou qui avaient cargué l'artimon et la civadière soient bientôt inertes, que ces veines bleutées, au poignet, noircissent, gâtées par un sang chargé d'humeurs, que ces cous, ces aines, ces aisselles soient avant l'aube gonflés d'abcès, que ces bouches se taisent à tout jamais, que ces yeux ne voient plus le soleil et soient dévorés par les vers? Que leur jeunesse porte dorénavant un suaire?

Se pouvait-il qu'ils meurent avant la fin de cette journée de juillet?

Elizabeth s'approcha de Victor et détacha le bouton qui retenait le col de sa chemise. Puis elle fit glisser son pourpoint et le déposa sur le sol. Elle s'accroupit et commença à délacer son corset, sans cesser de regarder l'homme qui la posséderait pour la première et peut-être dernière fois. Elle le trouvait beau, sa peau était encore lisse, aucun de ces rictus qu'elle avait trop vus ces derniers jours ne le défigurait, ses yeux étaient clairs, brillants, vivants.

Victor aida Elizabeth à se dévêtir et il l'embrassa. Doucement d'abord, puis presque brutalement quand il sentit que la même violence couvait en elle. Il espérait qu'ils cesseraient tous deux de respirer dans ce baiser, narguant définitivement la peste. Il oublia la mort lorsqu'il fit rouler le bout des seins de la jeune femme entre ses doigts et qu'il l'entendit gémir de plaisir. Elle ne protesta pas quand il approcha la chandelle pour mieux la voir. La pudeur appartenait au passé; elle sentit la flamme de la bougie dorer ses épaules, ses seins, ses hanches. Elle ne cacha pas son étonnement en découvrant le sexe de Victor; c'était vraiment chose étrange que cette colonne de chair et ses petites bourses velues, c'était même trop curieux pour être beau ou laid. Elle voulut le toucher aussitôt pour se convaincre de sa réalité et elle s'épata de sa roideur, s'émut de le sentir frémir dans sa main, comme cet oiseau qu'elle avait arraché à la gueule d'un chat. Victor haletait et Elizabeth écouta ses soupirs, attendrie et fière d'amener un homme à tant de joie. Il l'arrêta toutefois et roula sa chemise en boule, la glissa sous les fesses d'Elizabeth, écarta ses jambes et la lécha avec une telle douceur qu'elle aussi oublia la peste; elle vivait au cœur de son ventre, palpitait et apprenait qu'on peut mourir de joie. Quand il la pénétra, elle cria, non de douleur mais de surprise; elle avait imaginé souvent ce que les mères cachent à leurs filles, elle en avait parlé avec Mary, mais ça ne ressemblait pas du tout à ça. Victor fondait en elle, l'emplissant de mer, de ciel et de lumière.

Elle pleura et Victor, qui avait pourtant essayé d'être doux, s'excusa de l'avoir fait souffrir.

— Non, non. Je pense à ma sœur qui ne connaît plus jamais un homme.

— Connaîtra, murmura Victor.

Puis il l'embrassa, la regarda et la trouva encore plus belle. Ses yeux avaient la teinte exacte du velours qui recouvre les amandes, sa peau avait rosi et ses cheveux collés sur ses seins les emprisonnaient d'une sombre dentelle qui rappelait au jeune homme un vitrail qu'il avait admiré à Cadix et qui représentait la Vierge. Il implora cette femme de sauver Elizabeth.

Il ne voulait pas qu'elle meure. Il voulait lui faire l'amour encore et encore.

Chapitre 5.

— Il est revenu, maugréa Rose. Je savais bien qu'il ne resterait pas à Paris.

Marie LaFlamme leva la tête, s'essuya le front. Il faisait si chaud qu'elle devait cueillir les plantes avant le lever du soleil de peur qu'elles ne cuisent sur pied. Avait-elle rêvé les froidures de l'hiver, les lacs gelés, les tempêtes de neige ? Comment était-ce possible que le soleil les brûle maintenant ? Depuis trois jours, la touffeur pesait sur la ville dès l'aube ; Marie avait soigné plus d'un colon pour une insolation, avait traité plusieurs enfants pour des ascarides avec du radis blanc. On l'avait même quérie pour une chèvre qui rendait sa bile. Pourquoi la verrait-on aujourd'hui ?

Marie était exténuée, mais elle ne s'en plaignait pas ; ce surcroît de travail lui évitait de réfléchir à sa situation. Elle courait d'un patient à l'autre, distribuait onguents et conseils, se couchait tard après avoir préparé des basilicons et se levait avant tout le monde pour trouver de la fougère, de la renouée poivre d'eau, de la berle douce, de l'herbe aux panaris. La plupart des soldats avaient les pieds endoloris par leurs mauvais souliers ou souffraient de la colique ; Marie avait dû guérir les hommes du régiment de Carignan-Salières avant qu'ils aillent construire les forts. Elle avait épuisé sa ration d'herbes et devait la reconstituer. Rose avait offert de l'aider, espérant que son amie se confierait à elle en ces moments d'intimité, mais elle l'accompagnait depuis trois jours par les champs et les bois et Marie n'avait pas encore mentionné Simon Perrot.

— Tu m'écoutes? dit Rose Rolland d'une voix acide.

Marie fronça les sourcils; Rose semblait de méchante humeur.

— Oui, tu as parlé de Bourdon.

— Tu ne dis rien.

— Parce que je n'ai rien à en dire.

— Et Guillaume? Que pense-t-il de cette affaire de fourrures?

Marie soupira : Guillaume se moquait de cette vieille histoire. Que Jean Bourdon ait été accusé, trois ans plus tôt, par Dumesnil de ne pas avoir bien tenu le compte des pelleteries que la Compagnie des Habitants avait trafiquées était le dernier de ses soucis. Comme Marie, il était obsédé par Simon Perrot. S'il avait été soulagé d'apprendre que le soldat avait été un des premiers désignés pour ériger un fort sur le Richelieu, il avait compris très vite que l'absence de Perrot ne changerait rien au trouble de Marie. Elle était hantée par son amour d'enfance et le cherchait autant qu'elle le repoussait. Guillaume savait qu'elle finirait par succomber au soldat. Un matin, il voulait retarder son départ pour la course, rester à Québec pour empêcher Marie de commettre cette bêtise; le lendemain, il désirait partir plus tôt pour ne pas voir ce gâchis. Non, il ne pensait pas à Jean Bourdon.

— Guillaume se prépare pour la course.

— Déjà?

— Il quittera Québec après les récoltes.

— Et tu seras seule quand ton soldat reviendra?

Marie, interdite, dévisagea son amie, et allait protester quand Rose la devança :

— Tu crois que je suis sotte? J'attends depuis des jours que tu me parles au lieu d'avoir cette vilaine figure qui fera bientôt peur à Noémie. Tu ne souris plus guère, ma fille, tu soupires après ce soldat. Je suis bien contente qu'il parte!

— Tais-toi!

— Non, si on t'a mangé la langue, la mienne est bien pendue! Pense à Noémie, pense à Guillaume qui t'assure d'un foyer, pense à toi!

— Je l'aime, gémit Marie. Depuis toujours!

— Tu ne l'as pas vu depuis des années...

Rose tenta de faire entendre raison à Marie; en pure perte. Au bout d'une heure, elle imaginait les drames qui marqueraient le prochain hiver avec une netteté effroyable. Elle était déçue par Marie : n'avait-elle pas eu sa leçon avec l'écrivain Nadeau? Ne comprenait-elle pas qu'ayant déjà tâté de la prison on l'enfermerait sans balancer au château Saint-Louis si elle se rendait coupable d'adultère? Quel démon habitait la Renarde pour sucer tout son bon sens? Rose préféra reparler de Jean Bourdon :

— Il paraît qu'il a dessiné une carte de Québec.

— A Paris? demanda Marie même si elle connaissait la réponse; elle était soulagée que Rose changeât de sujet.

— Oui, avec son fils Jean-François. Ils ont dessiné la ville basse et la ville haute si justement que c'en est une merveille. Guillemette Couillard l'a vue et a tout reconnu. Peut-être que le Roi a regardé cette carte et sait maintenant où nous restons?

Marie s'amusa de cette fidélité à Louis XIV et à son père, car les monarques n'avaient pas mieux fait, pour aider les putains, que d'ouvrir les magdelonnettes et de bâtir la Salpêtrière où on enfermait des filles avant même que les travaux soient achevés.

— Je pense que le Roi se moque de nous, répondit Marie. Il croit tout ce que lui conte Mgr de Laval et nous envoie des gouverneurs qui sont de pis en pis.

Rose ne trouva rien à répliquer; on parlait encore de la stupidité de Voyer d'Argenson qui avait emprisonné Radisson et Des Groseilliers, et on n'était pas près d'oublier les caprices de Saffray de Mézy. On appréhendait l'arrivée du prochain Gouverneur, M. de Courcelle. Prouville de Tracy avait fait son éloge auprès des notables de Québec et les conseillers avaient répété partout qu'il y aurait enfin un homme sensé pour diriger la colonie, mais les colons réservaient leur appréciation.

— J'espère qu'il tiendra tête à Mgr de Laval. Que mère Marie se repose.

Rose faisait allusion à la querelle qui opposait François de Montmorency-Laval et la supérieure des Ursulines, qui refusait tout changement à leur règle. Elle rejetait aussi poliment que fermement les suggestions de Mgr de Laval, qui ne manquait pas de s'en plaindre auprès du Roi lors de ses voyages en France.

— Tu sais bien que notre évêque aura essayé de se choisir un Gouverneur à sa convenance.

— Mézy lui plaisait au début, dit Marie en riant.

Rose se réjouit de ce premier sourire; peut-être que son amie se reprendrait quand Simon se serait éloigné? Elle ne pouvait pas être si imprudente!

Le mieux serait que des Agniers attaquent les soldats, n'en tuent qu'un, et que ce soit Simon. Les troupes partiraient de Québec le 23 juillet, dans moins d'une semaine : il y aurait foule, comme pour l'arrivée d'un navire, afin d'encourager les soldats. Quatre compagnies quitteraient la ville; certains s'étaient plaints de cet abandon, alléguant que les Iroquois le sauraient et viendraient les scalper. Tracy leur avait rappelé que les soldats du régiment étaient venus construire des forts. Ils n'allaient pas tous se cantonner autour du château Saint-Louis. Pour rassurer les colons, il avait annoncé l'arrivée de plusieurs autres compagnies avant la fin de l'été.

Rose se demandait si ces nouveaux soldats ne leur réserveraient pas aussi de mauvaises surprises quand Marie s'écria gaiement :

— Des framboises à gogo!

Son amie éclata de rire; il y avait bien deux ans qu'elle n'avait entendu cette expression. Elle regarda la talle que désignait la guérisseuse : des myriades de fruits rouges promettaient leurs délices.

— Alphonse aura une tarte ce soir! décréta Rose avec enthousiasme.

— Guillaume aussi! s'écria Marie.

Rose la dévisagea, puis elle proposa d'aller chercher des paniers pour ramasser les fruits. Elles devraient se montrer discrètes : inutile d'informer leurs voisines de la découverte d'une talle.

— Catherine Lemieux ne nous a jamais dit où elle avait trouvé ses champignons. Il n'y a pas de raison de lui révéler notre secret, même si elle se fiance dimanche.

Marie suggéra de lui donner plutôt une tarte.

— Oui. Une talle est une talle. As-tu vu son promis? Il est presque aussi fort que ton Guillaume. Il aurait pu combattre les Turcs.

— Il est soldat?

— Non, il est tambour. Il regroupera autour du drapeau les hommes qui se disperseront.

Marie hocha la tête vaguement, se disant que Simon serait souvent rappelé à l'ordre. Il était si rétif face à l'autorité! Elle s'étonnait qu'il ait pu être mousquetaire, mais il est vrai qu'on lui avait confié plusieurs missions où il agissait seul. Il parlait peu de ces charges et Marie n'osait l'interroger, supposant qu'il devait taire certains secrets d'Etat. Et puis, quand elle le voyait, ils discutaient davantage de Geoffroy de Saint-Arnaud, de Nantes et de Québec que des nobles que Simon avait protégés en France. Quand elle le voyait... Il était revenu seulement deux fois rue Sault-au-Matelot et elle l'avait ensuite croisé dans les rues de Québec, presque par hasard. Elle essayait de faire coïncider ses cueillettes ou ses visites aux malades avec les démonstrations militaires, les rondes des soldats, mais elle ne pouvait savoir à l'avance si Simon serait désigné pour descendre au port ou inspecter les abords de la ville, affecté à la menuiserie ou à l'entretien des armes.

Il aimait beaucoup les armes. Il lui avait montré avec orgueil son fusil à platine, affirmant qu'il n'y avait pas plus nouveau en la matière. Il frottait son fusil dès qu'une mouche s'y posait et Marie l'avait taquiné sur sa manie. Il avait rétorqué que les femmes ne connaissaient rien aux armes, mais qu'elles étaient contentes que les hommes sachent s'en servir pour les protéger. Marie avait protesté; elle savait tirer. Guillaume le lui avait appris au printemps. Simon l'avait plainte d'avoir un mari si souvent absent qu'il doive enseigner à sa femme à se défendre. Elle n'aurait pas à se soucier de sa sûreté quand ils seraient rentrés à Nantes, avait-il ajouté. Puis il avait reparlé du trésor et

Marie avait répété qu'elle n'y croyait plus et qu'elle courrait un grand péril en retournant à Nantes où chacun se souvenait d'elle comme d'une sorcière. Simon assura qu'il veillerait sur elle, elle répondit qu'il ne pourrait rien contre la foule qui avait conduit sa mère au bourreau.

— De plus, on m'interdirait la pratique de la médecine à Nantes. Je veux continuer à soigner les gens!

— Mais tu n'en auras pas besoin, Marie, avait répliqué Simon. Nous serons riches! Tu auras de belles robes de soie. Tu tourneras la tête à tous les hommes, mais c'est à moi que tu appartiendras. Que tu appartiens!

Il l'avait embrassée dans le cou et elle n'avait pas tenté de le repousser. Elle aimait trop sentir ses lèvres contre sa chair, froisser ses cheveux poudrés entre ses doigts, respirer son odeur chaude qui lui rendait les parties de pêche de leur enfance, les courses le long de la Loire ou dans les dédales du quai de la Fosse, les juteuses cuisses-madame volées au poirier de Jules Médard. Elle avait trop rêvé de ces baisers pour y renoncer, et si elle refusait encore qu'il dénude sa poitrine ou trousse son jupon, elle savait qu'elle se donnerait bientôt à lui. Elle attendait seulement que Guillaume reparte pour la course; elle serait trop honteuse de passer des bras de son mari à ceux de son amant dans la même semaine. Elle s'efforçait de chasser le souvenir d'Anne LaFlamme quand Simon la cajolait, mais le soir elle mettait tant de temps à s'endormir qu'elle y pensait et y pensait encore. Les caresses de Guillaume qui la délassaient auparavant ne lui permettaient plus de trouver le sommeil. Elle avait pourtant témoigné beaucoup d'ardeur dans ces étreintes avec son mari; elle le trahissait, certes, mais voulait curieusement l'assurer de sa complicité, de son attachement. Elle ne détestait pas Guillaume parce qu'elle aimait Simon et aurait voulu en persuader son époux.

Marie se frotta les tempes en inspirant profondément; elle avait mal à la tête, elle aurait ses mois dans la semaine. Elle commençait à s'inquiéter à ce sujet; bien que Guillaume fût souvent parti, il l'avait assez connue depuis plus d'un an pour qu'elle soit grosse. Dieu lui refusait-il l'enfantement pour la punir de ses péchés? Noémie la rendait très heureuse, mais elle désirait porter un petit. Quelle confiance garderait-on en une sage-femme bréhaigne? Des femmes refuseraient même qu'elle les touche de peur que sa stérilité ne soit contagieuse. Mais si elle était enceinte de Guillaume, Simon serait furieux. Assurément.

Elle ne se souvenait pas qu'il s'encolérait aussi vite. Sa main se crispait alors sur son fusil, son regard devenait opaque et Marie ne pouvait s'empêcher de comparer ses yeux à ceux des malades qui délirent. Elle s'appliquait à ne pas le contredire, tout en pensant qu'il aurait dû l'écouter plus attentivement : elle connaissait Québec mieux que lui et aurait pu lui donner quelques conseils. Elle lui aurait confié que son fusil, si neuf soit-il, ne serait peut-être pas de bon usage. Guillaume lui avait dit que ces armes brillantes convenaient aux affrontements en France et en Navarre, quand les soldats marchent vers l'ennemi en colonnes serrées, mais que les hommes du régiment de Carignan-Salières devraient plutôt étudier les embuscades des Iroquois.

Marie ne voyait jamais Simon plus d'une demi-heure en privé car elle redoutait les racontars et si elle avait su déjouer maints dangers dans le passé, elle songeait aussi à imiter les leurres indiens pour tromper ses voisins. Elle n'imaginait pas comment elle pourrait céder à Simon à l'automne sans que les commères le devinent. Elle sentait bien que Rose refuserait d'être sa complice.

Marie se tourna vers sa compagne et envia son air serein. Elle avait épousé Alphonse et nul soldat du régiment n'aurait pu lui tourner la tête; elle avait décidé d'être heureuse avec son époux. Marie la jalousait tout en la plaignant : ne connaîtrait-elle jamais cette passion qui exacerbe les sens, envenime la raison, affole le cœur? Quand Marie voyait Simon Perrot, elle avait l'impression de brûler aussi violemment que le feu de l'athanor. Son âme fondait comme les métaux que cuisaient les orfèvres et distillait dans son sang une telle joie que c'en était souffrance.

Elle serait attristée par le départ de Simon Perrot. Et soulagée; elle ne craindrait plus que les colons ne la voient rougir et ne l'entendent bafouiller, elle n'aurait plus, pendant quelques semaines, à sonder sa conscience, à implorer le Ciel de lui pardonner, à s'épuiser à chercher une solution qu'elle savait inexistante.

Le 23 juillet, elle respirerait peut-être plus calmement.

Le 23 juillet, les quatre compagnies du régiment de Carignan-Salières grossies d'une centaine de volontaires mettaient à l'eau les embarcations en prévision de l'expédition vers la rivière Richelieu. Le capitaine Jacques de Chambly dirigeait les opérations. C'était un beau spectacle que le départ de tous ces soldats ; à leur arrivée à Québec, on avait remarqué leur mauvaise mine, maintenant on leur trouvait fière allure dans leurs uniformes. Les hauts-de-chausses étaient tous garnis d'aiguillettes, les justaucorps de drap de Sedan ou de bure bombaient les torses des plus maigres, la cravate et le chapeau noir garni d'un ruban complétaient la tenue des soldats. Comme Simon, ils avaient les cheveux poudrés. Pour quelques jours... La marche, la rame et le portage affaisseraient les jolies boucles.

Mais les femmes de Québec ne seraient pas là pour voir les soldats sales, épuisés, et elles les admiraient avant leur départ.

Le marquis de Prouville de Tracy et le capitaine attiraient l'attention, comme le lieutenant et les deux enseignes qui portaient les drapeaux, mais quand Guillemette Couillard clama que tous les hommes du régiment faisaient honneur au Roi, les colons l'approuvèrent et applaudirent les troupes.

On avait chargé les vivres et les munitions, les derniers soldats embarquaient et voyaient les colons s'agenouiller et implorer pour eux la protection divine. Plusieurs soldats avaient entendu les récits des tortures que les Agniers faisaient subir à leurs prisonniers ; ils se répétaient qu'ils étaient trop nombreux et trop bien armés pour que les Indiens les attaquent, mais ils étaient déterminés à ériger rapidement ces forts, à s'y enfermer ou à rentrer à Québec.

Quand ils ne distinguèrent plus les visages des soldats, les colons se relevèrent et s'activèrent : les champs donnaient bien cette année, mais les bras manquaient. Trop d'enfants en bas âge et tant d'hommes partis avec le régiment. Les femmes, heureusement, ne rechignaient pas à l'ouvrage. On avait même ouvert des paris dans le dos des prêtres : Rose Rolland serait encore la meilleure à la faucille. Antoine Souci et Horace Bontemps soutenaient que Nicolette Jasmin avait ses chances. Marie LaFlamme aurait pu gagner, elle aussi, si elle était venue faucher.

— Elle ne quittera pas Guillaume tant qu'il ne sera pas mieux, dit Rose Rolland avec satisfaction.

— Il n'est pas si mal en point, fit remarquer Emeline Blanchard avec un petit sourire.

— Marie veut s'assurer qu'il ne se lève pas. Guillaume déteste être alité.

— Pas si la Renarde est à côté de lui, souffla Souci. Elle s'en occupe bien. Cette sotte d'Anna avait tort.

— Tort? demanda Rose.

— Elle disait que le soldat Perrot et Marie fricotaient ensemble.

— Elle est bête, déclara Emeline. Je l'ai toujours pensé.

— Je plains son époux, surenchérit Rose.

— Ce n'est pas pour rien qu'il s'est porté volontaire, a fait René Blanchard en désignant les bateaux qui gagnaient l'horizon.

Du cimetière, les colons voyaient les embarcations qui se joignaient vers le soleil, formant une flèche semblable au vol des oies blanches. Ils paraissaient aussi petits, aussi frêles que les oiseaux, mais Rose Rolland savait que les bernaches étaient endurantes. On disait qu'elles faisaient des voyages aussi longs que des trajets de mer. Les soldats du régiment ne seraient pas moins courageux et au Nouvel An, trois forts, ou même quatre, jalonneraient les rives du Richelieu et défendraient Québec et Ville-Marie. On avait déjà décidé que le premier fort érigé s'appellerait Richelieu, comme le cardinal qui avait si bien déjoué les attaques ennemies. Il aurait certainement pu mater les Agniers et son nom porterait bonheur.

Le soleil était si ardent qu'on ne pouvait regarder le fleuve longtemps; le Saint-Laurent étincelait comme un louis d'or et les enfants prétendaient qu'on pouvait s'y baigner sans craindre le froid. Rose, qui avait amené Noémie au port, s'était trempé le bout du pied. Elle n'avait pas ressenti le pincement habituel du gel, certes, mais n'avait pu maintenir son pied dans l'eau plus de quatre minutes. Les garçons qui bravaient les courants glacés du Saint-Laurent étaient bien fiers; elle avait d'ailleurs reconnu le fils des Boucher qui avait demandé pour ses douze ans de pouvoir suivre le régiment!

Guillaume avait eu les fièvres juste au bon moment; il n'avait pas eu à supporter les sarcasmes des habitants qui auraient voulu qu'il s'enrôle; il était plus fort que tous les colons, il connaissait la forêt, les portages et les langues indiennes. Pourquoi ne voulait-il pas aider la colonie? Rose savait que Marie avait dû le défendre auprès de plusieurs patients; Guillaume donnait son temps aux corvées quand il était à Québec, mais l'érection des forts coïncidait avec le moment où il partait en course. Rose croyait comme Marie que Guillaume aurait accepté d'accompagner le régiment durant quelques semaines avant de prendre le bois, mais qu'il s'était refusé à le faire pour éviter Simon Perrot qu'il méprisait. Lors d'un souper rue Sault-au-Matelot, Rose avait tout de suite perçu le dégoût de Guillaume même s'il se montrait courtois envers le soldat. Alphonse le lui avait confirmé : Laviolette lui avait confié que Perrot était un jars qui ne songeait qu'à jouer avec son fusil ou son mousquet à rouet.

— Rose! Tu traînes! Tu ne gagneras pas ton avoine si tu restes là!

Rose se tourna vers Emeline qui lui tendait la main; elle devait s'imaginer qu'elle pensait à son viol. Il s'était déroulé juste là, en haut de la côte, dans ce cimetière, en janvier. Rose sourit à Emeline pour la rassurer; elle n'avait plus peur de traverser la terre de Ruette d'Auteuil. Germain Picot était mort et elle bien vivante, aimée d'Une Patte et entourée d'amis. Il ne lui manquait qu'un enfant. Patience, se répétait-elle, patience. Elle n'était pas stérile, elle le savait, puisqu'elle avait fait une fausse couche après l'abomination qu'elle avait subie. Patience.

* * *

— Patience, dit Marie à Guillaume. Tu te lèveras demain.

— Je crois que j'aurais dû suivre le capitaine de Chambly qui est moins sévère que toi, maugréa le coureur de bois.

Marie lui sourit; malgré son envie, elle n'était pas allée au partement des bateaux du régiment. Les colons ne pourraient jamais se douter qu'elle s'occupait de son mari en pensant qu'elle aurait dû se donner à Simon. S'il mourait au cours de son expédition, elle regretterait toute son existence de s'être refusée à lui. Elle coucha Noémie dans son lit et revint vers Guillaume, tenant une bassine et un verre :

— Tiens, rince-toi la gorge.

— Qu'est-ce que c'est?

— Une décoction de serpentaire, ça te redonnera ta voix.

Guillaume obéit en grimaçant et se rappela ses six lunes chez les Iroquois. Sa mère adoptive lui avait aussi fait avaler d'épouvantables mixtures. Il fallait reconnaître qu'elle avait bien soigné ses plaies après les tortures; Marie aurait beaucoup appris de sa médecine. Comme il regrettait de ne pouvoir l'emmener avec lui; il l'aurait soustraite à Simon et elle aurait connu ses amis indiens.

Guillaume s'endormit en se demandant jusqu'à quel point l'arrivée du régiment modifierait ses rapports avec les Agniers. Chose certaine, il n'aurait jamais pu participer à la construction des forts; il entendait s'inspirer de la tribu des Neutres qui refusait de trancher entre les Iroquois et les Hurons.

Contrairement à ce que pensait Antoine Souci, Guillaume était réellement malade et Marie le veilla plusieurs nuits. S'il pouvait marcher à l'arrivée de l'*Aigle*, le 18 août, il ne demeura guère plus d'une demi-heure au port ce jour-là. Trop d'agitation le fatiguait et il rentra vite rue Sault-au-Matelot. Marie avait dit qu'une arrivée n'était qu'une arrivée, mais elle resta pourtant au quai Champlain pour voir défiler les quatre nouvelles compagnies. Si les colons s'extasiaient encore sur le spectacle, il sembla à Marie, le lendemain, quand la *Paix* toucha le port, qu'il y avait moins de monde pour accueillir les militaires. Plusieurs familles étaient restées dans les champs pour ramasser le foin. Les soldats n'auraient même pas le temps de les aider; sous le commandement de Pierre de Saurel, ils quitteraient la ville dès le 25 août pour la vallée du Richelieu. D'autres hommes les remplaceraient : Prouville de Tracy soutenait que huit nouvelles compagnies gagneraient Québec avant la fin de l'été. On verrait encore les justaucorps bruns aux garnitures bleues et les chaussures ornées de rubans. Marie avait entendu Simon dénigrer ces souliers qu'une paire de bottes auraient avantageusement remplacés en Nouvelle-France. Louis XIV n'était jamais venu dans la colonie pour lancer la mode des souliers, avait répondu Marie. Simon avait dit qu'il porterait pourtant des chaussures quand il rentrerait à Nantes; un gentilhomme se devait d'imiter le Roi qui avait raison en tous points.

Le Roi avait-il également deviné que les navires qui aplestaient au port de La Rochelle le 13 mai mettraient cent dix-sept jours à atteindre la colonie? Que huit hommes périraient et qu'une centaine d'autres devraient être hospitalisés à leur arrivée à Québec? Certes, Jean Talon du Quesnoy était descendu à l'île Percée pour recueillir des minéraux, mais ce n'était pas cette escale qui avait vraiment ralenti la course du *Saint-Sébastien*. Ni causé la maladie; c'était le soulagement de voir approcher les terres. Les hommes avaient ouvert trop tôt les sabords; l'air qui était entré avait apporté bien des maux. Daniel Rémy de Courcelle, qui venait prendre son poste de Gouverneur, se demandait s'il aurait le courage de faire le trajet de mer en sens inverse quand il aurait rempli sa mission. A son bord, bien des hommes avaient été envoyés de force en Nouvelle-France et juraient qu'ils rentreraient au pays après les dix mois d'éloignement décrétés par le Roi, mais auraient-ils alors oublié un si mauvais périple?

Il y avait trop de malades pour que l'Hôtel-Dieu de Québec puisse tous les accueillir. L'église était pleine jusqu'à la balustrade; les religieuses s'épuisaient à courir d'un patient à l'autre et Marie, qui observait mère Catherine de Saint-Augustin, s'inquiétait pour elle. La nonne était aussi pâle que ses malades. Elle avait toujours ce sourire si lumineux qui enchantait les colons et Marie regretta que les religieuses ne puissent entendre les confessions comme les prêtres. Qu'il aurait donc été aisé de parler à mère Catherine ! Pourtant, elle n'avait pas beaucoup pensé à Simon depuis l'arrivée du Gouverneur et de son intendant ; durant le jour, elle portait des médicaments aux malades que les colons avaient logés chez eux, et le soir elle préparait les onguents qu'elle distribuerait le lendemain. Elle s'était excusée auprès de Guillaume de le négliger et de ne lui offrir que des repas médiocres, mais il avait balayé ses propos en soutenant qu'il était bon qu'il s'habitue à d'autres soupes. Dans moins d'une semaine, il s'enfoncerait dans la forêt. Les arbres commençaient à rougir, les jours s'écourtaient, les colons pensaient déjà à l'hiver ; les fièvres avaient retardé son départ, mais il devait impérativement quitter Québec avant les froids.

Marie regarda Guillaume tendre une pomme à Noémie en se disant qu'il avait si bien affriandé la petite qu'elle le pleurerait assurément. Guillaume se languirait des jolivetés que faisait à chaque jour l'enfant, mais il était toujours parti pour le bois entre la Saint-Louis et la Saint-Martin. Il ne devait pas renoncer cette année, sinon on s'interrogerait. Marie allait lui rappeler qu'ils souperaient chez les Rousseau quand elle entendit des coups : un soldat du régiment apportait un message du marquis de Tracy à Marie LaFlamme. Une lettre venant de France l'attendait au fort Saint-Louis.

Marie blêmit et Guillaume pria le messager de les attendre quelques minutes.

— Qu'est-ce qu'on me veut ? On remet les lettres aux gens sans les convoquer au château !

— Et si on t'annonçait un décès ?

— Non. J'aurais reçu ma lettre comme tout le monde. Que me veut le marquis ?

Guillaume accompagna Marie au château. Bien qu'elle ait mis sa cape, il la sentait frissonner contre lui ; elle se souvenait trop bien de ses semaines d'emprisonnement et de la geôle

qu'elle avait connue en France. Mais quand un officier l'amena à
M. de Tracy, elle se tenait très droite et arborait un calme remarquable. Le marquis lui présenta le nouveau Gouverneur, M. de
Courcelle, qui avait déjà entendu parler de ses talents de guérisseuse. Marie ébaucha un sourire; on ne lui voulait aucun mal.

    – J'ai une lettre pour vous, madame. Une lettre que j'aurais
dû vous remettre à mon arrivée. Mais je l'avais rangée dans un
pourpoint et je viens seulement de la retrouver. J'ai partagé un
repas avec un de vos amis, avant de quitter La Rochelle.

    Marie cessa de respirer : un ami? Vraiment?

    – Victor Le Morhier vous a écrit une lettre; je voudrais que
vous me pardonniez de vous la rendre si tardivement.

    Marie sourit poliment au marquis sans quitter la lettre des
yeux; quelle nouvelle méritait que Victor lui écrive? Elle redoutait de briser le sceau, mais Rémy de Courcelle l'y encourageait
du regard. Elle lui trouva l'air doux, discret, et pensa qu'il avait
des lèvres d'enfant qui ne s'accordaient pas avec la lourdeur de sa
perruque. Tandis qu'elle dépliait la lettre de Victor, elle se
demanda s'il parfumait ses gants à l'ambre ou à la frangipane
quand il vivait à Paris.

Chère Marie,

    *Je pars pour Londres car un marin nantais m'a dit que ton père
y avait séjourné. J'en saurai plus sur ton héritage. Je prie pour que
tu sois autant estimée à terre qu'en mer. Je n'en doute point; les
colons doivent tous t'aimer astheure et j'ai parlé de toi au marquis
de Tracy. Il saura peut-être te secourir si besoin est. Je joins une
bourse pour Noémie; j'ai fait dire deux messes pour ma filleule et
toi. Que Dieu vous protège.*

                               Ton ami Victor.

    – J'aurais souhaité que M. Le Morhier s'embarque avec nous,
avait dit Tracy, mais il s'entêtait vers Londres. Je lui ai pourtant
parlé de la peste, croyez-moi. Je lui ai aussi promis de vous offrir
mon soutien. Je vous écoute donc.

    Marie mit quelques secondes à se remettre de sa surprise, puis elle se tourna vers Guillaume pour le rassurer sur le sort de Victor. Elle déclara ensuite à la compagnie qu'elle voudrait être mère-sage. Et qu'il faudrait amadouer pour cela Mgr de Laval.

Jean Talon, qui n'avait pas encore passé une semaine dans la colonie, soupira : l'évêque était vraiment mêlé à tout. Marie échangea un regard avec lui; aurait-elle un autre appui? Elle trouvait que des trois sieurs qui la recevaient, c'était M. Talon qui avait le plus de vivacité, même s'il n'avait pas dit deux mots. Elle supposa qu'il s'entendrait bien avec mère Marie Guyart, qui pouvait autant parler des choses divines que des pains à cuire pour le repas des élèves ou du prix des terres, et qui commentait avec beaucoup de sagesse, disait-on, les événements qui se déroulaient en Nouvelle-France.

— Mère-sage?

— Je soigne les gens, mais les sages-femmes doivent avoir une autorisation de l'Eglise pour les enfantements. Sauriez-vous parler en mon nom? On vous répondra peut-être que je suis déjà venue ici mains liées. C'est la vérité. J'étais pourtant innocente. J'ai été accusée injustement sans qu'on songe jamais à m'en dédommager. Faites que je puisse délivrer mes sœurs et ma reconnaissance vous sera tout acquise.

Tout en lissant sa moustache, M. de Tracy scruta Marie LaFlamme. Elle méritait son nom avec cette chevelure de feu et ce regard fougueux. Le marin nantais ne lui avait pas dit qu'elle était si belle; il avait eu un choc en la voyant s'incliner devant lui. Il n'avait pas envie d'indisposer François de Laval qui lui avait raconté les rôles peu glorieux que les gentilshommes Boissy et d'Alleret avaient tenus l'an dernier et comment l'impudente Marie LaFlamme avait été impliquée dans leurs malversations, mais Tracy voulait complaire à cette jeune femme. Non pour sa beauté, mais pour son attitude déterminée : elle n'avait pas tergiversé pour exprimer son désir. Il appréciait les gens qui ne lui faisaient pas perdre de temps. Il voulait également gagner l'estime du coureur de bois dont on lui avait maintes fois parlé. Ce colosse pouvait lui être précieux par sa connaissance des Sauvages.

— J'agirai pour vous, promit le marquis de Tracy.

Marie sourit largement avant de s'incliner devant son bienfaiteur. Avait-elle enfin cette chance parce qu'elle n'avait pas pail-
lardé? La perdrait-elle quand Simon Perrot reviendrait à Québec? Non, on ne pouvait commercer ainsi avec Dieu; il n'était ni
armateur ni regrattier et ne tenait pas des comptes d'apothicaire.

— Mon lieutenant souffre d'un ulcère, madame. Peut-être
pourriez-vous le visiter avant de quitter le château?

Marie accepta en disant qu'il ne fallait pas laisser s'invétérer
un abcès, sinon il devenait incurable.

— Tandis que vous verrez cet homme, je garderai votre époux
pour qu'il m'entretienne des Sauvages.

Marie regarda Guillaume, presque amoureusement, avant de
suivre le soldat qui la mènerait à son patient. Elle était heureuse
de cet entretien avec M. de Tracy; elle avait plu au marquis, au
Gouverneur, à l'intendant. Guillaume les charmerait à son tour,
sans trahir ses amis indiens. L'âme de Marie avait des ailes
comme ces grands papillons ocre qui lui disputaient l'asclépiade.
Quelle joie après avoir craint le pire. Certes, Victor était parti à
Londres, comme le soutenait Simon, mais rien ne prouvait que la
peste y faisait encore des ravages. Et que Victor soit une de ses
victimes. Elle le reverrait. Elle ne montrerait pas sa lettre à
Simon; elle ne voulait pas parler du trésor avec lui.

Elle songea avec perplexité que sa mère n'avait jamais mentionné le voyage de Pierre LaFlamme à Londres. D'où Victor
pouvait-il tenir cette information? Elle avait rêvé une nuit que le
trésor était enveloppé dans un drap qui s'était tellement hendri
que des moisissures gâtaient les pierres précieuses. Elle s'était
sentie bien sotte à son réveil : si le trésor existait et que Victor le
retrouve, ils seraient tous heureux.

Comme dans un conte de fées.

Chapitre 6.

Marie regardait le fleuve en espérant y puiser quelque sérénité. Le départ de Guillaume, à l'aube, l'avait troublée plus qu'elle ne l'avait imaginé ; les pleurs de Noémie et les jappements de Mkazawi, qui semblait deviner que le coureur ne reviendrait pas avant le printemps, l'avaient énervée. Elle avait bercé sa fille, avait chanté pour la calmer, mais Noémie ne s'était pas rendormie et Marie l'avait emmenée au quai Champlain voir le jour se lever. Elle l'avait bien vêtue car un vent du nord soufflait sur Québec depuis trois jours, dépouillant trop tôt les arbres de leurs feuilles. Noémie s'amusait à voir son chien courir derrière les tourbillons écarlates, mais sa mère regrettait que les feuilles mortes tapissent déjà la ville. Elle avait l'impression que sa jeunesse mourait avec l'été, cet été de bouleversements, de songes et d'hésitations. Elle avait réfléchi mille fois à Simon et à Guillaume, et n'avait trouvé aucune solution. Elle aurait aimé que ses soucis soient emportés comme les fils de la Vierge qui s'évanouissent dans une rafale.

Noémie courut vers elle en lui tendant un bouquet de feuilles. La plupart étaient brisées, mais Marie plongea avec soulagement son visage dans le fouillis coloré. L'odeur de la terre, du froid embaumait les feuilles et rassérénait la jeune femme. Elle regarda longuement, entre les crénelures des feuilles, le Saint-Laurent tourmenté par le vent qui s'était assombri. Des nuages d'écume le mouchetaient et Marie songea aux tourtes que Guillaume avaient tuées pour elle. Les oiseaux offraient le même brun mêlé d'ardoise, pivelé de blanc. Ce fleuve si changeant évoquait hier le ventre d'une loutre et prétendrait demain adopter le bleu du silex et le miel d'un jaunet si le soleil l'illuminait.

Est-ce qu'au moins un des soldats des quatre compagnies qui étaient parties à Trois-Rivières avait admiré le Saint-Laurent ? Hier, le port était rempli de gens venus saluer les militaires et guetter le *Saint-Jean-Baptiste*, dont l'arrivée était imminente.

Les soldats avaient disparu, mais on attendait toujours le vaisseau. Marie n'avait aucune envie de se faire bousculer sur le quai afin d'apercevoir les nouveaux colons ou d'autres soldats ; elle avait bien trop d'herbes à sécher, de racines à infuser, de pessaires à coudre. Elle devait aussi visiter Marie Bernier qui s'était rompu un bras et Le Duc qui souffrait encore de maux de ventre. Elle était décidée à l'apeurer ; elle lui dirait qu'elle pensait l'opérer la prochaine fois que ses entrailles se chicaneraient. Il cesserait peut-être de se vanter d'être le plus grand gosier de la colonie. Elle était prête à parier qu'il s'était rendu malade en mangeant plusieurs tartes au potiron. Elle voulait aussi aller voir Jean Patoulet qui s'était entaillé un pied en bûchant. Il aurait mieux fait d'observer René Blanchard avant de saisir une hache. Il gagnait mille deux cents livres par an, soit le dixième du salaire de M. Talon, son patron : il n'avait pas besoin de couper son bois ! Il avait expliqué à Marie qu'il ne voulait pas paraître trop fier auprès des colons. Il avait toutefois promis d'être plus raisonnable. Tandis qu'elle appliquait un cataplasme de quintefeuille, il l'avait interrogée sur sa vie en Nouvelle-France. Prudente, Marie avait vanté les vertus des Hospitalières et des Ursulines et loué le courage du père Chaumonot qui avait suivi le régiment de Carignan-Salières. Le secrétaire de l'intendant lui avait confié que Jean Talon avait apprécié son dévouement auprès des soldats malades. Marie avait répondu qu'elle n'avait aucun mérite ; elle aimait guérir les gens. Patoulet lui avait ensuite demandé si on l'appelait la Renarde à cause de ses cheveux ou parce qu'elle était futée. Marie avait haussé les épaules et laissé entendre qu'il y avait plus malin qu'elle en Nouvelle-

France. M. de La Chesnaye était loin d'être benêt. Il savait toujours quand acheter une maison ou une terre et à qui la revendre avec profit.

Marie espéra que Jean Patoulet lui parlerait maintenant de l'intendant Talon dont on commençait à dire, dans la colonie, qu'il serait l'homme de la prospérité. Il projetait d'ouvrir une brasserie et les colons, dépendants de la France pour les importations de vin, et dont la consommation d'eau-de-vie était sévèrement contrôlée par Mgr de Laval, approuvaient évidemment cette idée. On disait aussi que Talon avait écrit au roi pour lui demander d'envoyer plus de femmes à Québec; il croyait que la colonie pourrait un jour se suffire à elle-même. Marie le pensait aussi et elle se réjouissait que Talon ait envie d'apporter au Roi la preuve de ce qu'il avançait. Elle ne souhaitait pas qu'il soit malade, certes non, mais elle aurait aimé qu'une rage de dents ou un clou l'agace : elle aurait pu lui montrer ses talents.

Elle secoua la tête; elle était sotte! N'avait-elle pas assez de travail pour désirer avoir un patient supplémentaire?

— Noémie, appela-t-elle doucement, viens, ma Noémie.

Marie se pencha vers sa fille en lui disant que ses joues étaient aussi rouges que les pommettes d'Emeline. La petite réclama aussitôt un fruit et elles rentrèrent rue Sault-au-Matelot. Marie avait été trop remuée par le départ de Guillaume pour manger, mais la contemplation du fleuve l'avait apaisée et elle avala aisément un quignon de pain et un œuf, tandis que Noémie se régalait d'une purée de citrouille. Marie LaFlamme retirait une large écorce de bouleau de la grande marmite quand Rose frappa à sa porte.

— Le *Saint-Jean-Baptiste* est là! Il y a des femmes à bord. Tu devrais y aller; peut-être qu'il y en a qui auront besoin de toi?

— On désignera une mère-sage pour s'en occuper.

— Mais si elles sont malades et que tu les soignes pour une hernie ou une fièvre, tu seras la première qu'elles auront connue ici et elles te demanderont ensuite. Elles et leurs familles; ça te fera une belle pratique! Il paraît qu'il y a plus de cinquante filles!

Rose Rolland avait raison : cent trente hommes et soixante-deux femmes étaient montés à bord du *Saint-Jean-Baptiste*. Marie s'en félicita, on finirait par peupler la colonie s'il y venait suffisamment de femmes en âge et en situation de procréer. Marie avait parfois envie de retourner en France pour convaincre ses compatriotes qu'elles étaient mieux traitées à Québec qu'à Versailles, Châlons ou Angers. Pour leur dire qu'on leur offrait un pays neuf, où elles auraient parfois la parole. Mais serait-elle écoutée ou brûlée ?

Elle regardait les nouvelles venues s'avancer vers l'église. Les habitantes de Québec leur avaient jeté des couvertures sur les épaules car les malheureuses tremblaient de froid et de fatigue. Rien, cependant, ne les aurait amenées à renoncer à la prière et, d'un pas lent, fragile, elles pénétraient une à une dans la chapelle où Mgr de Laval dirait un sermon dont elles se souviendraient longtemps. Certaines écriraient que l'évêque prêchait aussi bien que Bourdaloue à Paris.

Marie rentra chez elle en songeant qu'elle préférait le père Chaumonot à François de Montmorency-Laval. Guillaume affirmait que l'abbé ne se prêtait jamais aux intrigues, tant il était préoccupé par le sort de ses amis hurons. Il vivait dans la colonie depuis plus de vingt ans et Marie avait regretté qu'il accompagne les troupes du régiment, car elle avait commencé à étudier avec lui la langue indienne. Elle espérait voir un jour la grammaire qu'il avait rédigée pour aider les religieux. A l'Hôtel-Dieu, on chuchotait que son courage était exemplaire ; il avait failli plus d'une fois être massacré par les Iroquois, mais rien ne le détournait de sa mission : il avait juré de protéger les Hurons. A Québec, au fort indien, plusieurs avaient pleuré son départ avec le régiment.

C'est dire qu'on se réjouissait, le lendemain, de son retour. L'agitation qui régnait dans le port perdurait ; Marie réprimanda au moins dix personnes qui étaient sorties de chez elles sans se couvrir.

Elle leur montrait les oiseaux qui gonflaient leurs plumes pour résister au vent :

– Ils sont moins sots que vous! Je ne veux pas gaspiller mes racines pour des imprudents. Vous donnez un bien mauvais exemple aux arrivants.

– C'est le père Chaumonot, dit Antoine Souci pour se faire pardonner. Il est arrivé tantôt! Il conte l'expédition au marquis de Tracy. Mais les soldats qui le suivaient sont chez Boisdon, c'est là qu'on allait.

– Quels soldats? demanda Marie en rougissant.

– Boiteau et Chauvin, Delisle et Melanson. Ils sont bougrement amaigris.

Les femmes ne chopinaient pas à la taverne, mais elles étaient nombreuses à suivre les hommes chez Boisdon; un petit attroupement s'était formé devant l'établissement où on expliquait aux nouveaux colons l'importance de l'expédition : bientôt, on n'aurait plus à craindre la menace iroquoise.

Les soldats mangeaient leur soupe tout en répondant aux questions des habitants. On répétait instantanément leurs propos aux badauds qui s'écriaient de joie : on avait érigé un fort au confluent de la rivière Richelieu et du Saint-Laurent, puis un autre, le fort Saint-Louis, ainsi nommé parce qu'on avait commencé sa construction durant la semaine où on célébrait ce saint.

– Moi, je crois qu'on pensait aussi au Roi, dit Le Duc, mais personne ne l'entendit.

On applaudissait au récit des exploits du régiment de Carignan-Salières. Les Iroquois seraient vaincus comme les Turcs!

En septembre, on avait bâti le fort Sainte-Thérèse, et durant les semaines qui suivirent, on éleva les forts Saint-Jean, Sainte-Anne et Lamothe : la rivière Richelieu, route privilégiée des Agniers, serait dorénavant bien gardée. Certains soldats resteraient à Québec, bien sûr, et juste en face, à l'île d'Orléans où des Hurons avaient été attaqués par leurs ennemis, mais Prouville de Tracy avait décidé de répartir quinze compagnies entre Ville-Marie, Trois-Rivières et chacun des forts. Les quelques habitants qui avaient renâclé quand le marquis avait obligé Québec à fournir huit cents cordes de bois aux soldats qui demeureraient en ville oubliaient leurs griefs : ils étaient fiers de participer à la défense de la colonie.

On criait « vive le Marquis » quand Jean Talon apparut. Il était venu apporter les bonnes nouvelles aux habitants, mais les visages épanouis étaient éloquents ; on savait déjà. L'intendant se contenterait de trinquer avec les soldats attablés chez Boisdon. Avant de passer la porte, il complimenta Marie pour son dévouement auprès de son secrétaire :

– Jean Patoulet m'a vanté vos talents. Des mains de fée, voilà ce qu'il m'a dit.

Intimidée, Marie remercia l'intendant. On chuchota derrière elle ; les nouveaux venus voulaient savoir qui était cette rousse qui attirait l'attention de l'homme que tout le monde vantait depuis vingt-quatre heures. Quand on leur eut fait le récit des succès de la Renarde, plusieurs femmes vinrent vers elle pour se plaindre de leurs maux. Rose regarda Marie. Elle écoutait les lamentations avec un intérêt non feint. Elle voulait tout savoir : l'apparition des symptômes, leur durée, leur fréquence. Elle invitait à venir la visiter dans l'heure. Rose avait déjà vu ce changement s'opérer chez Marie quand on la consultait ; ses caprices, ses entêtements puérils, sa façon de minauder qui l'agaçaient tant, s'évanouissaient. Même le ton de sa voix se modifiait : plus bas, posé, rassurant. Elle fouillait dans ses poches à la recherche de pastilles qui plaisaient toujours aux inquiets, ses sourires enjôleurs se faisaient bons et ses yeux langoureux cessaient de séduire pour convaincre. Qu'elle aimait donc soigner !

Jean Talon, qui ressortait de la taverne, remarqua la cour qu'on faisait à Marie et la salua avant de remonter au château Saint-Louis. Rose se prit à espérer que tant de considération distrairait Marie de sa folie. Elle ne pourrait tout abandonner quand Simon Perrot reviendrait.

Elle relata sa journée à son époux, qui pria avec elle pour que Dieu détourne Marie LaFlamme de sa funeste passion.

La nuit, Rose rêva de Marie : elle se noyait en chutant d'un pont alors qu'elle allait rejoindre le soldat.

***

Quelques jours plus tard, Rose s'évanouit en revenant de la
visite quotidienne qu'elle faisait à une pauvre veuve. Par charité
et parce qu'elle croyait qu'en s'occupant de cette vieille tous les
jours pendant un mois et qu'en priant durant le trajet qu'elle
effectuait le long de la rivière Saint-Charles, Dieu l'exaucerait et
lui permettrait d'avoir un enfant. Elle marchait plus d'une lieue
pour se rendre chez la femme Turgeon, qu'il pleuve ou qu'il
vente. Elle pensait à Alphonse, qui n'aimait guère la voir quitter
la basse-ville seule, quand elle avait aperçu quelque chose de
rouge frémir au détour de la rivière. Elle avait cessé de respirer :
les Iroquois! Elle avait vu une plume d'Indien! On la scalperait.
Elle aurait dû écouter son mari au lieu de s'entêter à faire ce
pèlerinage. Elle s'était glissée derrière un sapin. Au bout d'une
heure, la tache écarlate n'avait toujours pas bougé et Rose était
transie. L'air sentait l'humus, ce tombeau de feuilles, de fruits,
de fleurs, mais on décelait aussi un arôme de bolet et de mousse-
ron qui aurait mis Rose en appétit dans un autre moment. Elle
avait récité cinquante Ave et autant de Pater noster quand un
chat sauvage s'était approché de la rive, attiré par le point rouge.
Rose l'avait regardé s'avancer : Encolérerait-il les Agniers? Les
pousserait-il à attaquer plus tôt?

Le chat ne semblait pas gêné par la présence de ces Iroquois; il
était pourtant impossible qu'il ne les ait pas sentis. Marie avait
dit à Rose que les Indiens savaient parler aux animaux, mais
Rose n'avait pas cru que les bêtes sauvages leur obéissent au
point de les suivre en expédition! Le chat s'était déplacé et,
devant Rose ébaubie, il avait fauché le point rouge. Il avait
couru un moment avec lui, puis s'était lassé de son jeu, l'avait
déposé à cinq pieds de Rose et s'était enfui en découvrant sa présence.

Rose avait vu que ce qu'elle avait pris pour une grosse plume
ennemie était une tuque en laine rouge, semblable à celle que
portaient bien des colons. Elle avait alors quitté sa cachette, sou-

lagée qu'aucun Iroquois ne l'ait guettée tout ce temps. Elle avait même ri quand, soudainement, elle avait cru voir une autre tache rouge. Elle avait doublé le pas, s'était penchée.

Et avait découvert un cadavre.

Quand elle revint à elle, Rose Rolland, malgré sa terreur, regarda le corps ; elle n'avait jamais vu cet homme. Elle songea qu'il avait péri d'épouvante car une affreuse grimace le défigurait. Elle inspira longuement et dit une prière pour le défunt, tout en se demandant qui était cet inconnu. En le quittant, elle alerta Sédilot qui rentrait chez lui ; il avertit ses voisins d'aller chercher le corps, tandis qu'armé il accompagnait Rose jusqu'à la haute ville.

— Avait-il tous ses cheveux ?

— Oui, assura Rose. Tous ses cheveux : ce n'est pas un Sauvage qui l'a tué. Si on l'a tué... Je n'ai vu qu'une plaie au poignet, mais je ne l'ai pas retourné. On l'a peut-être frappé par-derrière.

— Un Iroquois ! Je suis quasi assuré qu'il y a un Sauvage qui rôde par ici et qui a tué ce pauvre gars.

— Il doit être arrivé sur le *Saint-Jean-Baptiste* : je ne connais pas bien tous les passagers.

— Tu l'as fouillé ?

Rose s'empourpra : comment pouvait-il penser une telle chose ?

Sédilot prévint l'apostrophe :

— Tu aurais pu le tâter pour trouver une médaille ou un papier qui nous aurait appris qui il était.

Rose Rolland secoua la tête ; elle eut une sorte d'éblouissement. Sédilot ralentit en la voyant pâlir, mais elle réussit à lui sourire :

— Ça m'a remuée de voir ce mort, avoua-t-elle. Comment s'est-il trouvé là ?

— Il se sera perdu en voulant explorer les alentours.

Rose souhaita que Sédilot ait raison et que le défunt n'ait pas de famille à charge. En se dirigeant vers le château Saint-Louis pour prévenir l'intendant, ils informèrent de l'affreuse découverte tous les habitants qu'ils croisèrent; non, l'homme n'avait pas été écorché et Rose n'avait vu aucune flèche, aucune hache. Il fallait informer les nouveaux venus qui avaient fait le trajet de mer avec le défunt : il se trouverait bien quelqu'un pour identifier le mort. Les femmes frissonnèrent en entendant la nouvelle; elles songeaient aux horribles attentats commis l'année précédente par Germain Picot. Est-ce qu'un autre criminel hanterait la colonie?

Rose répétait qu'elle n'avait vu qu'une légère blessure, mais Sédilot ajoutait qu'elle n'avait pas examiné la victime. Quand ils se présentèrent à l'intendant, Sédilot rapportait si bien l'événement que Rose était près de se demander si c'était elle ou lui qui avait découvert l'homme. Il l'avait interrompue à chaque fois qu'elle répondait à un colon et elle aurait rebroussé chemin si elle n'avait eu autant envie de parler à Jean Talon en privé. Elle l'avait vu, comme tout le monde, sur la place publique, au quai Champlain, au magasin neuf, mais voilà qu'il la regardait droit dans les yeux, elle Rose Rolland, ancienne femme du monde, marquée d'une fleur de lys. Quand elle raconterait son entretien à Alphonse, il lui interdirait à coup sûr de visiter la veuve, mais il serait fier que son épouse ait conversé avec l'intendant. Il demanderait à Marie d'écrire cela au chevalier du Puissac, son ancien maître qui vivait maintenant à Paris. Aussi, quand Sédilot commença à parler, elle l'imita, haussa la voix et aurait crié aussi fort que Sédilot si Talon ne leur avait imposé le silence.

— Qui a trouvé le corps?

— Moi! clama Rose.

— Suivez-moi; vous me raconterez tout en marchant.

— Mais le mort est à la rivière, je revenais de chez une pauvre veuve. Des hommes vont le ramener en ville. Ils y sont déjà, avec un cheval.

Jean Talon parut contrarié, mais il fit un geste gracieux pour signifier à ses visiteurs de s'asseoir sur le grand banc de chêne. Lui-même se cala dans une chaise rembourrée et écouta avec attention le court récit de Rose tout en se disant que cet événement l'embarrasserait grandement s'il fallait conclure à un meurtre. Dans une heure, quand on déposerait le corps devant lui, il saurait s'il devrait enquêter, s'il devait apprendre à une femme que son mari était décédé et s'il avait de l'ascendant auprès d'une foule car il lui faudrait calmer la populace. Jean Talon tenta de réconforter Rose en supposant un accident :

— Vous verrez, je n'aurai probablement qu'à fermer les yeux de ce pauvre malheureux et demander à l'abbé Chaumonot de dire une messe pour son âme.

Jean Talon lui proposa d'attendre l'arrivée du corps avec lui, mais elle lui suggéra d'aller quérir Marie LaFlamme.

— La Renarde est si douée qu'elle sait faire parler les morts. Je n'ai vu qu'une plaie au poignet, mais il doit avoir d'autres blessures. Il a peut-être reçu un méchant coup, Marie le verra.

L'intendant aurait pu appeler Jean Madry, mais la Renarde, comme plusieurs colons la surnommaient, continuait à l'intriguer. Il la verrait donc à l'œuvre. Rose esquissa une révérence, elle ne prit même pas la peine de saluer Sédilot et dévala la côte de la Montagne sans reprendre son souffle. Quand elle frappa chez Marie, son amie dut attendre quelques secondes avant d'apprendre ce qui la mettait dans cet état

— On va retrouver M. Talon. Il y a un mort! Je n'ai vu qu'une entaille au poignet, qui me paraît bien fine pour avoir causé sa mort. J'ai dit que tu saurais ce qui l'avait emporté.

— Quel mort?

— Je ne sais pas. Un gars du *Saint-Jean-Baptiste*, assurément. C'est les seuls qu'on ne connaît pas encore. Et comme il n'avait pas l'habit de soldat, ce n'est pas un homme du régiment. Je l'ai trouvé en revenant de chez la veuve Turgeon. Je vais aller dire à Alphonse que je suis toujours vivante; je te rejoins au château.

En habillant Noémie, Marie réfléchissait au peu que Rose lui avait dit : un homme était allé mourir sur le bord d'une rivière glaciale, en longeant les terres de gens qui lui étaient étrangers, un jour de grand vent, au lieu de travailler ou de chopiner chez Boisdon. Qu'est-ce qui avait pu le pousser à suivre la rivière?

Elle avait hâte d'examiner le cadavre. En gravissant la côte, elle songea que sa fille était de plus en plus lourde ; quand viendrait l'hiver, elle attellerait Mkazawi à une luge pour qu'il traîne l'enfant. Puis elle espéra impressionner M. Talon.

Lorsqu'elle arriva au château, Talon lui demanda de patienter. Il faisait défiler un à un les passagers du *Saint-Jean-Baptiste* devant le corps. Ils furent unanimes : ils avaient vu le blondin à bord. Marie les écoutait distraitement jusqu'à ce qu'elle remarque qu'une des premières femmes qui avaient reconnu le marin restait en retrait et regardait le mort en pinçant les lèvres. Etait-elle inquiète ou peinée ?

La femme se détourna pour admirer le coucher du soleil. Elle était assez âgée, elle avait au moins trente-cinq ans, et ses cheveux prématurément blanchis vieillissaient son visage. Sa bouche mince, son front plissé, ses yeux cernés donnaient à penser qu'elle avait souffert durant le trajet de mer. Elle s'offrait au ciel rougeoyant, comme si elle espérait que les derniers rayons aviveraient un peu son teint. Elle avait dégagé les pans de sa cape de futaine et Marie s'avisa que sa robe bourgogne devait être en gros de Naples. L'étrangère était donc aisée pour se vêtir de cette belle étoffe de soie au grain croisé, gonflé ; elle devait être une de ces femmes qui venaient faire la charité pour le compte de riches aristocrates demeurées à Paris. Les filles qui arrivaient en Nouvelle-France pour se marier n'étaient pas aussi bien vêtues. Tout à coup, Marie vit derrière elle une fille d'une douzaine d'années qui écarquillait les yeux pour mieux voir le corps. Une enfant aux cheveux roux.

Marie lui sourit. La fille se cacha aussitôt derrière sa mère, mais elle pencha la tête pour observer Marie qui continuait à lui sourire. Elle regardait aussi Noémie et son chien qui jouaient près d'elle. Elle semblait fascinée par Mkazawi qu'elle prenait sans doute pour un loup. Effrayée, oui, mais diablement attirée par le monstre des forêts. Marie appela Mkazawi, qui vint vers elle ; elle le flatta, puis fit signe à l'enfant de s'approcher. La femme s'aperçut alors que Marie l'observait. Elle tenta de camoufler son embarras en parlant à sa fille qui montrait Mkazawi du doigt. Marie LaFlamme profita de cette ouverture pour se présenter à l'inconnue.

— Je m'appelle Marie.

— Anne, dit la nouvelle venue. Anne Martin.

— Ma mère se prénommait Anne, murmura Marie après avoir présenté Noémie et son chien.

L'enfant eut un petit cri quand Mkazawi lui lécha les mains. L'inconnue posa une main sur sa tête et elle cessa aussitôt de se trémousser.

— Ce n'est rien, Françoise, tu as déjà vu des chiens à Paris.

— Paris! s'exclama Marie. J'y ai demeuré!

Anne Martin sourit à son tour et s'étonna de trouver des Parisiens en Nouvelle-France.

— Plusieurs Montréalistes ont habité Paris, expliqua Marie, même s'ils sont de la Champagne. Ils devaient rester près du Roi pour quêter et...

Marie s'interrompit; la femme qui se tenait devant elle avait probablement prié les nobles de délier leurs bourses pour l'évangélisation des Sauvages en Nouvelle-France. Marie n'avait pas connu Mme de Bullion qui avait donné plus de 40 000 livres à Jeanne Mance pour son hôpital à Ville-Marie, mais elle interrogea Anne Martin : l'avait-elle sollicitée?

— Mme de Bullion? Non. Je n'ai rien demandé à personne.

Marie, bien qu'intriguée, ne pouvait questionner Anne Martin avec trop d'insistance, mais celle-ci lui apprit spontanément le motif de sa venue en Nouvelle-France.

— On m'a dit que j'avais peut-être un cousin à Québec : Abraham Martin. Comme je suis seule depuis la mort de mon époux, j'ai voulu retrouver l'unique parent qui me restait.

Marie était ennuyée : était-ce à elle d'apprendre à Anne Martin que son cousin était mort l'été précédent? Et qu'il avait auparavant perdu l'estime de ses concitoyens après avoir été accusé d'agression contre une jeune fille?

— Vous le connaissiez? insista Anne Martin.

— Vous savez donc qu'il est trépassé?

— On me l'a dit le jour de mon arrivée, sans savoir que j'étais sa cousine.

— Personne n'aurait eu le courage de faire cette traversée juste pour voir un parent, dit Marie. Vous êtes bien brave!

Anne Martin précisa qu'elle venait surtout aider les religieuses.

— Et cet homme? fit Marie en désignant le cadavre que regardaient les derniers passagers. Vous ne le connaissiez pas?

— Je ne lui ai jamais parlé!

Marie la reprit :

— Mais vous pourriez savoir qui il est.

Anne Martin blêmit et répondit par une cassade :

— Comment? Les hommes et les femmes n'échangent pas tant de propos. Souvenez-vous de votre trajet de mer. Je n'ai pas vu cet homme plus d'une fois ou deux sur le vaisseau.

Pour se donner une contenance, Anne Martin fit signe à sa fille de laisser le chien tranquille.

— Mkazawi est très doux avec les enfants, assura Marie.

Anne Martin baissa la voix pour expliquer à Marie que Françoise était faible d'esprit et qu'elle croirait maintenant que tous les chiens sont aussi gentils que Mkazawi.

— Son regard n'est pourtant pas celui d'une niaise, objecta Marie. Et croyez-moi, j'en ai vu plusieurs.

Anne Martin inspira profondément :

— J'ai accepté mon sort, madame, et celui de ma fille. Dieu l'a faite ainsi. Pour me punir d'avoir trop paonadé. Ma coquetterie était si grande que tout Paris attendait mon idée avant de s'acheter un ruban, décolleter une robe ou ajouter une plume à son chapeau. Je n'avais qu'affiquets et soieries en tête. Françoise a eu une robe de baptême aussi somptueuse que celle d'une épousée... Je la voyais peu. Je décidais de ses toilettes et retournais à mes amis. Mon époux me répétait que notre fille était apeurée de tout, mais je répondais qu'elle était seulement timide. J'ai pourtant dû admettre qu'il disait la vérité. Françoise a le sens troublé.

Marie s'entêtait :

— Je ne pense pas qu'elle soit si bête et elle n'embarrasse ni ma Noémie ni son chien. Laissez-la jouer avec eux et dites-moi plutôt comment vous avez fait le projet de venir ici?

Soulagée de changer de sujet, Anne Martin raconta qu'elle avait été conviée à un dîner chez un marquis où elle avait rencontré un noble qui avait vécu dans les colonies. Il prétendait avoir connu un Martin, riche propriétaire à Québec. Elle l'avait interrogé sur cette ville. Il avait avoué qu'il avait la nostalgie du fleuve. Il s'était animé en le vantant et sa nouvelle épouse l'avait taquiné en précisant à Mme Martin que son mari devait avoir aimé une belle Sauvageonne à Québec pour être si triste d'être revenu à Paris. L'homme avait protesté en riant et répété que la vie des colons n'était pas pire que celle des paysans français. Et que chacun des trente-six mois pouvait espérer avoir un jour sa terre.

Anne Martin avait décidé alors de s'embarquer pour la Nouvelle-France. Elle avait accepté de voyager avec les femmes qui venaient des maisons de charité, mais contrairement à elles, Anne Martin refusait de se marier. Elle avait souhaité de toute son âme que son parent les recueille, elle et sa fille. Elle pouvait même le payer. Hélas, Abraham était mort.

— Où logez-vous?

— Chez la veuve de Nicolas Pré.

— Tout près de chez moi. Que ferez-vous à Québec? s'enquit Marie.

Une ombre ternit le regard d'Anne Martin, mais elle continua à répondre avec affabilité, même si les questions de Marie l'indisposaient. La Renarde savait qu'elle ennuyait la Parisienne, mais Anne Martin l'intriguait.

— Je vais aider les religieuses à enseigner le catéchisme. J'irai peut-être à Ville-Marie; on dit qu'il y a beaucoup à faire pour aider les colons.

— Et à donner...

— Je n'irai pas au monument avec mon or; autant secourir les plus démunis.

Marie eut envie de lui demander d'où elle tirait sa richesse, mais Jean Talon la héla.

— Il faut que j'aille voir le mort, s'excusa-t-elle auprès d'Anne Martin. Je vais tenter de découvrir comment il a passé.

Anne Martin fronça les sourcils :

— On m'a dit qu'il est tombé et s'est cogné la tête sur une grosse pierre.

— Il y a quelques péronnelles et bien des fagoteurs dans la colonie, dit Marie d'un ton ironique. Ne croyez pas tout ce qu'on vous conte. Des hâbleurs vous diront aussi qu'ils ont tué des ours de dix pieds et dressé des meutes de loups. Le mort a peut-être chuté. Peut-être pas.

Marie s'éloigna avant qu'Anne Martin réplique ; cette femme était décidément bizarre et ce n'était pas seulement sa fille qui la rendait aussi anxieuse. Elle niait connaître le mort avec trop d'énergie et elle avait parlé avec une abondance suspecte de son intérêt pour la colonie. Comme si elle avait préparé ce laïus et n'attendait que l'occasion de le réciter. Qui était cette femme ? En s'approchant du corps, Marie se jura d'en savoir plus sur Anne Martin.

— Qui était cet homme ? dit Jean Talon à Marie. C'est la question. Cinquante personnes sont venues. Le capitaine m'a conté qu'il avait payé son voyage, mais personne ne sait vraiment de qui il s'agit, ni ce qu'il devait faire ici. Sur le vaisseau, il a dit qu'il était cloutier, mais je l'ai fouillé sans trouver aucun acte attestant son métier ni son identité. Que saurez-vous me dire ?

— Que je ne veux pas de témoin. Faites transporter le corps à l'intérieur du château et qu'on ne me dérange point.

— Je resterai seul avec vous.

Marie plongea son regard dans celui de l'intendant ; elle lut une grande détermination doublée d'une saine curiosité. Envers l'identité du cadavre. Et envers elle.

Marie LaFlamme sourit en lui disant qu'elle était prête.

L'intendant hocha la tête tout en ordonnant aux soldats de monter le corps dans une chambre du château. Un colon marmonna qu'on leur cachait quelque chose, mais Talon l'ignora et les soldats s'exécutèrent. Après avoir confié Noémie à Rose, Marie suivit le corps en rebrassant ses manches ; elle avait manifestement grand désir de montrer ses talents.

« Etonnante, vraiment étonnante », songea Jean Talon. Il n'avait jamais connu de femme capable d'examiner un cadavre. Il était partagé entre un léger dégoût et une réelle fascination : la Renarde était incomparable.

Talon partit d'un grand pas pour rattraper Marie. Elle lui dit qu'en tant que femme elle n'avait pas le droit d'ouvrir le corps. Que l'Eglise le réprouvait. Et que c'était bien dommage, car les entrailles, si elles ne prédisaient pas l'avenir comme le souhaitaient les anciens, révélaient parfois le passé. Jean Talon se frottait le menton quand Marie le rassura :

– Je ne me permettrais pas de profaner ce corps, monsieur Talon. Je veux être sage-femme, ne l'oublions pas. Vous auriez du mal à soutenir ma cause devant Mgr de Laval si vous saviez que j'ai disséqué un cadavre.

– Il est vrai qu'en France les femmes ne se prêtent guère à cette pratique.

– Et que les chirurgiens usent surtout des corps des condamnés. Ce pauvre homme est une victime... Je ne pense pas vous être d'un grand secours. Je ne pourrai voir ses humeurs. Son sang sera pris ; il est mort seulement depuis hier soir : sinon, Rose l'aurait vu car elle visite la veuve tous les jours.

Talon tira un fauteuil près de la table où on avait étendu le cadavre déjà raidi. Il s'assit tandis que Marie examinait la blessure au poignet en se disant que cette simple entaille n'avait pu entraîner sa mort.

– Cette blessure est fraîche et me semble sans gravité. Je vais chercher ailleurs.

Elle tenta vainement d'ouvrir la bouche, regarda les oreilles, les yeux et découvrit un renflement à l'arrière de la tête en tâtant le crâne.

– Il est peut-être tombé, j'ai senti une bosse. A moins qu'on ne l'ait assommé.

– Et il en serait mort?

– Je ne peux vous répondre, dit Marie en continuant son examen.

Elle débarrassa le cadavre de son pourpoint et de sa chemise. Il n'y avait aucune plaie apparente. Aucun coup de couteau, de dague, de poignard, aucune balle, aucune poudre.
Marie eut du mal à ôter la culotte, mais elle réussit enfin à
découvrir les fesses et les parties du défunt. Elle fronça les
sourcils en voyant les éruptions qui marquaient les aines. Elle
se pencha pour examiner le sexe, sans noter la surprise de Jean
Talon qui ne la quittait pas des yeux.

— Je n'ai rien trouvé, fit-elle en se tournant vers celui-ci.

— Vous en êtes assurée?

— Oui, monsieur. On ne l'a ni battu à mort ni lardé, nous
le savions déjà.

— Il a donc été simplement rappelé à Dieu, murmura
l'intendant, visiblement soulagé.

Marie toussa avant d'expliquer qu'elle ne concluait pas à
une mort naturelle.

— Pourquoi?

— Il est très jeune. Il n'a pas plus de vingt-cinq ans.

— Son cœur se serait affolé?...

— Je n'y crois pas, dit Marie.

— Sans avoir aucune preuve?

— Que mon sentiment, j'en suis désolée, monsieur l'Intendant.

— Que pensez-vous donc?

— Qu'on l'a peut-être empoisonné.

Jean Talon jura.

— Empoisonné?

Il aurait encore préféré un franc coup de poinçon. Le poison
était si sournois!

— On l'a peut-être achevé à Québec. On devait avoir
commencé le travail bien avant.

— Comment?

— Les parties génitales sont atteintes.

— Il aura fauté avec une fille abandonnée, répliqua Talon.
Que nous chaut sa moralité, il a été puni.

Marie expliqua à l'intendant ce que lui avait appris l'apothicaire Pernelle. Il lui avait parlé des poisons, de leur variété et de la diversité des méthodes utilisées pour les faire absorber. C'était un phénomène nouveau à Paris, et Pernelle disait que les prisonniers italiens de la Bastille étaient à l'origine de bien des vocations d'empoisonneuses. Ces femmes étaient encore peu nombreuses à Paris, mais Jules Pernelle en savait long sur les poudres de succession... Il avait conté à Marie qu'on envenimait des mouchoirs et des gants d'antimoine et de cantharide. Les épouses pressées d'hériter tendaient à leurs époux des chemises frottées au savon noir et à l'arsenic qui causaient rapidement des éruptions suspectes. Les malheureux maris étaient accusés de débauche tandis qu'on plaignait leurs futures veuves.

Talon frémissait en entendant Marie disserter sur les formes d'empoisonnement. Il s'avança vers le cadavre et déglutit en voyant son sexe moucheté de marques rouges.

— Vous avez touché à cette chemise! Vous courez un péril! Lavez-vous tout de suite!

Marie versa un peu d'eau-de-vie sur ses mains pour rassurer Talon, et elle lui dit que les plaies n'était pas si récentes. La victime avait tenté de se soigner : des marques de caustiques étaient bien visibles. Et comme il n'était pas dans les habitudes des passagers de changer de chemise au cours du trajet de mer, elle supposait qu'il avait continué à s'empoisonner durant le voyage.

— Il est donc mort des suites d'une poudre qu'on lui a donnée en France?

— Je ne crois pas; s'il se sentait si mal-en-point, il ne serait pas allé traîner du côté de la rivière. Il serait allé à l'Hôtel-Dieu.

Jean Talon était contrarié par les révélations de Marie, mais il ne pouvait s'empêcher d'admirer sa science et, plus encore, ses déductions. Elle replaça une mèche rousse derrière son oreille avant de s'exprimer :

— Je pense qu'on l'a aidé à trépasser.

— Ici? s'alarma Talon. Qui peut se procurer...

– N'importe qui, monsieur. On peut avoir apporté le nécessaire de Paris où on achète aussi aisément du vert-de-gris que de la rhubarbe. A Québec, on trouve de l'euphorbe, de l'herbe à l'asthme, du gant de bergère et bien d'autres encore. J'instruis les enfants chaque printemps, mais je suis étonnée qu'il n'y ait pas davantage d'accidents. Vous découvrirez le coupable en en apprenant plus sur sa victime. Je chercherai de mon côté à savoir s'il n'y a pas une personne nouvellement arrivée qui connaîtrait les plantes autant que moi.

Marie se tut un instant avant d'avertir l'intendant qu'il y aurait des bonnes âmes pour l'accuser.

– Ne vous inquiétez pas, je vous protégerai, promit Talon.

Puis il rapporta à la Renarde ce que le capitaine du *Saint-Jean-Baptiste* lui avait révélé. Le mort, qui se faisait appeler Bertrand Rochelais, était monté à bord à la dernière minute. Selon le capitaine, l'homme devait faire son premier trajet de mer. Il n'avait pu en apprendre davantage : ce Bertrand était un homme taciturne qui ne lui avait pas davantage parlé qu'aux passagers.

– Monsieur Talon, votre homme doit avoir mangé ou bu du poison. Par ruse ou par force. Son malaise expliquerait qu'il soit tombé.

– Mais comment confondre qui l'a empoisonné ?

– Offrez de l'argent. Ça plaît toujours.

L'intendant fit un signe de dénégation :

– Je ne le puis. Ce serait apprendre à tous qu'un criminel est dans nos murs.

– Ils le pensent déjà, à cause de la grimace du mort. Ils disent qu'il a péri d'épouvante en voyant un Iroquois qui l'a assommé. Et qui reviendra tuer d'autres colons. Ils n'ont rien appris de l'affaire Picot.

– Germain Picot ? On m'en a touché un mot. Vous avez été mêlée à cette histoire.

– C'est la même chose qui se reproduit : les gens croient toujours à l'attaque d'un Iroquois. Comme si un assassin bien français était moins horrible !

— Les Agniers hantent tous les cauchemars des colons. Les troupes du régiment de Carignan-Salières n'ont pas débarqué en si grand nombre pour rien.

— Québec n'est pas en péril. Ce n'est pas Ville-Marie! Ni même l'île d'Orléans.

— Mais un Iroquois peut atteindre Québec et commettre son forfait. De plus, on a trouvé le corps près de la rivière.

— Ce que j'aimerais découvrir, c'est comment le criminel a fait prendre ce poison. Un poison si foudroyant que votre Rochelais n'a pu venir en ville conter son mal.

— Et vous voir, qui sait?

Marie acquiesça, puis elle exposa son idée à l'intendant : l'assassin devait être un nouveau venu car il aurait fallu être un peu niais pour attirer sa victime à l'endroit même où elle avait entraîné Picot. Si le criminel avait su que le procédé avait déjà servi, il aurait agi différemment. Jean Talon écoutait Marie en se félicitant de l'avoir mandée; elle témoignait d'autant de vivacité d'esprit que de sûreté dans les gestes. Apparemment, elle ne craignait rien ni personne et l'intendant se rappela que Mgr de Laval soutenait qu'elle ne redoutait point le Diable.

Il regarda le corps et s'interrogea : quel démon avait pu pousser un homme à en tuer un autre? La convoitise, la passion ou l'argent? Il se demanda aussi s'il parviendrait à mener son enquête : on connaissait si peu le défunt que personne n'avait remarqué sa disparition.

Il y avait pourtant une personne qui s'était intéressée à lui.

— Je vous prierai de ne rien dire de ce que vous soupçonnez, dit Jean Talon à Marie. Si le criminel croit que nous pensons, comme tous les colons, qu'un Iroquois est coupable, il ne se méfiera pas et nous réussirons peut-être à le démasquer.

Marie convint de la pertinence de cette décision et promit à l'intendant de se taire.

Chapitre 7.

Julien du Puissac quitta les Minimes avant la fin de la messe ; il était trop anxieux pour écouter le sermon et espérait que le Très-Haut ne lui en garderait pas rancune. L'ultime parade du soleil précisa les tours crénelées de la Bastille, et le chevalier se signa : dans quelques heures, il libérerait Guy Chahinian. Son maître ne pouvait demeurer plus longtemps enfermé. Il n'affolirait point, non, malgré les doutes qui le rongeaient, car il était tout entier habité par ses recherches sur la lumière, mais il ne parviendrait pas à vérifier ses théories tant qu'il croupirait dans sa cellule. De plus, la Bastille n'était pas une prison où on retenait aussi longtemps les prisonniers, Chahinian l'en avait assuré. En fait, il était inhabituel qu'un condamné du Châtelet aboutisse au château de la porte Saint-Antoine. Le placet du marquis de Saint-Onge avait valu à l'orfèvre une lettre de cachet du Roi qui le « mandait » à la Bastille ; si le prisonnier s'était évidemment réjoui d'un meilleur traitement dans cette nouvelle geôle, il avait toutefois su, au bout de six mois de réclusion, que les prisonniers quittaient généralement la Bastille après quelques semaines pour être transférés à Charenton ou à Vincennes. Il avait conté cette anomalie au chevalier ; celui-ci avait imaginé dès lors son évasion. Quand le marquis de Saint-Onge avait trépassé, il avait convaincu son maître d'entendre son plan, car, avait-il conclu, personne ne le défendrait plus.

En longeant la Seine nimbée d'incarnat, du Puissac s'avisa que les feuilles étaient madrées de rouille et que les oiseaux dédaignaient l'immensité de l'azur ; ils volaient bas, près des greniers où ils cherchaient à nicher en prévision de l'hiver. Le climat n'obligeait pas encore les Parisiens à porter leurs capes, mais l'apetissement des jours et le serein qui humectait les pavés leur signifiaient la venue de l'automne. Les longues promenades place Royale, au palais ou aux Tuileries étaient finies et ceux qui devaient chevaler entre leurs clients et le Palais de Justice sortaient leurs épais pourpoints pour se protéger contre les pluies d'octobre.

Devant la Maison de ville, il sembla à du Puissac qu'il y avait plus de carrosses qu'à l'accoutumée. « Arrive et part quand il peut », entendit-il en passant devant un loueur de places qui attendait d'avoir un nombre suffisant de voyageurs avant de quitter Paris. Bien qu'il détestât ces carrosses de route où on était secoué comme laiteron dans son panier, et même s'il savait qu'il fallait dix jours pour se rendre à Lyon, le chevalier y serait bien allé plutôt qu'à la cour des Miracles.

Il se ressaisit ; il n'avait pas à cagnarder sur la place publique comme un fainéant ! Il se dirigea d'un pas assuré vers *Le Bœuf qui rit* où il devait retrouver Emile Cléron. Celui-ci avait promis qu'il s'occuperait de tout. Il le payait assez cher pour ça, Cléron n'avait pas le droit de le décevoir.

Du Puissac mit quelques minutes à s'habituer à l'obscurité qui régnait au cabaret ; il songea un instant que Cléron l'avait entraîné dans un coupe-gorge et il tâta son fleuret. Le contact de l'arme le rassura. Il distinguait maintenant les buveurs et aperçut Cléron dans un coin qui battait les cartes. Celui-ci s'arrêta dès qu'il le reconnut et lui approcha un siège. Le tenancier apparut aussitôt et, avec matoiserie, incita Julien du Puissac à exiger son meilleur bordeaux. Dès qu'il disparut, Cléron éclata de rire :

— Votre vin ne sera qu'un vilain chasse-cousin, chevalier. Mais vous aurez une carafe de verre plutôt qu'un pichet de terre.

Le chevalier haussa les épaules :

— Je dépense déjà tellement pour aider M. Chahinian...

— Vous pouvez chercher moins cher, monsieur.

— Je n'ai rien dit de tel.

— J'aime mieux ça, fit Cléron, car j'ai trouvé un bon compère pour nous aider.

Il se tourna alors vers un homme qui jouait aux dés et le présenta au chevalier.

— Il s'appelle Baril et vous pouvez comprendre pourquoi.

Le chevalier fit un petit signe de tête. L'homme avait des épaules deux fois plus larges que les siennes et le dépassait bien d'un pied. Il n'avait vu pareil colosse qu'en Nouvelle-France. Un coureur et puis des Indiens, qui sont souvent plus grands que les Français.

Baril ne prononça pas un mot, mais du Puissac n'osa demander s'il était muet. Il n'était pas sourd, en tout cas, car il approuvait les propos de Cléron d'un battement de paupières.

Si Cléron était aussi juste dans ses prédictions concernant l'évasion de Chahinian qu'au sujet de l'infâme piquette de l'aubergiste, le grand maître de la Confrérie de la Croix-de-Lumière serait libre à l'aube. Par superstition, du Puissac se força à vider la carafe avant de quitter le cabaret.

— Je vous retrouve derrière la place Royale dans une heure, jura Cléron.

Les hommes étaient ponctuels; Cléron et Baril guettaient du Puissac, dissimulés derrière les arcades. Dès qu'il vit son estafilade, le joueur gronda le chevalier :

— Vous n'étiez pas obligé de vous ouvrir tout le visage!

Du Puissac protesta : la blessure qu'il s'était infligée paraissait pire qu'elle ne l'était. Il montra ses mains qu'il avait également mutilées et ses gants tachés de sang.

— Je pense qu'on me croira.

Les sentinelles postées à la grande porte du château s'alarmèrent en voyant du Puissac aussi mal-en-point. Ils le firent entrer et s'asseoir et le chevalier leur conta qu'il avait été agressé en quittant la rue aux Lions.

— Je marchais calmement quand un gredin m'a arrêté. J'ai mis la main à mon pourpoint pour prendre ma bourse et il m'a attaqué! Je me suis défendu! J'ai réussi à sauver mon bien!

Une sentinelle proposa d'envoyer quérir un médecin. Du Puissac refusa : il ne souffrait pas et ne craignait plus rien puisqu'il était en lieu sûr. Il verrait M. Chahinian si on l'y autorisait toujours. Il vida ses poches et on le fouilla rapidement. Il poussa quelques gémissements quand on lui palpa les côtes, mais réussit à sourire aux deux hommes. L'un d'eux l'accompagna et déverrouilla une grille, puis une première porte, une seconde et sortit trois autres clés pour ouvrir chez l'orfèvre. Du Puissac lui remit un généreux pourboire et l'homme le prévint qu'il reviendrait une quart d'heure plus tard.

Dès qu'il se fut éloigné, du Puissac souleva le bas de son manteau et retourna la doublure où il avait caché trois clés.

— J'espère que j'ai bien compris vos mesures, dit-il à Guy Chahinian en insérant la clé dans la serrure.

Celui-ci sourit en voyant l'outil s'enfoncer doucement. Les deux autres clés répondirent aussi à leurs attentes.

— Avez-vous vos supports?

Chahinian retira une brique dans un coin du plancher et puisa deux boucles de métal qu'il avait façonnées avec une chaîne volée à un gardien ivre au début de sa réclusion. Le gardien avait été remplacé depuis, mais son successeur ignorait ce que Chahinian cachait dans sa geôle.

— Je glisserai la corde entre ces boucles et cette ceinture, fit-il en montrant une tresse de toile. Avec ma jambe de bois, je suis bien maladroit... Dites-moi plutôt que vous avez les poudres pour allumer un joli feu.

— Dès que je serai sorti d'ici, je courrai jusqu'à la tour la plus proche de l'Arsenal. Cléron a payé un sabouleux pour danser autour du feu d'artifice. Il jouera au fou et distraira les gardiens le temps que vous atteigniez la terrasse. Vous lancerez une pierre à laquelle sera attachée la corde. Cléron répondra à votre signal.

— J'espère que le poids sera suffisant.

— Il le faudra, murmura du Puissac.

Les pas du gardien résonnèrent dans le couloir. Du Puissac étreignit Guy Chahinian puis salua la sentinelle sans se retourner.

Il paya discrètement deux gardiens puis quitta la Bastille d'un pas lent et mal assuré. Dès qu'il eut traversé la rue Saint-Antoine, il courut jusqu'à l'Arsenal où l'attendait le sabouleux. Du Puissac ne connaissait pas l'homme choisi par Cléron, mais quand il vit l'écume qui dégoulinait sur le menton d'un mendiant, il sut à qui il devait remettre les poudres. Il expliqua au jeune mendiant comment les allumer, puis il revint sur ses pas et attendit la suite des événements en priant.

Guy Chahinian ne priait pas, même s'il s'obstinait à regarder le ciel. Il songeait qu'il était lourd, qu'il était gourd, qu'il avait mal noué la corde, qu'elle se romprait, que les boucles scieraient sa ceinture. Il sentait le vide, le vent, la vie et la mort dans son dos. Non, il ne regarderait pas. Il ne commettrait pas l'erreur d'Orphée. Il n'irait pas aux Enfers rejoindre Peronne. Pas tout de suite. Pas ce soir. Il avait l'impression que sa descente ne finirait jamais même s'il se brûlait les mains à travers les gants de du Puissac tellement il déboulait vite au-dessus des fossés. La corde était superbement tendue par Cléron et Baril. Il y arriverait. Il devina tout à coup le sol et l'instant suivant il tombait dans les bras de Cléron et Baril. Sous le choc, ils roulèrent au sol et la jambe de bois de l'orfèvre se fêla, mais Baril déjà le relevait. Il le hissa sur ses épaules sans lui laisser le temps de reprendre son souffle et ils s'échappèrent en direction de la rue Saint-Antoine. Ils crurent voir des archers envahir les créneaux, mais Dieu était sûrement avec eux; il avait emboucané le ciel et les fugitifs atteignirent la rue Saint-Antoine sans être ennuyés.

Du Puissac pleurait en serrant Chahinian contre son épaule; il avait réussi à libérer le Maître! Celui-ci plissait les yeux, comme si la perspective pouvait aveugler autant que la lumière. Accoutumé aux murs d'une cellule, il avait l'impression d'être aspiré par les rues, longs tunnels dont il ne voyait le bout. Il regardait du Puissac verser des larmes de soulagement et de fierté; il l'avait toujours estimé, mais il n'avait jamais cru que le chevalier risquerait sa vie pour le sauver. L'homme lui avait souvent répété que les Frères avaient besoin de son génie et qu'il l'aiderait à s'évader afin qu'il puisse continuer ses recherches; il ne l'avait pas pris au sérieux.

Et voilà qu'il reconnaissait des rues, des hôtels particuliers, des enseignes et cette odeur qui montait des eaux croupies, de la crotte des bêtes et des ordures ménagères. Il se souvenait que Scarron avait rimé cette pestilence et proclamé que Paris était une ville bien sale, mais ce soir-là il la trouvait belle et propre : les maisons étroites, hautes de sept étages, percées d'une seule fenêtre, étaient majestueuses, les tavernes des ruelles sordides lui souriaient, et il avait envie de flatter tous les matous qui hurlaient, enragés d'amour. Il était si excité qu'il ne sentait même pas le temps fraîchir.

Cléron s'immobilisa soudainement, dressa l'oreille :

— Le guet ! Taisez-vous.

Les hommes se tapirent dans l'ombre d'une porte cochère ; du Puissac se dit qu'il y avait trois cents archers à Paris, mais que peu d'entre eux poussaient le zèle jusqu'à inspecter les recoins des maisons. Il vit les soldats passer à deux toises d'eux sans deviner leur présence ; les quatre hommes sourirent, puis Cléron leur dit de se presser :

— Je dois aller aux *Trois Maillets* ce soir. On s'étonnera si on ne m'y voit pas.

— Vous n'êtes pourtant pas comédien, fit Chahinian qui se souvenait de ce cabaret fréquenté par des acteurs.

— Bien plus que vous ne le croyez, monsieur, répliqua Emile Cléron. J'apprends beaucoup en hantant les restaurants et les tavernes. Il y a toujours quelques bourgeois et même des nobles, parfois, qui s'entichent d'un tendron au théâtre et qui le suivent jusqu'au cabaret. Ils ouvrent aisément leurs bourses, se fiant autant à leurs jaunets qu'à leurs beaux yeux.

Cléron se tut un moment, puis il promit à Guy Chahinian de l'emmener un bon soir.

Ils quittèrent la rue Saint-Antoine pour celle du Roi-de-Sicile, traversèrent la rue Vieille-du-Temple, empruntèrent la rue Sainte-Croix pour atteindre la rue du Bourubourg : la baronne avait décidé d'héberger Guy Chahinian. Son offre avait étonné du Puissac qui connaissait très peu Armande de Jocary ; il se demandait pourquoi cette femme acceptait de recevoir un évadé chez elle, un homme qu'elle n'avait jamais vu. Cléron avait dit au chevalier que la baronne aimait bien Victor Le Morhier, un grand ami de l'orfèvre, et qu'elle voulait être agréable aux amis de ses amis, mais il devinait que sa chère Armande pariait sur M. Chahinian. Du Puissac et Le Morhier ne l'avaient-ils pas décrit comme un mage ?

Ils avaient parlé de sa science qui permettrait d'avoir de la lumière aussi longtemps qu'on le souhaitait. Si c'était vrai, la baronne de Jocary serait la première à posséder cette merveille! On se bousculerait pour être invité rue du Bourubourg. Elle avait donc encouragé Cléron à secourir l'orfèvre.

Et maintenant, elle guettait l'arrivée du quatuor de la fenêtre du grand salon. Cléron supposait qu'elle porterait la robe de taffetas zinzolin qu'on lui avait livrée dans la matinée; le moment n'était guère approprié, mais la baronne ne résistait jamais à l'envie d'exhiber une nouvelle tenue.

Cléron n'eut même pas à frapper à sa porte; elle leur ouvrit grandement et dit mille gentillesses au prisonnier. Il resterait rue du Bourubourg pour la nuit, mais dès le lendemain Cléron l'amènerait au faubourg Saint-Martin; on lui avait déniché un atelier où il pourrait continuer ses recherches. Du Puissac avait réuni des poudres, des outils, certains métaux que nécessitaient les expériences du Maître des Frères de Lumière, mais il fallait installer l'athanor. Le four attirerait l'attention des voisins; toutefois, du Puissac savait qu'ils se garderaient de poser des questions. De peur qu'on ne les interroge à leur tour. Près d'honnêtes ouvriers, bien des gueux vivaient faubourg Saint-Martin : on s'y battait, on y écoulait ses rapines, on y faisait de la fausse monnaie.

Guy Chahinian refusa le goûter que la baronne avait fait préparer pour lui; il était éreinté et ne désirait qu'une chose : s'allonger dans une pièce où il n'y avait ni rats, ni crapauds, ni vermine. Bien qu'un peu déçue que son invité soit si taciturne, Armande de Jocary lui souhaita une bonne nuit. Guy Chahinian lui baisa la main et lui promit qu'il n'oublierait pas son accueil.

La baronne alla retrouver Julien du Puissac et Cléron. Celui-ci avait profité de la courte absence de leur hôtesse pour congédier Baril après l'avoir grassement payé avec l'argent du chevalier. Du Puissac remercia la baronne de toutes ses bontés; elle dit qu'elle espérait le voir plus régulièrement chez elle. Même si le jeu l'ennuyait, le chevalier promit de se montrer le mardi suivant.

— Je sais que le pharaon vous endort, monsieur du Puissac, mais vous verrez du beau monde. N'avez-vous jamais songé à prendre une épouse?

Malgré sa fatigue, du Puissac avait éclaté de rire : se marier, lui ?
La baronne avait insisté :

— J'ai des amies qui ont des filles délicieuses, monsieur.
Pensez-y.

— Je pense plutôt à notre ami qui dort là-haut, dit le chevalier
en se tournant vers Cléron. Pourrez-vous lui apporter la béquille
dont il a besoin pour marcher ? Il ne sera jamais ingambe, mais il se
déplacera plus facilement.

Cléron se dirigea vers la sortie :

— On m'attend au cabaret, baronne. Dommage que vous ne
puissiez me suivre.

Armande de Jocary soupira ; elle tenait à ce qu'on la croie quasiment vertueuse. On jouait chez elle, certes, mais nul ne dirait que
son vice la poussait à fréquenter des lieux mal famés.

— Vous me raconterez tout demain après-midi quand vous
viendrez chercher M. Chahinian.

Du Puissac s'inclina devant la fausse baronne en se demandant
si une vraie noble aurait couru le même péril pour aider un
inconnu. A la surprise de Cléron, il se montra désireux de
l'accompagner aux *Trois Maillets*.

— Vous êtes pourtant plus accoutumé à l'hôtellerie de la Durier,
opposa le joueur.

— Faux, je ne suis pas allé à Saint-Cloud plus de deux fois dans
toute mon existence et vous m'avez décrit une plaisante compagnie, expliqua le chevalier. Je ne pourrais dormir maintenant, mon
cœur bat encore trop vite. Aucun duel ne m'a autant secoué, je
vous l'avoue.

Cléron joua avec le bas de soie qui ornait son chapeau de
vigogne avant de laisser tomber sur le ton de l'évidence :

— C'est qu'il y a des règles pour un duel.

Du Puissac lui sourit en regardant le bas violine ; appartenait-il à
la baronne de Jocary ? Bien des hommes s'amusaient à décorer leurs
couvre-chefs des bas de leurs maîtresses. Le chevalier supposait que
Cléron connaissait l'alcôve d'Armande de Jocary, mais il était
étonné que celle-ci lui ait donné un bas. Il est vrai que Cléron
n'avait plus rien d'un gredin ; il était mieux vêtu que certains bour-

geois et Armande de Jocary n'avait pas à rougir de le recevoir dans son salon. Elle avait décidé qu'il était orphelin, ce qui était le seul élément de vérité de sa fable, qu'il avait été élevé chez les Récollets et avait quitté le collège pour hériter d'un cousin. Certains comprirent que Cléron avait amassé ses livres en les jouant, si on accepta la fable de la baronne, c'est que Cléron perdait quand il le fallait et gagnait si courtoisement que personne ne se serait permis de le prendre de haut.

— Croyez-vous que M. Chahinian se remettra de ses épreuves? demanda Cléron.

Julien du Puissac se lissa la moustache.

— Je le souhaite de tout mon cœur, mais sa santé est fragile. Si son esprit est jeune, son corps est celui d'un sécheron.

— Il a beaucoup maigri à la Bastille?

— Vous savez qu'il a été arrêté et condamné pour hérésie et meurtre. Il a été torturé et affamé. Il a failli périr.

— Vous ne craignez pas qu'on ne vous arrête aussi un jour?

Du Puissac haussa les épaules :

— Je pense qu'on l'aurait déjà fait si on le souhaitait. Il semble qu'on se soucie moins de notre confrérie. Mes Frères ont presque tous été arrêtés il y a longtemps. Les autres se terrent, comme le fera Guy Chahinian. Mais mon séjour en Nouvelle-France m'a fait oublier.

— Avez-vous aimé les colonies?

— Beaucoup. Surtout quand j'essaie d'éviter ces ruisseaux infâmes, précisa du Puissac en enjambant les ordures.

— Ne vous plaignez pas, c'est bien pis faubourg Saint-Marcel, avec toutes ces tripes qu'on jette dans la Bièvre.

— A Québec, on pourrait en jeter mille fois plus dans le Saint-Laurent sans que son eau rougisse; ce fleuve est aussi large que Paris.

Cléron émit un rire incrédule.

— C'est la vérité!

— Je n'irai pas vérifier, monsieur, vous pouvez me conter ce que vous voulez.

— Vous demanderez à Victor Le Morhier quand il reviendra par ici; il vous le dira.

Emile Cléron cessa de sourire ; il s'inquiétait grandement du sort de son ami. Les marins ou officiers avec qui il s'était entretenu dans les tavernes et sur les places publiques étaient unanimes : quiconque avait été assez fou pour se rendre à Londres ces derniers mois n'en revenait pas. La peste tuait les gens par centaines, par milliers.

— Vous voilà troublé, Cléron.

— Victor Le Morhier est parti pour Londres après que votre orfèvre lui a appris le mariage de Marie LaFlamme. J'étais furieux qu'il gâche sa vie pour cette fille, je lui ai dit les pires pouilles ! Je le regrette, et j'ai peur de ne jamais le revoir pour pouvoir effacer ce moment.

Du Puissac posa une main compatissante sur l'épaule d'Emile Cléron. Il aurait aimé le rassurer, mais que pouvait-il lui dire alors que les nouvelles qui provenaient de l'Angleterre étaient alarmantes ? A Paris, on obligeait les navires qui avaient mouillé dans le port de Londres à respecter la quarantaine. Et tous les marins qui descendaient à terre au bout de ce long séjour en rade racontaient l'épouvante qui régnait à Londres. Certains avaient même vu des malheureux se jeter de l'unique pont pour s'enlever la vie, incapables de supporter davantage la torture des bubons qui gonflaient leurs aines, leurs aisselles.

Du Puissac espéra que l'animation du cabaret rendrait sa gaieté à Cléron car il devait reconnaître qu'il avait sous-estimé le jeune homme. C'était un fripon, un tricheur, un grec, soit, mais il était vif et avait montré ce soir un admirable sang-froid. Cléron avait bien mérité son argent. En poussant la porte du restaurant, du Puissac fut suffoqué par la touffeur des lieux ; on se serait cru au plus beau de juillet tant il faisait chaud. Les comédiens étaient venus nombreux et les grandes rôtissoires ne chauffaient pas que les viandes.

— Eh ! Cléron-Marmiton ! Par ici !

Une voix venait de la salle basse où dansait le menu peuple. Du Puissac proposa à Cléron de monter à l'étage où il entendait le régaler.

— Je paierai tout !

— Je vous rejoins, je n'ai qu'un mot à dire à mon compère.

Du Puissac s'assit sur un banc rugueux et s'accouda à la table tout en sentant son appétit s'aiguiser : il mangerait avec plaisir du ragoût de lapin. Il commanda du condrieu au tripotier, et but deux bonnes lampées avant que Cléron vienne trinquer avec lui. Ce dernier avait l'air tout content. Il avait échangé une escarboucle douteuse contre une broche garnie d'hématites.

— Je la revendrai le triple de ce qu'elle m'aura coûté.

— Le fermoir est brisé ; M. Chahinian vous le réparera avec joie. Il vous doit beaucoup.

— J'espère qu'il pensera à moi s'il trouve la manière de tout changer en or, plaisanta Cléron.

— Vous savez donc qu'il fait de la chimie ?

— Je ne suis pas sot, ni la baronne. Victor Le Morhier n'a rien voulu dire sur l'orfèvre, mais je sais pateliner aussi bien qu'une femme... Et mon ami n'a pas parlé que de Marie LaFlamme. Cela dit, si Armande rêve de cette pierre qui transforme tout en bel or jaune, moi, je n'y crois pas. Mais il y a cette fameuse lumière qui nous intrigue...

— Mon Maître l'étudie, souffla le chevalier.

— Vous semblez le vénérer. Est-il vraiment le grand Maître de votre confrérie d'hérétiques ?

Du Puissac se versa à boire sans répondre. Cléron lui expliqua qu'il le questionnait parce qu'il était curieux. Il se moquait qu'on soit bon catholique ou non. Il avait connu des hommes qui allaient à la messe tous les jours et violaient leurs enfants, des femmes qui s'usaient les genoux à prier mais refusaient un quignon à un miséreux, des prêtres qui prêchaient la droiture avant de se servir copieusement dans les coffres de l'église. Dieu était un paresseux ou un indifférent pour mettre si peu d'ordre dans le monde qu'il avait créé. Les hérétiques ne gênaient pas plus le joueur que les juifs, les marranes ou les protestants.

— Nous ne sommes pas hérétiques. Je respecte assez le Très-Haut pour le croire capable de comprendre notre but : offrir au monde une lumière qui dure, qui ne s'éteint qu'au moment où on le désire.

— Ce serait merveille! murmura Cléron. Victor Le Morhier ne sera pas surpris d'apprendre que c'est ce que votre orfèvre cherche à obtenir. Il en a toujours parlé avec admiration. Mais reviendra-t-il?

Le lendemain, du Puissac montra de la stupeur quand il apprit, de la bouche d'un soldat, que Chahinian s'était pendu dans sa cellule. Craignant sans doute d'être blâmés, les geôliers préféraient faire croire à sa mort.

Ce développement inattendu servait admirablement les desseins du chevalier.

Victor Le Morhier se pencha vers Elizabeth. Elle dormait profondément, reprenant des forces après qu'elle l'eut soigné durant un mois. Elle avait maigri autant que lui, même si la peste l'avait miraculeusement épargnée, et ses yeux que la peur avait jaspés d'ombres résumaient son visage. Il toucha sa joue creuse; en France, elle mangerait à sa faim.

Mais ils étaient en France! Ils étaient arrivés. Seulement, ils ne pourraient descendre à terre qu'au début de novembre, après la quarantaine. Plus que dix jours d'attente. Après les tourments des derniers mois, Victor s'était figuré qu'il accepterait aisément cette contrainte. C'était l'inverse; il rôdait sur le bateau comme une bête en cage. La maladie l'avait rendu impatient en lui montrant la précarité de son existence; il était avide de vivre. Déjà un mois de quasi-oisiveté sur le *Little Castle*! Il avait amélioré sa connaissance de la langue et avait beaucoup discuté avec le capitaine des possibilités d'échanges commerciaux quand Londres serait assainie, mais les journées demeuraient longues.

Elizabeth frémit, plissa les yeux avant de les ouvrir, sourit à son mari. Il lui semblait qu'ils étaient toujours penchés l'un sur l'autre. Elle l'avait veillé durant douze jours, il la regardait dormir depuis qu'ils étaient montés à bord. Elle lui prit la main, la pressa contre son cœur.

— Il bat. Nous sommes vivants, Victor.

Elle lui disait cela chaque matin à son réveil; elle avait peine à le croire ou voulait avertir la mort qu'elle avait gâché toutes ses chances d'emporter Victor.

Elizabeth avait gagné la bataille. Elle se souviendrait jusqu'à son dernier souffle du sentiment de victoire qu'elle avait éprouvé quand la fièvre avait quitté son malade. Elle aurait manifesté sa joie si elle n'avait craint d'alerter des passants; on ne devait pas découvrir qu'elle se cachait toujours dans la maison voisine de celle de ses parents, sinon on aurait peut-être condamné ce refuge et elle n'aurait pu sortir pour acheter des provisions.

En fait, elle n'était allée qu'une fois au marché durant sa retraite forcée. Après deux semaines entières sans voir le soleil. Deux semaines de folie, d'épouvante et de douleur. Au lendemain de leurs amours, Victor avait vomi, puis il s'était plaint d'effroyables maux de tête tout en lui interdisant de l'approcher quand elle voulait lui essuyer le visage avec un linge humide. Il était pestiféré. Elle lui rappelait qu'elle l'était assurément et elle attendait, résignée, qu'apparaissent chez elle les sinistres symptômes. Mais au bout d'une journée, tandis que la fièvre faisait délirer son amant, elle était toujours saine. Ni douleur au dos, ni au ventre. Et aucune de ces atroces tumeurs qui l'avaient obligée à frapper Victor afin de l'immobiliser. Elle s'était décidée à l'attacher : les abcès le torturaient autant que si on lui avait appliqué les poucettes et les brodequins. Il pouvait commettre des actes insensés; s'emparer d'une arme et se tuer, ou la tuer. Or, elle avait maintenant la conviction qu'elle survivrait. Elle priait sans cesse pour Victor; elle savait que certains malades avaient échappé à la peste. Dieu lui avait enlevé toute sa famille, il ne pouvait être plus cruel encore.

Il fallait brûler les bubons, mais elle n'avait pas de caustiques. Elle ne pouvait demander à un médecin de lui fournir du nitrate d'argent; tant qu'elle ne saurait pas s'il restait des voisins aux alentours, elle ne se risquerait pas à quitter la maison. Plusieurs étaient morts, elle avait entendu la charrette. Mais qui? Où? Si elle se montrait maintenant, on crierait au fantôme ou on la condamnerait pour sa fuite. Les gens affolaient tous les jours, toutes les heures, toutes les minutes même! De la fenêtre du petit salon, elle avait vu un homme battre une femme à mort sans que quiconque intervienne. On lui lancerait peut-être des pierres si on la reconnaissait.

Elle devait allumer un feu. On verrait la fumée s'échapper de la cheminée de la maison des Brune, mais on supposerait qu'elle ou un domestique emprisonné continuait à se nourrir ou, qui sait, brûlait le corps d'un habitant de la maison. Elizabeth avait frissonné mais elle s'était saisie d'un long couteau dans la cuisine. Elle avait enroulé un linge épais sur le manche en s'approchant de l'âtre. Elle avait maintenu le couteau jusqu'à ce que la lame rougisse. Elle respirait lentement en s'avançant vers Victor. Heureusement, il délirait ; il ne se souviendrait peut-être pas du mal qu'elle lui ferait. Elle avait appuyé le fer brûlant contre la plus grosse tumeur. Victor avait hurlé si fort que la jeune femme avait failli retirer le couteau. Elle avait imploré Dieu de lui donner le courage de continuer à torturer son amoureux. Elle pleurait en cautérisant les bubons. Elle avait eu une telle envie de vomir qu'elle s'était demandé si elle ne s'interromprait pas avant la fin. Les saccades désespérées de Victor qui tentait de se libérer de ses liens, les rictus qui le défiguraient et ses cris insoutenables lui avaient soulevé le cœur plus encore que l'odeur de la chair grillée. Quand tout avait été terminé, elle avait jeté le couteau dans le feu ; elle ne pourrait plus jamais l'utiliser sans penser à cette insupportable journée.

Elle était restée prostrée de longues heures, attendant que la peste lui cède Victor. Elle avait regardé son corps meurtri, luisant de sueur, et songé que trente-six heures auparavant c'était une autre fièvre qui l'habitait. Elle s'était redressée en entendant la cloche annonçant la charrette. Elle avait aperçu à la fenêtre des gueux qui ramassaient un cadavre au milieu de la rue ; encore un qui s'était inutilement gardé de la proximité des maisons. Elizabeth s'était avisée que ce n'étaient plus les corbeaux qui venaient chercher les morts, puis elle avait compris que les ensevelisseurs étaient tous décédés et que les pauvres les remplaçaient. Des dizaines et des dizaines de bras et de jambes aux pustules éclatées, de têtes aux bouches béantes et aux yeux noircis par les insectes s'empilaient, monstrueuse pyramide grouillante de vers. Elizabeth, qui n'avait jamais vu une charrette aussi chargée, avait supposé que l'épidémie atteignait son sommet.

Elle se trompait.

Elle ne l'avait pas su tout de suite, se consacrant à son malade, refusant de se laisser décourager par la misère du monde. Elle avait entendu la charrette revenir plusieurs fois, mais évité de la regarder. A quoi bon? Elle avait assez d'écouter les cris des malades qui retentissaient dans la rue à n'importe quelle heure. Elle avait compté les croûtes qui se formaient à la place des bubons et avait commencé à croire qu'elle avait vaincu la peste. Un matin, il lui était apparu que le front de Victor était moins chaud, sa respiration moins rauque. Quand il avait ouvert les yeux, elle avait compris qu'il avait retrouvé ses esprits. Elle avait éclaté en sanglots en le détachant et en remerciant le Très-Haut de sa bonté.

Victor avait été un malade agité, il fut un convalescent têtu. Il mangeait ses bouillies d'orge avec appétit, mais refusait de passer ses journées au lit malgré sa faiblesse. Il répétait qu'il était guéri et que c'était maintenant à elle de se reposer. Elle répliquait qu'elle était certes fatiguée, mais qu'elle n'avait pas embrassé la mort. Elle avait profité d'un matin où il était assoupi pour s'aventurer dehors; elle n'avait pas complètement épuisé les réserves de céréales, mais elle mourait d'envie de manger des légumes et des fruits. Il lui semblait qu'un bouillon bien alimenteux les réconforterait, Victor et elle.

Si elle avait su qu'elle devrait dépasser la barrière de Whitechapel pour acheter ces denrées, Elizabeth aurait peut-être renoncé à ce périple. Elle avait manqué rebrousser chemin à plusieurs reprises, mais elle était quasi hypnotisée par les scènes qu'elle voyait. Des charrettes trois fois grosses comme celle qui l'avait tant effrayée, des miséreux qui grimpaient sur les cadavres pour les détrousser, indifférents au pus qui collait les chairs, des jeunes gens qui se moquaient d'un prêtre qui assistait un mourant, et cet homme nu courant dans la rue en annonçant l'Apocalypse. Il soutenait que la peste n'était qu'un début : d'autres maux s'abattraient sur les pécheurs. Londres serait rasée, rayée du monde, oubliée de Dieu. Le pire de tout, c'est que ce dément hurlait ses prophéties dans le vide : personne n'y prêtait attention. Elizabeth avait acheté des fruits à bas prix ; les cerises, les prunes, les raisins étaient abondants car bien des Londoniens avaient quitté la ville. Même les pauvres mangeaient à leur faim. Seule la viande était chère, mais Elizabeth l'avait constaté sans regret. Elle aurait craint d'en consommer et imaginait mal la cuire dans du vinaigre.

Près de chez elle, elle avait vu des gens nocer. Ils buvaient au goulot d'une même bouteille de vin sans se cacher, riaient, disaient des insanités. Ils chantaient qu'ils allaient tous mourir et gageaient qui d'entre eux qui trépasserait le premier. Pourquoi refusaient-ils de prendre des précautions? Au marché, Elizabeth avait tendu sa monnaie avec des gants et avait tenu contre son visage une sorte de cornet humide de vinaigre et de rue. Même si ses narines brûlaient, même si elle avait l'impression d'avoir avalé des chardons, elle ne s'était pas séparée de son cornet. Elle avait dû cependant admettre que des dizaines de personnes avaient tenté de se protéger de la peste par les mêmes moyens, mais sans succès. Quand elle avait entendu une femme déclarer qu'on ramassait plus de cinq cents cadavres par semaine, elle s'était demandé pourquoi elle avait été épargnée. Pourquoi elle? Et non Mary, ou son père ou sa mère ou cette jeune inconnue tombée à vingt pieds d'elle dans une ruelle. Dieu punissait les bons comme les mécréants, sans discernement. Elle était prête à parier son panier de provisions que l'odieux John Menrick, un avitailleur sans scrupule, était toujours vivant et sa pauvre épouse décédée.

Elle n'était pas encore rentrée que Victor la disputait, blême de peur et de rage. Etait-elle folle pour être sortie? Et pourquoi? Quelques racines! Elle avait peut-être attrapé la peste et elle mourrait et il ne saurait la sauver! Elle aurait pu être assassinée car les insensés pullulaient! Elle aurait pu être renversée par une charrette! S'imaginait-elle, ensevelie sous une centaine de cadavres et jetée ensuite dans la grande fosse d'Algathe, recouverte de chaux?

Elizabeth avait d'abord tenté de protester, puis elle avait été émue de son inquiétude, et amusée...

— Tu as des idées beaucoup, avait-elle dit en souriant.

— Et toi aucune! Je ne veux plus que tu ressortes d'ici! Je te l'interdis!

Elizabeth avait éclaté de rire, lui opposant qu'il n'était ni son père, ni son frère, ni son mari pour lui donner des ordres.

— Je vais t'épouser !

Elle avait cessé de rire, lui avait dit de ne pas se moquer d'elle.

Victor avait secoué la tête : il était très sérieux. Durant ses heures d'absence, il avait compris à quel point il lui était attaché ; il lui devait la vie, l'oubliait-elle ?

Elle avait répondu qu'elle n'avait aidé que Dieu.

— Mais je t'aime, avait-il protesté d'une voix changée.

Il l'avait regardée intensément en s'étonnant de sa déclaration ; il n'avait jamais cru qu'il dirait ces mots à une autre femme que Marie LaFlamme. Il les avait répétés, pour s'assurer de ce qu'il ressentait. Il l'aimait, oh oui, infiniment. Il ne souffrirait pas d'être privé de son sourire, de ses mains apaisantes qui lissaient ses cheveux pour l'endormir, de son plaisir quand ils faisaient l'amour. Elle lui rappelait Marie par ses manières indépendantes et sa vivacité, mais elle n'avait pas ses caprices. Il serait heureux avec elle comme son père l'avait été avec sa mère.

— Epouse-moi !

Elizabeth avait souri doucement avant de se serrer contre lui.

— Je vais en France avec toi.

— J'irai en France. Nous irons. Et le plus tôt sera le mieux.

Victor Le Morhier l'avait interrogée sur tout ce qu'elle avait observé ou entendu ; il n'y avait plus de vaisseaux qui mouillaient en aval du pont. Les docks de la Mare étaient déserts.

— Le *Poséidon* ne m'aura pas attendu, fit Victor.

Elizabeth avait alors dit qu'on avait aperçu des navires à Colchester et Yarmouth, mais ils devraient marcher durant des jours pour atteindre ces ports. En serait-il capable ?

Et elle ?

Ils avaient décidé de rester encore une semaine à Londres pour se reposer avant d'entreprendre leur voyage.

Durant ces sept jours, Victor avait suggéré à Elizabeth de l'épouser sur le navire qui les ramènerait en France. Elle avait accepté. Elle acceptait tout ce qu'il voulait pourvu qu'ils quittent Londres ; elle voyait des morts jusque dans ses rêves. Victor avait étudié les papiers, la correspondance de M. Brune, tandis qu'Elizabeth triait les objets personnels de sa famille. Elle avait pleuré bien souvent en effectuant ce travail; elle aurait voulu tout emporter. Elle avait pourtant fait preuve de bon sens et n'avait gardé que les bijoux et une pipe. Victor lui avait garanti qu'ils reviendraient à Londres quand l'épidémie aurait cessé, que la maison lui appartenait toujours, mais elle avait le sentiment qu'elle n'y remettrait jamais les pieds. Que la peste lui avait dérobé son passé.

Victor Le Morhier embrassa sa jeune femme au front, s'émerveillant de sa sérénité. Elle vomissait chaque jour depuis qu'ils étaient montés à bord du *Little Castle*, mais ne se plaignait pas. Elle s'était même extasiée de la France quand ils avaient longé les côtes de l'Artois et de la Picardie. Elle répétait Neufchâtel-en-Bray, Boulogne, Montreuil-sur-Mer, Abbeville, Foucarmont, Dieppe, Harfleur. Le *Little Castle* s'était immobilisé à l'entrée de la Seine, devant la côte normande. Des galériens avaient ramé jusqu'au navire pour porter l'ordre d'isolement au capitaine, puis ils étaient montés à bord où ils devaient attendre avec les passagers que les quarante jours soient écoulés. Les Normands étaient prudents et chacun s'en était réjoui; on ne retrouverait pas de pestiférés en France. Au bout d'un mois, on grognait, on protestait, on tempêtait : tous les passagers étaient sains. On aurait dû les autoriser à entrer à Paris. Mais le capitaine avait été inflexible; il obéissait aux ordres et quiconque était trop pressé de quitter le *Little Castle* pouvait plonger...

— Quand nous serons à Paris, nous irons aux *Bons Enfants* ou aux *Trois Maillets*, dit Victor Le Morhier à Elizabeth. Nous fêterons nos noces dignement!

— Je suis contente de notre mariage, dit Elizabeth. C'est la bonne idée.

— C'était la bonne idée, la reprit Victor.

Il savait bien qu'il n'aurait pu trouver aisément un prêtre qui accepte de bénir l'union d'une protestante et d'un Français. Le Nantais avait expliqué au prêtre du *Little Castle* que sa fiancée était catholique comme son père, un Orléanais qui était mort sans apprendre à sa fille où se trouvaient les carnets de famille. Il conta qu'il était allé à Londres pour se marier, malgré la peste, car tout avait été décidé depuis longtemps entre le capitaine Le Morhier et

M. Brune. Il avait trouvé sa fiancée orpheline, le père qui devait les bénir était mort et son église transformée en mouroir.

— N'empêche qu'on nocera au cabaret! Puis nous irons à Nantes voir mes parents.

— Comment?

— Par une route de terre, sois-en assurée. Nous verrons Chartres, Blois, Saumur, Angers avant d'atteindre ma ville. Ce sera long.

Elizabeth sourit. Même si elle était secouée fortement dans les coches qui les mèneraient à Nantes, elle ne pourrait jamais être aussi nauséeuse qu'elle l'était maintenant. Elle avait lancé à la mer ses gants parfumés d'ambre, mais elle avait toujours le cœur au bord des lèvres. Regarder l'horizon l'étourdissait; il lui paraissait d'abord plat, puis concave, puis il se dédoublait, se multipliait, invitait le ciel à l'imiter. La nuit, les étoiles dansaient des bourrées autour du navire. La jeune Anglaise, qui avait vite renoncé à sa broderie, comptait les heures qui la séparaient du débarquement. Elle écoutait distraitement son mari lui conter ses aventures avec Emile Cléron, lui décrire ses parents, le quai de la Fosse, l'île Feydeau, la lumière vermeille qui irisait la cathédrale Notre-Dame, les allées droites et les bosquets bien taillés du Cours-la-Reine et *les* ponts de Paris. Ils les traverseraient tous! Il lui montrerait le Pont-Neuf, préciserait qu'il ne supportait aucune demeure depuis que, sous Henri IV, un navire en flammes était passé sous une construction qui avait brûlé avec tous ses habitants.

Il faisait un temps magnifique quand le capitaine annonça que la quarantaine était terminée et que le navire était maintenant autorisé à voguer sur la Seine. La joie atténua les nausées d'Elizabeth; l'épreuve prenait fin. Des souvenirs des derniers mois se bousculaient dans sa tête: la longue marche de Londres à Yarmouth, la vente d'un collier de perles fines pour acheter une barque, sans mât, sans voile, que le capitaine du *Little Castle* avait accepté de remorquer durant une semaine, le temps de voir si ses deux occupants périraient de la peste. Elle se souvenait comme elle avait espéré, en montant à bord, que le roulis ne la gênerait pas sur un vrai navire et comme elle avait dû déchanter. Elle se souvenait de son mariage, l'expression de bonheur dans les yeux de Victor.

Et voilà qu'elle connaîtrait Paris. Elle n'avait jamais vu Charles II, mais elle apercevrait peut-être Louis XIV? Elle irait rue Saint-Victor, où Paul Brune avait vécu durant trois ans. Elle assisterait à un office religieux à l'église Saint-Séverin où son père se recueillait et elle mangerait un pâté au *Riche Laboureur*, même si cette taverne, paraît-il, n'avait d'opulent que le nom. Elle écouterait des plaideurs au Palais et prierait Victor de l'emmener voir le château de Saint-Germain-en-Laye. Elle serait heureuse.

Elle souhaita que M. Chahinian ait pu quitter sa geôle. Elle comprenait mieux les prisonniers après ce trajet de mer où elle avait cru rendre l'âme. Elle se demanda si les parents de Victor ne seraient pas fâchés qu'il se soit marié sans leur consentement; les siens lui manquaient énormément, peut-être trouverait-elle une mère en Myriam Le Morhier? Victor l'avait assurée qu'elle plairait à ses parents. Il avait ajouté que son père serait soulagé qu'il l'ait épousée. Elle l'avait invité à s'expliquer, mais il avait changé de sujet. Elle avait deviné qu'il s'agissait encore de Marie LaFlamme.

Si elle rencontrait un jour M. Chahinian, qui avait connu celle-ci, elle l'interrogerait à son sujet. Victor n'avait pas la même voix quand il la mentionnait. Il ne se souvenait pas qu'il avait parlé de cette femme dans son délire, qu'il avait crié son nom cent fois. Elle se promettait bien de la lui faire oublier. Définitivement.

Chapitre 8.

Le fleuve se cabrait, ruait sous les lames qui le blanchissaient, refusant le gel, l'hiver. Les vagues étaient si fortes, en ce début de novembre, qu'elles rappelèrent à Marie LaFlamme la tempête vécue sur l'*Alouette*. Heureusement, on n'attendait aucun navire ; il aurait échoué ou coulé par un temps pareil. Des bourrasques hachaient l'aube dans une confusion rageuse qui découragerait quiconque d'arpenter le quai Champlain. La Renarde regarda Simon s'éloigner, son chapeau bien enfoncé sur les oreilles et le foulard remonté jusqu'au nez. Il n'y avait ni hommes ni bêtes par les rues à cette heure, mais si le soldat avait été vu par un quidam, celui-ci n'aurait pu l'identifier.

Simon tourna à droite pour emprunter la côte de la Montagne et Marie continua à regarder jusqu'au bout de la rue Sault-au-Matelot bien après qu'il eut disparu. Les pierres des maisons étaient ternes, plus grises, plus tristes depuis une semaine, et elle imaginait les squelettes des feuillus qui mouchetaient la falaise de leurs troncs brunâtres. Quand il ferait jour, vraiment, le ciel serait pareil à la cuillère d'un apothicaire rongée par les sels. Il pleuvrait durant des heures, comme la veille, comme l'avant-veille. Et Noémie se lamenterait d'ennui. Et Marie l'emmènerait à Rose en se sentant terriblement coupable. Elle dirait qu'elle devait préparer des pessaires, mais elle dormirait avant de remplir les sachets d'herbes ; il fallait bien qu'elle prenne un peu de repos, sinon elle

tremblerait quand on viendrait la chercher pour soigner un malheureux.

Simon était arrivé à Québec le 2 novembre. Il avait dit qu'il
avait été choisi comme messager parce qu'il avait sauvé la vie d'un
soldat qui avait fait un mauvaise chute. Simon l'avait ramené au
fort en le portant durant des heures. Il avait accepté la mission,
malgré la présence possible des Iroquois, car il voulait revoir Marie.

Il avait ouvert sa porte sans frapper et lui avait tendu les bras.
Elle avait balbutié son nom et couru vers lui ; il était revenu pour
elle, il était vivant, elle le touchait et le touchait encore pour s'assurer que ce n'était pas un fantôme. Elle enfouissait sa main dans sa
chevelure, frottait sa joue contre sa barbe, le baisait au front. Il
l'avait vite soulevée pour la porter au fond de la pièce où se trouvait
le lit.

Elle avait pensé qu'il était un peu rustre, mais ne revenait-il pas
d'une expédition où il avait cru ne jamais la connaître ? Il était
affamé d'elle, elle le devinait, et s'enorgueillissait de sa hâte. Elle
l'avait aidé à défaire sa jupe et son corsage ; quand il avait poussé
une exclamation admirative, elle avait perdu toute pudeur et cessé
de cacher sa poitrine. Il avait pressé ses seins, trop fortement,
emporté par sa fougue, et l'avait couchée sous lui. Il avait flatté ses
cuisses, lui avait souri avant de l'embrasser si ardemment qu'elle
avait peine à respirer. Il avait glissé une main sous ses fesses, tandis
qu'il l'obligeait de l'autre à écarter les jambes pour mieux l'accueillir. Elle avait tout d'abord espéré qu'il se montrerait plus délicat,
puis avait été troublée par ses caresses ; elle avait senti son doigt qui
s'attardait sur cet endroit qu'elle touchait certains soirs où elle se
sentait trop seule. Il imprimait un mouvement régulier qui l'ensor-
celait. Ensorcelée, oui, c'était bien ça. Ses attouchements
magiques ; elle n'avait plus ni force ni volonté, et quand il avait
enfoncé un autre doigt dans son ventre, elle s'était mordu la main
pour ne pas crier. Ensuite, il l'avait pénétrée lentement, profondément, se retirant quand il devinait qu'elle allait jouir, recommen-
çant, l'exaspérant jusqu'à ce qu'elle le supplie de ne plus s'arrêter.
A voir ses yeux agrandis par la surprise, Simon avait compris
qu'elle n'avait pas éprouvé de tels plaisirs avant. Il s'était félicité de

sa patience. Il ne prisait pas ces agaceries auxquelles il s'était plié, mais il savait, par Geoffroy de Saint-Arnaud, que Marie LaFlamme était aussi effarouchée qu'une vierge. Il la traiterait ainsi durant quelque temps, puis la dresserait à des rencontres moins naïves.

Un cri de Noémie arracha Marie à ses songes; elle embrassa sa fille comme si ces baisers pouvaient effacer ceux de son adultère. Quand Simon la retrouvait, elle redoutait toujours que la petite ne s'éveille et ne les surprenne. Son amant la trouvait ridicule, disant qu'un enfant ne pensait pas autant qu'un homme, mais Marie se crispait dès qu'elle entendait sa fille tousser et quittait bien évidemment son lit si elle pleurait. Cette nuit, Simon l'avait empêchée d'aller vers elle, disant qu'elle le réveillait à chaque fois qu'elle se levait, car son damné chien gémissait aussitôt. Il devait dormir, lui, car il n'aurait pas le loisir de se recoucher dans la journée. Elle était restée sans bouger à ses côtés, regardant ses mains qui lui procuraient tant de joie, ce corps qui l'embrasait, et s'était désolée de ce que le soldat n'aimât pas les enfants autant que le coureur de bois. Guillaume ne protestait jamais quand elle jetait un coup d'œil sur le ber.

Marie LaFlamme se brossa les cheveux avec fureur, sans se ménager, et les tressa nerveusement avant d'habiller Noémie qui jouait avec Mkazawi. L'érésipelle du gros Paul, l'asthme de Madeleine Lapointe, le flux d'Horace Bontemps, voilà à quoi elle devait penser au lieu de se remémorer ses nuits avec Simon Perrot. Personne ne devait soupçonner à quel point sa vie était bouleversée, à quel point elle était affolée. Elle était devenue la maîtresse de Simon parce qu'elle l'avait toujours aimé, parce que leur union était inscrite dans son destin, parce qu'elle avait eu peur qu'il ne périsse scalpé. Guillaume était au loin et n'en saurait rien si elle était prudente. Pourquoi n'était-elle pas plus gaie? Que lui manquait-il encore? Il n'y avait qu'au moment où elle avait réduit cette fracture, lundi dernier, qu'elle avait été parfaitement heureuse. Quand elle avait senti que les os s'emboîteraient assez justement pour que son patient ne claudique pas. Elle avait ressenti alors une paix si intense qu'elle avait été joyeuse tout le jour. Mais elle avait failli pleurer de désarroi, le soir venu, en songeant que cette sérénité était bien éloignée de la jouissance fiévreuse qu'elle éprouvait quand son amant la prenait...

Quand elle emmena Noémie chez Rose, celle-ci rayonnait ; elle était maintenant assurée d'être grosse, n'ayant pas eu ses ordinaires depuis deux mois. Elle rapporta à Marie qu'une voisine l'avait avertie qu'elle ne devait jamais croiser les jambes, sinon l'enfant naîtrait les membres emmêlés.

— Ecoute plutôt Emeline qui a de beaux enfants, rétorqua Marie pour taire ces inepties. Elle sera contente de te dire comment elle les a élevés. Tu as de bonnes hanches, comme elle, ton petit aura toute la place. Ne t'en fais pas.

— Si j'ai une fille, j'espère qu'elle sera aussi mignonne que Noémie.

Marie approuva son amie sans embarras : si Noémie était si jolie, elle le devait à Julie LaFlandres qui l'avait mise au monde sur l'*Alouette* avant de trépasser. C'était pur hasard qu'elle soit aussi rousse que sa mère adoptive.

— Je dois ravauder toute la matinée, fit Rose, mais le petit François viendra ici car sa mère est allée relever sa cousine.

— C'est moi qui te relèverai, déclara Marie en effleurant le ventre de son amie. Je t'envie.

Rose sourit, embarrassée. Elle ne savait que répondre à Marie ; pouvait-elle lui souhaiter d'être grosse de Simon ? Car elle le fréquentait, elle le devinait aux rougeurs subites de Marie, à ses absences et une curieuse langueur certains matins. Simon Perrot ! Rose priait chaque jour sainte Madeleine pour que Marie retrouve la raison. Elle avait même failli en discuter avec son ancienne maîtresse, Eléonore de Grandmaison, qui était toujours de bon conseil. Elle serait même allée au fort huron pour en parler avec Mani, une Sauvagesse que Marie estimait grandement, si elle avait cru que son amie écouterait l'une ou l'autre femme.

C'était perdu d'avance ; la Renarde aurait dû s'appeler la Mule.

Marie ouvrit le paquet de toile qu'elle avait apporté et en tira une écharpe qu'elle posa sur les épaules de Rose :

— C'est de la mohère tabisée, c'est plus léger et plus chaud que tous les draps.

Rose caressa l'étoffe en s'extasiant sur sa douceur :

— C'est doux comme la soie de la robe de madame Eléonore.

— C'est de la soie, dit Marie. Je te la donne.

Rose ne fut guère surprise de cette générosité ; son amie voulait qu'elle continue à l'aimer, même si elle désapprouvait sa conduite. Elle l'embrassait affectueusement quand Alphonse revint avec le petit François.

Tandis que Rose enlevait sa cape au garçon, Une Patte dit à Marie que le Saint-Laurent serait gelé avant la Noël.

— C'est ce qu'on disait tantôt au magasin neuf.

— Je vais soigner des engelures et amputer de nouveau...

— Non, on commence à connaître le pays.

— Les jeunes gens font des paris insensés en hiver, tu le sais ! Les courses en raquettes les mènent trop loin de la ville.

Alphonse prit un air penaud ; il se souvenait trop bien des colères de la Renarde quand les hommes applaudissaient les prouesses de leurs fils. Elle leur souhaitait qu'ils aillent courir une bonne fois jusqu'à Trois-Rivières, qu'ils en reviennent les membres gelés et que la colonie se distingue entre toutes par son nombre élevé de culs-de-jatte et de manchots. Louis XIV aurait assurément envie de continuer à envoyer des trente-six mois en Nouvelle-France où ils prendraient des risques stupides au lieu de le servir !

Désireux de changer de sujet, Alphonse dit qu'il avait rencontré Anne Martin au magasin vieux. Elle était accompagnée de sa fille qui semblait toujours aussi craintive.

— Anne Martin prétend que sa Françoise a toujours été apeurée.

— C'est curieux, murmura Marie LaFlamme.

— Il faut dire qu'un matelot du *Saint-Jean-Baptiste* lui a narré toutes les tortures que nos martyrs ont subies aux mains des Iroquois et la petite croit qu'un Sauvage surgira devant elle et la scalpera. Il est vrai qu'on n'a toujours pas trouvé comment est mort Bertrand Rochelais.

Rose frissonna :

— Je m'en souviens comme si c'était hier ! Sa grimace était si horrible !

— On en parle encore chez Boisdon, murmura Alphonse Rousseau. On pense qu'il a été assommé par un Agnier.

Rose se signa.

— Les Agniers riraient de les entendre tandis que le criminel est parmi nous. M. Talon nous a fait jurer le secret, mais se taire n'est pas oublier. On a tué Bertrand Rochelais et j'enrage en pensant que je rencontre son assassin sur le quai Champlain sans le reconnaître. Il nous nargue tous.

— Pour l'instant, fit Marie. Il est le plus fort aujourd'hui, mais demain? J'ai confiance en M. Talon. Cet homme est opiniâtre.

— Mais sa charge est si lourde, rétorqua Rose. Je regarde les nouveaux venus en les soupçonnant du pire. Et je n'aime pas ça...

Alphonse leur dit pour la centième fois qu'il n'était pas persuadé que le meurtrier soit un passager de ce navire. Il pouvait être installé depuis longtemps dans la colonie, avoir reconnu en Rochelais une grande menace et avoir décidé de l'éliminer. Comme Marie aurait voulu le faire avec Ernest Nadeau.

— Et je n'aurais pas su depuis deux ans, l'interrompit celle-ci, qu'une personne connaît les plantes et sait les préparer? Je ne l'aurais jamais rencontrée au cours de mes cueillettes?

— On aurait pu voler le poison chez toi, s'entêtait Alphonse.

— Je ne me sépare jamais des herbes venimeuses. A cause de Noémie.

La petite, entendant son nom, courut se cacher sous une table, craignant que Marie ne veuille repartir bientôt.

— La mienne sera pareille!

Alphonse sourit à son épouse, tout en écoutant leur amie :

— Il faut aussi savoir faire prendre un poison. Ce n'est pas si aisé qu'on le croit. Le criminel connaissait son arme.

Alphonse avait discuté plus d'une fois avec tous les passagers du *Saint-Jean-Baptiste*. On s'était volontiers ouvert à lui; son infirmité lui attirait une certaine compassion, puis une sincère admiration quand on voyait comme il se moquait de sa patte de bois. Il pouvait même marcher avec des raquettes!

— Aucun d'entre eux n'a travaillé en France chez un apothicaire. Les filles étaient dans des couvents où les tâches étaient si ardues que certaines m'ont certifié qu'elles se reposaient quasiment à Québec. Les hommes sont ouvriers, compagnons, artisans. Personne n'a appris à mêler des poudres et tirer le suc des herbes maléfiques.

Alphonse s'était acquitté avec une belle volonté de la mission que Marie lui avait confiée. Rose l'avait secondée, et, comme son époux, elle soupçonnait tout le monde mais personne en particulier. Quant au mystère entourant Anne Martin, celle-ci avait avoué à Marie qui la questionnait sur le trajet de mer qu'elle avait menti à propos de Bertrand Rochelais. Il lui avait parlé trois fois. Il s'était entiché d'elle, mais elle l'avait repoussé. Elle n'était pas venue à Québec pour se marier, mais pour faire la charité. Elle avait conté à Marie que le blondin avait l'air soucieux quand elle l'avait évincé la dernière fois, la veille de leur arrivée. Elle avait cru le contrarier par son refus, mais il craignait peut-être pour sa vie?

Comme Marie insistait pour savoir ce qui tracassait la victime, Anne Martin avait dit que Rochelais lui avait tenu des propos anodins et avait refusé de s'épancher. Elle avait fait jurer le secret à Marie car elle ne voulait pas qu'on l'associe à la victime, s'inquiétant de l'opinion des religieuses.

Marie LaFlamme avait promis de se taire, puis elle avait essayé d'en savoir plus sur Françoise. Elle avait assuré Anne Martin que sa fille était moins bête qu'elle ne le disait. Elle lui avait même conseillé de ne pas dénigrer l'enfant quand elle était présente. La petite devait croire que sa mère l'estimait. Anne Martin avait paru surprise, mais elle avait accepté de surveiller ses paroles.

Rose soupira : qui donc avait tué Bertrand Rochelais? Ce n'était pas la compassion pour la victime qui la faisait s'acharner à trouver le coupable, c'était l'humiliation de savoir qu'un criminel circulait en toute liberté dans la colonie, alors qu'on l'avait battue et enfermée pour des vétilles quand elle était à Paris. On marquait les filles du monde au fer rouge, comme des bêtes, et les assassins se baladaient sans que la Justice intervienne.

— Si M. Talon désirait vraiment arrêter le meurtrier, il aurait dit toute la vérité aux colons, déclara Rose. On serait plus de cinq cents à chercher au lieu de trois.

— Et chacun accuserait chacune.

Marie songeait à la vitesse avec laquelle sa mère et elle avaient été arrêtées à Nantes. Sur une simple dénonciation, sans aucune preuve. Elle ne souhaitait pas retrouver pareil climat à Québec. Si Talon exigeait leur silence, elle convaincrait Rose et Alphonse du bien-fondé de sa requête.

En rentrant chez elle, elle prépara des pessaires comme elle l'avait indiqué à son amie. L'air pur l'avait dégourdie, ainsi que l'énigme posée par l'identité de l'assassin. Tout en cousant minutieusement les sachets d'herbes médicamenteuses, elle revoyait en pensée les visages de tous les passagers du *Saint-Jean-Baptiste* en se demandant pourquoi on avait tué Rochelais. Qui le connaissait avant d'embarquer sur le vaisseau?

Anne Martin avait rejeté ce passager. Se pouvait-il qu'il se soit emporté au point qu'elle ait dû se défendre contre lui? Non, c'était impossible: la veuve Martin n'aurait jamais rencontré cet homme à Paris. Comment imaginer qu'elle lui ait donné une chemise? Elle l'avait d'ailleurs connu sur le navire, comme tous les autres passagers. Et Bertrand Rochelais ne devait pas avoir été le seul à tenter des galanteries. La veuve Martin avait du bien et elle n'était pas vilaine; l'épouser serait une aubaine.

Simon avait même taquiné Marie à ce sujet, soutenant qu'il se mettrait sur les rangs si elle ne récupérerait pas son trésor. Elle s'était plainte de sa cruauté; n'avait-il pas compris que ce butin n'existait pas? Il avait fait semblant de ne pas l'entendre, lui parlant de leur retour à Nantes comme d'une chose convenue. Marie lui répétant qu'il rêvait, il l'avait accusée de vouloir garder le trésor pour elle. Il s'était encoléré si soudainement que la guérisseuse avait d'abord cru qu'il plaisantait. Il avait alors serré son poignet au point qu'elle avait crié. Il l'avait lâché, mais son regard noir l'étreignait plus brutalement encore que sa main de soldat. Elle avait tourné la tête pour fuir ces yeux chargés de violence. Puis elle avait senti ses lèvres dans son cou, douces, chaudes, humides; Simon s'était excusé. Vivre avec son régiment avait influencé ses manières; s'il s'était énervé, c'est qu'il était triste de voir sa Marie travailler tout le jour pour son gagne-pain. Elle méritait mieux. Elle ne devait plus craindre Geoffroy de Saint-Arnaud; il lui promettait, lui jurait sur la tête du Roi et celle de Dieu qu'il la protégerait de l'armateur. Elle lui avait rappelé ce qu'il lui avait conté lors de leur premier entretien. Avait-il reçu du courrier l'informant qu'Hornet avait sauvé Saint-Arnaud des fièvres ? Simon avait nié ; il espérait que l'armateur était bien mort, mais il saurait l'en débarrasser s'il était toujours vivant.

Marie l'avait remercié pour clore cette discussion, mais elle y repensait maintenant avec amertume ; Simon l'inquiétait. Il était plus arrogant à chaque visite, plus brutal aussi. Elle aimait sentir son désir et ne s'offusquait pas qu'il le lui montre sans pudeur. Ce qu'elle aimait moins, c'est qu'il soit si pressé. Il lui expliquait qu'il perdait toute maîtrise quand il la voyait et qu'elle devait s'enorgueillir de cela. Bien des femmes auraient voulu produire le même effet sur lui ! Si elle n'avait pas connu Guillaume, elle aurait pensé que tous les hommes éprouvaient les mêmes désirs impérieux. Mais elle avait partagé la couche du coureur et celui-ci n'avait jamais manifesté cette impatience.

L'entêtement de Simon à propos du trésor gênait également Marie. Non seulement parce qu'elle ignorait ce qu'elle pensait du butin, si elle y croyait, si elle voulait vraiment le reprendre, revoir Nantes, oublier la Nouvelle-France, mais parce qu'elle constatait avec chagrin que le trésor était le seul sujet de conversation qui intéressât Simon après les faits d'armes passés, présents et à venir et les différences entre un pistolet anglais et un français. Il ne l'interrogeait jamais sur les soins qu'elle prodiguait, encore moins sur ses malades sauf s'il s'agissait d'un notable de la ville. Il lui disait souvent qu'elle était la plus jolie, la plus futée, mais ne lui demandait guère son avis. Aimerait-elle réellement partager sa vie avec lui et l'entendre évoquer chaque jour le plaisir qu'il aurait à dresser les Sauvages si M. de Tracy se décidait à donner une leçon à ces bêtes féroces avant qu'ils rentrent à Nantes ?

Enfin, Simon n'avait jamais joué avec Noémie. Il ne semblait même pas la voir, sauf quand elle pleurait. Et il détestait ouvertement Mkazawi.

Il détestait presque autant Mgr de Laval. La Renarde avait d'abord ri en constatant que l'antipathie pour l'évêque était tout ce qu'elle partageait avec Simon, en plus de leur passé nantais. Puis elle avait pleuré : son rêve d'amour était bien différent de ses vœux.

Elle s'efforça de chasser le soldat de son esprit et de repenser à l'assassin de Rochelais. Qui donc l'avait empoisonné?

Un cri lui fit lâcher son ouvrage. Elle se rua à la fenêtre : un cheval galopait vers le fleuve comme si une meute de loups enragés le poursuivait. Un Huron tentait de le rattraper tandis qu'Horace Bontemps portait secours à Anne Martin. Celle-ci était agenouillée devant Françoise. Marie sortit sans prendre sa cape.

— Qu'est-il arrivé?

— Le cheval s'est échappé de son enclos, dit Horace Bontemps. L'Indien lui a fait peur quand il a vu la fille foncer sur la bête. Sans lui, elle aurait été piétinée.

Marie soupira d'aise : en parlant ainsi, Le Duc prouvait à une nouvelle venue que les Hurons qui habitaient au fort Saint-Louis étaient des amis des colons. Marie sourit au Faucon. Ses sourcils très fournis pour un Indien durcissaient son regard, l'aiguisaient; cela lui avait valu ce patronyme. On l'avait bien nommé; sa vue était si perçante qu'il distinguait une sittelle à cinq perches d'éloignement.

En palpant Françoise, Marie interrogea sa mère qui gémissait; Le Duc avait-il bien décrit l'incident? Oui, Françoise s'était jetée dans les pattes de l'animal. Tout d'un coup, sans barguigner.

— Elle ne s'est pas rompu les membres, dit Marie en cessant de tâter l'enfant, mais je ne sais quand elle retrouvera ses esprits. Je l'emmène chez moi. Je vis juste à côté. Et je serai au calme pour l'examiner.

Sans avoir eu besoin de lever la tête, elle savait qu'un petit attroupement s'était formé en quelques minutes. Les gens avaient si peu de distractions quand venait l'hiver. Ainsi, les bagarres étaient moins des manifestations de réelles colères qu'un moyen de se désennuyer. Certains colons fabriquaient de l'alcool malgré l'interdiction, croyaient-ils, mais c'était à cause d'elle. A cause des frissons d'angoisse que cela leur procurait. La moindre mésaventure était longuement commentée chez Boisdon et dans les soirées entre voisins. On parlerait samedi de l'accident de la petite Françoise et du bon coup du Faucon.

Marie faisait signe à Bontemps de l'aider à soulever Françoise quand Anne Martin s'y opposa :

— Elle est déjà bien épouvantée ; ce serait pis si elle ne se réveillait pas chez elle.

Marie insista, mais la Parisienne tint sa fille contre elle d'un geste possessif, expliquant à la guérisseuse que Françoise était très craintive. Elle se méfiait des inconnus depuis qu'on avait failli l'enlever à Paris ; elle en était restée marquée.

— C'est pour cette raison qu'elle ne parle à aucun d'entre nous ?

— Elle ne s'adresse plus qu'à moi. C'est notre destin, fit la veuve d'un ton résigné.

— Je pourrais peut-être aider votre fille, s'entêta Marie.

Anne Martin réfléchit à l'attitude qu'elle devait adopter ; affronter Marie LaFlamme était périlleux et ferait jaser toute la ville, mais il était exclu qu'elle emmène Françoise chez elle.

— Vous viendrez nous visiter quand elle sera rétablie. A Paris, j'ai vu les meilleurs médecins qui m'ont tous affirmé que ma fille avait besoin de tranquillité. Je vous remercie grandement. On m'avait dit que vous étiez bonne, on n'avait pas menti.

Avant que Marie n'ait le temps de réagir, Anne Martin entraînait Françoise à l'écart. Non, on ne s'approcherait pas de la petite. Ni Marie ni personne.

Tandis qu'Horace Bontemps racontait l'accident pour la dixième fois, Marie regardait le Faucon se diriger vers la côte de la Montagne d'un pas égal. Elle courut vers lui ; elle voulait entendre sa version des faits.

Il parlait peu la langue des Blancs mais il comprenait ce que Marie voulait. Et il tenait à lui répondre pour le mieux. Il lui fit signe de le suivre au fort huron ; sa sœur Mani pourrait leur servir d'interprète. Marie accepta volontiers ; elle était presque habituée à l'odeur de suif et de peau tannée qui gênait les nouveaux colons quand ils passaient devant le fort. Elle pensait même que ce n'était pas pire rue aux Ours à Paris. Bien entendu, elle n'aurait pas voulu vivre à l'intérieur des cabanes. Mani traduisit le récit du Faucon. Bontemps avait bien décrit la scène, mais un point lui avait échappé : la fille courait parce qu'elle avait peur. Avant que le cheval surgisse et non parce qu'il était apparu. Et elle n'avait même pas reculé en voyant le percheron foncer sur elle.

En était-il certain ?

Le Faucon fit remarquer à Marie qu'il était le meilleur guetteur de sa tribu. Il avait noté l'expression de Françoise : elle avait croisé des mauvais esprits pour être si terrifiée. Même le caribou sans panache ne l'avait pas détournée de sa route. Comme si elle préférait être piétinée par l'animal plutôt que de revoir ce qui l'avait tant apeurée.

Marie posa une dernière question au Faucon : pensait-il que cette enfant était moins fine qu'un écureuil ? Le Huron la fit répéter, manifesta son étonnement ; la petite lui avait semblé intelligente, pareille à ses semblables hormis sa terreur. Que voulait dire la Renarde ?

La Renarde remercia Mani et le Faucon et descendit chez les Rousseau pour chercher Noémie. Elle leur conta l'incident et parla du refus d'Anne Martin de lui laisser sa fille. Rose lui révéla qu'Anne avait failli la perdre à Paris. Cela expliquait peut-être une telle possessivité.

Marie repensa à la veuve plusieurs fois avant de se coucher.

Elle se jura de ne pas élever ainsi Noémie.

Elle rêva d'un cheval noir à la crinière bouclée qui fonçait sur elle sans qu'elle puisse bouger. Elle criait « Simon, Simon », il répondait qu'il était là, près d'elle, de plus en plus près d'elle. Au moment où le coursier allait ruer, elle s'étonnait qu'il porte des bottes comme les mousquetaires du Roi. Puis elle entendit rire Simon, d'un rire métallique qui n'en finissait pas.

Elle se réveilla en sueur, malgré le froid qui régnait chez elle. Elle se leva, le cœur palpitant, et elle mit une bûche et des éclisses dans l'âtre. Les flammes chassèrent le cheval noir et Marie, après avoir flatté les cheveux de sa fille, se recoucha en regardant la lumière dorée. Elle ne tremblait plus, mais l'amertume qui l'étreignait maintenant lui donnait envie de pleurer. Elle se força à rester calme ; au matin, tout irait mieux.

Elle savait que les Indiens étaient très attentifs à leurs songes et qu'un sage les étudiait pour aider le rêveur. Mais vers qui pouvait-

elle se tourner pour amener Simon à une moins grande brutalité ?
Elle ne croyait pas à saint Raboni. A Paris, on le vénérait assez du
côté de la porte Saint-Martin ; les femmes mariées à des grands-
gosiers ou des ribleurs allaient le prier afin qu'il abonisse leurs
époux. Mais la Renarde doutait que des Pater noster et des Ave
Maria ne changent Simon Perrot. Elle se souvint que son père disait
d'une femme qui voulait transformer son mari qu'elle ferait mieux
de filer sa quenouille. Anne LaFlamme ajoutait qu'on devait
accepter son homme comme il était, se réjouir de ses qualités et
composer avec ses défauts. Mais n'aurait-elle pas souhaité que
Simon Perrot mette de côté ses façons militaires pour parler à sa
fille ? Et Nanette ? Nanette l'aurait moquée avant de la plaindre,
lui rappelant qu'on l'avait mise en garde contre le soldat.

Elle parvint à se rendormir en imaginant qu'elle trouvait un
remède pour soigner la pleurésie. Marie faisait ce vœu régulièrement. A l'église, elle priait pour que le Très-Haut protège les siens,
puis elle ajoutait que la pleurésie n'était pas vaincue et qu'elle ferait
encore des victimes durant l'hiver.

Au matin, elle avait presque oublié son cauchemar et riait de ses
frayeurs ; Simon était peut-être un peu rustre, mais quel homme ne
l'était pas ? Il l'aimait ; n'était-il pas venu en Nouvelle-France pour
la retrouver ? Il insistait pour qu'ils rentrent en France ; ils ne pourraient continuer à se voir quand Guillaume serait de retour. Ou
même avant : on finirait par apprendre leur liaison. Il faudrait plus
d'activités dans la colonie pour distraire les habitants des faits et
gestes de leurs voisins. L'incident de la veille le prouvait bien ; tout
le monde en parlerait durant des jours.

Elle habilla chaudement sa fille et l'emmena avec elle à la haute-
ville où elle devait traiter Rouer de Villeroy qui souffrait de dévoie-
ments. Il n'y avait que très peu de neige et Marie s'en désola ; elle
s'était vite accoutumée à un Noël blanc et s'inquiétait en regardant
les arbres étiques et grisâtres qui jalonnaient la côte de la Montagne. Vivement que le ciel les festonne de blanc et borde les
aiguilles des conifères. Elle avait hâte d'atteler Mkazawi ; Noémie
adorerait les balades en traîneau. Guillaume lui en avait fabriqué
un grand, au fort huron, avec des écorces et des liens de cuir savam-

ment tressés entre deux branches diposées en V. Le traîneau était léger et Mkazawi pourrait courir par toute la ville sans se fatiguer.

En haut de la côte, elle s'arrêta pour faire admirer le paysage à sa fille. Elle souhaitait que Noémie aime la mer autant qu'elle. Elle lui parlait souvent de son grand-père qui était un fameux matelot et qui avait vu tous les pays du monde, excepté cette colonie. Pierre LaFlamme devait regretter, au paradis, de ne pas avoir navigué sur le Saint-Laurent. Aucun fleuve n'était aussi somptueux. Marie désignait l'île d'Orléans à sa gauche et s'émerveillait des teintes qui l'animaient. Les voiles de la nuit s'étaient dissipés, l'ombre et le mystère s'évanouissaient, domptés par une lumière garance. Pendant un instant, l'île rougeoya comme si on y avait mis le feu et Marie croyait aisément qu'au début de la colonie les hommes de Champlain avaient imaginé que les Iroquois avaient enflammé l'île.

La Renarde sourit au fleuve illuminé, heureuse qu'il n'y ait pas de témoin de sa joie. On aurait alors jasé, rappelé qu'elle était une curieuse femme, bien qu'excellente empirique. Marie n'avait pas envie d'expliquer qu'elle puisait son énergie dans le Saint-Laurent, qu'elle y jetait ses soucis pour un temps et y trouvait le calme nécessaire pour soigner ses malades. Elle avait sa fontaine de Jouvence et s'étonnait souvent d'être la seule Blanche à saisir la force bénéfique de la nature.

Elle croisa Mani qui lui reparla de l'incident de la petite Martin ; Faucon trouvait que l'enfant avait le même regard que certains captifs. Avait-elle été volée ? demanda Mani. Marie allait répondre qu'on ne faisait pas de prisonniers chez les Français quand elle avait pensé à Une Patte qui avait été mutilé par son maître. Des enfants vivaient comme des esclaves à Paris. Ce n'avait certes pas été le cas de Françoise, mais celle-ci souffrait aussi. L'amour d'Anne Martin la suffoquait. Marie se dit que la Parisienne était contente que sa fille soit bête : elle ne pourrait jamais s'affranchir d'elle. Elle avait refusé d'écouter Marie qui l'assurait que Françoise n'était point sotte, prétendant se protéger d'une nouvelle déception, affirmant s'être résignée à l'épreuve que Dieu lui avait envoyée. Elle devait redouter la solitude comme bien des veuves, qui ne voulaient pas se remarier après avoir subi un détestable époux mais qui ne pouvaient se résoudre à l'isolement. Celles qui en avaient les moyens se retiraient dans un couvent, les autres priaient pour que leurs fils ne les abandonnent pas. Avec une fille qui resterait toujours une enfant, Anne Martin ne serait jamais délaissée.

Marie se promit de lui expliquer que Françoise ne l'abandonnerait pas si elle faisait quelques progrès. Elle serait seulement moins nerveuse si elle se sentait plus sûre d'elle. La Renarde espérait l'amener à exprimer sa peur. Qu'est-ce qui l'avait effrayée pour qu'elle se jette dans les pattes du cheval?

Marie fit sa visite rapidement; sa médecine avait eu des effets bienfaisants et l'attaché de Talon avait meilleure mine. Il offrit une confiserie à Noémie, qui l'embrassa pour le remercier. Il avertit aussi Marie que son affaire avançait bien au Conseil.

La jeune femme quitta son malade en se retenant de crier victoire; elle était dorénavant persuadée qu'elle serait agréée comme mère-sage. Enfin! elle délivrerait Rose; et toutes ses amies. Comme Anne LaFlamme! Elle connaîtrait encore mieux l'appareil féminin et pourrait soulager les douleurs des accouchées. Elle leur donnerait discrètement des herbes tandis que le mari irait chercher le prêtre. Elle n'aurait pas besoin de se cacher : peu d'hommes tenaient à assister à une délivrance. Une seule chose importait : que l'enfant soit baptisé dès sa naissance; Mgr de Laval était très sévère à ce sujet.

Si Anne Martin parut surprise de voir Marie LaFlamme, Françoise, elle, évita carrément son regard en enfouissant son visage dans la fourrure de Mkazawi. Il était manifeste que cette fille craignait tous les adultes. Marie inspira profondément avant d'interroger Anne Martin sur les circonstances de l'incident.

— Où étiez-vous quand votre enfant a été épouvantée?

Son envie était grande de chasser Marie LaFlamme, mais la veuve devinait qu'en agissant ainsi elle inciterait cette femme à fouiller davantage.

— Je priais. C'est son cri qui m'a tirée de mes dévotions. Je n'ai pas cherché à savoir ce qui l'avait terrifiée; j'ai couru derrière elle. C'est là que le cheval est arrivé. Tout s'est passé tellement vite!

— Vous n'avez donc rien vu, rien entendu?

Anne Martin secoua la tête d'un air navré :

— J'ai essayé sans succès de comprendre ce qui avait alarmé ma fille. Il n'y avait rien ni personne dans cette pièce pour l'effrayer.

— Et dehors?

— Tout était calme. Rien d'anormal. C'est un mystère...

Marie s'approcha de Françoise et l'invita à venir chez elle pour jouer avec Noémie et Mkazawi. Comme Françoise regardait fixement le sol, Marie s'agenouilla près d'elle et l'obligea à la regarder; elle lut une telle peur dans ses yeux qu'elle s'écarta immédiatement, bégayant d'apaisantes paroles. Françoise la redoutait. Pourquoi?

— Ne vous fâchez pas, madame, dit Anne Martin. Ma fille mêle tout.

— Que voulez-vous dire?

— Son esprit est faible, vous le savez...

— Je ne comprends pas...

— Sachez que je ne crois pas un mot de ce que j'ai entendu l'autre jour, ajouta Anne Martin. Ce n'est pas comme ma pauvre fille...

— Parlez donc!

— Quelqu'un a soutenu, au quai Champlain, que vous étiez une sorcière.

— Quoi? s'écria Marie. Qui?

La veuve secoua la tête : elle l'ignorait, ne connaissant pas tous les habitants de Québec. Cet homme avait dit une bêtise, c'était évident, et il y avait eu des femmes pour prendre la défense de Marie, mais Françoise, elle, avait cru l'idiot. Elle pensait que la Renarde pouvait voler dans le ciel et lui jeter un sort.

Marie fit signe à Noémie de venir vers elle, remercia Mme Martin et sortit en l'assurant qu'elle n'était pas encolérée. Elle ne voulait embarrasser davantage Françoise.

— Elle oubliera bientôt, fit l'hôtesse avant de prier Marie de lui préparer un remède pour endormir sa fille.

Elle chuchota qu'elle était parfois si excitée qu'elle était encore éveillée bien après le souper.

– Elle finira par oublier ce qui lui est arrivé à Paris. Vous savez que c'est une des raisons qui m'ont incitée à quitter la France ? Je voyais partout des voleurs d'enfants.

Marie acquiesça en se disant que Rose avait raison. Si Anne Martin surprotégeait sa fille, c'est qu'elle avait eu très peur de la perdre et voulait empêcher que cela ne se reproduise en Nouvelle-France.

– J'ai des herbes qui feront merveille. Et je suis persuadée que Françoise n'a pas vraiment perdu l'esprit. Elle est seulement très craintive.

Anne Martin eut un sourire timide.

– Elle comprend ce que je lui dis et elle me parle. Mais elle a peur de tout.

– Je viendrai vous donner des tisanes calmantes pour elle. A force de me fréquenter, elle constatera que je n'enfourche pas mon balai ! J'aimerais bien savoir quel âne lui a conté pareille bêtise.

Anne Martin lui décrivit un homme brun et court ; Marie ne put l'identifier. Elle promit à son interlocutrice de venir porter sa médecine le lendemain matin.

Anne Martin attendit qu'elle se fût suffisamment éloignée, claqua la porte d'un geste large, satisfait, puis interpella Françoise :

– Je vois que tu as bien compris la leçon. Tu sais ce qui t'attend si tu essaies encore de m'échapper.

L'enfant se terra dans un coin.

– J'ai des amis, à Paris, qui paient bien pour une fille aux bras coupés. C'est ce qu'on fera avec toi si tu me trahis.

– Je... je ne le ferai pas.

Anne Martin s'accouda au linteau de la cheminée, les yeux rivés sur le tisonnier. Françoise commença à geindre et à jurer qu'elle ne fuirait plus jamais. Anne Martin s'empara du tisonnier, le maintint dans les braises jusqu'à ce qu'il rougisse et le dirigea vers l'enfant tétanisée d'épouvante. Puis elle éclata de rire en le replaçant sur son support.

– Ne te réjouis pas trop vite, dit-elle à Françoise. Je pourrais avoir envie de te corriger avant la nuit.

– Je serai sage, balbutia la fillette.

— Tu iras traîner demain au magasin neuf. Je veux savoir si on parle de moi. Ou de Bertrand Rochelais. On semble l'avoir oublié, mais je me méfie.

Françoise acquiesça en tremblant.

— Tu iras aussi chez Boisdon.

— Mais les enfants n'y vont pas.

— Toi, oui. On croira que tu t'es encore perdue. On te gardera quelque temps avant qu'un colon, rentrant chez lui, décide de te ramener ici. Ils parleront devant toi sans embarras. Ils te croient idiote. A part la Renarde...

— Je vous répéterai tout, Madame.

— Prends le ramon maintenant, et nettoie-moi cette pièce.

Françoise courut vers le vieux balai ; elle connaissait l'horaire de sa journée. Ranger la maison, préparer la soupe, suivre sa maîtresse sur la place publique et faire semblant de se perdre pour s'introduire dans la demeure choisie par Anne Martin. Elle devait s'ingénier à y rester un moment afin de surprendre les propos qui intéressaient sa maîtresse : tout ce qui concernait Rochelais, de même que les ventes de terrains ou les achats de marchandises, les décisions prises par le Conseil souverain.

Car Anne Martin n'avait pas l'intention de donner tout son argent aux religieuses. Elle s'était montrée charitable depuis son arrivée pour être admise par ses pairs, mais elle enviait Charles Aubert de La Chesnaye et se jurait de l'imiter. Elle aussi posséderait des terres : elle serait seigneuresse et personne ne contesterait son autorité. Elle avait subi celle de son époux trop longtemps. Heureusement qu'elle avait pu obtenir une poudre de succession, sinon elle s'occuperait encore de son mari.

Son cadet, Bertrand, l'avait ensuite ennuyée car il était tout aussi avide qu'elle. Elle l'avait deviné dès qu'il s'était présenté pour toucher sa part d'héritage. Elle lui avait appris que le défunt l'avait renié : il ne laissait rien à un noceur, un ripailleur, un fainéant. Le fainéant n'était pas bête ; il avait conté que c'était le remords qui l'avait poussé à revoir son frère. Il était arrivé trop tard, le pauvre homme était mort. Bien rapidement, non ?

Il se demandait si on ne l'avait pas un peu aidé avec une méchante potion.

Anne Martin avait protesté mollement puis offert à Rochelais de toucher la moitié de la fortune de son aîné. Elle avait même invité son beau-frère à s'installer dans la chambre du mort en attendant que le notaire ait tout établi pour eux. Elle lui avait parlé de propriétés, de terres qui devaient être vendues, de l'or et des pierres qu'ils se partageraient ensuite. Elle s'était montrée charmante avec Rochelais! Il avait accepté sa proposition et avait si bien pris ses aises qu'il recevait ses maîtresses dans le lit de son aîné. Parmi elles, une petite blonde maigrichonne qui avait profité du sommeil de Bertrand Rochelais pour échanger sa chemise contre celle, identique, que lui avait confiée sa patronne. Anne Martin payait bien; Margot n'avait posé aucune question et avait quitté Paris comme on le lui avait ordonné.

Quand Rochelais s'était plaint de sa maladie, Anne avait appelé un médecin qui avait diagnostiqué un mal vénérien. Les remèdes suggérés s'étaient révélés inefficaces car Rochelais n'en avalait aucun, persuadé que sa belle-sœur les assaisonnerait à sa manière. Ne pouvant l'accuser sans preuve, Bertrand Rochelais devait pourtant forcer Anne à lui montrer l'endroit où elle tenait cachés l'or et les bijoux de l'héritage reconverti. Rochelais avait fait semblant d'être très mal-en-point; il avait demandé qu'on aille chercher un prêtre. Il voulait se confesser. Sa belle-sœur avait pris aussitôt deux valises et s'était dirigée vers la Maison de ville où elle avait choisi un carrosse.

Le moment de fuir au loin était arrivé: Anne Martin avait décidé de faire passer sa jeune servante pour sa fille; on poursuivrait une criminelle, non une honnête femme et son enfant. Elle avait interdit à Françoise d'adresser la parole à quiconque. L'enfant était bien dressée, depuis le temps, mais sa maîtresse lui répétait régulièrement quelle punition elle subirait si elle s'avisait de parler à un hors-venu. En quatre ans, cette fille qu'elle était allée chercher à la cour des Miracles s'était montrée assez docile. Le fouet était un argument convaincant. Il avait été toutefois insuffisant, au terme du voyage en carrosse, pour persuader Françoise de la suivre en Nouvelle-France. Il avait fallu lui marquer la fesse gauche pour lui démontrer que les pirates qu'elle redoutait tant de croiser en mer n'étaient pas pires que sa maîtresse.

Sur le *Saint-Jean-Baptiste*, Anne avait reconnu Bertrand Rochelais avec déplaisir, mais elle avait dû enfin admettre qu'il était aussi fort qu'elle ; il avait été très clair : il la dénoncerait aux autorités de la ville dès leur arrivée si elle refusait de lui donner la moitié de sa fortune. Elle lui avait remis sur-le-champ un collier de grenats, précisant que tout le reste de ses biens était en lieu sûr dans la cabine du capitaine. Elle ne pourrait procéder au partage qu'à Québec. Quand il lui avait demandé ce qui l'avait poussée à s'embarquer pour la Nouvelle-France plutôt que de fuir en Hollande ou en Espagne, elle lui avait parlé de Nicolas de Boissy, qu'elle avait rencontré à une table de jeu, du côté du Cours-la-Reine. Il lui avait parlé des trafics auxquels il avait été mêlé à Québec. Il lui avait vanté la naïveté des habitants et la grandeur des seigneuries. Elle avait choisi de s'appeler Martin, se rappelant que Boissy avait mentionné ce nom. Elle avait proposé à Rochelais qu'ils s'associent plutôt que de s'affronter. Il lui avait ri au nez : comment pourrait-il lui faire confiance après sa maladie ? Il ne lui adresserait plus la parole dès qu'il aurait sa part et rentrerait en France par le premier bateau. Il avait caressé la joue de Françoise et Anne lui avait aussitôt offert l'enfant, mais il l'avait dédaignée. Rien ne lui ferait changer d'idée. Il voulait son argent dès leur arrivée, et il l'aurait.

Bertrand Rochelais avait dû attendre avant de parler secrètement à sa belle-sœur. Il l'avait enfin rejointe après la messe du dimanche ; il lui avait fixé un rendez-vous près de la rivière, à mi-chemin de leurs gîtes respectifs.

Elle était allée au rendez-vous avec un joli coffret contenant de l'or. Les pièces brillaient à travers les motifs ouvragés du couvercle de cuivre. Rochelais avait admiré l'or et expliqué à Anne qu'il préférait ouvrir le coffret pour être assuré que c'était bien des louis qu'il voyait luire. Elle avait laissé échapper la clé qu'elle lui tendait et il s'était baissé pour la ramasser ; elle lui avait alors donné un coup à la tête avec le coffret. Il s'était écroulé. Elle lui avait fait une entaille au poignet et elle avait fouillé dans son jupon pour y chercher la poudre mortelle qui pénétrerait dans la plaie.

Elle avait pris le coffret et s'était éloignée des lieux du crime.

En regagnant son logis, Anne Martin avait menacé Françoise de lui brûler la fesse droite si elle parlait un jour de Bertrand Rochelais.

Françoise avait juré pour la centième fois qu'elle ne trahirait jamais sa maîtresse.

Bien plus tard, Anne Martin lui répétait méchamment que tous les gens à qui elle s'était plainte de l'idiotie de sa fille l'avaient crue. Françoise avait murmuré qu'elle n'était pas sotte. C'est alors qu'Anne Martin avait soulevé le tisonnier ; la servante était sortie sans voir le cheval emballé.

Françoise regrettait que le Faucon lui ait sauvé la vie. Elle espérait parfois que sa maîtresse aurait un geste fatal qui la délivrerait de son emprise. Elle en venait à préférer les hommes de la cour des Miracles. Ils ne la battaient pas tous. Elle pensait qu'elle serait morte bien avant ses quinze ans. Elle avait rêvé qu'elle s'endormait dans la neige. Depuis son arrivée, la première chute de neige avait été sa seule joie. Elle n'en avait jamais vu auparavant ; elle était née au sud du pays. On ne l'avait emmenée à Paris qu'en 1659. Françoise avait entendu Marie prévenir la population des risques d'engelures. Elle avait imaginé son corps glacé et songé qu'elle ne serait plus jamais malheureuse.

En balayant la chambre, Françoise priait pour que les Iroquois dont on parlait tant attaquent Québec et la tuent la première. Elle avait eu envie de parler à Marie LaFlamme, mais elle avait trop peur d'être brûlée. Après quatre années passées auprès de sa maîtresse, elle savait que celle-ci mettait toujours ses menaces à exécution.

Pourquoi le Faucon l'avait-il donc sauvée ? Dieu était injuste ; il avait pris le petit de Madeleine Deschamps qui l'adorait au lieu de l'emporter, elle, que personne n'aimait.

Chapitre 9.

— C'est le miracle de Noël! dit Emeline Blanchard à Marie LaFlamme.

La Renarde acquiesça; elle était pourtant persuadée que c'était l'érection des forts sur le Richelieu qui avait amené les Iroquois à libérer des prisonniers. Et l'habileté du chef Garakontié. Celui-ci, excellent négociateur, avait réussi à convaincre une délégation d'Onnontagués, de Goyogouins et de Tsonnontouans de le suivre en mission à Québec afin de montrer leur bonne volonté à Prouville de Tracy. Garakontié avait ainsi ramené Charles Le Moyne, qui avait été fait prisonnier durant l'été.

— Ce Garakontié est notre providence, dit Guillemette Couillard en enfouissant ses mains dans son manchon de castor. Il a même fait l'éloge du père Simon.

Les paroissiens qui étaient restés à jaser devant l'église après la messe se signèrent aussitôt; ils se souvenaient tous de Simon Le Moyne, qui avait tant œuvré à la paix franco-iroquoise. Sa mort, le 24 novembre au Cap-de-la-Madeleine, avait attristé bien des colons, qui auraient voulu l'enterrer à Québec et lui rendre un hommage grandiose. Ils avaient détourné leur goût pour les célébrations vers le miracle de Noël. Le chef des Onnontagués n'était pas encore baptisé, mais il accepterait un jour les sacrements; Garakontié était un homme trop éclairé pour vivre encore longtemps dans le péché.

— Il paraît qu'il a parlé aux Agniers et aux Onneiouts, dit René Blanchard.

— Les Agniers ne feront jamais la paix! déclara Antoine Souci. Ce sont eux qui ont torturé nos prêtres.

— Garakontié leur expliquera qu'ils seront vaincus par les troupes de M. de Tracy s'ils ne signent pas un traité de paix.

— Les Agniers sont des guerriers, dit Eléonore de Grand-maison. Je sais de quoi je parle. Je les ai vus faire.

La seigneuresse s'était installée en 1648 avec son premier mari, à l'île d'Orléans, où aucun Blanc n'acceptait de mettre les pieds. Agée de quarante-cinq ans, dame Eléonore, comme l'appelaient les colons qui hésitaient toujours entre les noms de ses quatre époux, impressionnait les habitants de Québec par son savoir et son sang-froid. Même l'assassinat de son troisième mari l'avait à peine ébranlée. On recherchait sa présence car elle était toujours de bon conseil. Elle était aussi amène, et pieuse sans être bigote. Marie LaFlamme l'aimait beaucoup. Elle n'était pas prête, toutefois, à clamer comme elle que les Agniers étaient des bêtes. Guillaume lui avait autrement parlé d'eux; de leur manière de guérir d'après les rêves, de leur sens civique, de leur générosité et de leur courage. Oui, ils massacraient leurs enne-mis, avait-il dit. Mais qui ne le faisait pas?

— Garakontié fêtera-t-il la Noël avec le marquis de Tracy et M. de Courcelle? demanda Nicolette Jasmin.

Elle rêvait déjà qu'on donne un bal au château. Elle désirait tant avoir une occasion de porter sa robe de damas bleu nuit au rabat et aux manchettes de linon. Elle avait brodé si patiemment la toile fine. Peut-être que le beau soldat aux cheveux noirs la ferait danser? Elle avait craint qu'il ne soit épris de Marie LaFlamme, mais depuis son retour elle ne les avait jamais vus ensemble. Et puis, de toute manière, la Renarde était mariée!

— Je n'en ai pas entendu parler, dit Guillemette Couillard qui aurait été consultée si pareil événement se préparait.

— Je ne sais pas si on doit fêter, pontifia Horace Bontemps, quand on pense à tous nos hommes qui gardent les forts, seuls dans le froid, et qui affrontent tant de périls pour sauver notre colonie. Ils sont si braves et si...

— Eh, Le Duc, arrête un peu, dit Antoine Souci. Tu n'avais qu'à te mettre une robe si tu voulais prêcher.

Les colons éclatèrent de rire ; Bontemps rougit puis s'éloigna à grands pas en grognant.

— Il peut bien ragoner dans sa barbe, fit René Blanchard, il nous fera bien d'autres discours !

Les autres l'approuvèrent en souriant, puis se séparèrent ; ce jour de décembre n'était pas venteux, mais le fond de l'air était humide, annonciateur d'une bordée de neige. Quelques-uns s'en plaindraient, mais l'ensemble de la population était ravi de voir le Saint-Laurent emmitouflé, quiet et sûr. Les mères cessaient de s'inquiéter dès qu'un enfant courait vers le quai ; pas de noyade en hiver. Au début, il y avait toujours des fanfarons pour s'aventurer avant que les glaces soient prises, mais on n'avait plus rien à craindre à la fin de décembre. Que des engelures.

Marie faillit répéter à ses concitoyens d'éviter de saisir un métal à main nue et de mieux surveiller les tout-petits, mais elle se ravisa ; elle répétait les mêmes consignes à chaque année sans qu'on l'écoute vraiment. Des enfants colleraient bien évidemment la langue sur du fer, même Noémie commettrait cette erreur malgré ses mises en garde. Apercevant Françoise près du magasin, elle lui fit un petit salut. La fille la regarda si ardemment que Marie en fut troublée. Elle s'attristait de l'effrayer, mais elle ignorait comment lui prouver qu'elle ne lui voulait aucun mal. Elle avait apporté des remèdes chez elle, mais à chaque fois qu'elle avait voulu examiner Françoise, celle-ci dormait et Anne Martin avait refusé de la déranger. Marie lui avait dit gentiment qu'elle protégeait trop sa fille, mais la veuve s'était rebiffée : on ne pouvait souffrir d'être l'objet de trop d'attentions.

S'appuyant sur Mkazawi, Noémie se dirigea vers Françoise, et Marie les suivit lentement. Quand elle fut à deux pieds du trio, elle regarda autour d'elle ; personne ne pouvait l'entendre. Elle dit doucement qu'elle n'était pas une sorcière. Elle le répéta deux fois, mais la peur qui brouillait le regard de l'enfant perdurait. Comment la rassurer ?

Anne Martin sortit à ce moment du magasin et Marie aurait juré qu'elle avait blêmi avant de lui sourire.

— Je lui ai dit que je n'étais pas une enchanteresse, mais elle ne me croit toujours pas, dit la guérisseuse d'un ton chagrin. Je n'ai jamais terrifié quiconque auparavant.

— Elle a déjà eu peur d'un de mes frères durant trois ans. Soyez patiente. Elle vous a parlé?

Marie secoua la tête.

— Elle dit quelques mots maintenant. Elle s'habitue à la vie en Nouvelle-France. Je la laisse sortir seule. Hier, elle a été jusqu'à l'hôpital. Et aujourd'hui, vous voyez, elle m'attendait sagement devant le magasin. Vous aviez raison, Marie, je crois qu'elle comprend certaines choses. N'est-ce pas, ma mignonne?

Françoise battit des paupières nerveusement et Marie se retira, s'attristant d'être la cause d'une telle angoisse. Sur le chemin du retour, elle s'arrêta quelques minutes pour discuter avec Jean Lemire, le maître charpentier; il lui montra son pouce en souriant. Une ligne fine courait de l'ongle au poignet, seul témoignage de sa blessure.

— J'aurais pu perdre mon doigt, dit Lemire. Je te revaudrai ça.

— Justement, tu pourrais m'aider. Peux-tu venir chez moi? Je t'expliquerai.

L'artisan accepta, trop heureux de rendre service à cette femme diligente; il avait des enfants et Marie accourait toujours à leur chevet quand il l'envoyait quérir. Il supposait qu'elle avait besoin de menus travaux chez elle, puisque son mari était absent.

— Non, non, dit Marie, j'ai appris que tu installais une porte chez la veuve Martin. Je veux savoir comment se comporte sa fille avec toi.

— Que veux-tu savoir? Elle n'a pas toute sa tête, c'est sûr.

— Elle a peur de toi?

— Pardi! Elle est terrifiée! On aurait dit que je venais la chercher pour la mener à l'abattoir. Elle s'est tapie dans un coin et n'a pas bougé du temps que j'ai été là. J'ai fait vite. J'avais hâte de partir.

Marie LaFlamme poussa la porte de sa demeure et déposa Noémie tandis que Mkazawi s'ébrouait. Puis elle fit signe à l'artisan de s'asseoir et lui servit un peu de cidre. Il avala sa bolée d'un trait et se tut, embarrassé.

— Elle t'a parlé? questionna Marie.

Jean Lemire fit signe que non : Françoise avait gardé obstinément sa tête baissée.

— Et sa mère? Elle était là? Elle lui a parlé?

— Oui, mais la fille n'a jamais répondu. Il paraît qu'elle dit pourtant quelques mots.

Marie LaFlamme se mordit les lèvres; quelles étaient les relations d'Anne et Françoise Martin?

— Tu retournes chez elles?

— J'aime mieux pas. La petite me fait de la peine.

Marie soupira et remercia Lemire de ses confidences. Elle lui conseilla de bien couvrir son pouce tout l'hiver, puis promit d'aller souper chez lui un soir avec sa fille.

— Et le chien! Mes garçons envient Noémie!

A son nom, la petite sourit à l'artisan, qui dit à Marie qu'elle poussait bien. Ses traits qui se précisaient depuis l'été annonçaient un visage intéressant. Ses yeux fauves étaient ceux d'un chat sauvage et sa bouche trop large encourageait sa gourmandise. Les cheveux roux affirmaient qu'elle était bien la fille de Marie LaFlamme et on oubliait souvent, dans la colonie, que la Renarde avait adopté Noémie à sa naissance.

— Elle sera grande, dit Jean Lemire.

Marie approuva; son enfant serait forte et souple. Et heureuse.

Non, elle ne retournerait pas à Nantes et risquer ainsi de la perdre.

Jean Lemire perçut un changement dans son attitude; Marie ne l'écoutait plus même s'il l'entretenait de sa fille. Elle devait penser à cette mauvaise fracture d'une ursuline. Elle doutait de la réussite de son intervention et Rose Rolland avait confié à Lemire que son amie était obsédée par ce cas; c'est pourquoi elle était si nerveuse ces derniers temps, si amaigrie. C'est bien simple, elle n'en dormait pas la nuit!

— Oublie le bras de ton ursuline, Marie. Tu as fait ce que tu pouvais. Allez, je t'attends chez nous après la Noël.

Marie le remercia d'un air distrait en serrant Noémie contre elle. Chaque jour lui faisait comprendre qu'elle l'aimait de plus en plus; elle plongeait avec délices ses mains dans la tignasse rouille, la lissait, flattait le petit cou, les joues rebondies, le creux des genoux avec une émotion sans cesse renouvelée. Elle s'émerveillait de ses rires, de ses clins d'œil, de ses rares colères, de ses moues, de ses rêves. Le soir, quand elle notait ses travaux dans un cahier semblable à celui que lui avait légué Anne LaFlamme, elle se relevait souvent pour regarder dormir Noémie. Elle revenait ensuite à ses écritures qu'elle voulait précises; elle aussi transmettrait ses connaissances à sa fille, qui la dépasserait et deviendrait la meilleure des empiriques.

Elle aurait donc aimé pouvoir parler à sa mère de sa petite-fille. Et à Nanette! Elle l'aurait adorée encore plus qu'elle! Mais elles étaient mortes toutes les deux. Et Marie n'avait plus aucune raison d'aller à Nantes.

Malgré la lettre de Victor, ce trésor n'existait pas; elle savait maintenant qu'une mère pouvait conter des fables inouïes pour protéger son enfant. Elle avait mis deux ans à le comprendre. Seule sa passion pour Noémie pouvait lui ouvrir les yeux. Et cette passion était sans concession. Quand Simon lui avait intimé l'ordre de rester couchée à ses côtés pour éviter de l'éveiller, elle avait obéi. Mais elle s'était sentie si sotte les jours suivants qu'elle s'était juré de ne plus négliger sa fille pour plaire à son amant. Et lorsque Simon lui avait reproché d'avoir accompagné le Faucon vers la côte de la Montagne, elle lui avait demandé de parler plus bas afin de ne pas déranger Noémie. Il avait aussitôt élevé la voix malgré les supplications de sa maîtresse, qui répétait inutilement qu'elle était allée au fort pour parler à Mani.

— Même si c'était vrai, ce ne serait pas une bonne raison. Je ne veux pas que tu parles à ces bêtes!

Marie avait protesté avec vigueur :

— Les Hurons m'ont beaucoup appris sur la médecine!

— Tu n'auras plus besoin de soigner des miséreux, avait rétor-

qué Simon. Devrai-je te le redire chaque jour? Nous partirons
sur le premier navire qui voguera vers la France.

— Et ton engagement?

— Je pars quand je veux. Je l'ai toujours fait. On ne verra
plus de ces Sauvages rôder autour de nous.

— Ils ne rôdent pas! Ils vivent au fort. Et ce sont nos alliés!
L'as-tu oublié?

— Beaux alliés que voilà! avait ricané Simon. Ils sont plus
pauvres que nous!

— Ils donnent leurs gains aux prêtres, avait répliqué Marie.
Ça doit faire une jolie somme à la fin de l'année. Ils savent chasser mieux que nous tous.

— Qu'ils retournent donc dans les bois!

— Mais que t'ont-ils fait pour que tu les honnisses tant?

— Il y en a toujours un qui tourne autour de toi. Tu es ma
femme, je ne supporterai pas ces manières.

Marie avait secoué la tête; non, on ne lui tournait pas autour,
non, elle n'était pas sa femme. Simon avait blêmi, rappelé que ce
n'était qu'une question de mois: il l'épouserait à Nantes dès que
Saint-Arnaud serait mort. C'était ce qu'elles voulaient toutes:
une union sacrée. Elle l'aurait! Il avait crié ces derniers mots et
Noémie s'était mise à pleurer. Marie avait dû la bercer durant
une heure pour la rendormir. L'aube pointait et Simon devait la
quitter. Il lui avait demandé de placer sa fille chez Rose quand
elle le recevrait. Marie n'avait pas répondu tant elle était épla-
pourdie!

Elle ne s'était évidemment pas séparée de sa fille quand
Simon était revenu, mais il n'avait pas protesté. Il s'était même
excusé de sa conduite; mais pouvait-elle lui en vouloir de désirer
l'avoir pour lui seul et de s'encolérer en voyant des hommes
l'approcher? Il avait avoué alors qu'il n'aimait pas tellement
qu'elle soigne les soldats et les colons car ceux-ci ne manquaient
pas de s'enticher d'elle, il le savait; mais il ne lui en ferait plus le
reproche. Tant pis, il souffrirait en silence d'aimer la plus belle
femme de Québec et de Nantes.

Marie s'était réjouie qu'il ait imploré son pardon. Il l'avait

ensuite embrassée comme si c'était la première fois qu'ils se ren-
contraient, il l'avait caressée gentiment et la Renarde avait repris
espoir : Simon l'aimait vraiment. Elle devait être patiente.

A la mi-décembre, le soldat l'avait giflée. On lui avait rapporté, sans savoir quel lien l'unissait à Marie, que M. Patoulet
galantisait au magasin neuf et louait sa beauté, son esprit.

— Et alors? avait dit Marie.

Elle n'avait pas terminé sa phrase qu'elle portait la main à sa
joue. Simon était-il devenu fou? Elle avait reculé et protégé son
visage dans la crainte qu'il ne la frappe de nouveau, mais il
s'était jeté à ses pieds en la priant de tout oublier. Quand il
s'était relevé, il lui avait dit que bien des femmes seraient flattées
qu'on soit aussi jaloux d'elles. Marie n'avait rien répondu. Elle
pensait seulement qu'elle n'avait jamais vu son père lever la
main sur sa mère. Et que Jean Patoulet, au magasin neuf, l'avait
juste remerciée de sa tisane de passiflore.

Marie vit Mkazawi courir avec le foulard de Jean Lemire dans
sa gueule. Elle le lui arracha et le rangea en haut du grand
coffre; elle le lui rapporterait en allant manger chez lui après la
Noël. Elle avait peine à s'imaginer qu'elle réveillonnerait le lendemain soir tant le mois de décembre lui avait semblé court. Elle
avait soigné autant d'engelures qu'elle ne le craignait et avait eu
un cas de pleurésie qui l'avait minée aussi sûrement que la jalousie de Simon Perrot. Saurait-elle un jour guérir cette maladie?
Elle regrettait, en ces moments-là, d'être femme et de se voir
refuser les traités de médecine. Elle y aurait peut-être puisé des
embryons de solutions.

Elle ne verrait pas Simon avant une semaine car il était affecté
au guet. D'ici là, elle songerait à la façon de lui dire qu'elle ne
retournerait jamais à Nantes.

Elle versa un bol de soupe pour sa fille, l'appela et l'assit en
face d'elle. Noémie ouvrit aussitôt la bouche. Gloutonne comme
un oisillon, elle aurait avalé toute sa potée sans respirer si Marie
ne l'avait fait patienter en soufflant sur chaque bouchée.

— Tu seras contente demain, toi! dit-elle à Noémie. Il y aura
de bonnes choses à manger. Emeline a aidé notre Rose à tout

préparer : tu goûteras à ton premier pâté de perdrix. Tu aimeras aussi les tartes sucrées et M. Patoulet m'a donné des pruneaux de Tours et des fruits confits pour mes services.

– Là, fit Noémie en tapant sur la table. Là! Là! Là!

– Non, répondit Marie en riant. Il faut attendre jusqu'à demain.

– Non! rétorqua l'enfant.

Sans cesser de sourire, Marie songea que Noémie avait hérité des yeux de Julie LaFlandres, de son front, et peut-être de son tempérament. Julie avait montré de l'entêtement pour fuir le couvent où l'avait fait enfermer son père, le comte de Roche-Brieux. Elle s'était cachée avec son amant durant des mois avant de pouvoir s'embarquer sur l'*Alouette* où Noémie était née. Marie se signa en pensant à la mort de Luc LaFlandres et de sa jeune épouse. L'homme avait été assassiné, et cette nouvelle avait causé un tel choc à Julie qu'elle avait accouché, mais elle n'avait jamais vu sa fille. Marie se souvenait du baptême de Noémie, de l'émotion de sœur Sainte-Blandine, sa marraine, et de la touchante maladresse de Victor Le Morhier.

Il y avait longtemps qu'elle n'avait pensé à lui. Elle allumait un cierge tous les mois pour son salut, se redisait que la peste ne l'avait pas atteint, mais elle avait hâte que les bateaux du printemps lui confirment son intuition. Quatre mois, au moins, avant de voir les premières voiles. Non, cinq. Que ferait-elle au printemps? Où serait-elle? Avec qui?

– Maman, Çoise.

Marie lui présenta une tasse d'eau sucrée.

Noémie s'énerva; elle n'avait pas soif, elle voulait jouer avec Françoise. Elle répéta sa phrase jusqu'à ce que sa pauvre mère comprenne enfin.

Marie enleva la bavette de sa petite en lui expliquant qu'elle la verrait le lendemain, chez sa tante Rose. Cette dernière avait offert à Anne Martin de garder sa fille le soir du réveillon, sachant que la veuve argentée avait été invitée chez des notables. Elle lui avait démontré que Françoise ne dérangerait personne chez elle; il y aurait les fils Blanchard et la petite dernière Antoi-

nette, Brigitte Dubois, Noémie et la petite Jeannette Aubin. Ils
seraient un peu à l'étroit, mais ils s'amuseraient. Anne Martin
avait longtemps barguigné, mais elle avait trop envie de réveil-
lonner avec la bourgeoisie locale pour refuser.

— Foise! redit Noémie.

— Françoise, corrigea Marie. Fran-çoi-se.

— Fançoise!

Marie embrassa sa fille, la prit sur ses genoux et la berça
jusqu'à ce qu'elle s'endorme. Tout en chantonnant, elle pensait à
Françoise Martin et cherchait comment l'atteindre. Il lui semblait aussi ardu de se défendre d'être une sorcière devant cette
enfant que devant le tribunal nantais.

Rose et Alphonse faisaient signe à leurs invités d'entrer rapidement pour empêcher la neige de mouiller le plancher. Les flo-
cons avaient amusé les enfants au sortir de la messe et attendri
leurs parents; la nuit de Noël, si douce, rendait ces derniers nos-
talgiques. Ils avaient quasiment l'impression d'être retournés
dans leur Normandie ou leur Champagne natales. La neige tombait d'un ciel gris perle, sans rafales, rassérénante, enveloppante.
Derrière les enfants qui couraient, les parents goûtaient le silence
de la nuit, songeant à l'année qui s'achevait. Il y avait eu la naissance d'Antoinette, puis l'arrivée de M. de Tracy, on avait semé
du blé et de l'orge, les soldats avaient débarqué, on avait mois-
sonné, M. Talon avait promis qu'il y aurait bientôt une grande
brasserie dans la colonie, Juliette s'était cassé un bras, deux soldats avaient disparu, le vulpin n'avait pas donné comme il aurait
dû, on n'avait pas encore trouvé l'assassin de Bertrand Rochelais,
on avait coupé quarante arbres pour l'hiver, et Michel avait
attrapé son premier lièvre, même si sa mère lui interdisait de
s'éloigner de la maison.

— Les voilà! cria Rose à Alphonse.

Ils n'avaient pas traîné comme les autres après la messe; il y
avait à faire chez eux! Le cochon embaumait toute la pièce et les

pâtés de lapin, le ragoût de porc, les poissons en sauce qui entouraient la bête emplissaient de fierté les Rousseau et les Blanchard ; ils savaient recevoir. A chaque année, leur repas de Noël était plus réussi que le précédent. Les invités avaient apporté leur contribution dans la journée ; des biscuits au gingembre, une motte de beurre, une poule, un pain aux noix, tout était là pour combler les fêtards.

Noémie se rua sur les biscuits et en apporta un à Françoise qui scrutait les invités. Immobile, près de la porte, elle semblait indifférente au joyeux tumulte qui régnait dans la demeure des Rousseau. Marie la regardait discrètement, n'osant s'approcher d'elle, quand Rose vint vers l'enfant et la conduisit vers le buffet. Sitôt qu'elle fut servie, Françoise se rassit près de la porte. Elle la fixait sans toucher à son assiette, comme si sa vie en dépendait. Jean-Jean s'empara de son plat et le mangea devant elle sans qu'elle réagisse. Elle regarda Marie un instant, lui signifiant qu'elle se savait observée, puis se tourna de nouveau vers la porte.

Marie resta interdite ; Françoise avait la même expression que celle, épouvantée et résignée, d'un condamné à mort. Elle ne craignait même plus ses enchantements comme si un danger bien pire la menaçait. Quels diables l'attendaient derrière cette porte ?

Marie s'approcha et l'ouvrit d'un coup sec. Françoise sursauta et recula. Marie sortit, tandis qu'on protestait derrière elle, et rentra en disant à Françoise qu'elle n'avait vu personne. S'ennuyait-elle déjà de sa mère pour guetter ainsi la porte ?

Pâle et tremblante, Françoise s'élança dehors. Marie essaya de la rattraper.

— Elle affolit ! gémit Emeline Blanchard en se tournant vers son fils.

— Vas-y !

Malgré son jeune âge, Jean-Jean était costaud et téméraire ; on lui confiait des tâches depuis longtemps. Son père l'initiait même à la forge et à la menuiserie depuis novembre. Emeline était fière de dire qu'il ne s'était pas coupé une seule fois. Il courut dehors.

René Blanchard et Antoine Souci partirent dans des directions opposées, tandis qu'Alphonse Rousseau pestait de ne pouvoir les suivre rapidement. Rose le calma en lui disant qu'ils reviendraient vite; Françoise ne pouvait être allée très loin!

— Elle n'a pas pris sa cape, dit-elle en refermant la porte.

Rose cherchait quelque chose d'amusant à raconter pour occuper l'assemblée, mais les femmes parlaient d'Anne Martin.

— Elle est bien brave, dit Agathe Souci en replaçant pour la millième fois son col de dentelle écru. Cette enfant n'a pas tout son génie.

— Elle n'a pas l'air si sotte, la contredit aussitôt Rose.

— Elle roule toujours de gros yeux effarés comme si elle voyait des démons dans le ciel! s'entêta Agathe.

Les femmes se signèrent d'un seul geste, tout en jetant un coup d'œil vers la fenêtre; la neige tombait de plus en plus dru.

— Les démons ne nous ont pas suivis jusqu'à Québec, fanfaronna Nicolette Jasmin. Personne n'a vu de diable!

Emeline Blanchard frémit: cette sotte allait peut-être leur attirer les foudres divines par ses paroles sacrilèges! Satan existait, il avait montré son pouvoir en lançant des boules de feu dans le ciel, en l'an 1661. Et tout le monde avait senti la terre trembler quelques années plus tard.

— Que font-ils donc à traîner dehors? dit Agathe Souci.

— J'espère qu'il n'est pas arrivé malheur! se lamenta Rose Rolland. Sa mère me tuerait!

— Il est vrai qu'elle couve sa fille comme je ne l'ai jamais fait avec les miens, dit Emeline. Et pourtant, j'aime mes enfants... On dirait qu'elle a peur qu'on la lui enlève! Je crois que...

Des bruits et des cris joyeux l'interrompirent: Rose ouvrit la porte en poussant un soupir de soulagement: Jean-Jean qui tenait la main de Françoise, la tira vers l'intérieur tandis que les adultes secouaient leurs vêtements enneigés.

— Il ne fait même pas froid! déclara René Blanchard. La petite est timide, c'est tout. Elle ne voit pas souvent du monde. C'est la faim qui nous a ramenés.

— On vous aurait cherchés si vous aviez tardé, dit sa femme.

Antoine Souci saisit sa flûte et commença à jouer. Les enfants battaient des mains et des pieds et faisaient un tel raffut qu'on ne pouvait même pas entendre Une Patte marquer la mesure de sa jambe de bois. Entre deux morceaux de musique, Souci attrapait une aile de poulet, une part de pâté et buvait une bolée de cidre même si sa femme protestait à chaque fois qu'Alphonse Rousseau le servait.

Les invités dansèrent durant une bonne heure, tourbillonnant, s'étourdissant au point de s'écrouler. Ils mangèrent, puis réclamèrent une fable à René Blanchard qui était un fameux conteur. Jean-Jean força Françoise à s'asseoir entre Marie et lui. Il voulait être au premier rang, fier d'écouter son père narrer les exploits des Français dans la colonie. Alphonse lui succéda; il n'avait pas la verve du forgeron, mais il se souvenait avec précision des aventures que lui avait rapportées Guillaume Laviolette, ses rencontres avec les animaux et avec les Indiens, les fêtes dans les tribus, les longues chasses, le courage des chefs. Rose remarqua que les yeux de Marie brillaient tandis qu'Une Patte vantait les mérites de son mari. Elle la pria de dire les histoires de fées et de lutins, de dragons et de magie que lui avait contées sa mère, mais Marie refusa; elle avait trop de mal à convaincre Françoise qu'elle n'était pas une sorcière. Elle proposa plutôt de chanter mais Emeline s'y opposa; elle se souvenait trop bien du trajet de mer.

— Marie chante plus mal que René!

La Renarde protesta mais les rires de ses amis étaient éloquents; elle bouda jusqu'à ce qu'Antoine Souci reprenne sa flûte et fasse de nouveau danser la compagnie.

Les invités titubaient en rentrant chez eux; trop de cidre, trop de danse, trop de vent. Des rafales soulevaient maintenant les capes et les écharpes, étouffaient les rires, jetaient les enfants par terre. Marie avait attelé Mkazawi et s'en réjouissait : Françoise avait pris place dans le traîneau, pendant qu'elle portait sa Noémie endormie. Elles atteignirent sans encombre la demeure de la veuve Pré où les attendait Anne Martin. Celle-ci remercia Marie en lui offrant de garder sa fille quand elle le voudrait. Derrière elle, la Renarde vit Françoise secouer la tête en joignant les mains. Elle sourit à Anne Martin et refusa d'entrer; Noémie avait besoin de sommeil, tout comme elle.

Marie, pourtant, dormit mal; elle rêva que Françoise Martin était accusée de sorcellerie et brûlée sur le quai Champlain. Elle criait qu'elle était innocente, mais on la forçait à revêtir une longue robe rouge tandis qu'on dressait un échafaud de dix pieds de haut. Guy Chahinian suppliait Mgr de Laval d'épargner l'enfant. C'était trop tard, Simon avait déjà enflammé les fagots. La malheureuse hurlait de douleur quand Marie s'éveilla.

Noémie criait dans son ber et Mkazawi jappait furieusement; l'enfant avait vomi tous les biscuits qu'elle avait mangés chez Rose. Marie la lava, la changea et la coucha près d'elle en la berçant. Elle chantonna sans que Noémie grimace; c'était bien la preuve qu'elle n'avait pas une si vilaine voix. Elle mit longtemps à se rendormir; elle ne voulait plus rêver à Simon. Pourquoi avait-il accepté d'allumer le bûcher? Et Guy Chahinian? Qu'était-il devenu? Marie refusait de croire qu'il était mort, même si son amant ne lui avait laissé aucun espoir à son sujet.

Des coups frappés à sa porte et les jappements de Mkazawi tirèrent Marie de son sommeil : elle ouvrit sa porte à Mani en se frottant les yeux. Il ne ventait plus. Le jour était bleu, la neige mauve et Marie ressentait cette douceur tout en dévisageant Mani. Que lui voulait la jeune Indienne?

— La petite! Elle est au fort. Pour le Faucon.

Marie s'habilla promptement : Françoise était donc allée rejoindre le Huron? Tandis qu'elles s'arrêtaient un instant chez Rose pour déposer Noémie, Mani racontait que Françoise était entrée dans le fort avec une telle hâte qu'on avait cru qu'elle était poursuivie par un loup ou un renard. Elle avait couru jusqu'au Faucon et s'était jetée à ses pieds. Il l'avait relevée, inquiet, avait fait chercher Mani, qui n'avait pas hésité à la serrer contre elle, même si elle se méfiait encore, comme ses frères indiens, de ce qui venait des Blancs. Elle avait couvert d'une grande peau les épaules de Françoise; décidément, les Français n'avaient pas encore compris quels vêtements il fallait porter en hiver. Ils avaient des demi-lunes fendues par le milieu qui laissaient entrer le vent, des souliers de bois trop durs et de minces fourreaux de tissu sur leurs mollets!

Marie expliqua à Mani que Françoise ne serait pas heureuse de la voir car elle croyait qu'elle voulait la maléficier. L'Indienne eut un sourire ironique; la Renarde était douée pour les herbes, mais elle n'était aucunement capable de magie. Malgré son baptême, Mani pensait que les Hurons avaient plus de pouvoir que les Blancs qui ne savaient même pas interpréter les rêves.

Le Faucon rit quand Mani lui répéta l'explication de Marie. Il donna un coquillage violacé à Françoise en lui disant qu'il la préserverait contre les mauvais esprits. Mani traduisit et ajouta qu'elle n'avait pas à craindre la Renarde. Elle aurait volontiers gardé au fort cette fille qui portait le même nom de baptême qu'elle, mais elle ne pouvait se le permettre : aucun Blanc ne l'aurait accepté.

Après avoir fixé ses raquettes, Marie remercia Mani et enlaça doucement Françoise en lui promettant qu'elle ne serait pas grondée par sa mère. Françoise tremblait mais son regard ne trahissait aucune émotion. Elle se laissa entraîner vers la côte de la Montagne sans résister. A mi-chemin de la côte, Marie LaFlamme chuta et Françoise, marchant sur une raquette, immobilisa malencontreusement son pied. Marie cria en se foulant la cheville. Françoise porta ses mains devant son visage pour se protéger d'une correction. Malgré sa douleur, Marie réussit à la rassurer; elle n'était pas encolérée. Elle s'appuya sur son épaule en ébauchant un sourire, puis elle serra les dents. Elle espéra que les cataplasmes d'osmonde seraient aussi efficaces qu'elle le prétendait quand elle bandait un patient. A cette heure, les colons se levaient et mettaient de l'ordre chez eux avant de recevoir de nouveau. Marie frappa à la première maison du bas de la côte et expliqua sa mésaventure à la cousine de Jacques Maheust, qui la fit entrer. Elle s'offrit à la raccompagner chez elle, tandis que Jacques conduirait la petite chez sa mère.

— Dites bien à Anne Martin que c'est ma faute si sa fille est sortie ce matin. Je lui avais demandé de venir jouer avec Noémie.

Jacques Maheust fit un signe de tête discret; il comprenait Marie à demi-mot. Tous les habitants de Québec savaient que Françoise Martin était différente des autres enfants. Il n'aurait pas été charitable de trop appuyer sur l'incident : Anne Martin devait avoir prié Dieu, ce jour de Noël, qu'il aide sa fille et elle devait s'être bien inquiétée en constatant son absence.

Claudiquant jusque chez elle, Marie était pourtant contente de sa matinée; elle avait l'impression que Françoise n'avait plus aussi peur d'elle. La petite n'avait pas sursauté quand elle lui avait passé la main dans les cheveux, avant de se présenter chez Jacques Maheust.

Elle gagnerait sa confiance.

Chapitre 10.

Julien du Puissac écoutait Guy Chahinian raconter ses dernières expériences à François Mérian. Il avait déjà entendu ce récit, mais il ne s'en lassait pas ; le Maître de la Confrérie de la Croix-de-Lumière était redevenu celui qu'il avait connu vingt ans auparavant. Quand il parlait des métaux, il avait autant de fougue qu'un jeune homme qui n'aurait rien su des geôles infâmes du Châtelet et de la Bastille. L'or et l'argent s'animaient quand il les décrivait et l'insaisissable vif-argent fascinait toujours ses auditeurs. Il n'y avait que Mérian, cette nuit-là, car les Frères s'étaient réunis la veille. Mais l'orfèvre avait accepté d'expliquer la progression de ses recherches.

On avait démontré depuis longtemps que des pierres avaient la propriété d'aimanter des corps légers quand on les frottait à sec : le rubis, l'améthyste, l'aigue-marine, l'opale et le diamant attiraient des tiges métalliques, de la limaille et même de petits morceaux de bois ou de papier. Le cristal de roche, la résine, le sel gemme possédaient aussi cette qualité de l'aimant. Quand on les frottait, plusieurs produisaient des étincelles ; il fallait trouver un moyen d'augmenter la durée de ces éclats lumineux et réussir à créer une lueur continue. Guy Chahinian, avant de séjourner à Nantes, avait eu vent des expériences auxquelles s'était livré Otto von Guericke, à Rastibonne. Ce savant avait démontré la puissance du vide. L'orfèvre avait lu avec intérêt son ouvrage où il décrivait comment il avait fabriqué sa machine. Il avait pris une sphère de verre de la grosseur d'une petite citrouille, y avait déposé des morceaux de soufre qu'il avait fait fondre au-dessus d'un feu. Quand le tout avait été refroidi, il avait cassé le verre pour s'emparer du globe de soufre qu'il avait percé en son centre d'une fine tige de fer. Il faisait tourner ensuite son globe de soufre sur son axe de fer et en essuyait la surface avec un chiffon bien sec : les étincelles jaillissaient immanquablement. Il avait aussi découvert que certains objets qui avaient été aimantés par le soufre en étaient repoussés dès qu'ils l'avaient effleuré. Ils conservaient cette propriété répulsive jusqu'à ce qu'ils soient en contact avec un objet qui n'avait pas été frotté.

Chahinian avait imaginé de confronter deux globes de soufre. Il les avait suspendus à deux potences distinctes, les avait placés l'un à côté de l'autre après les avoir frottés avec des matières différentes. Il avait constaté que le choix des matières amenait les corps à s'attirer, pour se repousser dans un second temps.

Mérian manifesta son enthousiasme à Guy Chahinian et lui redit sa joie de le revoir dans de meilleures conditions. Avant de le saluer, il lui recommanda une grande prudence : Louis XIV semblait avoir oublié les Frères de Lumière depuis quelque temps, mais les rapports de la France avec l'Angleterre se détérioraient. Déclarer la guerre ne suffirait peut-être pas à apaiser la colère du monarque. Il pourrait repenser aux hérétiques...

Du Puissac approuva François Mérian : il ne pourrait pas demeurer encore longtemps faubourg Saint-Martin. On finirait par le découvrir.

— Je sais, dit l'orfèvre quand Mérian les eut quittés.

— Vous irez dans les colonies, répondit du Puissac. Je vous en ai...

— Assez parlé. Non. J'ai beaucoup appris en prison ; les Frères de Lumière doivent mourir en France pour renaître de leurs cendres.

— Je ne comprends pas ce...

— Mon décès a calmé certains esprits ; mais, vous l'avez dit, je ne pourrai rester à Paris. Mérian me visite la nuit, comme vous, au péril de sa vie. Nos Frères qui sont venus hier ont tous entendu la même rumeur ; on accuse la Confrérie de vouloir venger Fouquet.

On dit aussi que certains de nos amis sont des espions à la solde de Charles II.

— Ils sont anglais, c'est tout!

— Et Boyle a créé quasiment pour eux la Royal Society. On prend la chimie au sérieux à Londres. Willis, Wren, Hooke ne sont pas des parias. Notre cher Colbert a bien promis une académie des sciences, mais il ne nous y accueillera pas.

— Vous partiriez pour Londres?

— La ville est sens dessus dessous après l'épidémie. Je ne m'y ferai guère remarquer. Je pourrai m'installer comme orfèvre. Nos Frères anglais m'aideront. Nous ferons venir tous les membres de la Confrérie. Tous ceux qui sont encore parmi nous.

Du Puissac se fâcha, expliqua au Maître qu'on le tiendrait pour espion à Londres. Il avait échappé à l'échafaud à Paris, souhaitait-il croupir dans la Tour?

— Je parle la langue, personne ne saura que je suis français.

— Vous rêvez! tonna le chevalier.

— Non, j'ai déjà vécu à Londres, je n'aurai rien d'un hors-venu. Je peux même prétendre être flamand.

— La Nouvelle-France! Vous le répéterai-je jamais assez?

— Je ne trouverai pas les poudres et les métaux dont j'ai besoin; Londres sera bientôt la plus grande ville portuaire, le plus beau marché du monde. Je pourrai m'approvisionner aisément.

— Je vous suivrai, déclara Julien du Puissac.

Guy Chahinian bâilla ostensiblement pour éviter de répondre au chevalier. Il regarda ses mains, abîmées par la manipulation des poudres et des métaux, puis s'étira avant d'ôter sa perruque.

— Je vous chasse, dit-il en souriant à son ami. Il faut que je dorme. Mais dites-moi avant si vous avez revu la fille du comte de Roche-Brieux? Véronique, je crois?

Julien du Puissac hocha la tête.

— Oui, elle m'a appris aujourd'hui qu'il avait maudit sa sœur Julie sur son lit de douleur.

— Vous ne lui avez pas parlé de Noémie?

— Non. J'ai juré à Marie de me taire.

Le chevalier semblait troublé. Il toussa et replaça un nœud de sa perruque pour se donner une contenance. La pièce était sombre, éclairée uniquement par les rougeoiements de l'athanor et deux bougies, mais Chahinian croyait avoir vu son ami s'empourprer ; aurait-il succombé aux charmes de Mlle de Roche-Brieux ? L'orfèvre ne put résister à l'envie de taquiner son ami.

— Elle est si jolie ?

— Non, répondit gravement Julien du Puissac. Elle est laide.

Guy Chahinian s'excusa ; il n'avait pas voulu ennuyer le chevalier. Celui-ci ôta son chapeau, secoua le bas de son pourpoint marine et rajusta une aiguillette avant de confier à l'orfèvre qu'on oubliait la laideur de Véronique de Roche-Brieux dès qu'elle s'exprimait.

— Elle a une voix très grave, comme si elle parlait rarement. J'ai pensé à Québec en l'écoutant, au Saint-Laurent, à mon arrivée au quai Champlain. Les falaises ne brillaient pas comme des diamants ; elles étaient d'un gris-bleu austère et sage. La voix de Mlle de Roche-Brieux m'a rappelé cette couleur. N'est-ce pas inouï ?

L'orfèvre sourit, même s'il ressentait une légère amertume. Il enviait le chevalier d'avoir rencontré cette femme, d'avoir retrouvé la faculté d'aimer. Du Puissac avait pleuré longtemps la mort de son épouse et n'avait jamais montré de goût pour les créatures après son deuil. Chahinian l'avait toujours vu seul. Comme lui. Mais il savait que le cœur du chevalier battrait encore pour une femme, tandis que le sien avait brûlé avec celui de sa cousine Péronne. Quand il avait vu le bourreau allumer le bûcher de la condamnée, il avait compris qu'il n'aimerait plus jamais. Il s'était destiné à son art et très vite à la science en sachant que rien ne l'en distrairait. Dans sa solitude, il avait apprécié la constance de du Puissac qui avait suivi ses recherches avec un intérêt grandissant. Le chevalier était membre de la Confrérie de la Croix-de-Lumière, mais Véronique de Roche-Brieux ne le détournerait-elle pas de ses devoirs ? Chahinian s'en voulut aussitôt de cette pensée : avait-il ami plus loyal que du Puissac ? Comment s'autorisait-il à juger de sa conduite future ?

Il invita le chevalier à lui narrer ses entretiens avec la fille du comte de Roche-Brieux.

— Vous alliez dormir, commença du Puissac, et...

— C'est passé. Je sais déjà que Marie LaFlamme vous avait remis une broche quand vous avez quitté la Nouvelle-France.

Le chevalier acquiesça; la Renarde tenait ce bijou de Julie LaFlandres, morte sur l'*Alouette* en accouchant de Noémie. Julie lui avait conté les sévices auxquels son père l'avait soumise avant qu'elle puisse s'échapper avec Luc LaFlandres : Marie ne rendrait jamais Noémie à sa véritable famille, mais elle n'avait pas caché sa curiosité au chevalier et lui avait demandé de se renseigner pour elle.

Le chevalier avait prié un ami, le baron de Sévigny, d'identifier les armoiries de la fameuse broche. Il avait enquêté discrètement sur le comte de Roche-Brieux et avait vite compris pourquoi Julie LaFlandres l'avait fui; l'homme était un fanatique. Il mangeait maigre toute l'année et imposait ce régime à sa famille et à ses domestiques, il vivait quasiment dans la chapelle qu'il avait fait construire devant son château, il obligeait son entourage à se vêtir de noir, été comme hiver, interdisait les dentelles et les broderies et chassait les gueux à coups de mousquet en soutenant que leur paresse offensait Dieu. Il avait eu trois filles : Véronique, Marie et Julie. Marie était morte en bas âge, Julie avait disparu et sa mère avait été emportée par la pleurésie. Véronique était donc seule à hériter du comte de Roche-Brieux.

Moins d'une semaine après son décès, elle avait vendu le château et s'était installée dans l'hôtel particulier que les Roche-Brieux possédaient à Paris, rue Galande. Durant un mois, elle avait donné à tous les mendiants qui frappaient à sa porte jusqu'à ce que les autorités civiles la supplient de faire autrement la charité. La foule qui se pressait chaque jour devant l'hôtel gênait ses voisins qui ne pouvaient circuler sans être harcelés par les miséreux. Véronique de Roche-Brieux avait acquiescé à cette demande. Elle n'avait plus reçu pendant trois mois. Aucun gueux. Ni aucun noble.

Elle n'était pas sortie non plus, refusant toutes les invitations. Le Roi lui-même l'eût conviée qu'elle aurait décliné poliment. Les deux seuls hommes qui étaient admis rue Galande étaient son confesseur et son libraire. L'un se chargeait de l'âme, l'autre de l'esprit. Véronique de Roche-Brieux voulait tout lire, tout apprendre, tout connaître du monde qu'on lui avait interdit. Elle avait l'impression d'avoir été cloîtrée et d'accéder enfin à la vie. Elle dévorait les ouvrages de philosophie et d'histoire, se passionnait pour les récits de voyages, la botanique, l'astronomie, et se découvrait une véritable fascination pour les sciences nouvelles. Elle se désolait qu'il y ait si peu de livres concernant la chimie et finit par convier des savants à fréquenter son hôtel. Si on disait des vers chez Mlle de Scudéry, on élaborait des thèses sur la densité, l'incandescence, la dureté ou l'évanescence d'un corps chez Mlle de Roche-Brieux.

Le chevalier du Puissac, ayant eu vent de cette inclination pour les sciences, s'était présenté rue Galande avec l'ouvrage d'Otto von Guericke, *Experimenta nova Magdeburgica*. Il l'avait remis au serviteur sans avoir vu Véronique de Roche-Brieux. Elle l'avait invité à souper le lendemain.

Elle portait ce soir-là une robe en velours de soie nacarat qui lui dévoilait largement la gorge sans qu'elle ait à s'en soucier. Elle savait pertinemment qu'on ne regardait plus sa poitrine ni ses hanches quand on avait vu son visage. On l'écoutait sans la désirer, même si certains étaient prêts à prétendre le contraire pour jouir de son héritage. Véronique de Roche-Brieux était aussi intelligente qu'elle était laide : elle ne serait jamais la proie d'un cajoleur. Elle n'avait qu'à se mirer dans la grande glace de Venise pour s'en garder. Du vivant du comte, elle était la seule de la maisonnée à posséder un miroir, car elle seule était préservée du péché d'orgueil. Elle avait jalousé sa sœur Julie, si jolie, mais sans cesser de l'aimer et elle avait pris sa défense, vainement, quand le comte avait décidé de lui faire arracher toutes les dents afin de l'enlaidir. Il avait affirmé agir pour son bien en l'éloignant des tentations profanes. Véronique avait aussi supplié son père de l'envoyer au couvent avec Julie, mais le comte était intraitable. L'aînée devait demeurer avec lui. Quand il avait appris la disparition de sa fille du couvent où il l'avait fait enfermer, il avait déclaré qu'il la déshéritait, qu'il la reniait, qu'il la maudissait. Véronique, quoique attristée par l'absence de sa cadette, s'était réjouie qu'elle ait recouvré sa liberté. Elle espérait avoir un jour de ses nouvelles, mais après la mort du comte elle avait fait chercher sa sœur sans succès.

Quand Julien du Puissac lui avait montré la boucle que lui avait remise Marie LaFlamme, elle avait cru défaillir ; elle avait donné ce bijou à sa sœur quand elle était allée la visiter au couvent.

— Où avez-vous eu cette boucle ?

Le chevalier avait dit qu'il la tenait d'un marin qui avait été dans les colonies. Une femme l'avait confiée au matelot en le priant de retrouver sa famille.

— Qu'est devenue cette femme ?

— J'ai le regret de vous dire qu'elle a péri en mer.

Véronique de Roche-Brieux avait soupiré, froissé sa robe rouge, joué avec le rubis qui ornait sa bague avant d'avouer qu'elle se doutait de la mort de sa sœur. Le chevalier avait-il plus de détails ?

— Le marin m'a conté que votre sœur était aimée de tous. Et de son époux, un certain Luc LaFlandres. Il est mort, lui aussi.

— Je suis donc seule au monde, avait murmuré la jeune femme.

Le ton de sa voix était si triste que du Puissac avait failli lui apprendre l'existence de Noémie. Il s'était contenté de lui dire que les apparences sont parfois trompeuses. Cette phrase sibylline avait pourtant réconforté son hôtesse. Elle avait voulu lui acheter la boucle. Il avait refusé et lui en avait fait cadeau. Ils avaient ensuite parlé des savants qu'elle accueillait chez elle. Ne savait-elle pas qu'on déclarait hérétiques tous ceux qui se prenaient de passion pour la chimie ? Ne l'avait-on pas mise en garde ?

Véronique de Roche-Brieux avait expliqué au chevalier qu'elle avait assez d'argent pour clore le bec à tous ceux qui songeaient à critiquer son existence. De plus, elle était femme : on ne croirait jamais qu'elle puisse comprendre ce dont l'entretenaient ses invités. On parlerait dans les salons des lubies de Mlle de Roche-Brieux, on dirait que son esprit était aussi contrefait que son visage. On rirait beaucoup.

Du Puissac n'avait pas tenté de la persuader du contraire. Elle avait sans doute raison. Il avait simplement fait remarquer que ces gens étaient des sots. Véronique de Roche-Brieux avait tapoté l'ouvrage de chimie qu'il lui avait apporté :

— Je les oublierai vite en lisant cette thèse. Connaissez-vous bien la chimie, monsieur?

Julien du Puissac avait protesté; il s'y intéressait depuis très peu de temps.

— Je vivais en Nouvelle-France l'an dernier, avait-il précisé.

Véronique de Roche-Brieux s'était animée : elle voulait tout connaître de ce pays! Elle avait gardé le chevalier après souper et il avait dû louer les services d'un éclaireur pour rentrer chez lui. En passant devant Notre-Dame, il regrettait d'avoir tant parlé et de l'avoir si peu écoutée; elle avait une voix d'une grande subtilité, tout en nuances, douce, grave et sensuelle.

— Il faudrait que vous l'entendiez, dit le chevalier à Guy Chahinian. Vous seriez charmé.

L'orfèvre avait écouté le récit de son compagnon sans l'interrompre. Il ne s'était pas trompé : du Puissac était enamouré.

— Pour l'Epiphanie, je souperai chez Mlle de Roche-Brieux avec Victor Le Morhier et son épouse. Je regrette que vous ne puissiez nous rejoindre.

Guy Chahinian le rassura : depuis qu'il avait connu la prison, il avait perdu l'habitude des gens. Il préférait rester faubourg Saint-Martin.

— Vous m'amènerez toutefois Victor.

— Pour lui parler de Londres?

— Pour lui parler de Londres.

Le chevalier se drapa dans sa grande cape de futaine, enfonça son chapeau d'un geste brusque avant de déclarer à l'orfèvre qu'il était aussi buté que Marie LaFlamme.

— Non, tenace, répliqua l'orfèvre avant de refermer la porte derrière le chevalier.

Etait-ce un défaut? On fêterait les Rois demain; personne ne mettait en doute l'histoire de ces trois monarques qui avaient suivi une étoile pour adorer le Christ, alors qu'on jugeait suspect l'immense pouvoir des pierres et des métaux. Il faudrait bien des gens têtus pour faire admettre les vérités scientifiques. Il n'était qu'un maillon de la chaîne qui mènerait l'humanité vers la lumière. Chahinian contempla les braises en sachant que des hommes seraient un jour capables de multiplier et de conserver leur chaleur. Il pensait même que des hommes voleraient comme des oiseaux et qu'ils inventeraient des carrosses qui fonctionneraient sans chevaux. Quand il imaginait ces merveilleuses découvertes, il regrettait d'être mortel. Il aurait aimé vivre des centaines d'années pour expérimenter ces inventions.

Pauvre fou, se dit l'orfèvre en se frottant les yeux. Tu verrais toutes les guerres...

Il étendit sa cape par-dessus les couvertures de son lit ; la pleine lune de janvier était humide et une bise glaciale pénétrait par la cheminée. Chahinian croisa les mains et massa son moignon ; il était plus frileux depuis qu'on l'avait amputé. Comme s'il y avait un trou dans sa jambe où le froid pouvait s'engouffrer.

En empruntant la rue Nicolas-des-Champs, Julien du Puissac pesta contre la pluie et rabattit son chapeau sur son front ; heureusement qu'il n'y piquait pas des plumes, il les aurait toutes perdues. Il avançait péniblement, bousculé par des vents violents. Il songea qu'il devait ressembler aux ivrognes ou aux godelureaux qui se dégognent en dansant. Il était content que Véronique de Roche-Brieux ne prise pas la bourrée et le menuet car il les exécrait. Elle lui avait dit qu'elle n'aimait guère comme on évitait de la regarder après l'avoir charitablement invitée.

A leur troisième rencontre, elle l'avait remercié de ne l'avoir jamais contredite quand elle parlait de sa disgrâce.

— Je mens mal, avait confessé du Puissac. Je ne pourrais vous dire sans bredouiller ces fadaises où les joues d'une femme sont des pêches et ses yeux des saphirs. Je peux cependant vous avouer que je n'ai jamais ouï plus belle voix.

Véronique de Roche-Brieux s'était cachée derrière son éventail et s'était moquée :

— Ce serait mieux ainsi, non ? Vous auriez la musique sans la gorgone.

Du Puissac s'était impatienté :

— Arrêtez ! Je ne me gaudis pas de vous, ne le faites pas non plus, sinon je croirai que vous n'aimez pas ce qui me plaît.

Véronique de Roche-Brieux avait alors pris la main du chevalier et l'avait posée sur son front. Il avait modelé ses yeux trop écartés, ce nez trop long, ses joues trop pleines, ce menton pointu et s'était attardé sur sa bouche, passant et repassant son index sur les lèvres pleines. Elle l'avait léché et il avait frissonné des pieds à la tête. Il l'avait enlacée et avait baisé ses yeux de jais, ce nez fin, ses joues rondes, ce menton aigu. Puis il l'avait embrassée à pleine bouche, sans aucune retenue. Il l'avait sentie mollir dans ses bras, s'était détaché d'elle. La jeune femme était aussi pâle que la statue d'ivoire qui ornait la cheminée du grand salon. Il l'avait portée sur le canapé et lui avait tapoté les mains jusqu'à ce qu'elle lui parle. Elle n'avait eu qu'un mot auquel il avait immédiatement obéi. Il l'avait embrassée passionnément.

Plus tard, elle lui avait demandé ce qu'il désirait au souper de l'Epiphanie. En se calant dans sa chaise à bras, elle suggérait des tanches en ragoût, des pintades rôties, des œufs au lard, des tourtes et de la langue grillée.

— Et puis de l'anguille et des pâtés de bescard.

— Vous aurez bien du monde!

— Non, que vous et moi. Et vos amis, peut-être?

En rajustant son pourpoint, du Puissac lui avait proposé de lui présenter Victor Le Morhier.

— Il a beaucoup voyagé, contait-il en déposant un baiser sur le front de son hôtesse, et nous dira mille aventures. Il a rapporté des livres savants sur la navigation. Il vous plaira. Sa jeune épouse est anglaise. Ils ont fui la peste.

— La peste?

— Ils sont sains, ne vous inquiétez pas, avait dit précipitamment le chevalier.

Véronique de Roche-Brieux l'avait rassuré; son cri n'était pas un cri d'effroi.

— Je me compassionne pour eux! On prétend que l'épidémie a emporté des milliers de Londoniens. M. le Comte avait connu la peste de 1634, et il nous a conté maintes fois les ravages de cette punition divine. Croyez-vous que les Anglais soient à ce point barbares pour être si méchamment réprimandés? Je sais que ce sont nos ennemis, mais je ne les hais point.

— Vous parlez comme mon Maî... comme un ami.

— Maître ? Vous l'alliez dire ?

Julien du Puissac s'était confessé ; il faisait partie d'une confrérie secrète, dont il préférait taire le nom afin de la garder d'un péril. Leur Maître était un savant qu'il vénérait et qu'il servait depuis des années. Ses propos pacifiques lui avaient rappelé le discours de cet homme.

— S'agit-il des Frères de la Croix-de-Lumière ? avait murmuré Véronique de Roche-Brieux. Oui, je le lis sur votre visage. Je connais cette confrérie. Mon père était obsédé par elle ; il a dépensé une fortune pour combattre les hérétiques...

Le chevalier avait l'air si anxieux que Véronique de Roche-Brieux s'était empressée d'affirmer qu'elle soutiendrait la confrérie pour réparer le tort que son père lui avait fait. Elle connaissait les noms de tous ceux qui avaient été arrêtés : Louis Patin, Antoine Robinet, Thomas Berger, Albert Mathurin. Elle savait qu'ils avaient péri au Châtelet. Le comte avait payé vingt messes pour remercier Dieu de l'avoir aidé dans cette croisade. Il était mort en se réjouissant de l'incarcération du Maître.

— On m'a dit qu'il a trépassé dans sa geôle, avait dit Véronique de Roche-Brieux en jouant avec les galants de dentelle écrue qui ornaient sa robe de soie blanche.

Le chevalier s'était approché de la fenêtre et regardait la pluie inonder la cour de l'hôtel particulier. Paris subissait des orages depuis dix jours et on craignait que la Seine ne quitte son lit. En se rendant rue Galande, du Puissac avait vu un pas-de-mule quasiment noyé. Bah, aucun bourgeois n'en aurait besoin pour se hisser sur son âne ce soir-là. Il n'y avait personne dans les rues. Leurs pigeons demeurés au nid, les fripons se retrouvaient à la Cour pour jouer entre tricheurs de rudes parties de dés. Les soldats du guet avaient fait leur ronde, mais du Puissac n'avait vu aucune lanterne et seulement deux carrosses.

— Il pleuvra encore longtemps, avait dit Véronique de Roche-Brieux. J'espère que votre Maître est à l'abri. Je vous aiderai si je le peux...

Les larmes aux yeux, du Puissac lui avait baisé les mains et lui avait parlé de Guy Chahinian. Nantes, le Châtelet, la Bastille, le bourreau Perrot, l'amputation, l'évasion, mais il avait tu l'endroit où il se cachait et avait résisté à l'envie de lui révéler qu'il était, lui, Julien du Puissac, le gardien des coupelles sacrées, symboles de la Confrérie. Guy Chahinian les lui avait confiées des mois auparavant et n'avait jamais voulu les reprendre. Il avait copié les inscriptions gravées sur les coupelles et préférait que le chevalier conserve la lune d'argent et le soleil d'or. La carrière militaire du chevalier, ses faits d'armes, ses blessures et sa fortune personnelle l'avaient toujours protégé des soupçons. Comment un tel serviteur du Roi pourrait-il être un hérétique?

— Comment avez-vous connu les Frères de Lumière? avait demandé Véronique de Roche-Brieux.

— A la guerre. Entre deux affrontements, nous avions parfois de longues heures de route. J'avais vingt-cinq ans. Je servais comme mon père avait servi, et tous mes aïeuls. Guy Chahinian fuyait son village natal. Il a marché à mes côtés durant neuf jours. A chaque halte, il aidait les soldats à fourbir leurs armes. Il s'occupait sans cesse pour éviter de penser à la mort de sa cousine Péronne. Je lui ai dit que ma grand-mère avait été tuée par son mari qui la croyait sorcière. Nous nous sommes revus à Paris des années plus tard. Il était devenu membre de la confrérie de la Croix-de-Lumière. Je l'ai imité.

Véronique de Roche-Brieux doutait que la Confrérie acceptât les femmes dans ses rangs, mais elle s'était promis de s'en informer ultérieurement. Elle avait juré le silence à Julien du Puissac qui l'avait quittée en promettant de lui en dire davantage lors de sa prochaine visite.

Le soir même, il rencontrait Chahinian qui l'avait questionné sur Véronique de Roche-Brieux. Il n'avait pas osé relater leur dernier entretien. Il lui en parlerait après l'Epiphanie. Alors qu'il traversait la rue des Poulies en évitant les larges flaques de boue, le chevalier songea que c'était la première fois qu'il ne s'ouvrait pas entièrement au Maître. Il était persuadé que Guy Chahinian l'avait deviné; il lui dirait tout à leur prochaine rencontre.

Il gravit les cinq marches qui menaient à son domicile en pensant à Une Patte ; qu'il aurait aimé le retrouver en rentrant chez lui ! Le bon serviteur aurait entretenu le feu, préparé un bouillon et l'aurait écouté en penchant la tête sur le côté droit. Il aurait félicité son maître de ses fiançailles et aurait apaisé ses scrupules envers l'orfèvre : Guy Chahinian ne lui en voudrait pas d'avoir parlé à Véronique de Roche-Brieux quand il saurait qu'elle souhaitait le secourir.

Incapable de dormir, du Puissac mit des bûches dans l'âtre, s'installa à sa table et écrivit à son serviteur, même s'il savait que celui-ci ne recevrait pas sa lettre avant six mois. Il aurait aimé avoir des nouvelles d'Une Patte, mais celui-ci signait tout juste son nom. Il aurait pu s'en remettre à un écrivain public, mais ce n'était pas dans la nature d'Alphonse Rousseau de se dévoiler. Il ne lui enverrait de message qu'au moment où il aurait à l'informer d'une nouvelle vraiment importante.

Du Puissac supposa que tout allait pour le mieux à Québec.

Victor Le Morhier oublia toute retenue devant la table somptueuse qu'avait fait dresser Véronique de Roche-Brieux. Il entraîna Elizabeth par la main et lui désigna les plats un à un : ragoût de soles frites, fricassée de perdreaux, tartes aux œufs, potée de racines, pets-de-putain et ramequins de rognons, langue de porc parfumée et abattis d'agneau. Ses yeux brillaient d'un tel contentement que Julien du Puissac s'esclaffa.

— N'avez-vous rien mangé depuis votre arrivée à Paris ?

— Si, beaucoup de fruitage car nous en avions été cruellement privés ce dernier mois. Notre aubergiste est aimable, mais il nous sert des plats qui me contristent ; les viandes n'ont aucune tendreté et les légumes sont filandreux.

— Vous n'avez encore rien goûté, fit remarquer l'hôtesse. J'espère que ma table sera à la hauteur...

— Je ne serai point déçu ! Par Morgane, nous allons faire une crevaille ! Je gagerais ma chemise !

Elizabeth le pinça au bras et Victor expliqua que son épouse refusait qu'il joue comme son ami Cléron.

Du Puissac décrivit le fripon à Véronique de Roche-Brieux ; petit, nerveux, aussi souple qu'un chat, plus costaud qu'il ne le paraissait et si malin que les bourgeois qu'il emberlificotait le remerciaient de son aide.

— Il vous servirait un ripopé que vous aimeriez autant qu'un nouveau bordeaux.

Victor grimaça à l'idée du mélange que les cabaretiers obtenaient en jetant tous les restes de vin dans une grande cuve.

— Vous ne boirez rien de tel astheure, dit Véronique de Roche-Brieux. Fêtons donc avant le Carême.

— Même le temps s'est abeaudi, renchérit du Puissac. C'est la première fois que j'entre ici avec des vêtements secs !

Le déluge avait cessé durant la nuit, le ciel était clair, sans nuages, mais le froid persistait. Les rues avaient gelé dans la journée et bien des malheureux avaient chuté : Véronique de Roche-Brieux en avait vu tomber trois en guettant ses invités. Elle avait envoyé un serviteur aider les infortunés, qui, par chance, avaient eu plus de peur que de mal.

Elle avait choisi une robe bleu saphir, aux boutons de nacre, qui se passait de bijoux. Elle aurait pu porter le collier d'or rose de sa mère, mais elle ne voulait pas embarrasser les Le Morhier dont elle ignorait la situation de fortune. Tandis qu'une servante l'habillait, Véronique de Roche-Brieux eut un éblouissement : était-ce vraiment elle qui se parait, se coiffait, se fardait pour recevoir un homme ? Etait-ce bien elle qui se fiançait ?

Qui aimait ?

Outre sa laideur qui éloignait les candidats, Véronique de Roche-Brieux savait que la personnalité de son père avait découragé bien des prétendants. Sa fortune était un atout considérable, certes, c'était même son seul atout, mais le comte était connu pour ses lubies ; il pouvait tout donner à l'Eglise s'il lui en prenait l'envie. Les aristocrates ruinés avaient attendu qu'il meure et lègue ses biens à son aînée avant de la courtiser. Ils avaient essuyé un refus poli. Elle voyait clair même si elle avait été coupée du monde durant des années.

Elle regretta que sa sœur ne soit pas à ses côtés pour partager son bonheur. C'était grâce à Julie si elle avait rencontré le chevalier. En remontant ses cheveux en un judicieux échafaudage, elle décida que leur première fille s'appellerait Julie. Elle parfuma son mouchoir avant de le glisser dans une manche, jeta un châle de calmande sur ses épaules et tira la langue en passant devant le miroir de Venise pendu à l'entrée de l'alcôve. Elle avait décidé de narguer sa laideur.

Julien du Puissac récita le bénédicité ; il espérait que sa voix ne tremblerait pas. Il était touché que Véronique de Roche-Brieux l'ait prié de dire les grâces. Il regardait la grande table, les chaises à bras recouvertes de tapisserie, les tentures de brocatelle et les carreaux de glace qui dessinaient une mosaïque au-dessus de la cheminée. Il s'y mirerait tous les jours quand il serait marié car il rejoindrait son épouse dans cette demeure. Il n'aimait guère le luxe, mais n'avait pas encore osé aborder le sujet avec sa fiancée. Les laquais et les bonnes l'ennuyaient, lui qui n'avait jamais eu qu'Une Patte pour le servir. Non, du vivant de sa femme, il y avait quelques servantes, rue Hautefeuille, mais elles étaient parties une après l'autre, fuyant une maison où on se livrait à l'alchimie.

Du Puissac admirait les plafonds aux voussures sculptées, les miroirs bordés d'or, les guéridons garnis de marqueterie, le clavecin de palissandre et tous ces plats d'argent massif qui étincelaient sur la nappe brodée, mais il ne pouvait s'empêcher de calculer leur prix en livres de poudres, en pierres fines ou en cornues. Tant d'argent dépensé à se meubler l'exaspérait.

Véronique de Roche-Brieux observait discrètement le chevalier. Elle l'avait vu s'attarder sur chaque élément de l'antichambre ; elle avait lu autant d'agacement que d'admiration dans son regard. Elle en avait deviné la cause et attendait la fin de la prière pour réagir.

Dès qu'il posa les mains sur ses genoux, elle demanda à Victor Le Morhier s'il avait aimé la Nouvelle-France. Le Nantais sourit en exprimant sa surprise :

— Auriez-vous l'intention d'aller dans les colonies ?

— Pourquoi pas ? Je vous paraîtrai prompte à me décider. C'est vrai. Mais j'ai déjà perdu de nombreuses années. Je suis prête à commencer une autre vie. Comme je crois que notre ami préfére-rait retourner à Québec...

Du Puissac tendit une main vers elle avant de reconnaître qu'elle avait raison. Il avoua sa nostalgie, même l'hiver lui man-quait, même les moustiques de juin, même la crainte des Iroquois. Il étouffait à Paris. Les rues tortueuses et si sales, les odeurs de graillon et de crottin, les mendiants qui se multipliaient, les soldats qui ne valaient pas toujours mieux que les gueux, tout l'incommo-dait.

— Vous étiez pourtant satisfait de quitter la Nouvelle-France ?

— Je sais, soupira le chevalier, je sais. Me voici aussi capricieux que Marie LaFlamme qui veut toujours tout !

Elizabeth, qui allait se servir d'une tranche de poularde, laissa tomber la fourchette. Elle rougit et se tourna vers Véronique de Roche-Brieux qui lui pardonna sa maladresse en souriant.

— Qui est cette femme qui émeut votre épouse ? demanda l'hôtesse à Victor Le Morhier qui agrandit les yeux de stupéfac-tion : Véronique de Roche-Brieux faisait preuve d'une franchise absolument inusitée.

Le chevalier s'empressa de répondre :

— Marie est une guérisseuse qui vit à Québec. Elle est nantaise, comme Victor, c'est pourquoi il la connaît. Elle est butée et s'attend souvent qu'on exauce tous ses désirs. Elle est aussi la meil-leure des empiriques, rusée et courageuse.

Victor tendit le plat de poisson à son épouse en lui souriant.

— Je crois que j'ai fait le galant avec elle, comme tous les hommes, mais elle aimait un soldat.

Du Puissac fit une grimace : un soldat ? Ce Simon Perrot ?

Victor Le Morhier expliqua à Véronique de Roche-Brieux que Perrot avait été geôlier avant d'être jeté dans la Seine.

— Je m'en suis réjoui. Il était pire que la vermine.

Véronique de Roche-Brieux fit signe à un laquais d'apporter du vin. Contrairement aux usages, elle avait proposé à ses invités de conserver leurs verres plutôt que de les rendre aux serviteurs après avoir vidé leur contenu d'un trait.

— Cette règle de politesse est stupide, décréta-t-elle. Je préfère boire comme je l'entends.

Les hommes burent pourtant leur vin d'un coup, comme si la mention de Simon Perrot leur avait sali la bouche. Véronique de Roche-Brieux goûta aux tanches frites avant de taquiner Victor Le Morhier :

— Il paraît que vous voulez rivaliser avec les Indes orientales ?

Heureux de changer de sujet, le Nantais expliqua les changements commerciaux qu'il pressentait et comment il entendait en profiter. Il parla de Londres qui se développerait formidablement les prochaines années, de la stupidité d'une guerre entre la France et l'Angleterre qui ralentirait les échanges et de l'intérêt des colonies.

— J'aime naviguer, conclut-il. J'imite simplement mon père qui est un fameux capitaine doublé d'un bon avitailleur. Je veux cependant diversifier ma marchandise. Et je devrai, hélas, abandonner parfois ma mie.

— Je ne vais plus sur un vaisseau, dit Elizabeth en plissant le nez. Je meurs sinon !

— Vous viendrez nous visiter quand Victor sera en mer, dit Julien du Puissac. Un peu de jeunesse distraira ma femme de son vieux mari.

Véronique de Roche-Brieux le menaça aussitôt de son couteau ; elle ne voulait plus l'entendre parler de son âge. Ils n'avaient que vingt-six ans de différence, ce qui n'avait rien d'extraordinaire. Rien ne l'empêcherait d'être heureuse avec Julien du Puissac.

Elle compatit aux malheurs d'Elizabeth, puis l'amena habilement à décrire sa ville natale, à établir des comparaisons avec Paris.

— Je n'ai jamais fait de long trajet, confessa-t-elle. Le comte de Roche-Brieux nous interdisait toute sortie. J'espère aller un jour en Angleterre.

— M. Chahinian veut s'y installer, marmonna le chevalier.

— Il peut être chez moi, fit Elizabeth. Si mon maison est toujours là.

Son interlocuteur soupira ; il semblait que rien ne s'opposerait au départ de l'orfèvre.

— Vous lui direz, Victor, il souhaite vous parler. Nous arrangerons cela tantôt. Dites-moi maintenant si la baronne sera contente de nous voir chez elle ?

Le Nantais eut un large sourire ; Armande de Jocary se vanterait à tous d'avoir reçu la fille du comte de Roche-Brieux.

— Je ne connais aucun jeu, prévint cette dernière.

— Elle vous montrera : pharaon, biribi, cassette, dés ou cartes, hasard ou non, elle les aime tous ! Plus encore que ses bijoux.

— Je suis étonnée de n'avoir jamais entendu son nom auparavant. Où vivait donc le baron de Jocary ?

Victor Le Morhier pouffa ; il n'en avait jamais eu la preuve, mais il était persuadé que la baronne n'avait pas été élevée à la Cour et qu'elle n'avait pas épousé un noble. Elle s'était donné ce titre quand elle s'était installée rue Bourubourg, après avoir longtemps bourlingué.

— C'est une personne très dure. Elle ment, elle triche, elle vole sans remords.

— Vous semblez pourtant l'apprécier, avança Véronique de Roche-Brieux. Vous souriez...

Victor hocha la tête : la baronne était téméraire et ne se plaignait jamais. Elle s'encolérait, mais elle ne gémissait pas quand le sort lui jouait de mauvais tours. Elle était intelligente, avait une excellente mémoire et beaucoup d'intuition. Elle devinait ce qu'allait être la mode, ce que les gens réclameraient.

— Elle m'est précieuse pour mon commerce. Ses conseils et ceux de mon ami Cléron sont souvent judicieux.

Il relata leur dernier entretien, alors qu'elle lui jurait que le chocolat et le café feraient fureur. Elle avait ajouté que d'autres breuvages apparaîtraient et causeraient bien des émois dans la ville : les philtres empoisonnés. Elle soutenait qu'il y avait des gueuses, faubourg Saint-Martin, qui fabriquaient des élixirs d'amour et de mort et que des gens du monde s'égaraient parfois dans ces lieux malfamés. On avait même vu un carrosse, dont les armoiries avaient été recouvertes d'une tenture, s'arrêter près de l'église de Saint-Nicolas-des-Champs, que fréquentait une de ces sorcières. La baronne avait précisé qu'elle ne parlait pas d'innocentes accusées par une voisine jalouse ou un mari encornaillé, mais de miséreuses qui étaient prêtes à tout pour améliorer leur vie. Elles étaient peu nombreuses, elle ignorait leur nom et ne voulait pas le connaître, mais elle savait qu'on pouvait acheter chez elle de la renoncule scélérate, des crapauds, de l'arsenic, de l'euphorbe, des champignons ou des onguents tout préparés. La baronne avait conclu son exposé en suggérant fortement à Victor de convaincre Guy Chahinian de déménager. Ce n'était pas la peine de quitter la Bastille pour avaler ensuite un mauvais bouillon ou suffoquer dans une chemise soufrée. Victor, qui n'avait pas vu l'orfèvre depuis son retour, avait promis d'en parler au chevalier. Il comprenait que l'athanor, les poudres et les métaux pouvaient susciter l'envie des voisins. Et si ce que la baronne pressentait se concrétisait, on finirait par enquêter du côté de la porte Saint-Martin et Chahinian se retrouverait en prison.

Le chevalier savait que Le Morhier disait vrai ; quand Elizabeth répéta qu'elle offrait sa demeure à Guy Chahinian, il la remercia en son nom. Avant de se retirer, Victor proposa à du Puissac d'aller visiter le Maître le lendemain et lui remettre les titres de propriété de M. Brune.

En regagnant leur logis, Elizabeth, blottie contre son époux, avait un sourire très doux qu'il ne lui voyait pas souvent. Elle était heureuse à Paris. Plus tard, de la fenêtre de leur chambre, alors qu'elle enfilait sa robe de chambre de carisel beige, elle eut une exclamation joyeuse ; il neigeait !

Victor la souleva dans ses bras afin qu'elle puisse se pencher vers la rue. Elle se retourna très vite pour l'embrasser et lui demander de la prendre, là, tout de suite. Son âme était aussi légère qu'un flocon et elle s'envolerait quand elle atteindrait le plaisir, elle en était persuadée.

Chapitre 11.

Au lendemain de Noël, les habitants de Québec avaient déjà oublié les festivités; ils collaboraient aux préparatifs de l'expédition dirigée par Daniel de Rémy de Courcelle. Cinq cents hommes partiraient le 9 janvier pour combattre les Agniers et les Onneiouts. Les trois autres tribus iroquoises, par l'entremise de Garakontié, avaient convenu d'une paix avec les Français et ces derniers les avaient assurés de leur protection. A l'aube de la nouvelle année, le marquis de Tracy avait juré de soumettre en peu de mois les deux factions qui refusaient de signer le traité de paix.

A Québec, les soldats enseignaient le maniement des armes aux deux cents volontaires qui les accompagneraient en campagne. Les colons s'étonnaient de la lourdeur des mousquets à rouet, s'épataient des fusils à platine à silex, serraient le fusil ordinaire qu'on leur avait donné, tout en lorgnant celui du grenadier, bien plus grand. Ils tâtaient leurs poires triangulaires emplies de poudre en jurant qu'ils sauraient s'en servir.

Chez eux, ils répétaient à leurs épouses qu'ils reviendraient sains et saufs au printemps parce que les Agniers déguerpiraient dès qu'ils verraient les troupes s'avancer sur leur territoire. Les femmes pleuraient tout de même en cachette et enviaient Rose Rolland de garder son Alphonse avec elle.

Marie, elle, remerciait le Ciel que le Gouverneur ait organisé cette expédition : encore six heures, et Simon Perrot quitterait Québec. Elle souhaitait qu'il ne revienne jamais.

Elle était obsédée par le sentiment d'un épouvantable gâchis.

Elle n'aurait pas dû accepter de le voir quand, au lendemain de l'Epiphanie, il l'avait prévenue de sa visite nocturne en la croisant au magasin neuf. Elle lui avait dit que Noémie était malade et qu'elle devrait s'en occuper. Il lui avait rappelé que c'était leur avant-dernier rendez-vous avant sa partance de Québec. Elle avait commencé à lui expliquer qu'elle était éreintée ; elle avait veillé le petit Jacquot Tardieu et... Simon l'avait interrompue ; il savait comment lui faire oublier sa fatigue.

Marie l'avait regardé quitter le magasin tout en continuant à penser à Jacquot. Il était si enfiévré qu'elle avait craint qu'il ne trépasse. Sans tenir compte des cris de sa mère, elle l'avait frotté avec de la neige pour faire baisser sa température. Elle avait recommencé dix, vingt, trente fois et s'était entêtée à donner de l'eau sucrée à l'enfant. A l'aube, il respirait un peu mieux et Marie était rentrée chez elle en pleurant de soulagement.

En allant reprendre Noémie chez Rose, elle avait confié à celle-ci sa peur de perdre Jacquot.

— Il n'est pas le seul à être mal-en-point, avait dit Alphonse qui revenait de la haute-ville. Il paraît qu'Agathe Souci est couchée et que Bontemps a vomi toute la journée d'hier. La petite Françoise aussi ; j'ai rencontré Guillemette Couillard qui avait passé deux heures la veille chez la veuve Martin.

— Elle ne m'a pas fait quérir ! s'était exclamée Marie. Après ce que...

— Elle ne t'aura pas trouvée, tu devais être déjà partie pour le Jacquot.

— Je vais la voir !

— Laisse-nous Noémie ; elle ne nous ennuie pas.

— Elle m'aide à emballer les biscuits pour l'expédition, avait ajouté Alphonse Rousseau.

— En les mangeant ? avait répliqué Marie. Surveillez-la bien ; elle chaparde !

Rose avait poussé Marie vers la porte en l'aidant à draper son écharpe qui la protégerait du froid. Elle avait regardé son amie s'éloigner en secouant la tête; Marie ne s'arrêterait donc jamais? Elle avait les yeux creux parce qu'elle avait peu dormi, mais elle repartait aussi vite qu'on lui parlait d'un malade. Elle comprenait cependant le raisonnement de Marie; si elle guérissait la petite, celle-ci comprendrait enfin que la Renarde ne lui voulait que du bien.

La veuve Martin avait accueilli Marie presque en pleurant; elle n'avait pas osé la déranger, mais elle était si touchée que la guérisseuse vienne à elle! Sa Françoise avait vomi toute la nuit.

— C'est ma faute, je l'ai laissée manger des pruneaux de Tours. Les Jésuites m'en avaient offert à Noël pour me remercier d'avoir aidé leurs œuvres. Elle en a bien avalé sept!

Marie s'était approchée de la couche de la fillette. Françoise avait battu des paupières en la reconnaissant. Elle était moite de sueur et avait une odeur aigre. Ses cheveux collés à ses tempes la faisaient ressembler à un oisillon. Marie lui avait palpé les aisselles et le ventre; il n'était pas beaucoup plus dur qu'à l'accoutumée. Elle avait remis de la racine de saule blanc à la veuve Martin en lui expliquant comment en faire une décoction.

— J'ai caché les pruneaux, elle n'y touchera plus!

Marie avait quitté les Martin rassurée. Elle passait devant la taverne quand on l'avait hélée : un homme venait de se percer la main en nettoyant une vieille arquebuse. C'était le troisième colon qui se blessait depuis deux jours. Marie n'osait imaginer comment ces hommes qui n'avaient jamais tenu une autre arme qu'une fourche ou un gourdin sauraient charger les nouveaux fusils. Elle avait soigné l'homme, puis était allée au magasin neuf chercher du sucre. C'était là qu'elle avait vu Simon. C'était là qu'il lui avait annoncé sa visite alors qu'elle lui disait sa crainte de perdre Jacquot.

Il était venu à la tombée de la nuit.

Il s'était défait de sa tunique en lui parlant de son nouveau fusil, puis il l'avait enlacée. Marie avait répondu si mollement à ses caresses qu'il l'avait interrogée : qu'avait-elle donc?

— Je suis lasse, Simon. J'ai soigné toute la journée et...

— Moi aussi. Je me prépare à la guerre! Je vais risquer ma vie et tu ne parles que de tes moribonds!

— Je ne parle de rien puisque tu m'interromps sans cesse.

Simon avait dressé l'oreille; Marie avait un ton nouveau, un ton insoumis, déplaisant.

— Que veux-tu dire?

Marie avait haussé les épaules.

— Réponds-moi!

— Tu ne veux pas m'entendre, Simon. Tu ne m'écoutes jamais, que je parle de mes malades, de Noémie, de ma mère ou de Rose.

— C'est faux, avait rétorqué le soldat. J'aime qu'on se rappelle Nantes!

— Tant mieux car Nantes restera un souvenir, avait lâché Marie.

Simon l'avait saisie par les épaules. Il l'avait secouée en demandant des explications. Elle lui avait dit qu'elle ne retournerait jamais en France. Que son trésor n'existait pas. Qu'il ferait mieux de l'oublier, et elle avec.

Il avait paru stupéfait, puis avait éclaté de rire : Marie le taquinait! Ce n'était pas bien de se moquer d'un pauvre soldat. Il l'avait prise par le cou pour l'embrasser. Elle s'était laissé faire avant de répéter qu'elle ne quitterait jamais la Nouvelle-France.

Simon avait rugi et l'avait secouée si fort qu'elle s'était mordu les lèvres pour ne pas crier. Il l'avait accusée de vouloir partager son trésor avec un autre homme. Elle avait répété que ce butin n'existait pas. Noémie s'était mise à pleurer, Marie s'était dirigée vers son berceau, Simon l'avait arrêtée :

— Ecoute-moi!

— Ma fille a besoin de moi! Tu l'apeures! Laisse-moi!

— Jamais, avait répondu le soldat en maintenant Marie par les poignets. Tu m'appartiens.

Marie l'avait dévisagé, découvrant la cruauté et la veulerie qui s'épandaient comme des humeurs sous les prunelles noires. Elle s'était alors remémoré les paroles de Nanette qui redoutait le soldat. Elle avait fermé les yeux, se souvenant que Simon avait la même expression le soir où il avait arrêté Guy Chahinian.

— Tu es ma femme et tu me suivras à Nantes! Dès que je reviendrai de l'expédition!

Marie avait répété qu'elle resterait à Québec. Il l'avait giflée, puis lui avait donné des coups de poing. Encore et encore. Il martelait son visage, ses seins. Elle s'était protégée de ses mains, retenant ses hurlements pour ne pas effrayer sa petite ni alerter les voisins; personne ne devait savoir qu'elle avait eu une liaison avec Simon.

— Tu es bien discrète, s'était-il soudainement avisé. Tu crains qu'on ne devine ma présence?

Marie n'avait pas répondu, se demandant si elle ne faisait pas un cauchemar. Simon était devenu fou pour la battre ainsi!

— On ne le devinera pas car je dois repartir, Marie.

Mais il ne s'était pas dirigé vers la porte. Il s'était assis sur une chaise et avait tiré un flacon d'eau-de-vie de son uniforme. Il avait bu une grande lampée avant d'en offrir à Marie qui avait refusé.

— Tu ne veux rien qui vienne de moi? Tu n'as pas toujours dit ça!

— Tu as raison, Simon.

— Bien sûr que j'ai raison! Tu verras qu'on trouvera ton trésor! Et tu me remercieras.

Marie avait hoché la tête; ne plus le contredire, surtout, qu'il se calme, qu'il s'endorme ou qu'il parte, mais qu'il ne s'approche plus d'elle. Ou de Noémie.

Comme s'il lisait dans ses pensées, Simon s'était penché vers le lit de la petite en regardant Marie : tétanisée, elle pensait qu'elle le tuerait s'il touchait à sa fille. Elle lui enfoncerait le tisonnier dans le cœur. Oui, le tisonnier. Ou le grand couteau que Guillaume avait aiguisé avant de partir en course.

— Elle s'est tue, avait dit simplement le soldat en se rassoyant.

Marie avait recommencé à respirer, mais Simon s'était aussitôt relevé et l'avait serrée contre lui, il l'avait embrassée, s'attardant au cou, aux épaules, puis lui avait chuchoté à l'oreille qu'il reviendrait le lendemain.

— Quand tu seras plus gentille. Je pense que tu es lasse, comme tu le dis, et bouleversée. Nous parlerons mieux demain.

Marie avait soupiré et hoché lentement la tête ; elle était prête à promettre tout ce qu'il voulait pourvu qu'il sorte. Il l'avait quittée en lui adressant un sourire qui lui avait donné la nausée. Elle avait verrouillé sa porte en tremblant et avait dû bercer Noémie durant une heure pour se calmer.

Le lendemain, ses épaules étaient bleuies par les coups. Elle avait enfin compris. Elle avait rêvé d'un Simon qui n'existait plus. Elle l'avait cru aimant, fort, intelligent, généreux ; il était jaloux, brutal, rusé, avide. Elle n'avait pas voulu admettre qu'un aussi beau visage puisse dissimuler une âme aussi basse.

Etait-elle idiote à ce point ? Sa propre duperie, plus encore que ses songes ruinés, la mortifiait. Elle avait honte de s'être trompée, honte d'avoir fait un choix inepte, honte d'avoir accueilli cet homme chez elle, de l'avoir aimé devant Noémie. Elle devinait maintenant que certaines femmes battues par leur mari, qui lui mentaient en prétendant avoir chûté sur la glace, avaient honte, elles aussi. Elles préféraient taire leur douleur plutôt qu'étaler leur erreur. Elles avaient prié, espéré que leur époux se bonifierait, elles avaient voulu croire à son repentir, croire que le tout-puissant mari redeviendrait le sage fiancé. Elles s'étaient trompées, mais n'avaient pas droit à une seconde chance, à moins qu'un Dieu miséricordieux ne les libère de leur bourreau.

Marie avait essuyé ses larmes et s'était relevée ; elle n'avait rien à cacher, tous ignoraient sa conduite. Elle ne serait pas humiliée publiquement par Simon, on n'aurait pas pitié d'elle, on ne chuchoterait pas dans son dos. Et surtout, elle ne s'était pas unie au soldat. Elle avait eu une pensée reconnaissante pour la pauvre épouse de Simon qu'elle avait tant haïe. Si Josette ne lui avait enlevé le soldat à Paris, on aurait béni leur mariage.

Elle avait échappé à une brute.

Elle ne voulait plus jamais le revoir.

Elle habillait sa fille quand Rose Rolland s'était présentée chez elle ; celle-ci s'était étonnée de la voir échevelée, puis avait échappé un cri en voyant l'hématome à la base du cou. Marie avait tenté de sourire, mais elle avait éclaté en sanglots. Rose l'avait tenue dans ses bras jusqu'à ce qu'elle s'apaise. Elle n'avait posé aucune question après avoir entendu Marie murmurer le nom de Simon; elle avait dénombré les vilaines marques aux poignets, au front, supposé que les épaules en étaient couvertes. Rose avait mis les affaires de Noémie dans un grand drap, pris la besace de Marie, enroulé son amie dans sa grande cape grise et l'avait emmenée chez elle. Elle l'avait couchée dans son lit, puis avait joué avec sa fille tout en guettant le retour d'Alphonse avec impatience.

Marie s'était alors relevée pour leur apprendre que Simon viendrait sûrement chez elle à la nuit. Il comptait bien passer ses dernières heures à Québec dans son lit. Et s'il cassait tout en découvrant son absence? Et s'il devinait qu'elle s'était refugiée chez les Rousseau? S'il ameutait toute la population?

— Tu dois lui mentir.

— Comment? avait murmuré Marie.

Rose n'avait jamais entendu autant d'humilité dans la voix de son amie; elle était attristée de la voir souffrir mais ne pouvait s'empêcher de penser que Marie avait enfin eu sa leçon. Elle devait bien apprendre un jour que la réalité est différente du rêve.

— Je vais lui dire que tu dois passer la nuit à l'Hôtel-Dieu pour soigner mère Catherine. Et je lui remettrai un mot venant de toi.

— Il ne sait pas lire, avait répliqué Marie.

— Lui non, mais moi oui, avait dit fièrement Rose. Il me demandera de lire. Je lirai que tu regrettes de ne pas le voir, que tu l'implores de pardonner ton attitude d'hier soir, que tu prieras pour lui chaque jour de son éloignement, que tu...

— Que je le suivrai à Nantes. Il te croira...

— Même si ce n'est pas ce qui sera écrit! avait clamé Rose presque gaiement.

Marie avait rédigé une lettre d'une affligeante banalité où elle disait qu'elle prierait pour tous les soldats du régiment de Carignan-Salières et qu'elle était heureuse qu'un gars de Nantes en fasse partie. L'honneur du pays était sauf.

Marie était véritablement allée à l'hôpital; bien des colons pourraient témoigner de sa présence à l'Hôtel-Dieu et elle savait qu'elle y trouverait son confesseur. Elle n'avait pas avoué l'adultère car elle redoutait que le prêtre trahisse le secret de la confession, mais elle s'était accusée d'un péché d'orgueil qui lui avait fait négliger sa famille...

Pendant ce temps, Rose avait rencontré Simon Perrot; elle s'était efforcée d'être gracieuse et avait si bien réussi qu'elle avait senti sa main sur ses reins. Elle avait minaudé en disant qu'elle était mariée et devait *seulement* lui donner une missive. Comme prévu, il lui avait demandé de la lire. Elle avait feint de buter sur certains mots, s'était plainte de la mauvaise écriture de Marie et s'était échappée en apercevant Alphonse qui venait la délivrer. Simon l'avait regardée s'éloigner vers le quai en songeant qu'elle balançait joliment les hanches. Il la connaîtrait mieux à son retour d'expédition.

— Plus que trois heures! dit Rose à Marie, en revenant du quai Champlain. Je n'ai pas vu Simon, mais il y a tant de monde au port! Tous les colons assistent au départ des troupes. Nos soldats sont chaudement vêtus.

— Ce ne sera pas assez, prédit la Renarde. Ils auront froid.

On avait pourtant modifié le costume des militaires pour l'hiver. On avait rallongé les manches du justaucorps brun, relevé le col, caché la chemise. Les hommes portaient un foulard autour de leur cou, et si certains arboraient toujours le chapeau à large rebord, plusieurs avaient opté pour une toque de fourrure ou une tuque de laine. S'inspirant des Indiens, les soldats avaient recouvert leurs bas d'une paire supplémentaire ou d'une pièce de cuir. Une ceinture empêchait le vent de gonfler le justaucorps et retenait une lourde couverture de laine.

Les civils qui s'étaient félicités de ne pas avoir à supporter comme leurs aïeuls les cinquante livres d'une armure de métal avaient vite déchanté : ils devraient tous transporter des provisions en plus de leur arme et de leur couverture. Et ils n'étaient pas plus lestes que leurs ancêtres : si ces derniers peinaient avec leur heaume et leur poulaine de fer, les soldats de Carignan-Salières devaient s'accoutumer aux raquettes. Quelques colons seulement étaient familiers avec ces souliers sauvages ; ils pouvaient expliquer comment les chausser, mais l'agilité des usagers ne viendrait qu'avec l'habitude.

— On dit que le Gouverneur et ses officiers seront aussi chargés que le plus humble des soldats, précisa Rose. Rémy de Courcelle est bien différent de Davaugour ou de d'Argenson !

Rose Rolland n'avait jamais pardonné à Voyer d'Argenson d'avoir fait emprisonner Médard Chouart des Groseilliers à son retour de course afin de s'approprier une formidable traite. Elle leur avait même préféré Saffray de Mézy et elle admirait sans réserve Tracy, Courcelle et Talon. Ce dernier, surtout, avait encore écrit au Roi pour le prier d'envoyer des immigrants ; il fallait plus de sujets pour défricher un si vaste territoire et il souhaitait que Sa Majesté accepte d'investir autant dans l'expansion de sa colonie que dans sa fortification. L'intendant rêvait d'encourager les naissances en gratifiant les familles nombreuses de confortables allocations. Enfin, Jean Talon ne manquait jamais de saluer Rose quand il la croisait en ville. Il était simple, malgré ses importantes fonctions, et elle enviait secrètement Marie de lui avoir si souvent parlé.

— René Blanchard regrette de ne pas partir, confia-t-elle à Marie.

— Il est aussi fier que moi, dit la Renarde avec un accent de dérision. L'orgueil est cousin de la bêtise. Que deviendraient Emeline et ses trois enfants s'il se faisait tuer par les Agniers ? Les pères de famille doivent demeurer à Québec.

— Je me réjouis pour la première fois qu'Alphonse n'ait qu'une jambe, avoua Rose. Les fiancées me jalousent de garder mon homme, mais aucune ne l'a approché avant moi.

— Il ne les aurait pas vues, Rose. Il était si dévoué à M. du Puissac. Il fallait ton sourire pour lui faire découvrir le monde. Il n'avait jamais pensé à autre chose que le bonheur du chevalier.

— Alphonse me parle souvent de lui. Julien du Puissac aurait dû écrire à mon époux.

Rose était manifestement vexée par l'oubli du chevalier. Elle ne pouvait savoir que ce silence la protégeait, car elle ignorait que du Puissac était membre de la Confrérie de la Croix-de-Lumière.

— Le chevalier doit être fort occupé à Paris, protesta Marie, qui connaissait ses activités secrètes.

— A se mêler de politique? On a bien vu comment Fouquet a réussi son coup! Je suis contente que du Puissac soit retourné seul à Paris. Il aurait mené Alphonse en prison.

Une ombre voila le regard de Marie; l'image d'un Chahinian menotté s'était imposée à elle.

— Qu'y a-t-il? Tu penses à Simon?

Marie hocha la tête. La pénitence exigée par son confesseur n'effacerait pas le centième de sa faute. Elle avait vaguement tenté de questionner Simon sur l'orfèvre, mais elle n'avait pas voulu admettre sa culpabilité. Elle était obsédée par cette folie; elle devrait vivre dorénavant avec ce sentiment d'échec. La glace de son miroir lui semblait même s'être ternie.

Rose lui secoua le bras.

— Cesse de penser à lui. Il t'a trompée avec ses beaux sourires; bien des femmes se sont sûrement laissé charmer avant toi.

— J'aurais dû...

— Dû quoi? Accepter la vie telle qu'elle est? Oui. Ce sera nouveau pour toi.

Marie s'apprêtait à répliquer, mais elle se tut.

— Tu veux que tout soit comme tu le décides, ma petite Renarde. Tu voulais Guillaume, tu l'as pris. Tu voulais Simon, tu l'as accepté. Tu voulais Noémie, tu la gardes. Tu me voulais, tu m'as sauvé la vie. Tes désirs sont souvent bons. Tu repousses ainsi la mort. Tu essaies de la dompter. Mais la vie, c'est un vaisseau où chacun rame; tu ne peux pas aller contre le courant et te moquer de ceux qui suent à tes côtés en pensant que tu ne prendras jamais un bon coup d'aviron. Rien ne t'interdit de rêver pendant que tu rames, mais les échardes des rames te râperont toujours les mains.

Rose s'empourpra; elle ne parlait pas autant d'ordinaire, mais l'attitude modeste de Marie l'avait encouragée à se vider le cœur. Elle ne voulait plus qu'on la déçoive. Elle ne voulait plus tirer Marie des traverses où elle s'enferrait.

— La ville sera calme en l'absence des soldats, fit la Renarde.

— Oui, tu as raison.

— Je ne perdrai point mon temps. Je rédige mes manières de guérir pour Noémie. Comme ma mère l'a fait.

Rose l'approuva en se tâtant le ventre, puis elle éclata de rire. Elle écrirait la recette de ses biscuits aux noix si elle avait une fille.

— Ce sera un garçon, lui annonça Marie.

— Comment le sais-tu ?

Marie se retint de sourire ; Rose la morigénait parce qu'elle manquait de bon sens, mais elle était toute prête à croire à un mystérieux pouvoir qui permettrait de prédire le sexe des enfants. Elle guettait Marie du coin de l'œil, tout en se demandant si elle dirait à Alphonse qu'il aurait un fils. Puis elle haussa les épaules avant de déclarer qu'elle se moquait d'avoir un garçon ou une fille.

— J'espère qu'il ne neigera pas trop longtemps, reprit Rose en scrutant le ciel. Les soldats seront épuisés avant d'être arrivés au Cap-de-la-Madeleine.

Marie fit une moue dubitative ; la neige tombait doucement, patiemment. Elle donnait l'impression qu'elle chuterait ainsi tout l'hiver, sans jamais accélérer ou freiner sa cadence, avec un beau rythme uni, civilisé, assuré. Les sourcils, les cheveux, les barbes des soldats blanchiraient ; ils ressembleraient au marquis de Tracy portant sa perruque poudrée. Pendant un moment. Ensuite, ils auraient l'air de rochers enneigés tant ils avanceraient lentement, dérisoires statues dans une immensité glacée.

Simon se perdrait peut-être et mourrait pétrifié.

— J'ai vu Anne Martin au quai, conta Rose. Elle dit que Françoise se porte mieux, que ton remède a fait merveille.

Marie parut surprise.

— Tu n'es pas contente ?

— C'est bien rapide. La petite était si mal-en-point, avant-hier. Tu l'as vue ?

— Non. Anne Martin était seule. Elle pensait qu'autant de monde apeurerait sa fille. Elle a raison; cette enfant redoute son ange gardien! On l'a vu à la Noël : Jean-Jean, Noémie et Jeannette étaient les seuls à pouvoir l'approcher sans la terroriser.

— Noémie l'aime beaucoup. Elle la réclame souvent. Je crois que c'est parce qu'elles ont les cheveux de la même couleur. Elle se figure qu'elle est de notre famille. C'est drôle, non?

— Tu te trompes; elle n'aime pas Nicolette Jasmin qui est rousse comme vous.

Marie félicita Rose d'avoir si bien observé sa fille.

— Tu seras une bonne mère, ma douce.

Rose baisa la joue de Marie, émue, avant de bégayer que Julie LaFlandres n'aurait pas mieux fait que la Renarde.

Marie LaFlamme ramena son écharpe sur ses épaules avant de révéler à Rose qu'elle avait prié du Puissac de chercher la véritable famille de Noémie.

— Pourquoi?

— Nous sommes rousses toutes les deux, mais elle ne me ressemble pas tellement. Les passagers de l'*Alouette* savent tous que j'ai adopté Noémie. Je lui conterai sa naissance quand elle grandira. Je dois pouvoir répondre à ses questions quand elle en posera.

— Mais du Puissac ne t'a jamais écrit, répliqua Rose.

Marie haussa les épaules :

— Je sais. Seulement, je suis en paix; j'ai fait ce qui était en mon pouvoir pour connaître la vérité. Et n'oublie pas que le courrier se perd aisément. Notre mère Marie n'envoie-t-elle pas toujours ses lettres par trois navires différents?

— C'est ce que j'ai dit à Alphonse pour le consoler d'être sans nouvelles de son maître...

Des cris joyeux l'interrompirent : Noémie qui s'éveillait voulait manger. Marie avait connu bien des enfants, mais elle doutait qu'aucun ne soit aussi affamé que sa fille. Elle la cueillit dans le grand lit des Rousseau en faisant remarquer à son amie qu'elle devrait bientôt se gréer d'un ber.

— Alphonse a promis de m'en fabriquer un avant Pâques,

répondit Rose en attrapant un grand châle de futaine. Je vais le trouver au quai. Il aide les soldats à paqueter leurs provisions depuis des heures! Il ne faut pas qu'il reste dehors si longtemps; son moignon le fera souffrir à la fin de la journée.

Marie regarda Rose s'éloigner sans songer à la retenir; elle était heureuse d'être seule avec sa fille. Elle joua avec entrain pour oublier Simon, la peur et le mépris qu'il suscitait en elle. Elle mima les animaux de la forêt et de la mer pour Noémie, lui conta qu'elle s'amuserait bientôt à colin-maillard ou cligne-musette avec Jean-Jean, Françoise, Paul et Antoinette. Noémie battait des mains, courait sans s'étourdir, cherchait à grimper sur Mkazawi qui supportait stoïquement que l'enfant lui tire la queue et les oreilles. Marie était bien échauffée quand Rose et Alphonse revinrent.

Ils secouèrent leurs vêtements enneigés en annonçant que les troupes avaient quitté Québec. Marie ramassa aussitôt les affaires de Noémie; elle rentrait chez elle. Elle n'avait pas été absente plus d'une journée, mais il lui tardait de retrouver sa maison. Elle remercia ses amis de leur compréhension, souleva Noémie, se couvrit la tête de son capuchon et sortit derrière Mkazawi qui se dirigeait droit vers la rue Sault-au-Matelot.

Elle apercevait sa demeure quand Nicolette Jasmin l'arrêta : Anne Martin la cherchait partout; sa fille recommençait à vomir. Marie soupira; elle devait oublier son rêve d'une soirée au coin du feu. Elle emboîta le pas à Nicolette et revint vers la rue Sous-le-Fort.

— On va voir Françoise, expliqua-t-elle à Noémie avant de l'installer dans le traîneau tiré par Mkazawi. Tu commences à être vraiment lourde!

Anne Martin les guettait et leur ouvrit immédiatement. Des gémissements venaient du fond de la pièce. Marie enleva sa cape et se dirigea vers la couche de Françoise. La fillette tremblait de froid, malgré la sueur qui perlait à son front. Elle avait le teint gris, les yeux chassieux. Anne Martin s'était glissée près de Françoise d'un air inquiet.

— Elle a recommencé à vomir tantôt. Je vous ai cherchée sans vous trouver.

Marie fouilla dans sa besace pour éviter de répondre à la veuve Martin.

— Vous lui avez fait boire des infusions comme je vous l'avais conseillé?

— Oui. Et elle se portait mieux. Puis voilà qu'elle me rend tout son dîner.

Marie tâta la gorge de Françoise, son ventre, ses aisselles sous le regard anxieux d'Anne Martin. Elle observait ses moindres gestes et se préparait à intervenir dans le cas où Marie voudrait retourner Françoise sur le ventre; il ne fallait pas qu'elle voie ses fesses brûlées. Elle avait barguigné avant d'envoyer Nicolette quérir Marie, mais elle devait présenter l'image d'une mère aimante qui s'inquiète pour sa fille. Marie témoignerait de son angoisse quand Françoise mourrait. Elle dirait qu'elle l'avait soignée dès le début de sa maladie avec des décoctions de saule blanc et de l'épervière. Elle affirmerait qu'elle avait secouru bien des enfants avec ces racines et qu'ils gambadaient aujourd'hui. Elle ne pourrait expliquer le décès de Françoise.

Comment pourrait-elle se douter que l'arsenic lui rongeait les entrailles?

— Je vais lui donner d'autres herbes. Je n'aime pas son ventre ballonné. Il faudrait peut-être l'emmener à l'Hôtel-Dieu...

Marie était contrariée que sa médecine n'ait pas guéri Françoise; elle espérait que la piloselle ferait son effet, mais elle se devait de conseiller à Anne Martin d'aller à l'hôpital. Si l'état de l'enfant ne s'améliorait pas, les responsabilités seraient partagées: Marie ne voulait pas être seule à subir les reproches d'Anne Martin si on ne parvenait pas à sauver sa fille.

Marie devait être bien lasse pour imaginer le pire! La veuve Martin n'avait peut-être pas laissé la racine de saule blanc macérer assez longtemps, Françoise avait peut-être vomi son infusion tout de suite après l'avoir bue... Son teint apeurait la Renarde, mais elle ne devait pas s'alarmer si vite; elle la sauverait.

— Je ne veux pas l'emmener à l'Hôtel-Dieu, déclara Anne Martin. Françoise va demeurer ici, dans une maison qu'elle connaît bien. J'ai confiance en vous.

Marie remonta le drap, la couverture de laine sur les épaules de Françoise tandis qu'Anne Martin replaçait la peau de fourrure sur ses jambes. Noémie s'approcha de Françoise alors que sa mère s'écartait du lit.

— Françoise est fatiguée, Noémie. Sois sage.

Noémie demeura près de son amie en la regardant gravement, comme si elle comprenait sa souffrance. Françoise esquissa un sourire quand elle sentit la truffe de Mkazawi contre son cou. Marie entraîna Anne Martin hors de la pièce. Elle désirait lui expliquer comment faire une décoction. On laissait macérer la racine durant un après-midi, puis on la laissait bouillir douce-ment durant trente minutes. Anne Martin jura qu'elle avait bien retenu la méthode.

— Je suis surprise que son mal la reprenne aussi souvent, mais j'espère que votre Françoise jouera bientôt dans la neige, dit Marie LaFlamme.

Anne Martin remercia la guérisseuse et lui offrit un fruit :

— Voulez-vous un pruneau ? Il en reste quelques-uns : Fran-çoise ne les a pas tous dévorés ! Je les avais pourtant bien cachés, mais elle les a trouvés. Je vous ai dérangée pour rien...

Marie leva la main en signe de protestation ; elle préférait se déplacer inutilement qu'être appelée trop tard au chevet d'un malade. En goûtant au pruneau ; elle se souvint de la première fois qu'elle en avait mangé en Nouvelle-France. Eléonore de Grandmaison lui avait offert des pruneaux pour avoir soigné son époux d'une vilaine toux. Jacques de Cailhaut de La Tesserie vantait depuis ce temps ses mérites. Il répétait à qui voulait l'entendre que la Renarde était une grande guérisseuse. Celle-ci songea que c'était ce patient qui avait popularisé son surnom. Il ne lui déplaisait pas qu'on le lui donne ; elle évitait ainsi de pen-ser à son véritable patronyme. LaFlamme, Saint-Arnaud ou Laviolette ? La Renarde était née en Nouvelle-France et prisait qu'on lui ait donné à Québec ce nom de guerre. Anne Martin mangea un second pruneau avant d'interroger Marie :

— Vous semblez lointaine ?

— Je pensais à mon nom, la Renarde. J'espère le mériter et savoir assez ruser avec la maladie...

— Vous êtes la meilleure. On le dit assez! Reprenez donc un pruneau.

Marie accepta et se lécha le bout des doigts; la friandise était délicieusement fondante, collante, et elle se promit qu'elle en aurait davantage l'année suivante. Il faudrait en quêter à du Puissac! Elle lui écrirait. Pas pour les pruneaux, mais pour Alphonse. Rose n'oserait pas s'adresser à un noble, mais Marie n'était plus intimidée par un titre de chevalier. Elle lui enverrait une lettre par le premier bateau. Elle entendit le vent gémir au-dehors et soupira : le vaisseau ne partirait pas de sitôt!

Marie se leva et fit signe à Noémie de la rejoindre, elle la prit dans ses bras et promit à Anne Martin de revenir le lendemain.

Chapitre 12.

La nuit tombait quand Marie rentra enfin chez elle. Noémie geignait, Mkazawi gémissait et elle les aurait volontiers imités. Elle ressortit pourtant pour emplir un chaudron de neige, qu'elle suspendit au-dessus du feu qu'Alphonse avait allumé en revenant du quai. Elle installa Noémie devant l'âtre avant d'émietter deux tranches de pain. Avec un œuf, ce serait assez alimenteux. Une bouillie pour la fille, une miaulée pour la mère. Oh oui, elle baptiserait son pain d'une bolée de cidre chaud. Elle y ajouterait même une goutte, puis elle se coucherait et chasserait de son esprit cette rude semaine.

Noémie mangea sans appétit ; elle semblait si fatiguée que Marie n'insista guère pour la nourrir. Une nuit de sommeil valait un souper. Elle-même finirait sa miaulée le lendemain. Avant de se coucher, elle mit de l'écorce de saule blanc à tremper. Au matin, elle irait porter une décoction à la veuve Martin. Elle serait cette fois certaine du résultat. Marie remit deux grosses bûches dans le feu, s'allongea près de son enfant et s'endormit.

Les plaintes de Noémie l'éveillèrent en sursaut ; sa fille était trempée de sueur. Elle avait repoussé ses couvertures malgré la fraîcheur de la pièce et se tenait le ventre. Marie s'empressa de la sécher tout en l'examinant. Elle la rhabilla en vitesse avec une chemise de flanelle, jeta une bûche dans l'âtre avant de fouiller dans sa besace. Elle se félicita d'avoir mis des racines et l'écorce de saule à macérer ; elle ajouta des feuilles d'ortie et caressa les cheveux de Noémie en attendant de pouvoir faire filtrer l'infusion. Elle fit boire une grande tasse à sa fille malgré ses pleurs. Avec des pinces, elle saisit une grosse pierre réchauffée près des braises, l'enveloppa d'un linge épais, prit Noémie contre elle et avança la pierre chaude vers sa poitrine. Elle aurait aimé la lui appliquer directement sur le ventre, mais Anne LaFlamme lui avait déjà dit que la chaleur, parfois, empire le mal. Dans le doute, il valait mieux agir avec une extrême prudence.

Marie frottait doucement le ventre de Noémie en se demandant ce qu'elle avait pu manger pour souffrir ainsi de coliques. Elle se remémora les repas pris chez Rose : des œufs, du pain, des céréales de blé et d'orge, des biscuits au gingembre. Alphonse qui l'avait surveillée, l'avait empêchée de manger plus de trois biscuits. Elles avaient quitté les Rousseau avant le souper ; Noémie n'avait rien repris hormis sa bouillie. Est-ce que Françoise souffrait d'une maladie contagieuse ? Marie revoyait sa fille se glisser près de la malade, sourire quand celle-ci lui donnait un pruneau.

Le pruneau ! Noémie avait mangé le fruit devant Françoise. Dès que Marie était sortie de chez les Martin, elle avait senti une petite main collante contre sa joue. Elle avait frotté les doigts de sa fille avec de la neige.

Mais comment un si petit fruit pouvait-il causer des maux de ventre aussi intenses ? Elle-même en avait mangé quatre sans être le moins du monde incommodée. Anne Martin en avait goûté plusieurs depuis qu'elle les avait reçus et elle avait l'œil vif, le teint frais. Pourquoi Noémie et Françoise les digéraient-elles si malaisément ? Noémie était un bébé, soit, mais Marie se souvenait parfaitement que sa mère lui en donnait quand elle était enfant. Et Françoise n'était pas si jeune ; elle avait douze ans.

Alors ? Il fallait que le pruneau de Noémie soit maléficié pour la rendre si malade.

Voilà qu'elle perdait la tête ; les enchanteurs n'existaient pas plus que les sorcières, elle était bien placée pour le savoir. Aucun magicien n'avait pu empoisonner le fruit... Il fallait que ce soit œuvre humaine. Qui donc aurait voulu tuer Françoise Martin ?

Ou sa mère? Comment aurait-on pu savoir que ce serait la petite qui mangerait les pruneaux empoisonnés? Il y en avait au moins dix dans le lot puisque, selon Anne Martin, Françoise en avait mangé sept et Noémie un. L'assassin ne pouvait désirer la mort de Françoise; elle n'avait jamais nui à quiconque. Il souhaitait donc que la mère trépasse et devait rager en constatant qu'elle avait donné à sa fille les fruits qui lui étaient destinés. Elle avait eu vraiment de la chance.

Une chance suspecte... Marie, incrédule, sentit son pouls s'accélérer: Anne Martin aurait-elle délibérément gavé sa fille des pruneaux empoisonnés?

Non, évidemment non! C'étaient des hasards malencontreux. La veuve Martin adorait Françoise! Elle la surveillait sans cesse, s'inquiétait pour elle nuit et jour.

Tout de même, tant de hasards...

Marie tentait de réfléchir calmement à sa découverte tout en cassant un œuf. L'apothicaire Pernelle lui avait déjà dit que le blanc d'œuf et le lait étaient de bons antidotes. Elle souleva Noémie et la força à avaler la gluante mixture en l'encourageant; une gorgée pour maman, une gorgée pour Rose, une gorgée pour Guillaume, une gorgée pour Mkazawi, une gorgée pour Jean-Jean. Noémie était trop faible pour protester et Marie vida le bol. Puis elle garda sa fille contre elle en lui caressant le dos. Au bout d'un moment, la petite se déplaça, geignit et vomit.

Marie la berça, la coucha, et tout en lui caressant le front, elle recommença à penser qu'Anne Martin avait pu empoisonner sa fille. Elle s'était souvenue que c'était les Ursulines qui avaient donné des pruneaux à la veuve Martin : aucune d'entre elles n'était malade. Elle ne pouvait croire non plus qu'on se soit introduit chez Anne Martin : on aurait empoisonné au hasard quelques fruits pour se débarrasser d'elle? Non, un assassin aurait gâté tous les fruits. De plus, Anne Martin lui avait dit qu'elle n'avait pas quitté sa maison depuis des jours.

L'intuition de Marie se fondait sur les faits : Anne recevait des pruneaux, elle en mangeait et se portait comme un charme, alors que sa fille souffrait des pires coliques. Les bons pour elle, les mauvais pour Françoise.

La Renarde était surexcitée, mais elle se força à rester calme ; elle n'irait pas accuser Anne Martin en pleine nuit. Ni en plein jour. Elle n'avait aucune preuve. Elle ignorait même de quelle nature pouvait être le poison. Il fallait que ce soit une poudre ; en été, Anne Martin aurait employé une plante fraîche ou un champignon. On aurait cru à une fatale gourmandise. En janvier, elle avait dû utiliser un poison préparé durant les beaux jours.

Mais c'était impossible car le *Saint-Jean-Baptiste* était arrivé au début de l'automne. Marie se souvenait qu'il ventait à écorner les bœufs quand M. Talon l'avait fait mander pour voir le corps de Bertrand Rochelais.

Bertrand Rochelais ! Elle avait soupçonné une forme d'empoisonnement en voyant les éruptions qui brûlaient son sexe. Etait-ce possible que la même main criminelle ait trucidé cet homme et fourré les pruneaux d'une poudre mortelle ?

Marie se prit la tête entre les mains ; ses idées affluaient à une vitesse étourdissante. Elle inspira profondément en regardant Noémie qui gémissait toujours : elle s'enroula dans une couverture et s'assit devant le feu. Elle préparait ce qu'elle conterait à Jean Talon, dès le lever du soleil. Il fallait aussi soigner Françoise avant que sa mère n'achève son œuvre monstrueuse. Rose l'aiderait.

La Renarde regardait les flammes lécher les grosses bûches que Guillaume avait fendues avant son départ. Comme elle aurait aimé qu'il soit près d'elle en ce moment ! Elle n'aurait pas été la seule à tout imaginer, tout décider, tout régler. Il l'aurait accompagnée au fort Saint-Louis. Mais il n'aurait jamais pu lui expliquer pourquoi une mère empoisonnait son enfant. Marie écouta la respiration de Noémie ; elle lui semblait plus régulière. Mais peut-être le souhaitait-elle si ardemment qu'elle prenait ses désirs pour la réalité ? Non, la petite geignait moins, elle en était certaine. Marie était soulagée mais ne s'endormait point ; elle pensait à Françoise et à la manière dont elle pourrait la traiter sans que sa mère s'en aperçoive.

Quand le soleil irisa la neige, Marie LaFlamme avait son plan et attendait seulement que le ciel soit d'un bleu franc pour sortir. Elle laissa Mkazawi près de Noémie, le temps de prier un voisin d'y voir, puis elle courut chez Rose. Celle-ci, endormie, se réveilla tout à fait au récit de son amie. Alphonse, lui, déclara qu'il n'avait jamais aimé la veuve Martin.

— Je vais aller chez elle avec toi, dit Marie, j'examinerai sommairement Françoise et me désolerai de ne pas la trouver mieux. Je donnerai des herbes à sa mère tandis que tu la plaindras. Il faut qu'elle ait l'impression que tu es venue lui apporter ton amitié, car toi-même qui seras bientôt mère, tu comprends ses inquiétudes. Tu t'entretiendras avec Anne Martin, tu l'occuperas pendant que je donnerai à Françoise le même remède qu'à Noémie.

Rose s'habilla rapidement et suivit Marie chez Anne Martin. La veuve mit du temps à leur ouvrir ; la guérisseuse l'avait réveillée. Marie fut ulcérée : comment pouvait-elle dormir alors qu'une enfant se mourait à ses côtés ? Elle dut faire un grand effort pour lui sourire. Elle lui expliqua qu'elle lui apportait de nouvelles racines pour guérir Françoise. Anne Martin la remercia, puis invita Marie à voir sa fille. Celle-ci dormait, ou faisait semblant, et l'empirique la palpa lentement tandis que Rose jouait sa comédie à la veuve Martin. Elle lui assura sur tous les tons qu'elle comprenait son anxiété, puis Anne Martin se retourna vers Marie qui replaçait les couvertures autour de Françoise.

La veuve se confondit en remerciements avant de refermer la porte derrière Rose et Marie en poussant un soupir exaspéré. Elle jeta dans le feu les racines que Marie lui avait apportées et sourit méchamment à Françoise. D'ici une semaine, elle en serait débarrassée.

Rose et Marie aussi souriaient ; la première partie du plan s'était déroulée encore plus aisément que prévu. Françoise avait eu le temps de boire sa potion.

— Je vais voir Jean Talon, dit Marie. Merci de m'avoir aidée.

— Je me charge de Noémie, promit Rose.

— Que ferais-je sans toi ?

Marie pressa Rose contre elle et entreprit de gravir la côte de la Montagne. Elle trébucha plusieurs fois, même si elle tentait d'éviter les plaques de glace. Quand elle atteignit le haut de la côte, elle se signa : Dieu devait l'aider à convaincre M. Talon. Elle se présenta au fort et exigea de lui parler d'un ton si ferme qu'on l'introduisit immédiatement auprès de lui.

L'intendant se présenta rapidement; il devinait que Marie LaFlamme avait de graves révélations à lui faire; elle n'était pas de ces personnes qui le dérangeaient pour porter plainte contre un voisin malpoli. Il la trouva bien lasse à la manière qu'elle eut de se laisser tomber sur la chaise à bras qu'il lui désignait. Elle n'était pas moins jolie malgré ses yeux battus et ses traits tirés, elle était différente. Elle semblait avoir totalement oublié sa beauté. C'était la deuxième fois qu'il remarquait cette absence de coquetterie dans son regard : il se rappelait son attitude déterminée quand elle avait tâté le corps de Bertrand Rochelais.

— Je vous écoute, madame, fit-il en écartant les pans de son pourpoint de drap brun.

Le blanc immaculé des manchettes et du collet de quintin, l'absence de galants et de dentelles, la sévérité du justaucorps de futaine gris trahissaient le peu d'intérêt de l'intendant pour les modes vestimentaires. Il n'aurait jamais songé à agrémenter sa tenue pour administrer les finances ou rendre la justice. Il avait toujours commandé des vêtements de bonne qualité, qui lui duraient longtemps et lui permettaient de fréquenter tous les milieux sans être jamais embarrassé.

— C'est Anne Martin, monsieur.

— La veuve Martin?

Marie hocha la tête et conta ce qu'elle pressentait sans rien omettre. Talon l'écoutait attentivement, d'abord incrédule, puis horrifié. On empoisonnait dans *sa* colonie? En tant qu'intendant, il devait procéder contre la coupable jusqu'à exécution de son jugement. Talon croyait la Renarde, mais elle admettait elle-même n'avoir aucune preuve.

— Je ne peux l'arrêter sur vos simples déductions, expliqua-t-il à Marie.

– Je le sais. Aussi ai-je pensé fouiller sa maison. Demain soir.

– Demain soir? répéta l'intendant qui avait envie de sourire devant l'assurance de Marie; elle ne doutait pas un seul instant de son appui et exposait son plan d'un ton assuré en le regardant droit dans les yeux.

– Françoise sera en péril tant qu'elle vivra sous le même toit que sa mère. Je lui ai fait boire une potion calmante, mais je ne peux continuer à la soigner indéfiniment. Anne Martin se méfierait si Jean Patoulet la mandait ce soir; précipiter les choses nous conduirait à l'échec.

– Vous mêleriez mon secrétaire à...

– Il doit nous aider et inviter Anne Martin au château Saint-Louis. Il devra préciser qu'il ne la gardera pas plus d'une heure.

– Pour quelle raison la ferait-il venir?

Marie s'impatienta :

– Il lui annoncera qu'il a écrit au Roi pour lui faire obtenir un titre ou je ne sais quoi pour la remercier de sa charité. Pendant ce temps, vous viendrez avec moi chez Anne Martin. Nous chercherons des preuves. Et nous les trouverons. Il fera sombre, personne ne nous verra entrer chez elle. Si cela se produisait, je dirais que je visite une malade.

– Et moi?

– Que nous avons fait quelques pas depuis la fontaine et que vous veniez avec moi saluer Anne Martin.

– Que pensez-vous trouver?

Marie énuméra les nombreux poisons qu'elle connaissait : renoncule, cicutaire, ancolie, amanite, gant de Notre-Dame, épiaire des marais. Elle ignorait quelles plantes conservaient leurs propriétés diaboliques après avoir été séchées, mais elle s'abstint de le préciser; elle aviserait en temps et lieu.

– A demain, avant l'angélus, murmura Jean Talon. Croyez-vous qu'elle ait pu empoisonner aussi Bertrand Rochelais?

Marie fit signe que oui.

– Ce sera malaisé à prouver, le prévint-elle.

– Nous verrons.

Marie LaFlamme quitta le fort Saint-Louis avec un immense

sentiment de fierté : l'intendant l'avait crue. Il réussirait peut-être, avec les années, à la réconcilier avec la justice. Malgré l'âpreté de l'hiver, elle s'arrêta à mi-chemin de la côte de la Montagne pour consulter l'horizon. Elle n'avait jamais osé demander à Mani si elle interrogeait réellement le ciel ou le fleuve quand elle les contemplait, si elle y trouvait la clé de ses songes ; elle était persuadée néanmoins qu'Anne Martin était plus cruelle que tous les éléments réunis. Aucune tempête, si meurtrière soit-elle, ne s'ingéniait à tuer lentement. Les bourrasques étouffaient des coureurs, pétrifiaient des soldats, gelaient des membres, égaraient des colons, mais elles n'empoisonnaient pas les enfants comme le faisait la veuve Martin. D'où venait cette femme dénaturée ? Que cherchait-elle à Québec ? Pourquoi détestait-elle sa propre fille ? Marie se signa avant de poursuivre sa route : comment n'avait-elle pas deviné ce que subissait Françoise ? Elle avait fait confiance à Anne Martin simplement parce qu'elle portait le même prénom que sa mère. Quelle sottise ! L'orgueil qui lui gonflait le cœur en quittant l'intendant avait disparu, cédant la place aux reproches : après s'être humiliée pour Simon, elle avait été abusée par les manières doucereuses de la veuve. Manquait-elle à ce point de bon sens ? Nanette l'avait toujours dit...

Elle se ressaisit en empruntant la rue Sault-au-Matelot ; c'était elle qui avait découvert l'empoisonnement. Elle sauverait Françoise et montrerait sa clairvoyance à Mgr de Laval ! Après qu'elle aurait secouru cette enfant, il ne pourrait plus s'opposer à ce qu'elle devienne sage-femme. Rose l'assaillit de questions dès qu'elle rentra chez elle. Marie se pencha d'abord sur le ber de Noémie et poussa un long soupir : sa fille avait le teint plus clair.

— Elle a dormi comme un ange, fit Rose.

Marie suspendit sa cape à un crochet et s'approcha de l'âtre en relatant sa rencontre avec Jean Talon.

— Je vais relire tous les cahiers de ma mère après dîner.

— Je t'ai fait une tarte aux pommes. N'oublie pas de manger !

Marie sourit à cette femme qu'elle aimait chaque jour davantage et se servit d'une part de tarte dès qu'elle eut fermé la porte.

Elle goûta la première bouchée, revit Guillaume secouant énergiquement les pommiers, Noémie criant de joie à chaque fruit
tombé, mais elle mangea le reste sans y prendre plaisir, déjà
plongée dans la lecture des secrets d'Anne LaFlamme. Elle dut
remplacer plusieurs fois la bougie et, à la fin du jour, résister à
l'envie de se ruer chez Anne Martin pour tout lui faire avouer.
Elle craignait de ne pas être en mesure d'identifier les poisons.
Elle distinguait aisément l'euphorbe cyprès de l'aconit,
l'œnanthe safranée de la parisette, elle pouvait désigner les
feuilles dentelées et les longs calices du datura stramoine, les
taches violacées des tiges de la ciguë vireuse et interdire aux
enfants les fruits de la morelle, mais comment reconnaîtrait-elle
l'arsenic sublimé qui rendait le gosier âpre, le réagal qui échauffe
les sangs, la litharge qui gonfle le corps et empêche d'uriner ou
l'orpiment qui ronge l'estomac et vous étouffe? Ces poisons ressembleraient à n'importe quelle poudre...

Le lendemain, à la fin de l'après-midi, Anne Martin se rendit
au château Saint-Louis après avoir hésité à demander à ses voisins de veiller Françoise. On devait croire qu'elle s'inquiétait
pour sa fille, mais il n'était pas question qu'on fouine chez elle.
Elle renonça en se disant que bien des femmes laissaient leurs
enfants tout seuls quand elles partaient au marché ou même aux
champs. Dès qu'ils atteignaient l'âge de sept ou huit ans, les
mères ne s'en faisaient plus autant pour leur progéniture. On
avait vu maintes fois des garçons s'exercer à tirer avec des fusils à
peine plus courts qu'eux. Non, personne ne lui reprocherait
d'avoir abandonné Françoise pour une heure. Et la curiosité était
trop forte : que lui voulait Jean Patoulet? Elle lui avait dit son
désir d'acheter une seigneurie; accédait-il déjà à ses désirs? Ou
devait-elle croire qu'il était sensible à sa séduction? Elle était
contente d'être invitée au château et, dans l'état où était Françoise, celle-ci n'irait pas très loin.
    Dès qu'Anne Martin disparut, Marie LaFlamme et Jean

Talon pénétrèrent chez elle. Marie rassura Françoise; elle revenait, comme promis, pour l'aider. L'enfant n'ouvrit même pas
les yeux. Marie passa doucement la main sur son front et lui dit
que Noémie se languissait d'elle.

— Elle croit que tu es sa grande sœur parce que vous avez
toutes les deux les cheveux roux. Elle t'aime tant!

Elle retrouva ensuite Jean Talon qui l'encouragea à chercher.
Elle se dirigea vers la cuisine et entreprit d'examiner tous les pots
qu'elle contenait. Aucun ne lui parut suspect. Elle reconnut les
pruneaux: il en restait huit dans l'assiette, mais ils n'avaient pas
été trafiqués. Elle se décida alors à fouiller dans la grande
armoire de la chambre. Les jupons et les chemises lui balayaient
le visage tandis que de ses mains gantées elle tâtait les parois du
meuble pour repérer une cachette. Son cœur battait à se rompre;
elle avait envie de fuir cette demeure, de dire à Jean Talon de
tout oublier. Elle était bouleversée depuis qu'elle était entrée;
n'imitait-elle pas les tortionnaires nantais qui avaient cherché des
preuves de sorcellerie chez Lucie Bonnet et Anne LaFlamme?
Elle trouverait des poudres? Et alors? On pouvait garder de la
mort-aux-rats chez soi pour se débarrasser des vermines. La
veuve Martin le lui dirait. Pourquoi s'entêtait-elle à vouloir
prouver sa culpabilité? Les pruneaux lui étaient peut-être destinés... La Renarde savait trop bien ce que la justice ferait d'Anne
Martin, même si elle était innocente. Non, pas ici. Jean Talon
était un honnête homme. Prêt à arrêter le meurtrier de Bertrand
Rochelais... Marie entendit alors un déclic; il y avait un double
fond.

— Tenez-moi ces vêtements que j'y voie mieux! ordonna-t-
elle à l'intendant sans qu'ils remarquent l'un ou l'autre cette
impolitesse.

— Il y a deux boîtes, monsieur. Attendez... Les voilà!

Marie extirpa un coffret de bois de rose et une cassette de
métal ouvragée à travers laquelle on apercevait des pièces d'or.
Elle ne put s'empêcher de penser au trésor de Pierre LaFlamme.
Tremblante, elle la déposa sur la table de chêne, puis tendit le
coffret à l'intendant. Jean Talon ouvrit ce dernier en s'excla-

mant : de petites fioles remplies de poudre de couleur rouille, grise ou blanche étaient rangées sur le côté droit. A gauche, une vingtaine de sachets étaient soigneusement alignés entre deux bandes de velours. Il y avait également un couteau enveloppé dans un linge de soie, des pinces et un minuscule entonnoir.

— De l'arsenic, murmura Marie. Je crois que c'est de l'arsenic.

— Le coffret de la sorcière!

Marie LaFlamme tressaillit; livrait-elle une pauvre femme ou une harpie?

— Nous n'avons pas la preuve que c'est de la poudre de succession.

— Nous trouverons un chat pour y goûter, rétorqua aussitôt Talon. Ma foi, vous semblez regretter votre découverte! Qu'y a-t-il?

— Il y a qu'aucune loi n'interdit de garder du vert-de-gris ou de l'eau de coquelicot. Anne Martin dira qu'elle voulait tuer des rats.

— Nous l'interrogerons habilement, fit l'intendant.

— En lui appliquant les poucettes?

Jean Talon dévisagea Marie; que lui cachait-elle pour avoir des accents aussi désespérés dans la voix? Il croyait la voir triompher après l'ouverture du coffret, elle niait presque sa découverte. Ses cheveux défaits par la fouille ajoutaient à son air douloureux et il avait remarqué qu'elle gardait ses mains jointes pour dominer leur tremblement.

— Je n'entends pas soumettre Anne Martin à la gêne. Auriez-vous de la compassion pour une criminelle?

— Nous ne savons pas si elle l'est...

Talon versa de la poudre dans un linge en déclarant qu'il irait immédiatement quérir un animal pour lui faire goûter la cuisine d'Anne Martin. Marie soupira en le voyant ranger le coffret à sa place; il devait avoir raison. Elle lui conseilla de garder ses gants tout au long de l'opération; certains poisons étaient si violents qu'ils pénétraient le sang par la peau.

— Et Françoise? On ne peut la laisser à cette femme.

— Que proposez-vous? demanda l'intendant. Si on la lui

enlève, Anne Martin saura tout de suite qu'on la soupçonne et jettera ses poisons. Je devrais emporter ce coffret avec moi.

— Non, je vais emmener Françoise chez moi. Elle sera enfin en sûreté. Et vous saurez très vite si nous avons vraiment découvert de l'arsenic. La suite vous incombe...

Jean Talon hocha la tête d'un air grave. Marie se pencha vers Françoise ; elle avait trouvé sa cape et l'habillait sans cesser de lui parler de Noémie qui l'attendait chez elle avec Mkazawi. Françoise ouvrit un instant les yeux et Marie y lut un épuisement si grand qu'elle crut que la petite passerait. Elle la serra contre son cœur en l'embrassant dans les cheveux ; quand elle rencontra le regard de Jean Talon, il vit qu'elle avait retrouvé toute sa détermination. Marie LaFlamme ne regretterait jamais l'arrestation d'Anne Martin.

Ils se séparèrent rue Sous-le-Fort sans avoir rencontré personne. Jean Talon lui promit de la prévenir dès qu'il en saurait plus. Marie courut chez elle pour coucher Françoise. Elle l'allongea sur sa couche ; Françoise avait tant sué que Marie décida de la changer ; elle lui donnerait une de ses chemises. Elle découvrit ses épaules en lui promettant de faire vite, fit glisser le vêtement humide, tourna Françoise sur le ventre et vit les fesses de l'enfant.

Elle écarquilla les yeux, se pencha pour mieux voir, incapable de croire à l'horreur qu'elle découvrait, puis elle étouffa un cri avant de ramener très lentement une couverture sur le corps martyrisé de Françoise. Elle se mit à pleurer tout en berçant l'enfant ; elle n'avait pas deviné le passé ni soupçonné le présent, mais elle lui promettait un avenir où on ne lui ferait plus de mal. Elle sentait le cœur de la petite qui battait trop vite : la craignait-elle ? La croyait-elle ? Pourquoi ferait-elle confiance à une inconnue alors que sa propre mère la torturait ? Marie comprenait maintenant le mutisme de l'enfant : à qui confier un tel secret ?...

Elle aurait voulu soigner ses plaies, mais elle apeurerait la fillette même si elle lui montrait une grande douceur. Elle attendrait au lendemain. Quand elle sentit le souffle de Françoise s'apaiser, elle la couvrit d'une fourrure et ordonna à Mkazawi de veiller sur les fillettes ; elle devait voir Alphonse et Rose au plus vite.

Les Rousseau apprirent le sort de Françoise avec autant de rage que d'épouvante, revivant leur enfance maudite. Si Alphonse répétait qu'il pendrait lui-même la veuve Martin, Rose, elle, pleurait sans pouvoir s'arrêter. Marie la pria pourtant de se ressaisir ; elle devait prévenir l'intendant de la sinistre découverte. Il saurait comment agir avec la coupable.

— J'irais bien, dit Marie, mais je dois retourner auprès des enfants. Françoise dormait quand je suis partie. Si elle s'éveille, elle fuira de crainte de revoir son bourreau.

— C'est ce qui s'est passé quand elle s'est jetée sous le cheval, comprit Rose.

Marie se sentit désespérée ; elle aurait pu sauver Françoise bien plus tôt.

— J'aurais dû savoir, murmura-t-elle.

— Comment se serait-on méfiés de la veuve ? Alphonse et moi avons été battus et nous n'avons rien deviné...

Rose enfonça sa toque de fourrure sur son front et croisa les pans de son foulard sous son menton en se dirigeant vers la porte. Marie sortit d'abord ; il faisait moins froid.

— Il va neiger ce soir.

— Encore une tempête, fit Rose, résignée.

Elle aimait la Nouvelle-France, mais s'accoutumait mal à l'hiver. La première année, elle rêvait qu'elle mourrait ensevelie sous la neige, on retrouvait son corps au printemps sans s'être aperçu de sa disparition. Personne ne la pleurait, personne ne se souciait qu'elle périsse d'étouffement dans une tempête. On ne reconnaissait pas son cadavre jusqu'à ce qu'un homme se souvienne de la fleur de lys qui marquait ses reins. Dans un de ses cauchemars, il neigeait des fleurs de lys aux pistils d'acier chauffé à blanc. Elle avait cessé de faire ce rêve après l'avoir conté à Alphonse et elle ne redoutait plus les tempêtes. Elle trouvait néanmoins que les froids duraient trop longtemps. Elle avait remplacé sa cape de droguet par une cape de futaine qu'elle avait doublée jusqu'à la taille de fourrure, mais le vent lui paraissait bougrement violent quand elle montait à la haute-ville. Les bourrasques contrariaient son pas, les yeux lui piquaient, son nez coulait, ses lèvres se fendillaient. Et il fallait endurer cela jusqu'au printemps. Elle avait l'impression que le vent sifflait toujours à ses oreilles quand elle pénétra au fort Saint-Louis. Par chance, elle connaissait le soldat du guet, qui logeait près de chez elle ; il l'introduisit sans barguigner. Elle attendit Jean Talon, sans oser s'asseoir sur une des chaises à bras alignées contre un mur. Quand l'intendant pénétra dans la pièce, il approcha un siège du feu et lui fit signe de l'imiter. Elle refusa ; elle ne voulait pas le déranger et n'avait qu'un court message à lui délivrer. Elle répéta d'un trait ce que Marie lui avait appris, puis rajusta sa cape sur ses épaules en attendant la réaction de Jean Talon. Comme il se taisait, elle formula ses craintes :

— Anne Martin a quitté M. Patoulet depuis un bon moment. Elle est passée chez elle et ira assurément chez Marie pour y chercher sa fille.

— Et la Renarde se demande comment l'accueillir ? Je vais aller la rejoindre. Avec des soldats. La veuve Martin dormira ce soir dans une geôle.

Rose Rolland se sentit soulagée. Elle esquissa une petite révérence et quitta la pièce. Il faisait sombre et elle ne voulait pas s'attarder au fort ; elle aurait pu attendre Talon et ses gardes pour retourner à la basse-ville en toute sûreté, mais le fort Saint-Louis l'effrayait quand venait le soir. Il ressemblait trop à une prison ; elle ne pouvait s'empêcher de songer à la récente incarcération et à la sienne, des années auparavant, au Petit Châtelet. Elle posa une main sur son ventre en se jurant que son enfant ne connaîtrait aucune geôle. Elle repensa à Anne Martin : à la cour des Miracles, elle avait eu vent de quelques infanticides ; des mères avaient tué leurs fils, des pères avaient vendu leurs filles. Ils étaient tous miséreux. La veuve Martin était riche ; Françoise ne lui occasionnait pas tant de dépenses pour qu'elle songe à s'en débarrasser. Pourquoi avait-elle agi ainsi ?

Rose s'arrêta en bas de la côte pour souffler un peu. Elle s'avisa que sa jupe commençait à être serrée et qu'elle devrait pratiquer une élargissure d'au moins deux doigts. La vie était étrange : tandis que Rose découdrait la ceinture de sa jupe grise, Jean Talon arrêterait Anne Martin chez Marie. Elle aurait aimé questionner l'intendant sur le sort qu'il réserverait à la criminelle, lui dire que les colons seraient bien marris s'il envoyait la coupable en France pour être jugée. Les habitants de Québec n'avaient pas aimé qu'on traite ainsi Boissy et d'Alleret ; ils auraient voulu qu'on les punisse sur place. Ils étaient persuadés qu'ils avaient été libérés dès leur arrivée à Paris.

— Anne Martin n'est pas noble, dit Alphonse quand Rose lui fit part de ses réflexions. Elle sera exécutée ici. M. Talon n'est pas frileux, il voudra montrer qu'il sait rendre la justice.

Le témoignage de Marie était irréfragable : elle avait trouvé des poudres de succession et vu les plaies de Françoise. Des plaies anciennes et des plaies nouvelles qui trahissaient les horribles habitudes d'Anne Martin. Personne ne croirait que la petite s'était blessée ; comment se serait-elle ainsi grillé les fesses à moins de tomber dans l'âtre et de ne plus s'en relever ? Non, Talon saurait prononcer la sentence méritée : la mort.

— Même si c'est une femme ? répliqua Rose.

Alphonse admit qu'on ne la mènerait peut-être pas à la potence.

— Elle trépassera en prison.

Il enlaça sa femme en lui disant d'oublier cette criminelle et de penser plutôt au souper ; il fallait qu'elle mange pour avoir un papot costaud à l'été. Rose regarda son époux en remerciant le Ciel de son bonheur. Le drame auquel elle venait d'être mêlée lui faisait apprécier encore davantage sa situation. Elle n'aurait pas aimé être à la place de Marie.

La Renarde attendait alors l'arrivée de Jean Talon en mentant à Anne Martin qui s'était présentée chez elle dès qu'elle avait constaté la disparition de Françoise. Elle était très inquiète, avait-elle dit à Marie qui n'en doutait pas. Celle-ci lui avait donné tous les apaisements nécessaires ; lui rendant visite, elle avait constaté son absence et le désarroi de Françoise, après avoir dû insister longuement pour que l'enfant lui ouvre. Françoise semblait si mal-en-point qu'elle l'avait amenée chez elle.

— Je l'ai couchée et je lui ai donné une tisane de belladone. Elle dort depuis ce temps.

Anne Martin respirait un peu mieux; Marie LaFlamme n'avait pas examiné Françoise sinon elle l'aurait questionnée.

— Ne dites pas à votre confesseur que je lui ai fait avaler ce remède; les hommes d'Eglise croient que c'est une herbe de sorcière... Vous me le promettez?

Anne Martin sourit gracieusement à Marie tout en se demandant comment elle pourrait ramener Françoise sans heurter la Renarde. Elle enleva ses gants et se défit d'une bague qu'elle tendit à Marie. Celle-ci agita les mains en signe de dénégation; elle ne pouvait accepter ce cadeau, c'était bien trop. Elle ne voulait rien. Anne Martin joua avec la bague et la tendit de nouveau à Marie, qui finit par la prendre avec mille précautions, désireuse de montrer comme elle était impressionnée par la valeur du bijou. Elle déposa aussitôt la bague sur la table, expliquant qu'elle ne la porterait pas sans s'être auparavant lavé les mains. Au moment où Anne Martin exprimait le désir de rentrer avec Françoise, Jean Talon frappa chez Marie.

Malgré le respect qu'elle lui devait, Marie lui cria d'entrer, refusant de tourner le dos à la veuve Martin. Qui sait si elle ne menacerait pas Noémie ou Françoise pour tenter d'échapper à l'intendant?

Anne Martin s'étonna de reconnaître Jean Talon. Ce dernier avait choisi de ruser, redoutant comme Marie que la criminelle ne s'en prenne aux enfants. Il avait commandé à ses hommes de l'attendre dehors jusqu'à ce qu'il les appelle. Il salua Marie, puis expliqua à Anne Martin qu'un dénommé Phillipeau l'avait accusée.

La femme blêmit et glissa une main sous sa jupe, mais elle la retira quand l'intendant termina sa phrase; Phillipeau l'accusait de vol.

De vol? Elle parvint à se moquer du colon.

— Je n'ai aucune raison de dépouiller ce pauvre homme.

— Et d'empoisonner Bertrand Rochelais? dit Talon d'une voix unie.

Anne Martin cessa de respirer : comment ce Phillipeau savait-il qu'elle avait commis cet assassinat ? Elle sourit pourtant à l'intendant, tout en cherchant une issue. Elle se tourna imperceptiblement et vit que Marie protégeait les enfants.

— Ce Phillipeau m'accuse de tous les maux, réussit-elle à répondre à l'intendant.

Talon s'approcha d'elle en lui disant que Philippeau l'avait vue assassiner Rochelais.

— C'est impossible !

— Il dit que vous l'avez assommé.

— Bertrand ne serait pas mort d'un si petit coup, protesta Anne Martin. Il était assez...

Elle rugit en comprenant qu'elle s'était trahie et tenta de s'emparer de son canif sous sa jupe ; Talon lui tordit le poignet en criant après ses soldats. Ils surgirent aussitôt dans la pièce, mais Anne Martin avait eu le temps de mordre l'intendant au sang. Il la relâcha, Marie fonça sur elle tête baissée et les soldats eurent du mal à séparer les deux combattantes.

Françoise s'était dressée dans le lit et hurlait aussi fort que Noémie. Mkazawi jappait et Talon tentait vainement de se faire entendre. Il y parvint quand les soldats attachèrent Anne Martin. Celle-ci commença à pleurer en contant qu'elle avait tué Rochelais car il avait tenté d'abuser d'elle. Devait-on la condamner parce qu'elle s'était défendue ?

Marie lui cracha au visage, écœurée de tant de duplicité. Elle désigna Françoise qui tremblait :

— Et ta fille ? Que t'a-t-elle fait pour que tu lui rôtisses ainsi les fesses ? C'est à toi de griller aux Enfers !

Anne Martin gémit en jurant que c'était Rochelais qui avait martyrisé Françoise : c'était le frère de son défunt mari et il était d'une grande cruauté. Elle s'était embarquée pour le fuir, mais il l'avait rattrapée. Il n'avait pas pu la battre sur le vaisseau, mais il lui avait tendu un piège dès leur arrivée.

— Les plaies de votre fille suppurent encore après trois mois ! hurla Marie. Vous êtes un monstre !

Anne Martin essaya une dernière fois d'échapper aux soldats, mais ils la tenaient fermement. Elle était perdue. Elle cria qu'elle était riche et pouvait payer pour être libérée.

— Françoise ne pourra jamais racheter son enfance, dit lentement Marie. Vous avez tué votre fille vingt fois avant de lui donner de l'arsenic.

— Ça? Ma fille? Ce n'est qu'une servante! M'avez-vous bien regardée?

Anne Martin tentait de se redresser.

— Vous serez moins glorieuse dans une geôle, fit Marie alors que les soldats entraînaient la criminelle au-dehors.

— Nous nous verrons demain, lui dit l'intendant.

Marie referma vivement sa porte et retrouva les enfants. Elle les coucha contre elle, fit grimper Mkazawi sur le lit et chanta jusqu'à ce que leurs pleurs diminuent. Noémie se rendormit et Françoise se mit à flatter le chien après que celui-ci lui eut léché le front.

Marie ne quittait pas Françoise des yeux, n'osant la brusquer même s'il lui tardait d'avoir des réponses à ses questions. La petite sourit en entendant Mkazawi ronfler et dit que M. Rochelais ronflait aussi.

— Tu connaissais bien Bertrand Rochelais? demanda Marie.

Elle s'habituait à entendre parler Françoise. Elle lui trouvait même une jolie voix, une voix qui lui rappelait celle de Michelle Perrot. Comme leurs jeux à Nantes étaient loin!

— Et M. Olivier. Le mari de...

Mkazawi frémit, un long frisson le parcourut, il retroussa les babines.

— Il rêve qu'il mord Anne Martin, murmura Marie LaFlamme.

L'enfant hocha la tête gravement.

— Elle a tué M. Olivier.

— M. Bertrand, la corrigea doucement Marie. Tu l'accompagnais à la rivière? Tu as tout vu?

Marie maîtrisait difficilement sa fébrilité : les révélations de Françoise enfonceraient définitivement Anne Martin. Elle avait hâte de revoir Jean Talon pour lui répéter ce que la petite avait dit.

— Non, protesta l'enfant. M. Bertrand était blondin et M. Olivier était noiraud.

Marie s'étonna ; Françoise était épuisée, mais elle ne délirait pas. Son regard était clair.

— M. Olivier a bu un méchant bouillon.

— Un bouillon empoisonné ?

La petite précisa que sa maîtresse avait mis de la poudre dans la soupe de M. Olivier.

— Il était peut-être malade ? objecta Marie.

— Non, s'entêta Françoise. Le chien aussi est mort. Il avait léché le bol.

— Tu as déjà vu cette poudre ?

Françoise acquiesça. Elle avait même aperçu un crapaud enfermé dans une boîte percée de trous. Au marché, la fillette avait entendu parler de l'usage qu'on faisait de ce batracien. Elle ne doutait pas que sa maîtresse ait recueilli le crachat maudit.

Marie posa une main sur le front de l'enfant qui s'agitait de plus en plus. Elle revivait les scènes qu'elle décrivait. Malgré son envie, elle devait cesser de l'interroger. Elle dit à Françoise de se reposer près de Noémie pendant qu'elle préparerait leur souper. La malade se glissa sous les couvertures sans un mot.

Elle dormit jusqu'au lendemain. Après lui avoir donné de la bouillie, Marie lui demanda de parler de M. Bertrand. Françoise soupira ; elle aurait voulu tout oublier. Elle n'aurait pas dû parler de Madame hier soir. Où irait-elle si Madame était en prison ? Elle ne connaissait personne à Québec, sauf Marie qui avait déjà une fille. Elle ne voudrait pas la garder. Et le Faucon non plus.

Marie observait le visage lentilleux de Françoise ; on aurait dit que la fièvre avait pâli ses taches de rousseur. Ses lèvres minces étaient exsangues tellement elle les pinçait et la Renarde s'avisa qu'elle soumettait l'enfant à un méchant dilemme.

— Anne Martin ne reviendra pas te malmener même si tu dis tout ce que tu sais sur elle. Tu n'iras pas la rejoindre en prison. M. Talon ne le permettra jamais.

Françoise baissa la tête : la Renarde ne connaissait pas sa maîtresse. Elle trouverait un moyen de sortir de prison. Elle la tuerait alors.

— Bertrand Rochelais s'est embarqué avec vous? demanda
Marie.

Françoise dit qu'elle ne s'en souvenait plus.

— Et quand vous êtes arrivées ici, il vous a suivies?

La petite regardait obstinément le sol; elle ne se rappelait rien.

Marie renonça à la questionner; Françoise se refugiait dans ce
mutisme auquel elle avait été si longtemps contrainte. Elle lui
rappela qu'elle n'avait plus à redouter Anne Martin, mais Noémie qui réclamait son premier repas accapara rapidement sa
mère. En nourrissant Noémie, Marie sourit plusieurs fois à Françoise. Elle lui demanda de surveiller Noémie tandis qu'elle allait
chercher de la neige pour laver le linge et rincer les cuves.

Elle sursauta en ouvrant la porte car un soldat s'apprêtait à
frapper; il parut aussi surpris qu'elle et ils se dévisagèrent un instant. Marie fut soulagée de ne pas le reconnaître; elle aurait eu
du mal à accueillir un de ses anciens geôliers. De son côté,
l'homme, qui était troublé par la beauté de Marie, mit quelques
secondes à livrer son message : Anne Martin agonisait; elle s'était
empoisonnée dans sa cellule.

— Que dis-tu? s'écria Marie.

— M. Talon l'a interrogée tantôt; elle avait encore toute sa
connaissance. Mais elle doit être morte astheure. Elle ne pouvait
plus bouger.

Marie fit entrer le soldat : elle tenait à ce qu'il répète devant
Françoise qu'Anne Martin avait trépassé.

— Es-tu assuré de sa mort? s'enquit-elle. Elle est peut-être
mal-en-point?

— Non, c'est elle qui a dit à l'intendant qu'elle mourrait après
la messe. M. Talon a dit qu'elle avait des poudres dans ses vêtements et qu'elle les a mêlées au broc d'eau qu'on lui a apporté
hier soir en prison. Elle est raide à l'heure qu'il est. Je l'ai vue;
elle ne pouvait plus bouger.

L'homme pria Marie LaFlamme de se présenter au château
après le dîner pour y rencontrer l'intendant. Marie promit de s'y
rendre et remercia le soldat de sa visite. Elle le regardait s'éloigner en regrettant de ne pas avoir entendu les confidences

d'Anne Martin qui avait manifestement une grande science des poisons, quand elle entendit des gémissements. Elle se retourna et vit Françoise recroquevillée contre Mkazawi. La tête enfoncée dans la fourrure du chien-loup, elle tentait de contenir ses larmes. Avant que Marie réagisse, Noémie s'approcha de son amie et lui donna des baisers dans le cou. Mkazawi commença à lécher les filles avec enthousiasme et Françoise s'apaisa légèrement. Marie vint alors vers elle.

— Tu sais qu'Anne Martin est morte?

Françoise baissa les yeux pour demander chez qui elle servirait dorénavant.

— Tu resteras ici, décréta Marie. Tu pourras garder Noémie quand j'irai visiter des malades. Je l'emmène souvent chez Rose, mais elle aura bientôt un papot.

Françoise regardait Marie avec incrédulité; elle n'allait pas la chasser?

Marie lui caressa le menton, la forçant à relever la tête. Non, elle ne la jetterait pas à la rue, elle ne la renverrait pas en France, et elle n'entendait pas la maltraiter. Françoise battit des paupières en retenant son souffle; la Renarde ne l'échignerait donc pas?

La tuer? Marie secoua vivement la tête.

— Elle a dit qu'elle me ferait boire un bouillon si je parlais, chuchota la fillette.

Marie regarda Françoise avec compassion; celle-ci avait été si effrayée par sa maîtresse qu'elle était incapable de la nommer. Comme si elle redoutait qu'Anne Martin ne l'entende et ressuscite.

— Et Bertrand Rochelais?

— Il est venu chez elle après la mort de M. Olivier. Elle l'avait mis dans la chambre de M. Olivier. C'était son frère, mais il ne ressemblait pas à M. Olivier. Il riait beaucoup. Même quand il lui a dit qu'elle avait empoisonné M. Olivier.

— Ce Bertrand est monté à bord du *Saint-Jean-Baptiste* avec vous?

— Après nous. Elle le fuyait. Elle a dit qu'il ne nous trouverait pas sur le navire. Et qu'on s'appellerait Martin dans notre nouveau pays. Elle conterait que j'étais sa fille.

— Bertrand Rochelais a pourtant fait le trajet de mer?

— Oui, il a grimpé à bord juste avant la partance. Elle l'a bien reconnu, mais elle n'était jamais seule avec lui. Il ne pouvait l'esgourdir devant le monde.

— Et ici?

Françoise haussa les épaules, expliqua qu'Anne Martin était sortie un soir en emportant une cassette.

— Une cassette?

— Avec de l'or dedans.

Bertrand Rochelais convoitait la cassette, mais Anne Martin ne la lui avait pas donnée. Françoise en était certaine; sa maîtresse l'avait rapportée. Plus tard, Rose avait trouvé le cadavre de Rochelais. Anne Martin avait fouetté Françoise en lui disant qu'elle ferait bien pis si elle parlait à quiconque de son beau-frère.

Jean Talon en apprit davantage à la Renarde : il s'était entretenu avec Anne Martin jusqu'à ce qu'elle passe. Elle avait bu de la ciguë, sachant parfaitement que ce poison entraînait une paralysie progressive.

— Elle n'a plus senti ses pieds, puis ses cuisses. Elle avait l'esprit vif et ne semblait pas souffrir de la médecine qu'elle s'était donnée.

— A-t-elle empoisonné Bertrand Rochelais?

— Oui. Vous aviez raison : elle a envenimé sa plaie au poignet après l'avoir assommé.

L'intendant perçut une nuance de triomphe dans la voix de Marie quand elle lui demanda si elle avait mêlé de l'arsenic au sucre des pruneaux. Oui, elle craignait que Marie ne devine ses relations avec Françoise. Noémie avait mangé le pruneau par erreur.

Anne Martin avait révélé à l'intendant qu'elle avait étudié les secrets des poisons à Paris, avec une dénommée Catherine Deshayes, faiseuse d'anges. Celle-ci cuisait des philtres d'amour, mais commençait à savoir apprêter les crapauds. Un de ses amants, emprisonné à la Bastille, avait beaucoup appris d'un Italien qui y était incarcéré pour avoir vendu des poudres de succession.

– Anne Martin m'a dit qu'il y avait du beau monde qui s'occupait des poisons. Une marquise s'était même mise à empoisonner son père quand elle a fui Bertrand Rochelais. Elle ne se souvenait pas de son nom, mais elle m'a assuré qu'elle avait un si doux visage qu'elle saurait faire boire ses poudres au diable.

– Pourquoi a-t-elle tué Rochelais?

Jean Talon rapporta les propos d'Anne Martin concernant l'héritage d'Olivier Rochelais. Il fit une pause, puis conta que la coupable avait montré des signes de repentir. Elle avait demandé un confesseur et prié avant de rendre l'âme.

– Que valent ses regrets? Elle a détruit une enfant qui a peur de chacun de mes gestes! Je dois sans cesse me modérer pour ne pas l'épouvanter.

Elle s'emporta quand Jean Talon révéla qu'Anne Martin laissait tous ses biens aux œuvres religieuses.

– Elle n'a rien donné à Françoise?

– Rien.

Marie grimaça; la ciguë était une mort bien trop douce pour pareil monstre. Elle informa l'intendant de sa décision de garder l'enfant chez elle.

– Nous pourrions la confier aux Ursulines?

– Plus tard. Si vous le permettez, elle restera cette année avec Noémie et moi.

Chapitre 13.

On sonna le glas si longtemps à la mort d'Anne d'Autriche que du Puissac avait l'impression d'entendre résonner toutes les cloches de Paris bien après le 20 janvier 1666. La fille de Philippe III, roi d'Espagne, et de Marguerite d'Autriche s'était éteinte à l'âge de soixante-cinq ans. Ayant épousé Louis XIII au sortir de l'enfance, elle avait été régente en 1643 et avait écouté plus qu'attentivement les conseils de l'Italien Mazarin, qui avait succédé à ce Richelieu qu'elle avait tant détesté et qui avait failli causer sa perte. La naissance de Louis XIV, après des années d'attente, avait aidé Louis XIII à lui pardonner sa participation aux cabales contre le cardinal.

Julien du Puissac se remémorait les moments importants de la vie de la souveraine; quel soulagement avaient éprouvé les Français quand elle avait enfanté! On avait fêté grandement l'événement! Des centaines de coups de canon avaient enfumé la ville. On dansait, on chantait dans les rues, rendus gais par le vin qui coulait à flots des barriques installées aux carrefours les plus fréquentés. On s'activait à nourrir des feux de joie, on admirait celui qui avait été érigé sur la place de Grève, haut de vingt pieds, on se félicitait, on priait, on riait, on respirait enfin. Le royaume était sauf : un héritier était né.

Un héritier qui prenait plus de goût à exercer le pouvoir que son père; depuis cinq ans, Louis XIV présidait aux destinées de la France avec une remarquable assurance. La veille, Guy Chahinian

avait dit à du Puissac que le monarque ne doutait pas un seul instant de sa filiation divine. L'orfèvre et le chevalier avaient évoqué
la Fronde avec amertume ; ses tumultes avaient nui à la Confrérie
de la Croix-de-Lumière. A défaut d'arrêter les émeutiers, on
emprisonnait les hérétiques. Du Puissac se rappelait la pendaison
du frère Jean Bosquet.

Il avait peur que Chahinian ne subisse le même sort, même si
l'orfèvre avait fait pousser sa barbe et ne quittait jamais le faubourg Saint-Martin. Tôt ou tard, des voisins le dénonceraient,
parleraient de l'athanor et des poudres. Ou bien ils l'assassine-
raient pour s'approprier ses biens.

— Croyez-vous qu'il déférera à vos vœux et quittera Paris ?
demanda Véronique de Roche-Brieux à son amant.

Elle l'observait depuis son arrivée à l'hôtel et devinait son
inquiétude. Moins d'une semaine après la mort d'Anne
d'Autriche, la France avait déclaré la guerre à l'Angleterre : le chevalier doutait que Chahinian puisse se rendre à Londres sans traverses.

— Il répète qu'il sera heureux dans la demeure d'Elizabeth
Brune.

— Je voudrais vous donner des apaisements, mais j'ai peine à
croire qu'il trouvera cette demeure en bon état. Et vide... Elizabeth l'a quittée depuis des mois. On l'aura occupée. Les nouveaux
locataires ne se laisseront pas chasser aisément. Notre ami n'est
pas en état de combattre qui que ce soit...

Julien du Puissac approuva sa fiancée et bénit le Ciel de pouvoir épouser une femme aussi sensée.

— Que suggérez-vous, ma mie ? dit-il en effleurant sa manche
de velours marron.

Il l'avait vue plusieurs fois avec cette robe dont lui plaisait la
sobriété. Un cordon de soie noire courait autour du décolleté et
des poignets et retenait une fine dentelle de Bruges. Véronique de
Roche-Brieux s'était excusée de se présenter dans une tenue qu'il
connaissait déjà, mais elle lui avait expliqué qu'elle appréciait le
confort de cette robe qui lui prenait la taille sans l'étrangler. Elle
ne prisait guère les visites des couturiers, des passementiers et des

chapeliers qui l'étourdissaient en agitant leurs galants multicolores autour d'elle et lui faisaient perdre un temps précieux. Elle préférait consacrer ses loisirs à l'astronomie et, depuis qu'elle avait recontré du Puissac, à la géographie. Elle était contente de partir pour Québec, mais aurait aimé voyager avant d'atteindre la Nouvelle-France.

Le chevalier avait montré moins d'enthousiasme qu'elle pour l'aventure et Elizabeth Le Morhier lui avait promis qu'elle changerait d'idée après une journée en mer. Véronique de Roche-Brieux se passionnait pourtant pour les Canaries, Ténériffe, l'archipel du Cap-Vert, l'Andalousie et même Veracruz, La Havane et les Bermudes, où une centaine de navires avaient disparu depuis un siècle. Lors de leur dernier souper, Elizabeth avait fait promettre à Victor de ne pas explorer ces îles qui engloutissaient mystérieusement les vaisseaux.

— Pourquoi M. Chahinian ne nous accompagne-t-il pas en Nouvelle-France ?

— Il veut rencontrer un Anglais, John Glasworth, dont François Mérian lui a parlé. Celui-ci démontre, comme Otto von Guericke et comme notre ami, que les corps qui s'attirent finissent par se repousser. Cet Anglais vit à Londres sans être aucunement inquiété par son Roi.

— Et notre orfèvre veut tirer pays en pensant qu'il saura lui plaire et travailler avec lui ?

Du Puissac fit un petit signe de tête.

— La guerre peut changer la bonne fortune de Mr. Glasworth, énonça Véronique de Roche-Brieux. M. Chahinian devrait attendre avant de fuir le continent. Je regrette qu'il ne puisse fêter nos noces, répéta la jeune femme.

— Mon ami n'a jamais été un joyeux drille. Il n'aurait pas dansé, avec ou sans jambe de bois.

— M. Chahinian a l'air sévère, j'en conviens. Les malheurs de votre confrérie et son emprisonnement l'ont miné.

— Et la mort de sa cousine.

Du Puissac raconta la condamnation au bûcher de Péronne et comme cette fin horrible avait ruiné les chances de bonheur de Chahinian.

— Mon père a accusé bien des femmes de sorcellerie, dit Véronique de Roche-Brieux. Je voulais que vous le sachiez. Si Péronne était l'une d'elles? Votre ami pourrait éprouver de la détestation envers moi?

Du Puissac baisa le poignet de sa fiancée : Chahinian n'était pas assez sot pour tenir une fille coupable des agissements de son père.

— Il me tarde que nous soyons mariés, dit le chevalier.

— Redoutez-vous que je ne vous refuse ma main? murmura Véronique de Roche-Brieux.

Au moment où le chevalier s'apprêtait à l'enlacer, une servante heurta la porte et annonça la visite de Victor Le Morhier.

Son épouse avait reçu une missive de Londres.

— Comment sait-on qu'Elizabeth est ici?

— J'avais prié mon épouse d'écrire à un frère de sa mère qui a déserté Londres dès qu'on a signalé la peste. Il est revenu à la City où il a trouvé la lettre de sa nièce. Il a empêché qu'on ne s'empare de la demeure des Brune en y installant son aîné.

— M. Chahinian ne pourra donc pas y loger!

— Au contraire, le cousin d'Elizabeth, Samuel, est membre de l'Académie des sciences dont notre ami nous a tant vanté l'industrie.

— Je vais prévenir M. Chahinian.

— Je vous accompagne, dit le Nantais.

Véronique de Roche-Brieux tendit son chapeau au chevalier avec une expression ironique; du Puissac avait vu l'orfèvre la veille et devait le retrouver le lendemain. S'il montrait tant de hâte à l'informer de la réponse du parent d'Elizabeth, c'est qu'il avait besoin de s'agiter, de se démener pour avoir l'impression d'être utile. Et courageux. Le chevalier, tout comme Victor Le Morhier, ne dédaignait pas l'aventure. Julien du Puissac était versé dans les sciences et avait des lettres, mais la réflexion lui pesait parfois. Il voulait prouver sa valeur en prenant des risques. Il avait naguère combattu pour le Roi et les élans de bravoure lui manquaient. Il répétait qu'il était heureux qu'une blessure l'ait obligé à renoncer à une carrière militaire active, mais Véronique de Roche-Brieux

sentait que l'inaction l'impatientait parfois. Il aimait rejoindre
Guy Chahinian parce qu'il flairait une odeur de danger; s'il en
était inconscient, sa fiancée devinait sa satisfaction à l'idée de traverser Paris, passer la porte Saint-Martin, déambuler par les rues
sombres avant de pénétrer dans un atelier où il serait témoin
d'expériences qui avaient condamné bien des hommes à la pendaison. Il tardait à la jeune femme de quitter Paris pour cette raison; elle comprenait ce qui poussait le chevalier à fréquenter Guy
Chahinian, elle partageait leur engouement pour la science et
encourageait leur quête de la lumière, mais elle ne pouvait se
réjouir des visites de son fiancé à l'orfèvre. Ce va-et-vient serait un
jour remarqué, du Puissac serait suivi et arrêté avec le maître de la
Confrérie. Véronique de Roche-Brieux ne croyait pas qu'une seule
rencontre avec le chevalier, au lendemain de l'évasion de Chahinian, avait suffi à étouffer les soupçons du lieutenant de police sur
sa complicité. Elle supposait qu'on le surveillait encore. Il l'avait
assurée de sa prudence, mais elle le trouvait parfois bien faraud. Il
se disait sage alors qu'il ne pouvait s'empêcher de morguer le sort.
Est-ce que les hommes conservaient leur vie durant ces puérilités
qui l'agaçaient... et la touchaient?

Elle croyait qu'il y aurait moins de périls à Québec. Et devait
s'avouer que son ironie envers le chevalier était partiellement alimentée par l'envie : elle aurait bien accompagné son fiancé au faubourg Saint-Martin... Malgré tout ce qu'Elizabeth lui avait dit sur
les affres d'un trajet de mer, elle désirait s'embarquer sur un
navire. Quand elle marchait au bord de la Seine, elle s'informait
du tonnage des bateaux qu'elle voyait et multipliait la taille de
ceux-ci par cinq, par sept, par dix pour imaginer celle du vaisseau
à bord duquel elle monterait. Et puis il serait énorme, et très beau,
avec de vrais canons pour repousser l'ennemi; elle ne se contenterait pas de trompe-l'œil.

Oui, elle voulait connaître la Nouvelle-France. Et cet Alphonse
que du Puissac estimait tant, cette guérisseuse, cette Eléonore qui
s'était mariée quatre fois et avait vu des Iroquois, ce coureur qui
partait des mois en course et qui revenait les bras chargés de fourrures. Elle verrait ce ciel d'un bleu si étincelant qu'il vous brûle la

prunelle et ce fleuve qui ne pouvait pas être aussi large que le prétendait le chevalier. Il soutenait qu'à Tadoussac les montagnes se perdaient dans l'immensité du Saint-Laurent et que le soleil ne réussissait pas à l'embraser entièrement.

Julien du Puissac, son doux ami, devait exagérer!

Le soleil était si ardent qu'Alphonse s'éloigna de la fenêtre en maugréant. Il détestait ces jours où le ciel était trop beau pour être bon. L'admirable pureté de l'azur annonçait une de ces journées où vos paroles gèlent dans l'air, où la neige grince sous vos pas, où votre ombre se pétrifie. Cette froidure, anormale pour la mi-mars, irritait Alphonse Rousseau qui était moins agile durant l'hiver.

Il s'apaisa en observant sa femme qui se massait le bas du dos en souriant. Chaque jour, Rose se ravissait davantage d'être enceinte. Il lui semblait que son ventre détournait l'attention de sa tache de vin. Alphonse lui disait que personne ne pensait plus, depuis longtemps, à se moquer de cette légère infirmité, mais Rose avait l'impression que seule une grossesse pouvait faire oublier sa vilaine marque. Elle priait chaque soir pour que son enfant naisse sans tache. Marie lui affirmait que ce n'était pas héréditaire, mais Rose avait toujours cru qu'elle tenait cette rougeur du père qu'elle n'avait jamais connu. Elle s'inquiétait aussi de sa survie. Elle avait rêvé au début de la semaine que son fils marchait vers un précipice. Le lendemain, il se noyait dans le Saint-Laurent.

— Et si notre petit mourait? demanda-t-elle à son mari.

Elle aurait voulu taire son angoisse, mais la question avait déjà franchi ses lèvres.

Alphonse Rousseau posa une main sur le ventre de sa femme pour la rassurer. Il répéta à Rose qu'il tenait à ce que leur fils s'appelle Julien, comme son maître. Rose redit qu'elle ne voulait pas se rappeler chaque jour le chevalier du Puissac et que leur fils, si c'était un fils, se prénommerait Bernard. Alphonse s'obstinait pour la forme; il savait que sa femme choisirait le nom de leur enfant. Elle avait perfidement proposé Julienne, pour une fille, tant elle était persuadée d'accoucher d'un garçon...

— Je vais au magasin, dit Alphonse, incapable de supporter l'inactivité.

L'hiver ne finirait-il donc jamais ? Il avait fabriqué un ber, une petite table, une chaise à bras pour son enfant, il avait aidé Horace Bontemps à refaire son plancher, il avait même appris à tresser la laine pour Rose, que pouvait-il faire maintenant ? Il prenait plaisir à sculpter des animaux dans de l'érable ou du merisier, mais il finissait par se lasser de cette ménagerie. Comme il attendait le printemps ! Il ne pouvait plus supporter cette éternelle blancheur, sur terre comme au ciel, il se languissait du bruit des vagues qui éclaboussaient le quai Champlain et il avait hâte, par-dessus tout, de manger des racines fraîches ! Les céréales étaient fades, même si Rose s'ingéniait à les cuire de mille manières. Alphonse rêvait de carottes et de poireaux, de fèves et d'oignons frais.

— Dis à Marie de venir souper, proposa Rose pour distraire son époux.

Alphonse Rousseau accepta aussitôt ; il s'était pris d'affection pour Françoise qui semblait l'aimer plus que tout le monde. Flatté, il en avait aussi été embêté jusqu'à ce que la Renarde lui dise qu'elle n'était pas jalouse de l'amitié de la petite pour lui. Au contraire, cela signifiait qu'elle surmontait sa tragédie ; elle recommençait à accorder sa confiance aux gens.

— N'oublie pas tes fers ! dit Rose en reculant vers l'âtre pour ajouter un morceau de lard dans la marmite.

Alphonse ajusta les crampons d'acier à sa botte tout en avançant que cette précaution n'était pas vraiment nécessaire. Rose répliqua qu'il pouvait bien se casser la jambe s'il le désirait et égrener sa patte de bois pendant qu'il y était ! Il avait peut-être envie de faire la course comme ces imbéciles qui s'étaient gelé les orteils en février ? Elle l'assoirait au coin du feu, il passerait des heures à attendre la nuit et ses rêves remplis de péripéties. L'été, elle le sortirait devant la maison ; les gens passeraient et plaindraient ce pauvre Une Patte qu'on ne pourrait même plus appeler ainsi. C'était ce qu'il désirait ? Ne plus cueillir de fruits, ne plus traîner au quai ? Ne plus jaser chez Boisdon ?

Alphonse ouvrit la porte brusquement, excédé : Rose avait raison, mais il n'aimait pas qu'on lui rappelle qu'il devait se montrer prudent. Diantre! Il irait chopiner chez Boisdon, comme elle le lui avait suggéré!

Avant d'arriver au cabaret, Alphonse avait vu deux hommes chuter sur la glace, mais il ne le conterait pas à Rose, elle triompherait trop! Elle était presque aussi têtue que Marie LaFlamme. Non, tout de même pas, Marie était démesurément butée. Quand il avait appris qu'elle était allée soigner le fils des Girard durant la dernière tempête, il s'était dit qu'un Bon Dieu protégeait les imbéciles! Pas un colon n'aurait osé sortir de chez lui, mais il avait fallu qu'elle aille s'assurer que l'enfant se remettait de l'intervention bénigne qu'elle avait pratiquée la veille.

Alphonse admettait cependant que les entêtements de Marie LaFlamme avaient secouru bien des gens. Elle lui avait dit un jour qu'elle aurait voulu être capitaine si elle n'avait pu être guérisseuse. Il avait ri, mais il savait qu'elle avait assez de tempérament pour gouverner un équipage. Les colons qui avaient fait le trajet de mer avec la Renarde se souvenaient de sa dignité et de son sang-froid. Antoine Souci avait dit qu'elle aurait combattu les pirates comme un homme s'ils avaient attaqué l'*Alouette*. Sûr!

Alphonse Rousseau s'assit à côté d'Horace Bontemps qui chopinait chez Boisdon avec assiduité. Il parlait des nominations au Conseil souverain et avait comme toujours une théorie à ce sujet. Alphonse l'écoutait distraitement; Bontemps n'était pas un mauvais compagnon mais il était trop babillard. Il palabrait en prenant des airs doctes et quand il avançait son cou, sous prétexte d'une confidence, Alphonse songeait immanquablement à une poule. Il s'apprêtait à repartir quand Michel Dupuis poussa la porte en criant : un soldat s'était présenté au château Saint-Louis afin d'annoncer le retour des troupes du régiment de Carignan-Salières pour le surlendemain!

— Quoi?

— Ils ont assurément maté les Iroquois!

— Qu'a dit le soldat?

Dupuis avoua qu'il ne l'avait pas vu, ni ouï. Mais son voisin avait appris cette nouvelle une heure plus tôt en allant au magasin neuf.

— Je l'aurais su! dit aussi vite Bontemps.

— C'est la vérité, je le jure! s'entêta Michel Dupuis.

Bontemps se moqua de lui, disant qu'il avait tout inventé, mais Alphonse Rousseau craignait que Dupuis, pour une fois, ne dise la vérité. Il était hâbleur, et chaque colon l'avait entendu conter qu'il était un fameux chasseur quand il vivait en France et qu'il aurait pu tuer ici des orignaux s'il avait eu un bon fusil. On connaissait ses pêches miraculeuses en solitaire et sa rencontre avec le Roi. Dès qu'un homme se vantait un peu trop, on le comparait en riant au maçon.

Alphonse se répétait tout cela en allant chez Marie; Dupuis avait dit une fable, il était bien tôt pour le retour des troupes. Toutefois, c'est la première chose qu'il rapporta à Marie en poussant sa porte. La voyant blêmir, il comprit qu'elle redoutait toujours Simon Perrot.

— Il ne rentrera peut-être pas à Québec.

— Je l'espère, Une Patte, je l'espère, répéta Marie sans conviction.

Elle accepta l'invitation d'Alphonse et habilla Noémie, tandis que l'homme la devançait avec Françoise. En installant sa fille dans le traîneau, elle se remémorait la nuit précédant le départ du soldat. Sa peur, son humiliation. Elle ne doutait pas qu'il la harcèle dès qu'il remettrait les pieds à Québec. Au cours des dernières semaines, elle avait été occupée par l'affaire Rochelais, mais l'empoisonneuse était morte et les mauvais souvenirs affluaient. La nuit surtout, quand l'austérité hivernale décuplait le silence. La Renarde revoyait le regard chargé de haine de Simon, elle sentait ses coups, entendait sa colère. Elle repensait à Guy Chahinian: Dieu la punirait-il d'avoir nié l'ignominie que Simon lui avait fait subir?

Chez les Rousseau, Marie fut songeuse durant tout le repas et Rose se décida à lui parler tandis qu'Alphonse jouait avec les petites.

— Perrot ne peut venir chez toi contre ton gré.

— Je me plaindrais? Afin qu'il apprenne à tous que j'ai déjà un époux en France?

— Tu nieras! Tu diras que Geoffroy de Saint-Arnaud est mort, que Simon prétend le contraire pour te nuire car tu l'as repoussé. Ce sera ta parole contre la sienne.

— Tu crois?

Rose démontra à son amie qu'elle était estimée dans la colonie; chacun avait, un jour ou l'autre, apprécié ses talents de guérisseuse et sa bonté envers Françoise avait ému bien des cœurs. Simon Perrot défendait la Nouvelle-France, certes, mais personne ne le connaissait. Pourquoi lui accorderait-on plus de crédit qu'à Marie?

— Et s'il pouvait prouver ses dires? J'espérais que mon passé était enterré avec Nadeau. Simon voudra l'exhumer si je lui résiste. Je ne deviendrai jamais sage-femme quand on apprendra que je suis bigame. Je serai châtiée. Qu'arrivera-t-il à Noémie et Françoise?

Rose secoua la tête : pensait-elle que Perrot avait écrit à Nantes pour obtenir une copie de l'état civil certifiant son union avec l'armateur? Quand aurait-il pu le faire? Comment? Il avait quitté Québec en janvier. Aucun navire ne partait pour la France en hiver! Sa missive, si elle existait, ne parviendrait pas à Nantes avant des mois. Et ne lui avait-elle pas déjà dit que le soldat ne savait ni lire ni écrire. Aurait-il chargé un comparse de rédiger une lettre pour lui? Rose en doutait.

Elle avait raison, mais ne l'apprit que longtemps après. Le 17 mars 1666, Rémy de Courcelle et ses hommes revinrent à Québec. Elle en fut ravie, quasiment autant que Marie : Simon Perrot ne faisait pas partie des troupes. Il était resté pour défendre le fort Sainte-Thérèse. Il ne serait pas de retour avant des mois.

Marie soigna nuit et jour les soldats épuisés par l'expédition, heureuse de témoigner sa gratitude au Très-Haut qui lui avait accordé un sursis. Avec un peu de chance, Guillaume Laviolette arriverait à Québec avant Simon Perrot; elle était décidée à tout lui avouer, à exprimer ses regrets et ses craintes. Sans pouvoir se l'expliquer, elle était persuadée qu'il lui pardonnerait sa conduite et la protégerait. Elle s'ennuyait de lui ; à force de le comparer à Perrot, elle avait magnifié le coureur ; elle se promettait d'être désormais une bonne épouse.

Marie apprit beaucoup sur l'expédition. Le Gouverneur aurait peut-être préféré que ses soldats soient plus discrets sur l'échec de cette campagne, mais les hommes avaient le cœur gros d'avoir perdu soixante compagnons, à cause du froid ou de la faim. Lors de la distribution des remèdes, la Renarde plaignait les militaires qui avaient souffert davantage que les volontaires. Les habitants de la Nouvelle-France, accoutumés au climat, avaient montré plus d'endurance et même de la gaieté.

Le régiment avait gagné Cap-de-la-Madeleine à la mi-janvier, puis Trois-Rivières et le fort Sainte-Thérèse où l'on avait attendu deux semaines un parti d'Algonquins qui devait guider l'armée vers les villages agniers. Un groupe d'habitants de Ville-Marie, conduit par Charles Le Moyne, étaient venus remplacer les soldats malades. Les troupes avaient quitté le fort le 30 janvier, sans avoir vu un Algonquin. Le Gouverneur se doutait-il que cette décision lui coûterait aussi cher ? La marche du fort au lac Saint-Sacrement avait été encore plus pénible que la précédente ; la neige et une méconnaissance des lieux avaient désorienté les troupes qui avaient tourné en rond. Courcelle croyait atteindre un village agnier, mais il avait abouti à l'établissement hollandais de Schenectady. Quelques jours plus tôt, il avait perdu onze hommes dans une escarmouche avec des Iroquois, et voilà qu'il s'était encore perdu ! Le commandant hollandais lui avait toutefois appris qu'il n'aurait trouvé que des femmes et des enfants dans les villages agniers car les hommes étaient partis guerroyer contre d'autres tribus.

A Albany, les autorités s'étaient étonnées qu'autant de Français se promènent sur leur territoire sans avoir demandé de permission au Gouverneur de la Nouvelle-Amsterdam que les Hollandais venaient de céder aux Anglais, mais les soldats ne s'étaient pas attardés dans la région. Un adoucissement du climat avait provoqué le dégel et Courcelle avait décidé de rentrer à Québec.

Les troupes n'avaient tué que trois Agniers ! Même si les Algonquins avaient approvisionné les Français, le retour avait été aussi éprouvant que l'aller. Et même pire : les hommes étaient amers, trop conscients du gâchis, de l'échec de l'expédition. Courcelle prétendait que tout était de la faute du père Albanel qui aurait retenu trop longtemps les Algonquins, des soldats murmuraient que ces vingt-sept guides ne les avaient pas rejoints à temps parce qu'ils avaient abusé de l'alcool, et le colonel du régiment, le marquis de Salières, lui, tenait Rémy de Courcelle responsable. Il lui reprochait d'avoir négligé d'équiper correctement ses hommes.

— Que me chaut qu'ils se mordent le nez ? dit Guillaume Bonnet à Marie. Que la faute incombe au Gouverneur ou au colonel, les Agniers s'en moquent. Ils doivent bien se gausser des Français aujourd'hui ! Je finirai par croire que les faits d'armes du régiment sont des fables.

Marie réconforta le soldat le mieux qu'elle put, sa jeunesse la faisant sourire. Il avait à peine quelques poils au menton. Elle tenta de l'interroger sur sa vie en France, mais il affirma qu'il était trop triste pour en parler et voulut en savoir plus sur les événements du dernier hiver à Québec. Qui était donc cette Anne Martin. Marie n'aimait guère évoquer cette histoire, mais elle préférait, à tout prendre, donner sa propre version des faits. Elle parla d'abondance de l'empoisonnement de Rochelais, taisant les malheurs de Françoise ; elle refusait qu'on la traite autrement pour avoir subi Anne Martin, qu'on chuchote dans son dos. Quels qu'en soient les motifs, les enfants détestaient être différents des autres ; la pitié qu'on témoignerait à Françoise ne l'aiderait en rien. Elle eut un élan de reconnaissance en songeant à la discrétion de Jean Talon : il n'avait pas cité Françoise dans sa déclaration sur le suicide d'Anne Martin. Il avait expliqué que les remords avaient poussé la veuve à confesser son crime. Et la crainte d'être démasquée par Marie LaFlamme qui avait cru au poison dès qu'elle avait vu le corps de Rochelais. Satisfaits qu'on ait élucidé ce mystère, les colons avaient félicité Marie de sa perspicacité, tout en lui reprochant de ne pas les avoir mis dans la confidence ; pardi, ils l'auraient aidée à faire avouer cette femme ! Marie avait répondu qu'elle n'avait pas mesuré le danger, qu'elle n'avait surtout pas voulu porter d'accusation sans preuve. M. Talon, heureusement, avait amené la veuve à reconnaître ses fautes. On avait là un homme de grande valeur!

Marie LaFlamme ne manquait pas une occasion de chanter les louanges de l'intendant, sachant que certains colons lui reprochaient d'avoir réquisitionné tout le fil conservé dans les magasins. Jean Talon avait trouvé cette méthode pour obliger les habitants à semer du chanvre. Il leur fournissait les graines, les outils; à eux de s'activer pour avoir du fil!

On pestait, mais on ne détestait pas réellement l'intendant. On reconnaissait ses efforts pour favoriser l'essor de la colonie. Ainsi, il avait opposé le bien commun des habitants au bien particulier des Jésuites et avait contraint ceux-ci à lui céder une partie de leur seigneurie de Notre-Dame-des-Anges afin d'y établir trois bourgs. On s'étonnait du plan qu'il avait prévu pour ces nouvelles bourgades: les terres seraient triangulaires, de sorte que les habitations bâties à la pointe de chaque triangle se toucheraient, groupées autour de la future église. On s'étonnait, oui, mais on admettait que cette proximité faciliterait grandement la vie des habitants. Jean Talon était un homme qui savait faire partager ses rêves; on croyait à la brasserie de ce diable d'intendant, au commerce florissant, à l'arrivée massive d'émigrants et à l'érection d'un atelier de marine où l'on construirait des bateaux qui plairaient au Roi! Talon avait déjà prié Boutet de Saint-Martin, qui enseignait les mathématiques chez les Jésuites, d'ajouter des principes de navigation à ses cours.

Marie avait alors déclaré à Rose qu'elle regrettait de ne pouvoir y assister. Elle souriait en se rappelant la stupéfaction de son amie.

Guillaume Bonnet la tira de ses réflexions en lui disant qu'il aimerait bien suivre ces cours plutôt que le régiment.

— Tu ne repartiras pas de sitôt, fit Marie.

— A l'été.

— Les Agniers et les Onneiouts auront peut-être accepté la paix d'ici là?

Le soldat l'espérait, mais il n'y croyait pas trop. Marie apprit qu'il n'avait pas choisi son métier et qu'il rêvait de construire des maisons plutôt que de les piller lors des campagnes. Il n'avait pu se dérober quand on l'avait désigné, dans son village natal, au recruteur du Roi.

— Tu seras un bon colon, dit Marie, tu bâtiras ta demeure. On signera la paix, sois-en assuré.

— Après ce qui s'est passé?

Marie répondit d'un signe de tête énergique; perdre une bataille n'était pas perdre la guerre!

Le jeune homme confia à la guérisseuse qu'il était honteux de l'échec du régiment, mais curieusement soulagé que les troupes n'aient pas décimé les Agniers. Comme il hésitait à poursuivre, Marie l'encouragea à s'exprimer.

— Je... je me demande... Je sais que nous devons obéissance au Roi. Et que le Roi veut soumettre les Iroquois. Mais que deviendront ceux-ci?

Marie lui demanda s'il était huguenot.

— Non, je ne suis pas protestant. Je n'aime pas la guerre, c'est tout. Les Sauvages veulent garder leurs terres, comme mes ancêtres ont voulu rester bretons.

— Ah! J'aurais dû y penser! s'exclama Marie. Un Breton!

L'adolescent se rengorgea, fier de ses origines, puis regarda Marie plus attentivement. Elle rougit, puis s'inquiéta, comprenant qu'elle l'intriguait après l'avoir troublé.

— N'es-tu pas de Nantes?

Marie toussa pour éviter de répondre; elle se maudissait de s'être attardée auprès de ce soldat.

— Marie LaFlamme! s'écria le soldat. La fille de la guérisseuse!

Marie ne savait que répondre. Devinant son inquiétude, la jeune recrue lui sourit:

— Je suis le fils de Lucie Bonnet. La sorcière que ta mère a voulu sauver...

— Quoi? Guillaume?

Marie dévisagea le soldat, tentant de retrouver les traits du garçon qui hurlait tandis qu'on amenait sa mère au quai pour l'ordalie, le 3 décembre 1662. Elle n'avait jamais revu Guillaume, ayant été arrêtée à son tour. Elle se souvint qu'il avait une sœur jumelle.

— Et Justine?

— Justine est restée à Nantes. Elle est servante dans une grande maison.

— Le père Germain ne vous a pas gardés?

Le jeune homme expliqua que sa sœur n'aurait pu le suivre au monastère; il n'avait pas voulu être séparé d'elle. Ils avaient été vendus.

— Le capitaine Le Morhier n'a rien fait pour vous secourir?

— On a profité de son absence pour nous céder à Geoffroy de Saint-Arnaud.

Les magistrats qui avaient instruit le procès de leur mère s'étaient partagé l'argent. Guillaume avait nettoyé des fosses, des étables, des écuries. Sa jumelle avait lavé, brossé, frotté les planchers durant des années.

— Savais-tu que l'armateur a offert une bourse de cent livres à celui qui te ramènerait? On t'a bien cherchée!

— Et on m'a trouvée...

Guillaume plissa les yeux; Marie semblait vraiment inquiète.

— Je ne dirai jamais à quiconque que tu as quitté l'armateur. Je l'ai toujours haï. C'est lui qui m'a cédé au recruteur. Il aurait pu me garder s'il avait voulu.

— Et Justine?

— Elle est partie aussi. Chez une dame. Elle est mieux traitée qu'elle ne l'a jamais été chez l'armateur. C'est un porc! Il l'aurait séduite si je n'avais veillé sur elle. Et Guillec! Et Hornet! Eux aussi auraient bien voulu la mettre dans leurs lits. Justine est aussi belle que toi, maintenant...

— Ta mère était jolie, fit Marie.

— Ils ont été déçus qu'elle se noie. Ils auraient préféré la torturer plus longtemps.

— Tu te souviens de tout...

— On m'a répété assez souvent que j'étais marqué par le Diable! Je n'ai pas pu oublier. Besson d'abord, puis fils d'une sorcière. J'ai reçu des coups tous les jours depuis sa mort.

— Je ne t'ai pas vu de l'automne. Quand es-tu arrivé ici?

— J'étais à Ville-Marie.

— Tu étais déjà soldat?

— Je te le répète : j'ai été forcé. A Ville-Marie, on m'a parlé de Québec. Je me suis dit que j'aurais ma terre quand j'aurais fait mon temps avec le régiment.

— On t'avait dit que j'étais à Québec? Avant qu'on te parle d'Anne Martin?

— Non. Si je ne t'avais pas vue aujourd'hui, je n'aurais pas su que tu vivais à Québec. On m'a bien parlé d'une guérisseuse, la Renarde. Certains t'appellent la femme Laviolette. C'est ton homme?

Marie hocha la tête, avant de murmurer que personne ne devait apprendre qu'elle était bigame.

Guillaume Bonnet cracha par terre; il n'allait pas gâter sa quiétude! Saint-Arnaud l'attendrait jusqu'à la fin de ses jours. Qui, si Dieu était juste, devraient être plus pénibles que la longue marche du régiment.

— Quand es-tu parti?

— A la fin de l'été.

— Il était mal-en-point?

— L'armateur? ricana le soldat. Il ne mourra jamais, à moins qu'on l'aide! Quand il est malade, c'est pour avoir trop mangé... Il s'en remet toujours. Marie?

Elle avait l'air subitement si triste que le jeune Bonnet lui flatta la joue :

— Marie?

Elle se mordilla la lèvre inférieure car elle ne voulait pas pleurer. Elle avait assez versé de larmes pour Simon Perrot. Il lui avait menti depuis le début. Il devait même s'être acoquiné avec Saint-Arnaud!

— Marie?

Elle se ressaisit; Simon Perrot était resté au fort. Guillaume Laviolette reviendrait avant lui et saurait la conseiller. Rose avait raison : ce serait sa parole contre la sienne.

Elle se demandait comment parler de Simon Perrot, mais Guillaume Bonnet la devança, la mettant en garde contre leur compatriote.

– Tu le connais?

Le soldat expliqua à Marie qu'il l'avait vu chez Saint-Arnaud. Il arrivait de Paris, habillé comme un mousquetaire.

– J'ai su que c'était le gars de Madeleine Perrot. Je l'ai revu au fort Sainte-Thérèse. Il ne m'a pas reconnu. Je ne lui ai pas dit que j'étais du pays. Il m'a dit qu'il s'était embarqué pour défendre la colonie, fidèle à son Roi, mais s'il te voit, il songera à la récompense...

Marie ne quittait pas Bonnet des yeux; se pouvait-il que le Très-Haut lui ait pardonné en envoyant ce jeune garçon pour qu'il lui vienne en aide? Elle avait eu raison de se dépenser pour soigner les malades; ses nuits de veille lui étaient enfin comptées. Elle se signa en espérant que le Seigneur fermerait les yeux sur ces petits calculs.

– Dieu te protège, poursuivit Guillaume, Simon Perrot ne rentrera pas avant longtemps à Québec.

– Pourquoi? balbutia Marie en posant une main sur son cœur.

– Il restera au fort encore des semaines. Courcelle lui-même en a décidé ainsi pour le dompter. Les officiers n'ont pas goûté ses manières.

Guillaume Bonnet conta à Marie que Simon avait volé des vivres à un camarade, qu'il avait tenté d'en faire accuser un autre et qu'il tenait des propos blasphématoires. Courcelle avait décrété qu'un pareil soldat déshonorait le régiment et qu'il préférait qu'on ne le voie plus à Québec.

Marie sauta au cou de Guillaume : elle ne reverrait pas Simon avant longtemps.

Le printemps serait beau.

Chapitre 14.

Guy Chahinian s'appuya contre un mur. Il avait présumé de ses forces et s'était trop éloigné du faubourg Saint-Martin. Place Royale, il se résigna à louer un carrosse. Le conducteur jeta un coup d'œil soupçonneux à sa jambe de bois, mais cessa de barguigner quand Chahinian lui tendit une pièce.

— Il y en aura d'autres, promit Chahinian. Quand nous rentrerons du Cours-la-Reine.

Le cocher suivit les directives de l'orfèvre sans rechigner malgré la bruine. Son client lui indiqua d'abord Notre-Dame, où ils se rendirent assez aisément car le mauvais temps avait découragé bien des marchands ambulants. Les rues étaient moins encombrées qu'à l'accoutumée et Chahinian se félicita d'être monté dans le carrosse; il verrait Paris une dernière fois avant de s'embarquer pour Londres. Du Puissac se serait vivement opposé à cette promenade, mais Guy Chahinian savait qu'il ne reviendrait plus en France. Il emporterait des images de la basilique, de l'église Saint-Eustache qu'il avait préférée entre toutes, de l'île Saint-Louis où il avait habité en arrivant à Paris, du pont de la Tournelle, de la statue de sainte Geneviève protégeant la ville, de la maison de Catherine et Julien du Puissac, rue Hautefeuille, des sermons à Saint-Germain, des comédies au théâtre du Petit-Bourbon et de la place Maubert où les Frères de Lumière s'étaient d'abord réunis.

L'orfèvre se souvint des couchers de soleil au Cours-la-Reine qui attiraient le beau monde. On y déambulait entre quatre rangs d'ormes qui s'étiraient sur près d'une demi-lieue ; lui-même avait erré jusqu'au pré de la Savonnerie, un jour d'exécution. Il avait marché seul durant des heures, dans un calme anormal ; les carrosses avaient déserté la promenade créée par Marie de Médicis pour la place de Grève et son échafaud. Un chien jaune l'avait suivi à partir du fossé des Tuileries.

Porphyre ! Chahinian sourit ; il n'avait pas repensé à ce cabot depuis longtemps. Il l'avait gardé cinq ans. Il avait failli l'appeler Satan car sa robe était orangée comme les flammes de l'Enfer, mais il avait craint de s'attirer des ennuis. Il avait d'abord choisi Ambre, puis Porphyre. Le chien avait été un bon compagnon jusqu'à ce qu'un carrosse l'écrase. Chahinian revoyait la voiture au cuir recouvert d'un velours bleu ciel retenu par des clous dorés. Il n'avait pu distinguer les armoiries brodées sur une soie blanche qu'on avait tendue aux portières, mais il n'avait même pas songé à arrêter ce carrosse pour se plaindre de la mort de son chien. Il avait ramassé le corps de Porphyre et l'avait jeté à la Seine avant la nuit. Il s'était demandé si le carrosse se serait immobilisé s'il avait frappé un enfant.

Un encombrement aux Tuileries permit à l'orfèvre de mieux observer le palais du Roi. Il tentait de deviner dans quelle aile du bâtiment protégé par de hautes grilles vivait Louis XIV, quand les cloches de Saint-Germain-l'Auxerrois retentirent. Chahinian se signa ; ces carillons harmonieux lui manqueraient à Londres.

— Faubourg Saint-Martin.

— C'est qu'on m'a déjà saisi là-bas, protesta le cocher.

Chahinian tira deux pièces de sa bourse et les fit virevolter sous son nez. L'homme fouetta énergiquement les chevaux après avoir dévisagé son client. Il se demandait qui il était, et quels motifs l'avaient poussé à faire le tour de la ville sans descendre de voiture une seule fois et maintenant à se rendre hors les portes.

Faubourg Saint-Martin, Chahinian paya le cocher et attendit que la voiture se soit éloignée pour se rendre chez lui.

Du Puissac l'y attendait. Son expression anxieuse désola Chahinian qui s'excusa de son absence. Le chevalier le tança comme il l'avait prévu avant de lui annoncer qu'un navire, le *Faucon-d'or*, partait pour la Hollande le surlendemain.

— Il est trop périlleux de quitter ouvertement la France pour l'Angleterre; on vous interrogerait immanquablement.

— Je n'ai pas la même identité; je suis Georges Duval. N'oubliez pas que mes geôliers vous ont appris la mort de Guy Chahinian. Il ne renaîtra qu'à Londres.

— S'il s'y rend...

— Le Roi ne se soucie pas des Frères de Lumière aujourd'hui; il pense à Charles II et à ses colonies. Je me rendrai sans encombre chez Elizabeth Le Morhier.

Du Puissac lui remit la lettre que la jeune femme avait écrite à l'intention de son cousin Samuel. Elle lui recommandait Guy Chahinian d'une si gracieuse manière que ce dernier s'émut.

— Victor Le Morhier a eu de la chance de rencontrer une femme de cette qualité.

— Je crois qu'il a oublié Marie LaFlamme.

L'orfèvre l'espéra; Elizabeth méritait qu'on l'aime pleinement.

— Le Morhier m'a dévoilé qu'elle était grosse, reprit du Puissac. Elle enfantera à la fin de l'été. Nous l'accompagnerons jusqu'à Nantes avant de nous embarquer pour la Nouvelle-France. Véronique regrettera Elizabeth; elles sont devenues de bonnes amies.

— Victor doit la bénir d'avoir accueilli son épouse.

Du Puissac jouait avec la mèche d'une bougie en souriant. Véronique de Roche-Brieux était si contente de loger Elizabeth chez elle. Elle avait confié au chevalier qu'elle lui rappelait sa sœur Julie qui lui manquait tant. Quand Le Morhier avait dû s'embarquer pour un long trajet de mer, il avait d'abord décidé d'emmener Elizabeth à Nantes, mais Armande de Jocary lui avait déconseillé de prendre la route avec une femme qui n'était qu'au début de sa grossesse : elle-même avait ainsi perdu le seul enfant qu'elle eût jamais porté. Véronique de Roche-Brieux avait alors offert l'hospitalité à l'Anglaise qui avait accepté avec empressement. Elle admirait tant son hôtesse!

— Quand partirez-vous pour Québec?

— A la fin du printemps. Elizabeth pourra alors se rendre à Nantes.

Elle est courageuse et ne se plaint jamais de l'absence de son époux.

— Myriam Le Morhier l'aimera comme sa fille, affirma Chahinian. Elle saura la réconforter; elle a attendu si souvent le capitaine!

L'orfèvre se remémora sa rencontre avec Martin Le Morhier alors qu'il rentrait de voyage. Il avait rapporté à sa femme un jacquot qui refusait de parler.

Du Puissac obervait son ami; il lui manquerait tellement! Il serait aussi brave qu'Elizabeth, mais il ne s'écoulerait pas un jour sans qu'il pense à Chahinian. Sans qu'il se demande si ses recherches aboutissaient, s'il avait enfin trouvé des appuis à Londres, s'il ne regrettait pas de lui avoir confié les coupelles sacrées. Le chevalier avait tenté maintes fois de persuader son maître de reprendre les symboles d'or et d'argent, mais Chahinian s'y refusait absolument : avec sa jambe de bois, il serait trop maladroit pour les défendre si un gredin l'abordait.

— J'ai déchiffré les signes qui sont gravés sur les coupelles. Je les ai lus et relus, je les connais comme si je les avais écrits. Je n'ai plus besoin des supports.

— J'ignore si je saurai trouver des Frères en Nouvelle-France. Même si j'ai les coupelles.

Chahinian avait tendu ses mains vers l'athanor sans répondre; le chevalier était aussi timide que téméraire. Il préférait braver les geôliers de la Bastille plutôt que d'aborder des inconnus; il avait évité les rares réunions mondaines en Nouvelle-France et avait répété qu'il n'imaginait pas comment il pourrait rencontrer des hommes qui appuieraient la quête de la lumière. Chahinian espérait que son épouse l'aiderait à sonder les cœurs et à recréer la Confrérie à Québec.

— Marie LaFlamme vous secourra.

— Marie? Vous accepteriez qu'elle connaisse nos recherches?

— Vous l'avez vous-même louée. Et c'est elle qui vous a rendu les coupelles.

— Après les avoir prises à Pernelle...

L'orfèvre expliqua à son ami qu'il refusait de s'embarrasser de sentiments aussi vains que la rancune ou la vengeance; il avait été incarcéré par la faute de Marie LaFlamme, mais, d'une certaine manière, il était responsable de ce malheur. Personne ne l'avait forcé à aller à Nantes, à sympathiser avec Anne LaFlamme, et c'était lui qui avait commis l'imprudence de confier Marie à l'apothicaire.

— Je méprise trop Simon Perrot, ajouta-t-il, pour vouloir me souvenir de lui.

— Il est mort, de toute manière.

Guy Chahinian ouvrit un tiroir et en extirpa deux cahiers qu'il remit à du Puissac.

— Vous avez toujours noté le cours de nos expériences, mais j'ai recopié ici l'histoire de notre Confrérie. Pour votre épouse.

— Vous acceptez donc que la Croix-de-Lumière accueille des femmes en son sein? D'abord Marie, puis Véronique...

— Presque tous nos Frères sont morts. Nous survivons aujourd'hui grâce à des femmes : Mérian habite chez sa sœur, la baronne m'a hébergé, Elizabeth m'offre sa demeure et votre épouse nous ouvre sa cassette avant même qu'on l'en prie. Nous leur devons beaucoup.

— Et Véronique connaît la chimie autant que nous.

— Marie LaFlamme sera trop intriguée pour ne pas participer à vos recherches!

Les deux hommes conversèrent un long moment, goûtant leur complicité, leur mutuel attachement. Chahinian compara cet après-midi à celui où il avait fait ses adieux au capitaine Le Morhier. Il ne reverrait plus Julien du Puissac; le chevalier s'installerait dans la colonie et lui mourrait à Londres. Il avait un point au côté qui se manifestait fréquemment et il restreignait chaque jour son régime alimentaire pour éviter les coliques. Son estomac, détraqué par le régime carcéral, se rebellait souvent et son cœur, qui avait subi trop de chocs, s'essoufflait comme celui d'un vieillard. Oui, Londres serait son dernier refuge.

Du Puissac pleurait en gagnant la rue Galande et Véronique de

Roche-Brieux le consola en lui avouant qu'elle l'enviait plus qu'elle ne le plaignait : il voyait Chahinian depuis plus de vingt ans. Avec Elizabeth, elle nouait des liens amicaux pour la première fois de sa vie : son père, qui avait interdit toute visite, avait même séparé ses filles en envoyant Julie au couvent.

— Guy Chahinian éprouve de la gratitude à votre égard. Cette estime durera par-delà les mers et les ans. Il n'oubliera jamais que vous lui avez sauvé la vie, même s'il vous aimait bien avant. Vous emporterez son souvenir à Québec et lui ferez honneur. Je vous le dis, je suis jalouse...

Julien du Puissac s'inclina devant cette sagesse et parvint à sourire à Véronique de Roche-Brieux. Il s'efforça de montrer de l'appétit au souper où Elizabeth, devinant sa mélancolie, s'ingénia à distraire ses commensaux en racontant toutes les plaisanteries qu'elle avait imaginées avec sa jumelle.

— Mary rit tout le temps, dit-elle avec une pointe de regret.

— Riait, corrigea le chevalier. Vous vous languissez d'elle.

— Oui, mais j'ai Victor et bientôt une autre Mary, fit Elizabeth. J'ai une fille, je suis surtaine.

— Certaine.

Elizabeth fronça les sourcils, c'est ce qu'elle avait dit mais on l'avait mal comprise. Véronique rit de sa mauvaise foi, comme l'espérait leur invitée, et la taquina pour amuser le chevalier.

En se couchant, Julien du Puissac songea que Véronique de Roche-Brieux avait raison : il devait se réjouir d'avoir connu Guy Chahinian même s'il devait s'en séparer maintenant. Il recommanda son ami à Dieu avant de caresser les longs cheveux de sa femme. Il rêva que Véronique avait tressé un branle avec ses mèches mordorées et qu'il s'y berçait dans un sentiment de joie et de tranquillité. Les tresses du hamac étaient chaudes et douces et molles comme les plumes d'un oiseau. Quand il s'éveilla, il enlaça sa femme, attendri par sa générosité.

Aucun bourgeon n'éclairait encore les arbres, mais la lumière plus gaie, plus longue, annonçait le printemps. Avril avait chassé les ciels trop bleus, les soleils assassins. L'astre s'étirait maintenant dans une voûte pastel, où des nuages se poursuivaient avec autant d'enthousiasme que de jeunes chats. Les îlots de neige fondaient paresseusement, narguant les habitants de Québec qui désespéraient de voir la terre. On avait rangé capuches et foulards, mais il faudrait patienter pour sortir en sabots.

Ça n'empêchait personne de courir au port voir le fleuve calé!

Une joyeuse animation montait du quai Champlain jusqu'à la haute-ville et les quelques bourgeoises qui avaient dédaigné la cohue du port regretteraient leur réserve. Les jeunes religieuses, elles, offraient ce sacrifice à Dieu; elles se seraient volontiers mêlées à la foule. Elles auraient applaudi le fracas des glaces, auraient peut-être poussé des cris d'allégresse, se seraient extasiées sur les enfants qui avaient tellement grandi en six mois. Les garçons auraient soupiré d'énervement, impatients de rejoindre leurs camarades, tandis que les filles auraient examiné ces Ursulines qui leur enseigneraient bientôt.

Ces dernières auraient parlé aux Indiens qui se tenaient un peu à l'écart mais n'avaient pu résister à l'envie de voir apparaître le Saint-Laurent. Ils étaient contents de retrouver le fleuve, son eau sombre, secrète, prometteuse, ils rêvaient de pêche et de portage et voyaient déjà les truites se tortiller dans les filets.

Marie LaFlamme imaginait les fleurs et les herbes qui pousseraient enfin aux abords de la ville les mieux exposés. Il ne lui restait que quelques pots de feuilles ou de racines séchées et elle se promettait la cueillette du siècle! Elle confierait Noémie à Françoise qui prenait son rôle d'aînée au sérieux. Elle surveillait, lavait, nourrissait, consolait la petite avec beaucoup de patience. Françoise aurait fait une bonne guérisseuse si elle n'avait pas tant craint la souffrance. Elle s'était déjà évanouie en écoutant Marie raconter une intervention bénigne; elle aurait été incapable d'ouvrir une plaie ou de couper un membre si la situation l'exigeait. C'était fâcheux car elle avait la douceur d'Anne LaFlamme... Elle était bonne et intelligente; elle avait demandé à étudier au couvent des Ursulines. Elle voulait lire le catéchisme et conter la vie des saints à Noémie.

Marie se réjouissait de sa piété; Françoise montrerait plus de conviction pour inculquer les préceptes religieux à sa fille. Si Françoise avait pardonné au Très-Haut de l'avoir momentanément abandonnée, Marie, elle, n'avait pas oublié la condamnation de sa mère et manquait d'ardeur en priant. Elle ne ratait pas une célébration, et offrait ses journées de travail à Dieu, mais elle ne pouvait s'empêcher de s'interroger sur son compte; s'il était amour, comme le soutenaient les prêtres, comment permettait-il autant d'injustices?

Elle s'approcha de Françoise qui soulevait Noémie afin qu'elle voie mieux le Saint-Laurent. Elle allait se briser les reins à force d'obéir aux caprices de la fillette! Noémie aurait bientôt trois ans; elle était grande pour son âge et pesait bien trente-cinq livres. Françoise répétait qu'elle était plus forte qu'on ne pensait et que Noémie aimait tellement qu'on la prenne!

Guillemette Couillard se pencha vers Eléonore de Grandmaison en lui désignant les trois têtes rousses :

— Dire qu'elles ne sont pas parentes!

— Les apparences sont trompeuses. J'ai conversé avec Anne Martin sans la suspecter. N'eût été Marie LaFlamme, sa servante serait morte...

— Je me demande quand Mgr de Laval se décidera à l'agréer comme sage-femme. Elle est appréciée de tous les colons.

— Il est buté. Pieux, mais buté. Cela dit, Marie sera acceptée pour l'été. Mon époux l'a entendu dire.

— Est-ce vrai que Jean Talon veut rétablir le Conseil souverain?

Eléonore de Grandmaison eut un sourire énigmatique; elle ne pouvait répéter ce que lui avait appris M. de La Tesserie, son époux, mais elle savait que Guillemette Couillard la connaissait depuis assez longtemps pour comprendre sans qu'elle ait besoin de s'expliquer.

— Notre intendant a bien du pouvoir, dit la veuve Couillard.

Eléonore de Grandmaison continuait à sourire.

— Il nommera bientôt de nouveaux conseillers?

— Nouveaux?

Guillemette Couillard devina qu'on trouverait certaines têtes connues au Conseil souverain : Talon ne pouvait écarter les gros propriétaires de Québec et les hommes d'expérience.

— Il y aura d'honnêtes hommes, se contenta de répondre Eléonore de Grandmaison.

Talon n'attendait-il pas des nouvelles de Charles Aubert de La Chesnaye parti depuis le 4 novembre ? L'intendant savait qu'il inspirerait à Colbert ses réponses concernant le droit de commerce de la Compagnie des Indes occidentales. Jean Talon contestait le trop grand pouvoir de celle-ci et il espérait que le ministre du Roi agréerait les représentations que lui ferait La Chesnaye.

Rose Rolland, qui se tenait derrière les deux bourgeoises, s'éloigna pour répéter à Marie ce qu'elle venait d'entendre : elle serait sage-femme à l'été !

— Tu vas me délivrer !

— Si tu n'enfantes pas avant, plaisanta Marie.

Rose fit mine de la gifler ; elle avait énormément grossi durant le dernier mois et tout le monde lui prédisait des bessons. Marie, elle, savait que les biscuits au gingembre et les tartes au sucre n'étaient pas étrangers à cet épaississement. Mais Rose était si contente de prendre du poids : on la félicitait dès qu'elle sortait de chez elle, les femmes regardaient son ventre avec envie, une bourgeoise lui avait même cédé sa place à la messe de Pâques !

Elle plaignait quasiment Marie de ne pas être aussi enceinte. Si Guillaume pouvait revenir ! Comme si elle devinait ses pensées, la Renarde avoua qu'elle se réjouissait d'entendre le tumulte du fleuve qui annonçait le printemps, mais elle souhaitait qu'il n'arrive rien de malencontreux à Guillaume.

— Il est prudent ; il ne s'aventurera pas sur un lac. Il sait que la glace est traître en cette saison.

— Tu as raison. Mon époux est sage.

— Il reviendra bientôt. Il ne reconnaîtra pas Noémie tellement elle a forci !

— J'espère que Françoise ne sera pas apeurée.

— Elle se porte beaucoup mieux, l'assura Rose. A force de suivre Alphonse ou de promener Noémie.

— Elle l'a sortie tous les jours de l'hiver.

— Souffre-t-elle encore ?

Marie fit une moue ; elle avait bien guéri les plaies de Françoise, mais cette dernière faisait encore de cauchemars.

— Ce qui me navre le plus, c'est qu'elle me supplie ensuite de lui pardonner de m'avoir éveillée. Elle ne croit pas encore que je puisse la garder chez moi sans vouloir la corriger ou la chasser pour une broutille. Elle s'effarouche quand je prends le tisonnier pour tasser une bûche ! Anne Martin était un monstre. Les Agniers ont plus de cœur que cette femme !

— Tiens, voilà ton pays, dit Rose en souriant à Guillaume Bonnet. Il m'a l'air bien content.

Le jeune Bonnet jubilait ; on l'avait engagé pour construire une maison à Sillery en attendant la prochaine campagne contre les Iroquois.

— Je travaillerai si fort que mon maître ne voudra plus se séparer de moi et plaidera en ma faveur !

— Les Indiens signeront avant l'été, affirma Marie. Il le faut !

Rose eut une expression qui découragea le soldat Bonnet ; elle ne partageait pas les espoirs de son amie.

— Tu n'y crois pas ?

— Non, mon garçon. Non. Tu verras.

A la mi-mai, Guillaume Bonnet constata que Rose avait du flair, même si les événements faillirent la faire mentir. Des ambassadeurs des Cinq-Nations vinrent à Québec pour signer des traités de paix. La population, émue, était partagée entre l'envie de se barricader au cas où les Iroquois tenteraient une attaque — ils seraient peu nombreux mais savait-on de quoi étaient capables ces diables ? — et le désir de se montrer aux côtés des soldats du régiment de Carignan-Salières. Les Agniers seraient impressionnés quand ils verraient les troupes en uniforme, les fusils à platine et les mousquets, quand ils entendraient les roulements de tambour et les coups de canon !

Ils signeraient.

— Ils ne signeront pas, dit Guillaume Laviolette à Marie LaFlamme, deux jours après son retour à Québec.

— Pourquoi?

— Ils sont mieux organisés que ne le croit le Gouverneur.

Marie se demanda avec anxiété si son époux serait mêlé au conflit. Il lui avait déjà dit trois fois qu'il voulait rester neutre. Il n'avait pas changé d'idée ni d'attitude depuis l'automne.

Il avait frappé à la porte de leur demeure et avait attendu qu'elle lui ouvre pour entrer. Simon, lui, pénétrait chez elle sans s'annoncer.

Elle lui avait souri, le cœur battant, hésitant à se jeter dans ses bras, balbutiant des mots sans suite et finissant par pousser Noémie vers lui sans qu'il cesse de la regarder. Cette insistance, à la fois avide et amusée, l'avait fait rougir et Guillaume avait soulevé Noémie pour rompre leur embarras. La petite, d'abord interdite, avait hurlé de joie quand il l'avait fait pirouetter; elle se souvenait de ces formidables contorsions, du plaisir qu'elle avait à s'apeurer en sachant que son père ne la laisserait jamais tomber. Elle serrait de toutes ses forces ses gros doigts, aussi durs que les barreaux d'une chaise.

— Maman! criait-elle entre deux sauts au plafond. Maman!

Marie lui souriait tout en invitant Françoise à s'approcher.

— C'est mon mari, ma belle.

Guillaume avait paru surpris, mais il avait pincé gentiment la joue de Françoise qui s'était collée contre Marie. Celle-ci lui avait flatté les épaules en lui jurant que le coureur ne la battrait point.

Plus tard, elle lui avait conté dans quelles circonstances elle avait adopté Françoise et il avait approuvé sans réserve sa décision. Une bouche de plus à nourrir n'était pas une affaire! Puis Marie avait parlé de Simon Perrot. Il avait tenté de l'arrêter, mais elle avait tenu à se confesser.

— Je me suis assez menti en m'entêtant à l'aimer. Tu dois savoir la vérité.

Elle n'avait rien omis : sa faiblesse, ses remords, son humiliation en comprenant que Simon s'intéressait plus à son trésor qu'à elle, sa rage en apprenant qu'il s'était acoquiné avec Saint-Arnaud, son soulagement de le savoir retenu au fort.

— Pour combien de temps? avait demandé Guillaume. Que feras-tu quand il reviendra?

— Tu as raison de douter de moi, mais...

— Ce n'est pas ce que j'ai dit, Marie. Je pense que tu as assez souffert avec ce soldat pour t'en méfier. Je m'interroge sur ta conduite future.

— Je le renverrai s'il vient ici!

— Ne sera-t-il pas tenté de dévoiler que tu es mariée en France?

— Peut-être, avait répondu la Renarde, mais Guillaume Bonnet témoignera du contraire.

— Qui est ce Bonnet?

— Un Guillaume qui te vaut quasiment! C'est un enfant enrôlé de force, qui rêve de bâtir des cathédrales et dont la mère a été noyée par les mêmes juges que ceux qui ont condamné la mienne. Il dira tout ce que je veux en leur mémoire.

Guillaume s'était étiré et avait regardé les murs de sa maison. A chaque retour, il les trouvait bien bas, bien étroits et avait l'impression d'être dans une tanière. Il appréciait le feu dans l'âtre et surtout la marmite qui y était suspendue, mais les meubles gênaient ses larges mouvements et il se demandait si une table et des chaises étaient vraiment nécessaires. Mais il s'y accoutumerait en quelques jours.

Il mit encore moins de temps à s'habituer à Marie; elle était d'une si belle humeur! Et infatigable! Elle était aussi sensuelle qu'un homme pouvait le souhaiter, mais il n'avait jamais le loisir de la regarder dormir le matin car elle se levait à l'aube et quittait la rue Sault-au-Matelot pour cueillir les premières fleurs. Elle triait ensuite ses racines, préparait la soupe, lavait et reprisait ses vêtements et ceux des enfants, voyait ses malades et réussissait à s'asseoir près de lui pour écouter le récit de sa course. Elle se désolait qu'il ait dû remettre la plus grande partie de ses prises au magasin et discutait de la baisse du prix du castor comme si c'était elle qui avait piégé les rongeurs. Elle savait qu'une couverture de Normandie, une barrique de blé d'Inde ou un fusil coûtaient six peaux, que les Indiens en donnaient une pour deux livres de poudre, pour quatre livres de plomb, pour deux épées ou pour deux haches. Elle s'était informée de la médecine des Indiens et lui avait confié qu'elle appréciait de plus en plus Mani et le Faucon.

Comme la plupart des habitants de Québec, qui ne remarquaient plus les allées et venues des Hurons. La culpabilité d'Anne Martin, après celle de Germain Picot, leur avait bien prouvé que le meurtre n'était pas le propre des Sauvages. Si on redoutait réellement les Agniers, on avait appris à les distinguer des Hurons ou même des autres nations iroquoises moins belliqueuses.

— Tu crois vraiment que les Agniers et les Onneiouts refuseront de signer?

Guillaume Laviolette emplit son godet d'eau fraîche avant de s'ouvrir à Marie : les Iroquois n'accepteraient la paix qu'après avoir fièrement combattu. Ils avaient plus d'armes que les Français ne le croyaient.

— Ils ont été parmi les premiers à dédaigner nos babioles ou l'eau-de-feu et réclamer des armes. Les traiteurs hollandais leur en fournissent depuis plus de quinze ans.

— C'est pourtant interdit de donner des fusils aux Indiens.

Guillaume sourit, matois :

— Nous ne sommes guère différents des Hollandais. Ceux-ci risquaient jadis la peine de mort s'ils cédaient des armes aux Sauvages. Aujourd'hui, on les condamne à la déportation ou à une amende de moins en moins élevée. On sait pourtant que les armes qu'on donne aux Indiens peuvent se retourner contre nous, mais on est obligés d'imiter nos voisins d'Orange ou de Manhatte.

— Et vous acceptez six peaux pour un fusil?

— On n'est pas au magasin, M. de Tracy n'impose pas ses tarifs en plein bois.

— Tu as déjà eu des peaux à hauteur de mousquet?

Guillaume soupira; non, il n'avait pas connu ce temps où les Indiens empilaient des peaux jusqu'à ce qu'elles atteignent la taille d'un fusil. Mais il avait tout de même fait de bons marchés avec eux.

— Ainsi, les Iroquois pourront se défendre, résuma Marie.

— Au début, mais les trafiquants ont surtout échangé les fourrures contre des mousquets à mèche. Ils sont moins chers et moins précis.

— Nos armes sont supérieures?

— Je vous le souhaite.

Marie brassa la soupe en décrétant qu'elle ne voulait pas non plus être mêlée au conflit.

— C'est Saint-Arnaud que j'ai envie d'exterminer! Pas un Agnier.

— Les Agniers ne viendront pas jusqu'à Québec. Les soldats repartiront en campagne.

— Et on te priera de les accompagner. M. de Tracy est ravi que tu sois de retour; tu lui seras utile quand il recevra les ambassadeurs iroquois.

Le coureur exprima sa résignation. Il voulait bien servir d'interprète, mais il refuserait de donner son avis sur les décisions que prendraient Courcelle, Tracy, Salières ou Saurel.

— Et Louis-Théandre Chartier de Lotbinière?

— Tu l'aimes bien? fit Guillaume d'une voix taquine.

Marie sourit. Elle n'éprouvait aucune affection pour cet homme, mais elle avait toujours pris son parti car il s'opposait à Mgr de Laval. Il venait d'être nommé lieutenant général civil et criminel par la Compagnie des Indes occidentales, qui avait autorité pour établir des officiers de justice partout où elle le jugeait nécessaire.

— Il n'a pas encore prêté serment, dit Marie.

— On doit attendre que le Conseil souverain soit réformé. C'est ce que désire notre intendant, si je me fie à ce que j'ai entendu au cabaret.

— On raconte bien des choses chez Boisdon. T'a-t-on parlé de moi?

— Le devrait-on?

Guillaume regarda Marie qui se tournait vers lui, grave, et la rassura aussitôt : on disait de la Renarde qu'elle était la meilleure guérisseuse.

— Lemire parle souvent de la petite Françoise que tu as sauvée.

Marie mit un doigt sur sa bouche pour inciter Guillaume au silence. Elle sortit, regarda aux alentours.

— C'est bon, tu peux parler. Françoise reste parfois près de la maison à bercer Noémie pour l'endormir.

— Noémie est lourde pour être bercée, remarqua Guillaume.

— Je sais, mais Françoise aime la serrer contre elle.

Les larmes lui montèrent alors aux yeux, se transformèrent en sanglots. Guillaume, interloqué, s'approcha de sa femme et lui caressa les épaules.

— J'aurais tant aimé que tu sois près de moi durant cette histoire ! Tu aurais peut-être deviné avant moi qui était Anne Martin. J'ai sauvé cette petite, mais avec quel retard ! Ses fesses brûlées ! Je n'ai jamais vu pis dans ma vie ! Avec un tisonnier ! J'ai prié, Guillaume, mais je doute que Françoise connaisse vraiment la joie. Elle aura toujours peur. Tu m'as dit qu'un animal blessé a souvenance des mauvais traitements. Elle me fait penser à une biche avec ses yeux trop doux.

Guillaume apaisa Marie ; il n'aurait pas mieux fait. Même Jean Talon, qui rendait la justice et qu'elle admirait tant, n'avait rien soupçonné.

— Ne te morfonds pas à regarder le passé. Pense à demain ; Françoise a trouvé une famille. Et elle en fondera bientôt une. Le temps passe si vite...

— Et nous ? chuchota Marie.

Le coureur, troublé, baisa la Renarde dans le cou, comme elle aimait, avant de lui répondre qu'il n'était pas capable de rester enfermé tout l'hiver à Québec comme les colons.

Marie secoua la tête : elle savait maintenant qu'on ne peut changer un homme. Elle acceptait d'être seule la moitié de l'an pour élever leur fille ; elle désirait tant avoir un garçon. Et puis elle avait Françoise qui l'aiderait grandement.

Pour cacher son émoi, Marie ajouta qu'elle toucherait une prime.

— Une prime ?

— Sois assuré que M. Talon obtiendra bientôt du Roi des allocations pour encourager la famille.

— Marie !

Elle éclata de rire avant d'ajouter que ça compenserait les amendes qu'on infligerait un jour aux coureurs de bois.

— Je ne suis plus célibataire, protesta-t-il.

— Mais tu n'es ni soldat ni colon. On ferme les yeux parce que tu pourras servir M. de Tracy et parce que tu es de toutes les corvées. Sœur Blandine chante tes louanges... mais ça ne durera pas.

Marie disait vrai, Guillaume le savait. Mais comment aurait-il pu renoncer à la forêt? Il s'était habitué, après vingt-quatre heures, à l'étroitesse de leur logis, mais il ne s'y sentirait jamais à l'aise. Il y avait pourtant plus d'espace que dans sa chambre d'artisan du Croisic, la grande pièce était percée de deux fenêtres et il devait admettre que la maison était moins sombre que la plupart des constructions de la colonie. Marie avait bien arrangé leur intérieur, il était propre, et il appréciait le fauteuil à bras que Talon avait fait porter à Marie pour la remercier de son aide. Françoise l'avait adroitement embourré et il s'y assoyait après les repas. La soupe qui cuisait dans l'âtre, quand Marie n'y faisait pas bouillir des racines, répandait une odeur alléchante dans la demeure et Guillaume aurait dû être assez bien chez lui pour oublier le bois.

Mais il était envoûté. Quand Marie l'écoutait parler de la forêt, elle se remémorait l'expression que prenait Pierre LaFlamme alors qu'il décrivait la mer. Elle-même éprouvait une fascination pour le Saint-Laurent; elle n'imaginait pas une journée sans une visite au quai, sans la rumeur des vagues, sans l'horizon où se perdait son regard. Guillaume, lui, recommençait à respirer quand il pénétrait dans les bois.

— Comme si je retenais mon souffle dans une maison de peur de tout briser.

Et puis il y avait l'irrésistible parfum de la forêt, harmonie d'écorces séchées, de champignons, de terre noire, de feuilles rousses et d'arbres morts, de jeunes fougères et de muguet. Alors qu'il vivait en France, Laviolette n'était pas incommodé par les odeurs de la rue ou du port. Après une saison à découvrir les lacs de la colonie ou de la Nouvelle-Angleterre, il n'appréciait pas davantage la rue Sault-au-Matelot que les maisons-longues des Indiens.

La vérité, c'est qu'il étouffait en ville. Il supportait l'été parce qu'il sillonnait Québec et ses environs pour abattre des arbres, monter des murs, bêcher, essoucher des bois, soulever des bottes de foin ou tasser des meules, mais il aurait dépéri durant l'hiver et il aurait été le premier à s'exciter sur ces paris dangereux que réprouvait Marie.

Non, elle ne voulait pas d'un Guillaume qui serait resté accouvé au coin du feu. Elle l'aimait tel qu'il était. Elle aimait la paix qu'il lui apportait et ses récits peuplés de loups, de renards, de foulques, de ouananiches, d'ours, d'anguilles longues d'une toise, d'hermines et de perdrix grasses comme des oies. Il était si costaud ; elle ne craignait rien à ses côtés. Elle était persuadée qu'il pourrait retenir les murs de leur maison si elle s'écroulait ou repousser des Agniers prêts à la scalper.

Il chasserait Simon Perrot dès qu'il se présenterait rue Sault-au-Matelot.

Elle éprouvait un si vif sentiment de gratitude envers Guillaume !

Dans le mois qui suivit le retour du coureur, Marie s'ingénia à le séduire, à l'affoler. Guillaume avait passé des moments agréables au lit avec elle quand il l'avait épousée, mais il ne s'était jamais figuré qu'une telle sensualité pouvait animer une Blanche. Il avait connu des heures inoubliables avec l'Indienne Klalis et retrouvait les mêmes délices à Québec. D'abord ravi, puis froissé, il n'avait pu cacher sa vexation à Marie : il n'aimait pas devoir ces changements à Simon Perrot. Il était heureux qu'elle soit plus ardente, mais ne voulait pas du fantôme du soldat dans leur couche.

Marie lui avait alors révélé que Perrot n'avait fait preuve de délicatesse qu'une fois au cours de leur liaison. Si elle témoignait plus d'affection au coureur, c'est qu'elle l'aimait sincèrement.

Guillaume l'avait crue.

Leurs retrouvailles étaient si heureuses qu'on avait secrètement ouvert des gageures : Guillaume resterait à Québec quand viendrait l'automne. Les avis étaient partagés : ceux qui connaissaient Laviolette depuis longtemps penchaient pour la course, les nouveaux venus croyaient qu'il se ferait colon.

On gagea aussi sur le résultat des rencontres entre Prouville de Tracy et les ambassadeurs indiens ; ceux qui avaient cru au traité de paix perdirent quelques livres. Au début de juillet, on n'avait encore rien signé. On s'y préparait, on en parlait, on promettait, mais on ne paraphait aucun écrit. Guillaume pensait que les Agniers étiraient les négociations dans le but de retenir les soldats de Salières ; tandis que leurs chefs discutaient, les Indiens se préparaient à la guerre. Il taisait son opinion quand il s'attablait au cabaret où la naïveté de ses compatriotes l'ébahissait.

Il accepta cependant de gager sur le temps que les soldats du régiment mettraient à construire deux nouveaux forts. Il croyait qu'ils seraient achevés à la mi-juillet. Le fort Saint-Jean devait être érigé sur le Richelieu et le fort Sainte-Anne au lac Champlain. Guillaume se serait porté volontaire pour aider les soldats si Marie ne l'avait supplié de rester à Québec ; on ne pourrait lui reprocher sa paresse puisque M. de Tracy l'avait déjà mandé pour lui parler des Agniers, et personne ne s'aviserait de le traiter de couard. Elle redoutait que Simon Perrot ne revienne durant son absence.

— Il me battra si tu pars. Ou il me tuera. Je ne serais pas sa première victime.

Marie avait alors parlé de la mort de Jules Pernelle et de l'arrestation de Chahinian.

— Il me défigurerait pour le plaisir.

Guillaume l'avait rassurée ; il ne permettrait pas qu'on abîme un si joli visage.

— D'une certaine manière, l'orfèvre est incarcéré par ma faute, avait-elle conclu. Rien ne lui serait arrivé s'il était resté à Nantes au lieu de me conduire à Paris. Tout cela me désole grandement, mon ami... Je voudrais tant savoir si le chevalier a pu lui remettre les coupelles avant qu'il trépasse ! Nous ne savons même pas si Julien du Puissac s'est rendu en France.

— Il écrira.

— Je l'espère. Alphonse serait si heureux.

Au moment même où on évoquait son souvenir à Québec, le chevalier du Puissac offrait son bras à Véronique de Roche-Brieux pour une promenade sur le pont du *Saint-Jean-Baptiste*. La nouvelle épousée avait le plus beau sourire qui soit ; elle s'extasiait sur la hauteur des mâts, sur l'importance des appereaux, sur la solidité des galebans et aurait posé d'incessantes questions au capitaine si elle n'avait craint de l'importuner. Elle aurait aimé voir la carte marine, les boussoles, le compas et le sextant, mais elle n'osait s'en ouvrir au chevalier. Elle profitait cependant de ce trajet de mer pour identifier les étoiles dont on parlait dans son livre d'astronomie et était revenue à des sentiments plus religieux devant tant de majesté. La voûte céleste la bouleversait, non par ses milliers de diamants mais par son immensité ; le vertige happait Véronique du Puissac en lui rappelant l'infime condition de l'homme. En même temps, elle s'enorgueillissait de vivre ; Dieu ne désirait pas l'écraser par sa grandeur, il n'aurait pas créé tant de beauté vainement. Il souhaitait partager ses talents et elle lui rendait hommage en admirant sans réserve son univers.

Le jour, elle étudiait les termes marins : elle ne parlait plus d'embarcations, mais de pinques, d'arondelles ou de brigantins, elle écoutait les ordres du capitaine en surveillant attentivement les matelots ; elle distinguait maintenant le perroquet de la grand-vergue et de l'artimon, le franc-hunin de l'hansière ou du gerseau et savait que le risson était une ancre à quatre branches pour les vaisseaux de bas bord.

Alors que la majorité des passagères priaient Dieu pour qu'il protège la traversée, elle souhaitait presque que les vents les détournent de leur destination et allongent leur voyage afin de connaître d'autres côtes que celles de la France. Du Puissac lui promettait qu'elle serait éblouie par celles du Saint-Laurent, mais elle aurait aimé voir le cap de la Nao.

Elle était avide de vivre après l'isolement auquel le comte l'avait forcée. Elle aimerait les grands espaces de la Nouvelle-France.

Chapitre 15.

Guillaume Laviolette regardait la pointe de l'île d'Orléans en se désolant de constater que les récents événements lui donnaient raison : la paix ne serait pas signée avant des mois. Alors que les soldats érigeaient le fort Sainte-Anne, des Agniers avaient attaqué sept officiers qui étaient allés chasser en bordure du lac Champlain. M. de Chasy, le neveu du marquis de Tracy, était au nombre des victimes.

On venait tout juste de l'apprendre à Québec.

M. de Tracy avait décidé aussitôt de rappeler les Français envoyés en ambassade pour s'assurer des bonnes intentions des Iroquois et avait enfermé au château Saint-Louis vingt-quatre délégués indiens.

Au fort huron, Guillaume avait senti une grande inquiétude, même si on refusait de parler de cet incident. Le coureur savait que les Hurons avaient été chassés de leurs territoires par les Iroquois et recueillis par les Jésuites, qu'ils étaient baptisés et que quelques-uns étaient même fanatiques. Mais il sentait que plusieurs aînés avaient reçu le sacrement du baptême afin d'obtenir des privilèges : l'accès aux forts français qui leur garantissait une certaine protection, les meilleurs tarifs quand ils commerçaient avec les représentants de la Compagnie des Cent-Associés et la possibilité de se procurer des armes. Vingt ans auparavant, les Français s'entêtaient à ne donner des fusils qu'aux convertis alors que les Hollandais avaient déjà armé bien des Iroquois sans exiger qu'ils renient leurs dieux. Les Hurons avaient été fascinés par l'écriture, avaient écouté les prêtres avec stupeur ; leur discours était si terrifiant ! Les Robes noires avaient réussi à les persuader de l'existence de l'enfer et de l'urgence de prier pour la rémission de leurs péchés. Mais Guillaume Laviolette pensait que ses amis indiens n'étaient pas tous convaincus du bien-fondé de ces préceptes religieux. Plusieurs songeaient que leurs frères païens qui s'étaient alliés à l'ennemi livreraient une grande bataille pour avoir préféré les sentiments de fierté et de dignité qui caractérisaient les sociétés iroquoises à l'humilité, la honte et le besoin de rédemption des catholiques. Le Faucon et sa sœur devaient secrètement estimer leurs adversaires qui n'hésitaient pas à se mesurer aux soldats du régiment.

— Ils cesseront bientôt, avait prédit Guillaume au Faucon. M. de Tracy vengera la mort de son parent.

Le coureur s'arrêta chez Boisdon au lieu de tourner rue Sault-au-Matelot ; il y retrouva Guillaume Bonnet. Tel un chiot, celui-ci le regardait avec des yeux brillants d'admiration ; il avait entendu parler du coureur qui était presque aussi célèbre que Radisson et des Groseilliers et se réjouissait de l'avoir rencontré grâce à Marie. Elle se comportait comme une sœur aînée envers lui et Guillaume le traitait en ami. La preuve ? le coureur s'assoyait à ses côtés au cabaret !

— On partira avant la fin juillet.

— Tu reviendras, dit le colosse, vous êtes trop nombreux pour être vaincus.

Il prit une lampée et grimaça :

— C'est pis que du guinguet ! C'est tout ce qui me manque du pays : un vin qui ne serait point vert et qui serait bien moins coûteux.

— M. Talon promet une belle brasserie, rappela Michel Dupuis.

— Il faudrait signer la paix avant de songer à boire, dit Le Duc, sentencieux.

Guillaume Laviolette pouffa : Horace Bontemps était un des fidèles habitués de la taverne.

Le Duc se vexa, soutint qu'il pouvait aisément être tempérant. Dupuis gagea sur-le-champ qu'il ne tiendrait pas jusqu'à la paix.

Bontemps se mordit les lèvres, conscient que tous les clients l'observaient, et tenta d'atténuer ses propos ; il voulait seulement dire qu'on n'avait rien à fêter quand on songeait aux officiers assassinés.

— Tu as peur de perdre ! s'esclaffa Antoine Souci. Pourtant, une diète te siérait...

Le Duc s'empourpra ; il goubelotait chaque jour, mais il leur montrerait qu'il avait de la volonté.

— Je gage dix peaux de castor que je ne boirai pas une goutte avant que les Agniers se soient rendus.

Il topa avec Dupuis. Celui-ci souriait largement pour indiquer qu'il était persuadé de gagner dans la semaine.

Guillaume Bonnet allait interroger le coureur sur la construction des maisons-longues quand Alphonse Rousseau poussa la porte si violemment qu'elle heurta le mur de pierre. Il était tellement essoufflé qu'il ne parvenait plus à parler. Laviolette finit par entendre « Marie » et devina.

— Tu veux savoir où est Marie ? Qui l'appelle ?

Simon Perrot était-il revenu à Québec ?

— C'est... Ro... Rose. Elle va avoir le petit !

Laviolette écarquilla les yeux, ressentit le désarroi d'Une Patte et tenta de plaisanter pour masquer sa gêne.

— Elle est bien pressée ! Elle devait attendre encore un peu !

Le coureur faisait allusion à la prolongation de la grossesse de Rose ; selon Marie, elle aurait dû enfanter à la mi-juin. L'enfant se décidait-il enfin à naître après dix jours de retard ?

Il confia Alphonse au jeune Bonnet.

— Allez chercher Hélène Desportes.

— Rose veut voir Marie.

— Marie n'est pas sage-femme aux yeux de l'Eglise. Je vais la trouver, mais Hélène Desportes doit être présente. Va quérir un prêtre.

— C'est fait. J'ai croisé Guillemette Couillard en sortant : elle a envoyé son petit-fils au séminaire. Elle est auprès de Rose maintenant.

Alphonse Rousseau retrouvait des couleurs, mais il avait été si ému en entendant Rose pousser un cri de stupeur, en voyant ses eaux s'épandre sur le plancher de la grande pièce!

Il rougissait maintenant, répétait qu'il fallait ramener Marie.

— Je lui ai promis!

— Retourne près d'elle, lui intima Laviolette, je vais m'occuper de ma femme.

Il promit à l'aubergiste qu'ils reviendraient bientôt trinquer. Alphonse sourit bravement, malgré son anxiété, et trébucha en passant la porte... Il répéta trois fois que sa jambe de bois le trahissait souvent, mais Guillaume Bonnet rit de son énervement.

Ils se hâtèrent vers la rue Sault-au-Matelot, tandis que le coureur s'éloignait vers la rivière : Marie était partie une heure plus tôt avec son panier. Elle lui avait dit qu'elle dénicherait de la bardane pour la goutte du vieux Joseph et la vergerette qui ferait suer Agathe Souci.

La Renarde fut ravie de trouver du mélilot qui agissait merveilleusement sur les plaies purulentes; elle en ferait des cataplasmes dès qu'elle serait rentrée et irait en porter à Catherine Lemieux qui s'était brûlée durant la semaine.

Marie chantonnait quand Guillaume la rejoignit et il l'admira un moment à son insu, troublé par la sensualité qui émanait de ses moindres gestes. Sa tresse cuivrée, qui retombait à chaque mouvement entre ses seins, avait la souplesse et la brillance d'un serpent et le coureur pensa qu'Eve n'avait pas offert de pomme à Adam; non, il avait été bêtement empoisonné en voulant prendre la place du reptile. La poitrine de Marie, rose d'humidité, lui paraissait plus belle que jamais, plus douce. Sa voix était rauque quand il interrompit sa comptine. Elle sursauta, puis sourit en le reconnaissant.

— J'ai trouvé du mélilot!

La présence de Guillaume n'avait rien d'insolite car il l'avait accompagnée quelques fois à sa cueillette, mais elle s'inquiéta de son silence.

— Que se passe-t-il? Noémie?

— Non, c'est Rose. Elle...

— Rose! s'écria Marie. Elle était si quiète quand je l'ai vue avant de partir.

— Elle l'est toujours, d'après Alphonse, qui lui ne l'est guère.

Marie s'exclama qu'elle la délivrerait, autorisation ou pas ; elle seconderait Hélène Desportes. Celle-ci, agréante, avait accepté à l'avance que la Renarde reste à ses côtés, songeant que sa présence aiderait Rose à supporter les douleurs de l'enfantement.

Marie saisit sa besace en disant qu'elle aurait un jour un cheval pour aller voir ses pratiques et quitta la rivière. Sa célérité défiait celle des faons, si prompts à fondre dans la forêt. Guillaume ne tenta pas de la rattraper ; il ramassa les petits balluchons d'herbes qu'elle avait négligés. Il souhaita que Rose ne souffre pas trop longtemps. Il retourna à la basse-ville sans se presser, intimidé par l'événement. Il avait connu l'agitation qui entoure une naissance quand il vivait chez les Iroquois, mais il redoutait que ce ne soit moins simple rue Sault-au-Matelot. Il y aurait bien du monde ; qu'apporterait-il de plus ?

Son consentement à être compère.

Il n'eut même pas à entrer chez les Rousseau pour apprendre que Rose avait accouché d'un garçon aussi vite qu'une chatte. Guillemette Couillard s'éventait avec son mouchoir devant la maison Picot en conversant avec les passantes : on n'avait pas vu souvent d'enfantement plus aisé ! Elle avait eu à peine le temps de dire une dizaine de chapelet. Rose avait perdu ses eaux, puis s'était accroupie au sol en attendant la mère-sage. Celle-ci avait été mandée à Sillery et Marie avait trouvé Rose couchée, les traits contractés, qui s'efforçait d'écouter Guillemette Couillard. Elle avait prié cette dernière d'éloigner Alphonse Rousseau dont les gémissements ne secouraient guère la parturiente. Mme Couillard l'avait confié à Guillaume Bonnet et avait guetté l'arrivée du prêtre à qui elle expliquerait qu'en l'absence d'Hélène Desportes elle avait songé à Marie LaFlamme.

Sous un calme apparent, la Renarde pensait que son cœur battait aussi vite que celui de son amie, mais elle lui avait souri en lui disant que tout se passerait bien.

— Je sais, avait commencé Rose. Je...

Une contraction lui avait coupé le souffle et Marie avait découvert ses cuisses ensanglantées. Elle avait poussé un cri de stupéfaction en constatant que la tête de l'enfant était déjà engagée!

— Rose! C'est presque fini! Il est là! Ton queneau arrive!

La guérisseuse s'était trempé les mains dans l'eau que Guillemette Couillard avait eu la sagesse d'apporter et elle avait tenté de prendre le crâne de l'enfant : elle l'avait vu s'enfoncer légèrement, avait posé une main sur le ventre luisant de sueur, deviné une ultime contraction et crié à Rose de recommencer à pousser encore et encore. Dans un hurlement qui tenait plus de la victoire que de la douleur, Rose avait accouché à midi d'un garçon de huit livres parfaitement constitué.

Elle avait demandé aussitôt si son fils était marqué. Non. Il n'avait aucune tache de vin.

Guillemette Couillard avait entraîné le prêtre dans la pièce sans qu'il ait moyen de réagir : Marie n'avait pas encore coupé le cordon ombilical!

Bernard Rousseau s'était mis à hurler comme si on l'écorchait vif et son père avait échappé à la surveillance de Guillaume Bonnet pour entrer dans la chambre. Marie, qui lavait l'enfant, s'était étonnée qu'il ne le regarde même pas. Il s'était rué sur Rose en pleurant; il avait eu si peur de la perdre! Il lui serrait les mains en répétant qu'il l'aimait et qu'il ferait dire des messes pour remercier Dieu de l'avoir épargnée. Rose, qui savait qu'Alphonse l'estimait, avait compris à cet instant qu'il éprouvait pour elle une réelle affection. Elle avait souri à son mari avant de lui désigner leur fils. Marie l'avait sommairement examiné; il semblait en excellente santé. Elle avait enveloppé le poupon dans un linge propre et l'avait déposé sur le ventre de sa mère avant de sortir discrètement.

Guillemette Couillard était tout aussi éberluée qu'elle de la vitesse avec laquelle Rose avait enfanté; Dieu lui avait accordé une protection particulière. Marie avait hoché la tête en songeant que le Très-Haut voulait sans doute se faire pardonner le viol perpétré par Germain Picot. Elle était soulagée que sa Rose n'ait pas souffert, mais elle se sentait inutile; elle s'était fait une telle joie de secourir sa compagne! Elle avait souri en apercevant Guillaume qui portait Noémie et s'était souvenue du pénible accouchement de Julie LaFlandres; elle s'était signée en remerciant le Ciel d'avoir veillé sur Rose.

— C'est un garçon! répétait-on rue Sault-au-Matelot.

Une femme avait suggéré une prière pour cet enfant et les curieux s'étaient agenouillés sans hésiter; les Rousseau étaient appréciés de leurs voisins et on souhaitait une belle vie à leur fils.

Dans la chambre, Alphonse bredouillait que Bernard lui avait souri, mais Rose ne l'écoutait pas, trop bouleversée par ce qu'elle venait de vivre. Elle éprouvait un tel sentiment de plénitude et d'émerveillement qu'il lui semblait que pareil miracle ne pouvait lui être arrivé à elle, une femme fleurdelysée. Son bonheur lui faisait peur et elle regrettait presque la fureur de son ventre, si franche, si nette. Rose craignait que Bernard ne disparaisse par enchantement comme dans un rêve.

Quand Bernard ouvrit la main, elle y glissa son doigt et la force du bébé balaya ses angoisses : son fils était bien vivant.

— Il te ressemble, chuchota-t-elle à Alphonse.

Marie revint à ce moment pour donner des soins à l'enfant et poussa Une Patte vers la porte :

— Le prêtre! Va lui parler!

L'homme d'Eglise n'était pas seul; bien des femmes étaient entrées avec lui, et elles étaient maintenant une quinzaine à commenter l'enfantement, à raconter le leur ou celui de leur voisine, de leur tante. Alphonse Rousseau salua le prêtre avec soulagement : seul homme dans cette assemblée féminine, il s'était appliqué à cacher son inquiétude en priant, mais les cris de Rose lui avaient arraché des gémissements. Les femmes l'avaient moqué gentiment; le travail était bien avancé d'après Mme Couillard et Rose avait une bonne santé et les hanches larges; elle survivrait aisément. De plus, Marie LaFlamme était avec elle; la guérisseuse faisait des merveilles, il le savait bien! Alphonse avait pourtant tremblé jusqu'à ce qu'il entende le cri de son fils.

Rose étant sauvée, Une Patte était reconnaissant à ses voisines de leurs bonnes paroles, mais il tenait à retrouver son rôle de chef de famille; il se dirigea d'un pas décidé vers le jésuite. Guillemette Couillard, Catherine Lemieux, Eléonore de Grandmaison et Guillaume Laviolette les suivirent près du lit.

Le prêtre fit avancer les commère et compère et demanda à Alphonse se soutenir l'enfant qui hurla de tous ses poumons durant l'ondoiement.

— Il pourra imiter les loups! chuchota Guillaume à Marie qui lui pinça le bras pour le faire taire.

Elle avait un visage grave et le coureur comprit qu'elle prenait son rôle de marraine au sérieux. Pensait-elle à l'avenir de cet enfant en observant les gestes du prêtre?

Elle s'efforçait plutôt de saisir le sens de ce rite; la femme accouchait, délivrée par une femme. Une femme avertissait le prêtre, d'autres femmes venaient seconder la sage-femme si elle avait besoin d'aide, s'occuper de sa famille. On réconfortait le père, le frère ou le grand-père qui devaient être présents pour l'ondoiement du nouveau-né si le prêtre ne pouvait venir. Car c'était un homme qui baptiserait l'enfant, cet être impur jusqu'à ce qu'il ait été présenté à Dieu. Impur à cause du péché originel. Un péché dont la femme était responsable car Eve avait tenté Adam. Toutes ses filles mettaient au monde les fruits de leur péché qui seraient condamnés à errer dans les limbes s'ils ne recevaient pas immédiatement le baptême. Le père Martin l'avait expliqué à Marie à Nantes; ce n'était pas différent à Québec où une religieuse lui avait dit que les douleurs de l'accouchement étaient une punition méritée.

Marie voulait être sage-femme pour soustraire les femmes à ce châtiment injuste; on exigeait qu'elles fassent des enfants pour peupler la colonie mais au lieu de les féliciter, on les considérait toujours comme des pécheresses. Elle se retenait de protester en voyant le prêtre présenter l'enfant à Alphonse sans un regard pour Rose. Elle se rappelait qu'Anne LaFlamme avait dû se taire pour conserver son poste de matrone. Et qu'elle avait été punie dès qu'elle s'était révoltée.

Guillaume la tira de ses réflexions en suggérant à Une Patte d'aller boire à la taverne.

— J'en ai bien besoin, confessa le nouveau père.

Il avait aussi envie de quitter toutes ces femmes qui donnaient leurs conseils à la jeune mère et de retrouver une compagnie de mâles.

Au cabaret, les clients le félicitèrent, ravis d'entendre enfin une bonne nouvelle. Souci parla de la Saint-Jean qui serait discrète cette année pour respecter le deuil du marquis de Tracy et proposa de fêter céans.

— A Bernard Rousseau! clama-t-il en levant son godet.

Guillaume paya la première tournée. Souci la deuxième, Dupuis la troisième. Beaulieu voulait offrir la quatrième mais le tenancier refusa; on avait assez bu et il tenait à la réputation de son établissement. Des protestations s'élevèrent, mais Guillaume quitta la taverne et plusieurs suivirent son exemple.

Le coureur accompagna Alphonse chez lui pour y rejoindre Marie qui n'avait pas quitté Rose de l'après-midi; elle lui avait fait boire des décoctions de bourse-à-pasteur qui préviendraient l'hémorragie. Rose avait somnolé, mais son désir de toucher son fils était si fort qu'elle le réclamait régulièrement. Guillemette Couillard avait déclaré que c'était un des plus beaux enfants qu'elle avait vus dans la colonie et Marie s'était émue de la fierté qu'elle lisait, pour la première fois en trois ans, dans le regard de Rose.

Comme convenu, Françoise s'installait chez Rose; elle le lui avait offert dès qu'elle l'avait vue grosse. Elle resterait une semaine auprès d'elle afin de lui éviter un trop grande fatigue. Marie habitant à quelques maisons, elle ne se languirait pas trop de Noémie. Quand la guérisseuse vit Françoise se pencher sur Bernard, elle lui découvrit une expression de pure félicité et reprit espoir; la fillette torturée trouverait peut-être le bonheur quand elle enfanterait.

En rentrant chez eux, elle confia cette observation au coureur.

— Je souhaite que tu aies raison, ma mie.

Guillaume lui souriait, mais son air était anxieux. Il confessa

son malaise; la mort du neveu de Tracy avait compromis les
chances d'une négociation pacifique. La vengeance animerait
dorénavant les soldats français; le coureur redoutait un carnage.

— Tu penses à Klalis? demanda Marie.

Elle éprouvait plus de reconnaissance que de jalousie envers la
maîtresse indienne de son époux. Klalis avait aimé Guillaume;
elle l'avait soigné quand il avait été attaqué par des loups. Il
avait échappé miraculeusement à la mort, mais sans le secours de
l'Indienne ses plaies se seraient envenimées et la fièvre l'aurait
emporté.

Guillaume hocha la tête.

— Je prierai aussi pour que Sena soit épargnée, dit Marie. Elle
a déjà vu les siens massacrés. S'il fallait que sa nouvelle famille
soit décimée... J'ignore qui elle a rejoint en fuyant le château
Saint-Louis.

— Les Agniers, tu le sais bien.

Sena, iroquoise, n'aurait pas cherché à se faire adopter par les
Montagnais, les Abénakis, les Attikameks ou les Algonquins. De
plus, les Agniers s'étaient considérablement avancés en territoire
français; si Sena était toujours vivante, elle faisait partie de cette
tribu. Et si la guerre que voulaient livrer les Français ressemblait
à toutes celles qui avaient ensanglanté la terre depuis l'avène-
ment du monde, les femmes et les enfants seraient les premiers
sacrifiés.

— Sasagi Molsem, murmura Marie, que peut-on faire?

Guillaume avoua son impuissance; il n'avait pas la sagesse
que les Indiens lui avaient prêtée et n'avait aucune solution à
proposer. Il ne pouvait intervenir dans ce conflit; s'il avait servi
d'interprète au Gouverneur, il avait adroitement esquivé des responsabilités de conseiller. Les Français sauraient très bien mener
leur campagne sans son aide. Ils étaient si nombreux!

Noémie parvint difficilement à distraire ses parents de leurs
sombres réflexions. Ils parlèrent peu durant le souper et ils
s'étreignirent dès la tombée de la nuit dans l'espoir d'oublier un
moment leurs craintes.

Après la messe de la Saint-Jean, Marie et Guillaume visitèrent les Rousseau. Rose serrait Bernard contre elle avec un ravissement qui faisait plaisir à voir ; elle rayonnait malgré sa fatigue. Bernard avait réclamé à boire cinq fois dans la nuit ! Tandis que Guillaume montrait à Alphonse les truites qu'il avait pêchées avant la cérémonie religieuse, Marie sortait la crème qu'elle avait préparée la veille pour protéger les mamelons de la nouvelle mère.

— Tiens, ton queneau est si safre qu'il ne te ménage guère.

Avec une note d'orgueil dans la voix, Rose admit que ses tétons étaient sensibles ; son petit la malmenait parce qu'il était costaud !

Françoise dit qu'il avait failli lui broyer une oreille quand elle l'avait remis dans son ber ; il était bien fort, et bien entêté !

Rose répéta à Marie tous les compliments qu'on avait faits sur son fils et cette dernière lui apprit que M. Talon serait venue la féliciter s'il n'avait été retenu par ses obligations.

— Je comprends, fit Rose, c'est la Saint-Jean.

Marie hocha la tête ; inutile de gâcher la joie des Rousseau en leur contant ses appréhensions. Elle garderait pour elle ses visions d'horreur, ses cauchemars où les corps des Indiens s'amoncelaient, où les villages brûlaient, où les jeunes Français découvraient le saccagement. Elle imaginait la poudre des balles se mêlant à l'odeur du sang dans les pires chaleurs de l'été, les cadavres putréfiés sur lesquels s'agglutineraient des milliers de mouches noires, la fumée qui s'élèverait des maisons-longues incendiées. Elle voyait revenir les troupes portant les blessés. Elle ne pourrait jamais remplacer une main coupée, un œil crevé, un mollet déchiré. Elle panserait des garçons de seize ans à qui Une Patte enseignerait à marcher avec une jambe de bois.

Elle savait pourtant que les Agniers avaient attaqué les Blancs avec une grande sauvagerie et qu'on tremblait en permanence à Hochelaga. Elle se souvenait des récits de Jeanne Mance. Les Iroquois se montraient aussi cruels que des inquisiteurs avec leurs prisonniers. Elle comprenait qu'il fallait les soumettre. Mais comment une guérisseuse pouvait-elle accepter la guerre ? On avait appris à Québec que la France et l'Angleterre s'affrontaient, que la Hollande, l'Espagne et le Portugal participeraient au conflit, que des dizaines de navires étaient sabordés ; y avait-il un lieu en ce monde où les gens ne s'entre-tuaient pas ?

Marie LaFlamme éprouva un besoin impérieux de prendre Bernard dans ses bras ; la vie continuerait malgré la bêtise des hommes, leur soif de pouvoir. Les mères n'accoucheraient pas toutes de soldats.

Elle songea que Dieu ne permettrait pas semblable boucherie s'il était une femme, s'il craignait de voir la chair de sa chair pulvérisée par un boulet de canon.

Les préparatifs de la campagne exaspéraient tellement Marie qu'elle passait presque toutes ses journées à cueillir des plantes. Elle accepta avec empressement de se rendre à l'île d'Orléans avec Guillaume ; elle ne pouvait voir un soldat sans se demander combien il tuerait d'Agniers ou s'il reviendrait à Québec. Elle n'avait pas ressenti cette épouvante lors de la première campagne car elle ne pensait alors qu'à Simon Perrot.

Les familles qui vivaient à l'île d'Orléans ébranlèrent son jugement ; elle rencontrait pour la première fois des gens qui avaient subi les Iroquois. Des attaques isolées, manifestement spontanées, qui ne faisaient pas toujours de victimes mais qui entretenaient la peur dans le cœur des colons.

— On ne dort jamais que d'un œil, confia une femme à Marie.

— On s'inquiète pour nos petits, dit une autre. Dès qu'ils tardent à rentrer, on craint le pire.

Ils restaient dans cette île parce que la terre était bonne et parce qu'on leur avait promis que M. de Tracy materait les Agniers.

— Le régiment de Carignan-Salières les domptera, promit Guillaume sans enthousiasme.

On demanda des précisions que le coureur ne pouvait fournir ; il ignorait quand les soldats quitteraient Québec, mais il était prêt à gager sa chemise qu'ils partiraient en campagne avant la fin du mois.

On offrit des fraises aux visiteurs et Noémie ébahit les colons par son appétit. Il est vrai que les fruits étaient bougrement sucrés et Marie n'y résista pas davantage que sa fille.

En regagnant Québec, les Laviolette se rappelèrent que c'était ce 2 juillet que Louis Jolliet soutenait sa thèse de philosophie.

Ils apprirent au magasin que le jeune clerc avait argumenté en latin devant le marquis de Tracy, le Gouverneur, l'intendant et Mgr de Laval. Louis Jolliet s'était joliment défendu et les habitants, qui appréciaient ses talents d'organiste à la messe depuis deux ans, étaient heureux de son succès.

— Je ne crois pas qu'il soit destiné à l'Eglise, fit remarquer Guillaume à sa femme après le souper.

— Il montre pourtant de belles dispositions, protesta Marie.

— Il m'a fait conter mes courses trop souvent et ses questions sont judicieuses. Il ne pourra vivre au séminaire. Tu sauras me le dire. Il rêve de portages...

* * *

Guillaume avait dit qu'il partait pour une semaine. Marie l'attendait pour le dîner, il arriverait au souper. Le coureur et le Faucon devaient s'être mutuellement encouragés à s'enfoncer dans la forêt pour piéger une grosse bête. Ils reviendraient avec une peau énorme et de la viande pour cinq familles.

Marie avait réduit trois livres d'herbes en poudre et s'apprêtait à en remplir des fioles quand Mani et Rose poussèrent sa porte. La Renarde leva la tête, joyeuse, Guillaume rentrait, il mangerait la soupe aux courges avec appétit. Elle avait bien fait d'ajouter un gros morceau de lard à sa potée. Elle ne plumerait pas tout de suite les oiseaux qu'il avait tués. Il les suspendrait au bout de la pièce durant quatre jours. Au moins. Elle les cuirait avec de l'ail doux. Il rapportait aussi du lièvre, que Françoise appréciait tant avec des champignons.

— Rose? Mani?

Mkazawi gémit.

— Marie, fit Mani en s'avançant vers elle en même temps que Rose pour lui prendre les poignets.

Elle voulait l'empêcher de se griffer la figure comme sa grand-mère l'avait fait quand son mari avait été tué par un ours. Mais Marie LaFlamme ne bougeait pas. Il sembla aux visiteuses qu'elle ne respirait même plus. Son teint avait viré au gris d'une manière alarmante et Rose, en larmes, savait qu'elle s'évanouirait en apprenant que son mari était mort.

— Guillaume! cria Marie. Guillaume!

Son cri rappela à Mani celui d'une louve qui avait hurlé près de leur campement durant deux jours et deux nuits après que son mâle eut été tué : ses sanglots étaient aussi longs qu'une nuit d'hiver, aussi tristes qu'une famine. Elle trouva Marie étrangement lourde quand elle s'affaissa et songea que l'esprit de Guillaume avait cessé d'errer et choisi d'habiter le corps de son épouse. Les religieuses qui enseignaient le catéchisme auraient rejeté avec horreur cette idée, mais Mani s'empressa de le dire à Marie quand elle reprit connaissance.

Alphonse, qui avait laissé les femmes entrer seules, se décida à les rejoindre. Françoise, qui serrait Noémie dans ses bras en pleurant, se rua vers lui en tremblant. Il lui flatta les cheveux en chuchotant que Marie aurait plus que jamais besoin de son aide. Françoise se redressa aussitôt, oublieuse de son propre chagrin; elle pourrait enfin montrer à Marie toute sa gratitude. Elle sortit pour calmer Noémie et Mkazawi qui n'avait pas cessé de geindre; elle se rappela alors qu'il avait été anormalement agité toute la journée; il avait deviné le sort de son maître bien-aimé.

Françoise devait aussi interdire l'entrée de la maison aux curieux comme le lui avait demandé Alphonse. Doutant de son autorité, elle fut soulagée de reconnaître Eléonore de Grand-maison : une femme de son envergure serait mieux écoutée qu'elle. Celle-ci avait été la première à apprendre par Mani la mort de Guillaume. Elle avait vu l'épuisement du Faucon qui avait ramené le corps du coureur.

Le Huron avait refusé d'abandonner son ami à l'île d'Orléans. Il avait pagayé six heures et demie pour atteindre Québec sans jamais s'arrêter car il craignait l'orage. Le trajet lui avait semblé interminable, et en même temps trop court pour qu'il ait su appréhender la mort de Guillaume. Il l'avait regardé cent fois pour s'en persuader ; comment un tel colosse pouvait-il périr ? Il s'attendait qu'il secoue la tête, crache un peu d'eau, tousse, cligne des yeux et prenne sa pagaie pour l'aider à rejoindre Québec. Il aurait juré contre les pierres glissantes, si traîtres, qui l'avaient fait chuter et perdre la plus grosse truite mouchetée qu'on ait jamais montrée dans la colonie. Le Faucon se serait moqué de lui, mais l'aurait aidé à tordre ses vêtements.

Il arrachait les ouïes d'un poisson pour les piquer au bout d'un hameçon quand il avait vu Guillaume s'avancer sur les rochers bruns. Il distinguait son sourire ; il sentait qu'il ferait une jolie prise. La plus belle. Le Faucon avait souri à son tour ; il relevait le défi et pêcherait un monstre ! C'est alors que le coureur avait perdu pied. Sa tête avait frappé l'arête d'un rocher. Il était tombé dans l'eau vaseuse. Le Faucon s'était précipité ; il avait plongé entre deux rochers pour secourir son ami. Il l'avait attrapé sous les bras, lui avait maintenu la tête hors de l'eau et avait nagé dans l'eau boueuse jusqu'au rivage.

C'est là qu'il avait constaté la mort de Guillaume.

Le Faucon était resté assis une heure, aussi immobile que le cadavre. Il avait prié Dieu d'accepter le coureur dans son royaume. Il avait aussi recommandé son ami au Grand Esprit qui connaissait la valeur de Sasagi Molsem. Il n'avait pas hésité à ramener le corps à Québec, même s'il savait qu'on l'accuserait peut-être de sa mort. Mais il savait aussi comme les rites aident les vivants à admettre le départ des leurs pour le grand voyage. Marie devait voir et toucher Guillaume une dernière fois, sinon elle aurait l'impression que son esprit s'était perdu avec son corps.

Le Faucon avait enroulé le cadavre dans une couverture de ratine, l'avait couché au fond du canot et avait pagayé. Il était attristé de la disparition de son ami, mais il lui enviait une fin si nette : Guillaume n'avait même pas eu le temps de s'apercevoir qu'il trépassait. Il avait emporté l'image d'une truite fabuleuse qui ferait de lui le meilleur pêcheur de la colonie. Il avait rendu l'âme en pleine nature, là où il était vraiment heureux. Il n'avait jamais offensé les dieux en tuant leurs créatures pour le plaisir, ils lui avaient offert une belle mort. Il le dirait à Marie dans quelques semaines.

Aux abords de Québec, il avait décidé de charger Mani d'apprendre à la Renarde le décès de Guillaume. Il ne parlait pas assez bien la langue des Blancs pour dire une chose aussi grave. Il se félicitait d'arriver à Québec à la fin du jour : les colons avaient mangé et se préparaient à se reposer ; le travail aux champs était ardu en juillet. Avec un peu de chance, l'Indien pourrait accoster, camoufler le canot et son précieux chargement, courir au fort huron et ramener Mani. Malgré sa fatigue, il avait gravi la côte de la Montagne en courant et l'avait redescendue tout aussi vite avec l'Indienne.

Ils avaient croisé Eléonore de Grandmaison et son époux qui rentraient chez eux après avoir passé la soirée chez des amis à la haute-ville et Mani leur avait appris la mauvaise nouvelle. Après avoir remercié le Faucon d'avoir ramené le corps d'un chrétien à Québec, Cailhaut de La Tesserie avait frappé à la porte de Souci et à celle de Dupuis pour qu'ils les aident, et Mme de Grandmaison avait suggéré d'amener le corps de Guillaume chez les Rolland plutôt que chez Marie.

Alphonse et Rose avaient tout de suite compris qu'il était arrivé un malheur en voyant Eléonore de Grandmaison ; il n'y avait aucune autre explication à sa visite nocturne. Alphonse avait passé un bras protecteur autour des épaules de sa femme et elle avait crié tellement il l'avait serrée en apprenant la mort de leur ami.

La voix ferme de Jacques de Cailhaut de La Tesserie les avait obligés à se ressaisir ; il fallait penser à Marie LaFlamme. Rose s'était rapprochée de Mani et avait déclaré qu'elles se chargeraient de cette mission. On avait confié le petit Bernard aux voisins.

— Marie LaFlamme n'est pas seule, répétait Eléonore de Grandmaison aux habitants de la rue Sault-au-Matelot qui voulaient voir la veuve.

— Je pourrais lui apporter une tarte, dit une voisine.

— Qu'est-ce qui s'est passé?

Eléonore de Grandmaison reprit le récit de Mani : Guillaume était tombé, s'était noyé et le Faucon avait ramené sa dépouille.

— C'est une preuve admirable que nos Hurons sont de bons catholiques, décréta la seigneuresse en conclusion.

— Nos Indiens nous aideront à combattre les Agniers, affirma Michel Dupuis. J'ai toujours su qu'ils étaient des nôtres.

Si Marie avait entendu le colon, elle se serait assurément moquée de lui, car il n'avait jamais témoigné une grande amitié aux Hurons.

Mais elle était sourde. Sourde au monde entier. Sourde au cauchemar. Elle refusait d'avoir ouï ce qu'elle avait ouï.

Guillaume n'était pas du genre à mourir, sinon il aurait péri bien avant! Son mari avait affronté les bêtes sauvages et avait été torturé par les Iroquois et il se serait effondré bêtement entre deux rochers, dans quatre pieds d'eau? Il ne savait pas nager, mais on ne se noie pas ainsi! C'était impossible. Il devait avoir perdu connaissance et elle le ranimerait. Oui! Elle voulait le voir immédiatement. Elle l'avait déjà guéri d'une mauvaise blessure, elle saurait le secourir. Il avait la tête si dure que ce n'était pas une vilaine entaille au crâne qui le terrasserait! Elle le soignerait bien! Où était sa besace? Sa gourde? Avait-on pensé à faire respirer de l'alcool à Guillaume? Il reviendrait de l'enfer pour boire une goutte, il l'avait toujours dit.

— Marie, arrête. Marie.

— Où est-il?

— Il est mort, Marie. Depuis midi.

C'était absurde! Elle était en train de panser le cuisinier du régiment à cette heure. Elle s'en souvenait car elle attendait que le soleil soit moins ardent pour cueillir des plantes. Guillaume ne pouvait pas s'être tué pendant qu'elle appliquait un basilicon sur la paume rugueuse d'un gâte-sauce! Midi? Il était inconscient depuis neuf heures environ. Anne LaFlamme lui avait conté le cas d'une femme qui avait failli être enterrée vivante car on la croyait morte depuis deux jours. Guillaume serait un peu hagard quand il s'éveillerait, mais elle lui raconterait sa mésaventure et l'amitié du Faucon.

— Je veux le voir!

— Je vais aller le chercher avec le Faucon, dit Alphonse. Il est mort, Marie, c'est la vérité.

La Renarde dut admettre l'inadmissible.

On enterra Guillaume après que les habitants de Québec lui eurent fait un ultime adieu. Le Faucon tint à ce que Sasagi Molsem emporte dans sa tombe les dents d'un loup blanc réputé pour son intelligence et la queue d'un renard qui était de la couleur exacte de la mèche de cheveux de Marie LaFlamme. Celle de Noémie était plus dorée, semblable à celle de Françoise. Antoine Souci fut si frappé par la mort de Guillaume qu'il tint à remettre à Marie la somme qu'il devait à ce dernier; il avait joué aux cartes avec le défunt la veille de son départ pour la pêche. Il avait été une des dernières personnes à lui parler! S'il avait su! Les Ursulines et les Hospitalières, qui avaient bien souvent bénéficié de l'aide de Laviolette pour les travaux d'entretien ou de réfection de leurs couvents, écrivirent un éloge funèbre qui tira des larmes aux fidèles à la fin du service. Marie avait tenu à ce que le père Chaumonot dise la messe. Le prêtre s'était acquitté de cette tâche avec émotion; il avait rappelé la générosité de Guillaume Laviolette et son sens de la justice. Il avait avancé qu'il était un bon chrétien malgré la course puisqu'il avait secouru les faibles sa vie durant.

Marie avait écouté le prêtre en s'épongeant le front; on suffoquait dans l'église. Guillaume devait avoir tellement chaud dans son cercueil; il serait content de goûter la fraîcheur de la terre. Il se reposerait en paix. Elle serra les poings : comment avait-il pu la quitter? Ne lui avait-il pas dit qu'il l'aimait une heure avant de rejoindre le Faucon? Qu'avait-il eu besoin de se promener sur des rochers couverts d'algues? Elle aurait voulu le frapper, lui demander des comptes, le frapper encore. Elle avait accepté qu'il parte à chaque hiver, mais il devait revenir. C'était leur marché! Il n'était pas convenu qu'il se casse le cou à trente lieues de Québec. Qui la protégerait si Simon revenait? Lui, en tout cas, était toujours vivant! Il l'avait battue et humiliée, mais il n'était pas mort.

La nuit fut aussi moite que le jour et Françoise veilla tard pour endormir Noémie. La petite s'inquiétait de l'expression étrange de sa mère et se demandait si c'était elle qui la chagrinait ainsi. Elle savait qu'elle n'aurait pas dû fouiller dans sa besace, mais elle avait à peine écrasé les herbes. Elle n'avait pas compris pourquoi Guillaume restait couché sur la grande table, ni ce que faisaient tant de gens chez eux. Tante Rose avait l'air bien sévère aussi. Françoise, heureusement, n'était pas fâchée et elle avait joué avec elle tout l'après-midi. Elle lui caressait maintenant le front, très lentement, et des loups très gentils s'approchaient d'elle et l'invitaient à grimper sur leurs dos. Ils étaient bleu ciel et leur poil était plus doux que celui de Mkazawi.

— Elle dort, chuchota Françoise à Marie.

Elle aurait voulu lui dire combien elle était chagrinée de la mort de Guillaume, mais elle craignait d'être maladroite et d'attrister encore davantage Marie en lui parlant du coureur. Elle avait réussi à lui faire avaler un peu de soupe et le pain qu'avait apporté Agathe Souci, mais redoutait la nuit. Marie allait-elle rôder dans la grande pièce en pleurant et en maudissant le Ciel comme elle l'avait fait la nuit précédente? Dormirait-elle avant l'aube? Cesserait-elle de regarder fixement la porte comme si elle attendait toujours le retour de Guillaume?

Françoise aurait souhaité que Rose reste avec elles, mais Marie l'avait renvoyée auprès de sa famille. C'était donc à elle qu'incombait entièrement la santé de Marie LaFlamme. Devait-elle la brusquer? la plaindre? la distraire? Elle essayait de se souvenir de ce qu'elle aurait voulu qu'on fasse pour elle quand Anne Martin la martyrisait, mais elle avait enfoui ces moments d'épouvante si loin dans sa mémoire, si loin. Elle se rappela qu'elle aurait aimé qu'on lui flatte les cheveux au lieu de les lui arracher.

Elle s'approcha de Marie et posa une main timide sur ses tempes. Elle lissa sa chevelure durant un long moment avant que sa mère adoptive commence à pleurer. Doucement, silencieusement; les larmes n'étaient plus chargées de colère mais de douleur, de regret, d'adieux.

Jusqu'au lever du jour, Marie conta à Françoise les aventures de Guillaume Laviolette, le meilleur coureur de bois depuis Radisson et des Groseilliers. Elle lui parla de leur rencontre, de leur haine commune pour Geoffroy de Saint-Arnaud, de leur ruse pour piéger Picot, de leur complicité, d'une journée en canot où le fleuve était si calme qu'on aurait dit un lac, des promenades dans des forêts écarlates, juste avant sa partance pour la course, des six cailles qu'il avait avalées en un seul repas, du matin où il avait emmené Mkazawi, de sa science des langues indiennes et du crépuscule qu'il aimait tant.

Marie rêva que Guillaume avait trouvé cette mystérieuse rivière de l'ouest dont lui avaient parlé quelques Indiens. Elle était aussi large, aussi profonde, aussi belle que le Saint-Laurent et menait à une mer vermeille où il n'y avait aucun rocher. Que des plages de sable blond où il l'invitait à le rejoindre.

Chapitre 16.

Rose Rolland n'aurait pas dû se réjouir de l'accident de Michel Dupuis, mais elle se disait que rien n'aurait distrait Marie aussi sûrement qu'un bras cassé. La Renarde avait retrouvé tous ses sens pour sauver le membre du maçon et le fait d'avoir réduit cette triple fracture l'avait quasiment enivrée. Elle avait ressenti le même vertige que lorsque, des années plus tôt, elle avait survécu aux abominations de l'armateur.

Françoise avait applaudi quand Marie lui avait demandé de cuire un poulet pour le souper.

— Je ferai aussi une tarte aux fraises. Elles sont si belles cette année !

— Invite Guillaume Bonnet à venir manger avec nous ; il n'aura plus l'occasion de danser des dents avant longtemps, fit Marie.

Sa voix n'avait pas tremblé en prononçant Guillaume. Elle serait forte. Elle ne pouvait se lamenter davantage sans s'attirer la pitié. Elle imaginait mal des regards de compassion alors qu'elle était habituée à déceler de la surprise ou de l'admiration chez ses interlocuteurs. Et puis les troupes partaient demain en campagne ; il aurait été indécent de se plaindre alors que des hommes bien plus jeunes que son époux mourraient d'atroce manière. Le Faucon avait raison ; son mari avait eu une fin enviable. Les soldats, eux, tueraient pour ne pas être tués.

Elle sourirait ce soir afin que Guillaume Bonnet parte avec

d'heureux souvenirs. Ils l'aideraient peut-être lors des affrontements.

A la fin de la soirée, elle lui avait promis qu'elle irait le voir défiler avec son régiment.

Le capitaine Pierre de Saurel regardait ses troupes avec un mélange d'orgueil et d'anxiété : il se souvenait des compliments de Jean Talon sur sa compagnie, « la meilleure », avait-il soutenu avant qu'ils quittent La Rochelle, et il espérait que ce serait tout le régiment qui se distinguerait par cette expédition. Il faisait très chaud ce 27 juillet 1666 et les colons songèrent que les soldats ne seraient pas moins affligés qu'à l'hiver. Ils étaient deux cents Français et près d'une centaine d'Indiens à suivre Saurel en pays agnier ; on vengerait la mort du neveu du lieutenant général. Les Hurons et les Algonquins qui s'étaient joints aux troupes avaient rassuré certains habitants de Québec qui doutaient jusqu'à ce jour de leur fidélité.

Au quai Champlain, Marie, après un dernier signe d'adieu au jeune Bonnet, s'enquérait de la santé de Guillemette Couillard ; elle la trouvait bien affaiblie depuis le printemps.

— Je ne suis plus jeune, Marie. Tu n'es pas sans savoir que mes enfants sont fâchés contre moi. Parle-moi plutôt des tiens.

Marie loua la maturité de Françoise, qui était si gracieuse avec Noémie.

— Elle m'a grandement secourue ces derniers jours.

— Elle sait ce que c'est de souffrir.

— Vous aussi.

Guillemette Couillard raconta qu'elle n'avait pas cru Eléonore de Grandmaison qui lui avait dit, quand son mari était décédé, que le temps arrangerait ses affaires. Elle avait pourtant raison ; il y avait toujours cette petite vague qui troublait son âme lorsqu'elle pensait à Guillaume Couillard, mais elle n'était plus submergée par le raz de marée qui l'anéantissait les premières semaines. Les bons souvenirs avaient fait surface, un à un. Les débuts périlleux où la famille Couillard était la seule à rester dans la colonie. C'était à ce moment qu'on avait adopté les deux petites Indiennes que Champlain n'avait pu emmener en France,

Espérance et Charité. Il y avait eu aussi Olivier, qui venait de Madagascar. Comme il était noir! C'était le commis Le Baillif qui l'avait donné à Guillaume. Ils avaient fait bien des voyages entre Québec et Tadoussac.

— Mon homme est mort dans notre maison, précisa-t-elle. Cette pensée adoucissait ma peine. Tandis que ton mari...

— Mon époux a péri aussi chez lui. Dans son lit.

Guillemette Couillard écarquilla les yeux; la Renarde perdait-elle la raison? Guillaume avait trépassé bien loin de la rue Sault-au-Matelot.

Et voilà qu'elle lui souriait, comme si elle croyait à ses fables!

— Il dormait plus souvent dehors qu'entre deux draps, crut devoir expliquer Marie. Il n'aurait pas souhaité mourir ailleurs.

Elle regarda le fleuve; son père avait disparu en mer. Cette mer qu'il aimait tant. Trépasserait-elle au chevet d'un malade? En délivrant une femme?

— Votre choix vous pèse? demanda-t-elle à Guillemette Couillard; elle savait que la vieille dame était profondément déçue de l'attitude de ses enfants.

— Ils ne voulaient pas que je vende la maison. Mais ce qui est fait est fait.

Mme Couillard avait cédé sa demeure et une grande partie de son terrain à Mgr de Laval qui souhaitait y établir le petit séminaire.

— Mon mari s'est toujours montré charitable avec les religieuses. Je pense me retirer au couvent de l'Hôtel-Dieu. Je prierai avec mère Catherine.

Marie se contenta de hocher la tête; elle n'approuvait pas la décision de Guillemette Couillard et trouvait que la soixantaine avait rendu cette femme frileuse. Est-ce qu'Anne LaFlamme aurait aussi changé en vieillissant? Marie refusait de le croire. Elle admit pourtant que Mme Couillard avait été énergique jusqu'à Pâques.

Peut-être lui ressemblerait-elle quand elle aurait son âge.

Cette idée lui donna le frisson et elle imagina le désarroi de Guillaume si les ans l'avaient forcé à abandonner la course. Elle, au moins, pourrait toujours écrire ses observations médicales et ses filles sauraient cueillir les plantes pour elle quand son dos ou ses yeux seraient trop usés.

Ses filles? Non, Françoise essayait de s'intéresser à la botanique, mais elle oubliait au fur et à mesure ce que lui enseignait Marie et elle manifestait rarement le désir de l'accompagner en forêt. Elle préférait garder Noémie en ville, l'emmener au magasin, au marché, au port où elle voyait d'autres enfants. Les mères les lui confiaient volontiers sachant que Françoise se faisait obéir malgré sa douceur.

Noémie, elle, s'éveillait aux plantes. Elle les froissait déjà dans ses quenottes, respirait leur parfum et repérerait bientôt les baies empoisonnées. Ce n'est pas elle qui mangerait de la carotte à Moreau! Encore deux cas cet été, malgré toutes ses mises en garde. Devrait-elle répéter jusqu'à la fin de ses jours qu'on ne mange pas les champignons, les fruits qu'on ne connaît pas? Les Indiens étaient plus sages; Mani lui rapportait très peu d'accidents de cette nature. Il était temps que les Français les imitent davantage; la partance des Hurons pour la campagne modifierait peut-être l'attitude des Blancs à leur égard. Ils ne devaient pas qu'enseigner, ils pouvaient aussi apprendre. Les soldats retiendraient-ils quelques leçons de l'expédition?

Marie rentra chez elle dès que les troupes se furent éloignées; l'orage menaçait et Françoise lui avait rappelé que leurs vêtements séchaient au vent. Elle s'était décidée à laver les chemises et les culottes de Guillaume pour les donner à Rose; Alphonse était plus petit que le défunt, mais personne n'aurait refusé des habits. Ils étaient de bonne qualité, et ils avaient appartenu au coureur! Marie avait conservé sa veste de daim et ses mocassins, cadeaux de ses frères indiens. Elle regrettait de ne les avoir jamais rencontrés; elle aurait aimé évoquer le souvenir de Sasagi Molsem avec ceux qui l'avaient connu autrement. Guillaume devait être si heureux quand il trappait!

Elle avait commencé à mettre des collets depuis une semaine, mais elle n'avait attrapé qu'une perdrix. Elle devrait s'enfoncer davantage dans la forêt. Rose lui avait dit qu'il y aurait toujours des pratiques pour lui donner un lièvre, une poule, du lard et des œufs en échange de ses soins, mais Marie pensait que Guillaume serait fier d'elle si elle réussissait à piéger quelques bêtes. Il lui avait expliqué ses méthodes plusieurs fois et Mani avait bien voulu vérifier les nœuds de son amie.

Elle y arriverait. Demain, elle poserait quatre pièges et, avant la fin de la semaine, elle coucherait des cailles sur les herbes qui emplissaient sa besace. Noémie serait contente! Elle ne s'appelait pas en vain la Renarde...

Cinq jours plus tard, elle n'avait encore rien pris. Elle laissa libre cours à sa colère; elle maudit le Ciel qui avait permis de telles chaleurs que les bêtes restaient tapies dans leurs terriers. Elle maudit Guillaume qui lui avait mal montré ses nœuds, elle maudit les Indiens qui devaient avoir capturé les lièvres qui lui étaient destinés. Pendant qu'elle fouettait les fourrés avec son bâton de marche, elle n'entendit pas les pas furtifs derrière elle.

Quand elle devina une présence, il était trop tard. On lui passait une corde autour du cou et, avant qu'elle ait pu crier, on lui avait enfoncé une gros caillou dans la bouche. Elle tenta de se débattre, folle de terreur, comprenant que des Agniers l'avaient guettée, qu'elle s'était trop enfoncée dans la forêt. On lui jeta une couverture sur la tête et on lui lia les poignets avec des lanières de cuir. Elle cessa de donner des coups de pied dès qu'elle fut aveuglée; elle manquait d'équilibre. Elle ne tituba qu'un instant, on la souleva.

On la porta dix minutes d'un pas égal; ses ravisseurs connaissaient les sentiers. On la jeta brutalement dans un canot; elle entendit le clapotis des vagues contre le fond de l'embarcation.

On l'emmenait loin de Québec.

* * *

Myriam Le Morhier était désespérée: Hornet n'avait rien trouvé de mieux que de saigner sa bru. Il n'avait pas su couper la fièvre.

— Il ne sait même pas quel mal emporte notre Elizabeth! s'écria-t-elle en voyant apparaître le capitaine.

Martin Le Morhier faisait peine à voir; il avait maigri autant que sa belle-fille. Il avait perdu l'appétit depuis qu'elle était alitée.

— Elle va mourir avant la nuit, murmura-t-il.

— Anne LaFlamme nous l'aurait sauvée!

Le capitaine étouffa un sanglot; il ne connaissait Elizabeth que depuis trois mois, mais il l'aimait comme si c'était sa propre fille. Aucune nouvelle ne l'avait aussi agréablement surpris que celle du mariage de son fils avec Elizabeth Brune.

Le chevalier du Puissac et son épouse avaient accompagné la jeune Anglaise chez ses beaux-parents comme ils l'avaient promis à Victor. Celui-ci avait dû repartir pour Londres où ses affaires se développaient aussi bien qu'il l'avait souhaité; les gens qui avaient survécu à la peste étaient animés d'un furieux désir de vivre. Ils étaient curieux et prêts à investir dans le commerce de Victor Le Morhier qui était certes français, mais surtout grand voyageur. Il parlait de la guerre avec les avitailleurs anglais et plus encore des échanges intercontinentaux. Il apprit que la Nouvelle-Angleterre fournissait du chêne blanc à l'Espagne et au Portugal, aux Açores et à Madère, car ce bois étanche qui n'altérait pas le goût des vins était très recherché pour la fabrication des barils. Il comprit vite que la Nouvelle-Angleterre et la Nouvelle-Hollande étaient des colonies mieux gérées et plus riches que la Nouvelle-France. Victor saisissait la nécessité d'un commerce diversifié et redoutait que le castor qu'offrait Québec ne suffise plus à susciter l'intérêt des armateurs. On se préoccupait davantage du sucre, du tabac, du blé d'Inde. Arriverait-il à établir un circuit rentable entre les colonies et le continent? Les Français le soutiendraient-ils? Le pourraient-ils? La suprématie de la flotte hollandaise était évidente; Victor avait même su que la plupart des marins français préféraient s'engager dans celle-ci plutôt que de servir leur pays. L'Angleterre disputait férocement ce règne sur l'Atlantique; quoi qu'il en soit, le Nantais devinait que la France perdrait beaucoup dans les prochaines années...

Elizabeth s'était montrée courageuse quand Victor l'avait embrassée une dernière fois sur le parvis de l'hôtel particulier des du Puissac. Elle partirait avec leurs amis pour Nantes et l'attendrait chez ses parents; il n'y avait plus aucun risque à faire la route; l'enfant ne se laisserait pas déloger par quelques cahots. Le médecin que Véronique de Roche-Brieux avait consulté était formel : un trajet de terre était bien moins pénible qu'un trajet de mer. Elizabeth n'avait vomi qu'une fois et, passé les premiers jours, elle ne sentait quasiment plus les secousses du carrosse.

Elle avait appréhendé le contact avec ses beaux-parents mais avait été totalement rassurée en voyant Myriam Le Morhier lui tendre les bras. Le capitaine semblait intimidé; toutefois, il avait ce demi-sourire qui lui plaisait tant chez Victor et ses yeux la scrutaient sans la juger. Mme du Puissac lui avait alors chuchoté à l'oreille qu'elle n'avait jamais rencontré de bourgeois aussi chaleureux. Ils n'étaient pas guindés, et semblaient indifférents au regard de leurs voisins qui guettaient l'arrivée de cette belle-fille étrangère et s'attendaient à des présentations plus conformes à l'étiquette. Cependant, le carrosse avait beaucoup impressionné ces Nantais qui l'avaient comparé à celui de Geoffroy de Saint-Arnaud.

Les Le Morhier avaient présenté leur belle-fille à tous leurs amis et avaient, contrairement à leurs habitudes, reçu maintes fois des gens à dîner ou à souper car ils avaient peur qu'Elizabeth ne s'ennuie chez eux. N'avait-elle pas confié à Louise Beaumont qu'elle adorait la vie parisienne? La sœur de Martin Le Morhier, qui avait tenu une chapellerie rue des Vieilles-Etuves-Saint-Honoré, avait répété les propos de la jeune Anglaise au capitaine. Mais les réceptions n'avaient pas comblé cette dernière et elle s'en était ouverte à Mme Beaumont, craignant de blesser ses beaux-parents; elle voulait travailler. Ne pouvait-on l'initier au commerce? Victor serait ébahi quand il reviendrait! Elle savait écrire et compter et parlait deux langues; ne lui trouverait-on aucun ouvrage?

Mme Beaumont, qui se languissait de sa boutique, avait plutôt proposé à sa nièce qu'elles ouvrent leur propre commerce. Les Nantaises étaient coquettes, on n'avait qu'à voir comme elles s'arrachaient un bout de tissu au marché; on leur vendrait aisément des colifichets, pourvu qu'ils soient nouveaux. Victor pourrait même les approvisionner. Elizabeth avait montré tant d'enthousiasme qu'on avait dû modérer son ardeur; elle devait se ménager pour l'enfant. Il est vrai que sa grossesse était aisée; elle avait somnolé les premières semaines, mais ne souffrait plus d'aucun malaise.

Myriam Le Morhier avait donc été stupéfaite de la trouver inanimée en bas du grand escalier. Elle ne l'avait même pas entendue chuter. Ou crier. Louise Beaumont était accourue. Elle était ressortie aussitôt pour aller chercher Hornet. Sa belle-sœur ne l'aimait guère, mais avait-on le choix? L'autre médecin, un Champenois, était mort en se battant en duel au printemps. L'imbécile! On devait maintenant supporter cet âne d'Hornet.

Il avait saigné Elizabeth qui venait de perdre son enfant.

Il l'aurait saignée de nouveau si Mme Le Morhier ne s'y était opposée; on n'avait qu'à regarder Elizabeth pour voir qu'elle n'avait quasiment plus de sang dans les veines : qu'on lui laisse le peu qui lui restait!

— Elle va mourir, répéta le capitaine.

Louise Beaumont tenta de réconforter son aîné, l'assurant qu'elle avait connu à Paris des femmes qui avaient eu des épanchements de sang mais avaient survécu et enfanté l'année suivante. Martin Le Morhier la faisait répéter, la faisait jurer d'avoir dit la vérité.

Myriam Le Morhier regardait sa bru; son visage était de la même couleur que la cire de la bougie. Elle semblait si fragile. Qu'elle aurait aimé prendre sa place! Elle avait bien vécu, elle avait été si heureuse avec le capitaine, si fière de leur fils. Elle avait craint un moment qu'il n'oublie jamais Marie LaFlamme, puis il y avait eu Elizabeth. Comment lui apprendrait-elle que sa femme était morte? Qu'elle avait perdu leur enfant? Pourquoi ne pouvait-elle pas lui éviter cette douleur? Il y avait des années que Myriam Le Morhier pensait qu'elle avait eu plus que sa part de joies et que de nombreuses épreuves surgiraient à sa vieillesse puisqu'il fallait souffrir pour retrouver Dieu. Ainsi, son Martin périrait sans doute en mer. Elle n'avait pas songé que sa douleur naîtrait du malheur de Victor.

— Prions, dit-elle en prenant la main de son époux.

— Dieu nous écoute-t-il?

— Taisez-vous, mon ami.

Mme Beaumont sortit de la chambre d'Elizabeth; elle se sentait souvent inopportune en présence de Myriam et Martin Le Morhier tant ceux-ci étaient unis. Elle les enviait, sans pourtant être amère, et se demandait comment elle pourrait les consoler du décès d'Elizabeth. Car celle-ci passerait avant minuit, elle le savait. Elle avait déjà vu ce teint cireux quand elle visitait des miséreux, senti cette odeur âcre, tenace de la fièvre qui perlait au front des malades, entendu plus d'une fois ces pénibles suffocations. Elle pria pour que son frère admette la disparition de sa bru.

Quand les nuages découvrirent la lune, Elizabeth Le Morhier reprit connaissance quelques minutes, appela Victor, sourit comme si elle l'avait vu, murmura « St. Clement » et rendit l'âme avec une expression de contentement.

À Londres, au même moment, Victor Le Morhier dit à Guy Chahinian de se taire. L'orfèvre vit pâlir son ami alors qu'il écoutait tinter les cloches de St. Clement.

— Que se passe-t-il?

Victor Le Morhier se frotta les yeux, chercha un appui, prit le bras de Chahinian.

— Je ne sais pas... J'ai cru que... Les cloches. Quelqu'un est mort. Quelqu'un que je connaissais.

— Ici?

— Je... je l'ignore...

L'orfèvre dévisageait son ami avec inquiétude; il paraissait si troublé!

— Voulez-vous que nous allions à St. Clement? Nous y serons en dix minutes.

— Non, fit Victor Le Morhier après avoir inspiré profondément. J'ai eu un malaise. Mais je me sens mieux. Il m'a semblé... c'est idiot, je n'ai plus de famille ici, hormis ce Samuel Barrow et son père dont vous me vantez l'esprit.

— Et que vous verrez demain, s'empressa de dire Chahinian, soulagé de constater que Victor reprenait des couleurs. Il sera de retour de Leeds.

Les deux hommes longeaient la Tamise. Chahinian avait fait cent fois cette promenade depuis son arrivée ; il aimait marcher, malgré sa prothèse, de St. Clement à London Bridge. Il avait l'impression qu'il réfléchissait mieux après ses déambulations. Il avait été enfermé si longtemps à Paris. Confiné dans le faubourg Saint-Martin. Quel plaisir de sortir au grand jour en sachant que personne ne pouvait vous identifier. Vous arrêter. Samuel Barrow lui affirmait que les membres de la Confrérie de la Croix-de-Lumière ne seraient pas persécutés à Londres s'ils savaient se montrer discrets sur leur foi. Les expériences de Chahinian confortaient Barrow dans ses idées ; ils arrivaient aux mêmes résultats après avoir démontré à plusieurs reprises l'attraction de certains métaux, la répulsion après le contact, l'effet du vide.

Chahinian ne sentait plus les relents qu'exhalait la Tamise, mais Le Morhier, après un long trajet de mer où le vent chassait les remugles montant du vaisseau, se demandait combien de pestiférés avaient nourri les poissons et s'ils avaient tous coulé jusqu'au fond. Une vague odeur de pourriture flottait près des docks et Victor espérait s'en accommoder rapidement. Il s'était bien habitué à demeurer dans la maison des Brune. Au début de la semaine, il croyait voir Elizabeth partout. Il se remémorait les premiers jours qu'ils avaient passés ensemble et regrettait qu'elle ne l'ait pas accompagné. Mais elle aurait trouvé le voyage interminable ! Il avait été en Espagne, puis en Hollande, malgré la guerre, qui modifiait cependant les itinéraires ; on mettait plus de temps à atteindre sa destination. Si on l'atteignait...

Le Morhier avait refusé de se rendre à Madagascar, malgré l'insistance d'un armateur qui était prêt à le nommer capitaine, car il avait rencontré assez de matelots qui juraient que cette île ne recelait rien de bon. Des postes avaient été créés en 1664, à l'île Bourbon, à Sainte-Marie, à Antongil et à Matitana, mais

Victor Le Morhier ne croyait pas qu'il pourrait instaurer un système d'échanges entre ces postes français et la mère patrie.
Encore moins avec l'Angleterre, la Hollande, l'Espagne ou le
Portugal. Il se promettait toutefois d'explorer prochainement la
mer des Sargasses; les bois de cèdre et d'acajou des Bermudes
étaient réputés pour les constructions navales. Il éviterait la
Jamaïque jusqu'à ce que l'île retrouve son calme; le départ des
Espagnols, chassés par les Anglais, avait permis à plusieurs
esclaves de retrouver leur liberté, mais les Britanniques n'avaient
pas l'intention de regarder plus longtemps les marrons quitter la
Jamaïque. Leurs armes étaient dissuasives, mais les esclaves
étaient fermement décidés à se battre. Non, il devait attendre; il
avait déjà de la chance de pouvoir établir un commerce entre des
pays ennemis. Il se félicitait de sa réussite et rendait grâce à Dieu
d'être éloquent. Il racontait aux Français qu'il était parisien, aux
Bretons qu'il était nantais, aux Anglais qu'il avait épousé une
Londonienne et aux Espagnols que sa mère était de Cadix. Et
qu'il ne se préoccupait que d'une chose : gagner une fortune en
sillonnant toutes les mers du monde.

Depuis son arrivée à Londres, on lui avait beaucoup parlé des
exploits maritimes de lord Sandwich; Victor Le Morhier disait
alors qu'il vivait à Londres en septembre 1665 quand l'amiral
avait pris huit vaisseaux chargés de leur butin, dont deux qui
venaient des Indes orientales. Le Morhier se souvenait comme la
nouvelle avait réjoui les Londoniens, même si la plupart d'entre
eux pleuraient la mort d'un parent, car l'épidémie faisait rage,
tuant les sujets de Sa Majesté par milliers. Sept milliers par
semaine, affichait-on à la fin d'août.

Victor Le Morhier s'étonnait encore de ne plus voir les
sinistres charrettes, les cortèges funèbres et la City désertée. De
pousser la porte de n'importe quelle taverne et d'y trouver des
gens joyeux et bien portants. Il avait chopiné à *L'Etoile*, au *King*,
au *Cygne* et au *Dog*, et avait levé à chaque fois son godet à la
santé d'Elizabeth qui l'avait sauvé de la peste. Il lui avait écrit
dès son arrivée pour lui confier que son cousin Samuel Barrow
avait été d'un grand secours : la demeure familiale n'avait subi

aucune dégradation. Guy Chahinian avait déjà vanté ses mérites, mais Elizabeth avait fait promettre à Victor de lui dire la vérité sur la maison. Il était soulagé de pouvoir la rassurer. Il ne lui avait cependant pas écrit que deux coureurs de bois étaient parvenus en Angleterre. Il attendrait d'avoir rencontré Radisson et des Groseilliers pour se vanter de commercer avec eux.

Sa première rencontre avec Guillaume Laviolette remonta dans sa mémoire; le colosse l'avait vite initié à l'achat d'une fourrure. Il lui avait conté son admiration pour les célèbres coureurs, et la bêtise de Davaugour. Si Le Morhier avait trouvé à l'époque qu'ils n'étaient guère patriotes, il était mieux disposé maintenant. Il espérait avoir bientôt des nouvelles de la Nouvelle-France et de son ami Laviolette à qui il avait également écrit.

Il ne lui en voulait plus d'avoir épousé Marie LaFlamme.

Guillaume Laviolette était mort! Simon Perrot n'en croyait pas ses oreilles. Il allait demander des précisions quand Nicolette Jasmin poursuivit son récit :

— Marie a été enlevée juste après.

— Quoi?

— Les Iroquois. Ils ont pris Marie.

Nicolette avait reconnu Simon Perrot alors qu'il frappait à la porte des Laviolette. Il était arrivé la veille à Québec et voulait saluer ses amis. Nicolette avait commencé par annoncer le décès de Guillaume car elle redoutait la réaction du soldat lorsqu'il apprendrait que la guérisseuse avait disparu. Elle n'avait jamais su quels liens unissaient Perrot à Marie LaFlamme; après avoir juré que cette dernière était éprise du soldat, elle avait révisé ses positions au retour de Guillaume. L'air furieux de Simon la déconcertait.

— Répète!

— Les Iroquois ont capturé Marie au début du mois d'août. Elle était allée cueillir ses herbes.

— Ils l'ont tuée?

Nicolette gémit; on l'ignorait. On avait fait une battue aux alentours du bois où Marie était allée. On n'avait trouvé qu'un galant violine et une coiffe. Des arbustes endommagés indiquaient une courte lutte. Jean Talon avait promis qu'il obtiendrait des renseignements des chefs indiens incarcérés, mais Marie avait été enlevée depuis plus de deux semaines et aucun indice ne permettait d'espérer un dénouement heureux. Ou rapide.

Nicolette tenta de retenir Simon Perrot, mais il courut jusque chez Boisdon comme si des Sauvages l'avaient pourchassé. Il avait besoin de boire, et pas qu'un godet!

Il avala sa bolée de cidre d'un coup avant d'interroger les clients de la taverne; avait-il bien compris ce qu'avait dit Nicolette?

— Hélas oui, fit Antoine Souci. Ce n'est pas faute de l'avoir cherchée! On a battu les environs de la ville pendant trois jours. Tous ceux qu'elle a soignés y étaient.

— Bâtard Flamand dit qu'il ne sait rien, mais je ne le crois pas! déclara Horace Bontemps.

Il porta un godet à ses lèvres; oui, il avait perdu son pari. Mais quand il avait appris ce qui était arrivé à Marie LaFlamme, il avait oublié sa promesse de sobriété et s'était rué au cabaret où chacun parlait du rapt. Tout s'était passé si vite. La Renarde n'étant pas rentrée au coucher du soleil, Rose s'était alarmée. Elle avait demandé à Michel Dupuis de l'accompagner jusqu'au bois où Marie avait l'habitude de récolter des herbes. Ils l'avaient appelée.

Inquiets, ils étaient revenus chercher des renforts. Alphonse avait conseillé d'amener Mkazawi sur les lieux. Le chien avait trouvé le ruban, puis le bonnet de Marie.

On avait conclu au pire en voyant des empreintes de pas sur le bord de la rivière. Des traces de mocassins.

— Rose et Alphonse ont pris les filles avec eux.

Simon Perrot écoutait le récit de l'enlèvement avec une colère grandissante; quand il reposa son gobelet avec rage, aucun des clients de la taverne ne l'aurait contrarié: le crime était odieux!

On savait que le soldat venait de Nantes, comme Marie, et sa fureur était une preuve d'amitié. Personne ne pouvait savoir qu'il pestait car le trésor allait lui échapper.

S'était-il exilé pour rien dans ce pays de Sauvages?

Il commanda de nouveau à boire, puis affirma qu'il retrouverait son amie d'enfance.

— Son mari est mort, c'est à nous de le remplacer et de ramener Marie LaFlamme à Québec.

Les hommes l'approuvèrent, sans oser le questionner; comment comptait-il y parvenir?

Il faisait très chaud à l'intérieur de la taverne, mais songer au sort de Marie donnait des frissons dans le dos; Perrot avait raison de vouloir agir. Dupuis et Le Duc, qui n'étaient pourtant pas téméraires, lui offrirent leur aide. Simon les remercia, mais dit qu'il découvrirait les auteurs du rapt et les punirait avec sa compagnie.

— Je ne suis peut-être pas un gros monsieur comme Charles Aubert de La Chesnaye, mais on se souviendra de moi quand j'aurai ramené la tête des coupables!

Simon Perrot faisait allusion au marchand, car celui-ci avait comme lui rejoint Québec la veille. Le 11 août, le *Saint-Jean-Baptiste* jetait l'ancre au quai Champlain; Aubert de La Chesnaye, qui avait été absent de longs mois, paraissait enchanté de rentrer en Nouvelle-France. Il avait été nommé commis général et exercerait de nouveau le contrôle de la traite des fourrures et du commerce dans la colonie. Il ne semblait même pas las du voyage. Il s'était pourtant embarqué le 17 mai, mais le navire s'était arrêté à Gaspé, où un fondeur allemand et quelques hommes étaient descendus pour travailler à cette mine de plomb qui intéressait l'intendant.

— Charles Aubert a parlé au ministre du Roi, murmura Bontemps d'un ton respectueux.

— Ce n'est ni Colbert ni La Chesnaye qui délivreront Marie, rétorqua Simon avec une grimace de mépris.

— Il y avait du monde de qualité sur le *Saint-Jean-Baptiste*, avança Antoine Souci. Le chevalier du Puissac et sa dame.

— Je n'aurais jamais pensé qu'il reviendrait ici! avoua Bontemps.

C'est bien pour ce pauvre Alphonse qui continue à chercher Marie.

— Alphonse? Qui c'est? demanda aussitôt Perrot.

Marie avait-elle eu un amant en son absence?

— Une Patte! Tu l'as déjà vu, voyons.

Le soldat se souvint de l'homme et sourit, rassuré; Marie n'aurait jamais connu un homme si disgracié.

— Ils étaient des amis depuis qu'elle l'avait guéri à l'Hôtel-Dieu.

— Guéri ou non, fit Simon, il n'a qu'une jambe et ne peut guère secourir Marie. Ma compagnie dressera ces chiens! Ils n'auront même pas le temps d'implorer notre pitié!

Le ton déterminé de Simon Perrot avait frappé les clients de chez Boisdon; ils parlèrent du soldat bien après son départ. Horace Bontemps, qui s'était empressé de rapporter les propos de ce dernier en allant au magasin neuf, s'étonnait qu'Alphonse Rousseau ne se réjouisse pas davantage de ce qu'il apprenait.

— Ce Perrot a dit qu'il retrouverait la Renarde. Ce n'est pas ce que tu voulais?

Alphonse hocha la tête, s'efforçant de ne rien laisser paraître, et justifia sa réserve par son pessimisme; il craignait que Marie ne soit déjà morte.

Il sortit rapidement du magasin pour avertir sa femme de l'arrivée de Simon Perrot.

La nouvelle secoua tellement Rose qu'elle en oublia son embarras devant Véronique du Puissac. Celle-ci était venue la visiter à l'improviste et Rose Rolland, bien qu'honorée, multipliait les courbettes en espérant un prompt retour de son époux. Que devait-elle dire à cette dame? Que devait-elle lui offrir? Elle avait posé un coussin sur le grand fauteuil afin qu'il soit plus confortable, mais elle avait mis du temps à s'asseoir, malgré l'insistance de sa visiteuse. On était debout ou agenouillé en présence des nobles. Noémie et Françoise, qui rentraient du magasin, avaient créé une heureuse diversion; la femme du chevalier leur avait souri et avait même flatté Mkazawi. Il avait semblé à Rose qu'elle observait Noémie avec beaucoup d'attention; elle en avait éprouvé une pointe d'envie : son fils n'était pas moins beau! Véronique du Puissac avait rétabli inconsciemment les choses en confiant à son hôtesse que les cheveux de sa fille avaient la couleur de ceux de sa sœur défunte.

— Ce n'est pas ma fille, madame, c'est celle de Marie LaFlamme.

— Cette guérisseuse qui a été enlevée?

— Celle-là même, madame.

— Mais je croyais que c'était Françoise qui... Mon époux a mal conté les choses. Il était si anxieux de revoir votre mari. Il m'a parlé bien souvent de lui.

Rose Rolland avait failli répliquer qu'il aurait pu écrire s'il se languissait tant de lui, mais elle avait souri poliment avant d'expliquer à Véronique du Puissac qu'elle gardait les enfants de Marie en attendant qu'elle revienne à Québec. Elle avait discrètement ajouté que son amie avait recueilli Françoise; les étrangers la prenaient pour la sœur de Noémie car elles étaient rousses, comme Marie.

Véronique du Puissac aurait aimé en savoir davantage sur Marie LaFlamme, mais elle craignait de raviver des souvenirs douloureux; le chevalier lui avait dit comme Rose Rolland était attachée à la fameuse guérisseuse. Elle s'était enquise de Bernard, s'était émerveillée qu'il soit si fort pour son âge; elle connaissait mal les tout-petits, mais il lui paraissait bien costaud.

Cette aimable ruse commençait à porter ses fruits quand Alphonse avait poussé la porte. Il avait salué Véronique du Puissac avec déférence, s'était étonné de l'absence du chevalier. Rassuré d'apprendre qu'il visitait l'intendant, il avait alors révélé ce qu'il avait entendu au magasin.

— Simon Perrot est revenu! s'écria Rose. En es-tu bien assuré?

Alphonse Rousseau répéta ce qu'Horace Bontemps lui avait confié.

— Marie n'était-elle pas éprise de cet homme? demanda Véronique de Roche-Brieux. Il me semble que M. Chahinian en avait parlé à mon époux.

— Votre mari vous a donc tout conté? demanda Rose.

— Julien n'a pas de secret pour moi, reconnut Véronique du Puissac. Il m'a parlé de tous ses amis. Et de ses ennemis.

Rose Rolland avait envie de savoir si le chevalier l'avait informée de ses infidélités au Roi, mais jugea que le moment était mal choisi. Elle espérait seulement que du Puissac ne tenterait pas de convaincre Alphonse de s'unir à lui pour trouver des partisans qui chercheraient à renverser Louis XIV et à venger Fouquet. Elle se trouvait ridicule d'imaginer pareille chose; un océan les séparait de la France. Mais Alphonse était si dévoué au chevalier! Il était transfiguré depuis son retour! Elle avait bien vu comment il le regardait; ses yeux brillaient de joie et de fierté à l'idée de montrer son fils à Julien du Puissac, mais sa manière de l'écouter témoignait de sa déférence. Et si le chevalier avait fui Paris? S'il avait été accusé de complot? Rose ne voulait pas que son homme soit mêlé à de méchantes histoires. Elle avait assez de soucis avec la disparition de Marie. Elle le répétait souvent à son mari : elle serait aimable avec le chevalier et sa dame, mais n'accepterait pas qu'ils bouleversent leur vie!

Elle ne savait que penser de Véronique du Puissac; son attitude était si franche. Elle posait des questions sans barguigner et montrait un réel intérêt pour le sort de Marie LaFlamme. Elle l'entretiendrait de ses craintes la prochaine fois qu'elles se verraient en l'absence de leurs époux.

— Que redoutez-vous de Simon Perrot?

Avant de répondre, Rose s'avisa qu'elle n'avait jamais entendu pareille voix, grave, longue comme un jour d'été. Une voix chaude qui s'accordait avec ce mois d'août, et qui aurait plu à Marie qui détestait les intonations aiguës d'Agathe Souci.

— Simon n'a jamais aimé Marie; il ne lui a causé que des tracas. Elle en avait peur.

— Mais Julien m'a affirmé qu'elle était éprise de ce bourreau!

— Elle avait fini par voir sa vraie nature! soupira Rose.

— Il veut pourtant la délivrer!

— Il faut que ce soit d'autres soldats qui s'en chargent, déclara Alphonse. M. Talon m'a dit qu'il en apprendrait plus des prisonniers iroquois. Et chacun sait qu'une expédition quittera bientôt Québec pour envahir le pays agnier.

— Croyez-vous que si on offrait une bourse bien garnie, il y aurait des volontaires pour aller y chercher Marie?

Rose remercia Véronique du Puissac de sa générosité, mais elle exprima des doutes quant aux résultats de cette entreprise; personne ne s'enfoncerait vers le pays agnier alors que les négociations pour la paix étaient si mal engagées. Ce serait de la démence!

— Guillaume Laviolette aurait rencontré les Agniers, mais il est mort. Espérons que les soldats n'arriveront pas trop tard pour libérer Marie.

Alphonse Rousseau pressa l'épaule de sa femme en signe de réconfort; on retrouverait Marie saine et sauve. Elle avait survécu à bien des épreuves, non? Elle se tirerait aussi de ce mauvais pas.

Avant de les quitter, Véronique du Puissac assura les Rousseau de son amitié et de son désir d'aider Marie LaFlamme. Rose la regarda s'éloigner, très droite, indifférente aux regards des curieux, et elle lui envia son aplomb; elle devait savoir que les colons chuchotaient que le chevalier l'avait épousée pour son bien...

Alphonse Rousseau, lui, était persuadé du contraire; son maître n'aurait jamais laissé l'intérêt le guider. Et il était si manifestement heureux de s'être uni à Véronique de Roche-Brieux.

— Cette femme est bonne, dit-il à Rose. Elle ne connaît même pas Marie et elle veut la secourir.

Rose l'admit et ajouta qu'elle l'avait complimentée de leur fils. Elle regretta que l'argent de Véronique du Puissac ne leur ramène pas Marie.

— N'y a-t-il donc rien qui puisse nous rendre notre Renarde?

Rose se massa le cou; elle était si tendue depuis la disparition de son amie qu'elle avait perdu cinq livres. Heureusement que Françoise la secondait auprès de Noémie qui réclamait sa mère plusieurs fois par jour en sanglotant. Elle lui répétait que Marie ne l'avait pas abandonnée, qu'elle l'aimait toujours, qu'elle reviendrait.

Mais devrait-elle lui dire bientôt que sa mère était morte?

Rose confia à son époux qu'elle avait changé d'idée et encouragerait Simon à chercher Marie.

— Je lui dirai qu'elle se languissait de lui.

— Je me demande pourquoi il tient autant à elle; ce n'est pas la seule femme de la colonie! Marie est très belle, mais...

— Il aime avoir une raison de plus de massacrer les Agniers. C'est une brute qui aime le sang; Marie me l'a confessé.

— C'est grand dommage que Guillaume ait péri...

— Dieu est bien sévère envers notre pauvre amie, murmura Rose.

Elle n'osait révéler le fond de sa pensée, mais elle avait songé bien des fois depuis deux semaines que le Très-Haut veillait mal sur ses créatures. Elle se rappelait la parabole de la femme adultère, les paroles du Fils de Dieu, « que celui qui n'avait jamais péché lance la première pierre ». Le Très-Haut n'a jamais fauté; comment pouvait-il le comprendre chez ses enfants? Leur pardonner? Marie avait commis l'adultère, il est vrai, mais la punition était trop cruelle pour l'offense. D'ailleurs, Guillaume l'avait excusée. Se pourrait-il que le coureur ait été plus clément que le Seigneur?

Chapitre 17.

— Charles II vaincra Louis XIV, dit Victor Le Morhier à Guy Chahinian.

L'orfèvre protesta en tapotant les pavés du bout de sa canne. Le bruit était différent depuis quelques jours tant les pierres étaient sèches ; il n'avait pas plu depuis longtemps, la boue avait durci et la Tamise était basse.

— Je ne vous crois pas, rétorqua-t-il en espérant que le Nantais s'entêterait à lui prouver le contraire.

Il ne voulait pas que la tristesse s'empare de son ami qu'une rencontre avec Médard Chouart des Groseilliers et Pierre Esprit Radisson avait opportunément distrait. Guy Chahinian souhaitait que Victor revoie vite ces coureurs qui avaient réussi à lui faire oublier Elizabeth durant tout un après-midi.

Victor Le Morhier avait appris la mort de son épouse avec incrédulité ; Dieu ne pouvait avoir permis une telle injustice ! Elizabeth n'avait pas survécu à la peste pour mourir quelques mois plus tard !

Il ne verrait plus jamais ses yeux si verts que les feuilles des arbres la jalousaient au printemps ?

Jamais ? C'était impossible. Il avait relu dix fois, vingt fois la lettre de sa mère. Elle lui disait sa peine, l'effondrement de son père qui aimait Elizabeth comme sa fille, leur inquiétude pour lui, leur désir qu'il rentre à Nantes. Guy Chahinian avait lu aussi la missive. Il n'avait pas trouvé les mots pour consoler son jeune ami, et quand il avait travaillé, le soir, avec Samuel Barrow, il avait énoncé avec amertume que la lumière qu'ils tentaient de découvrir, ne guérirait pas les humains de tous leurs maux.

Barrow n'avait pas contredit l'orfèvre ; lui-même était fort affligé de la mort de sa cousine.

Victor avait erré deux jours sur les docks, s'arrêtant à toutes les tavernes qui étaient ouvertes. Puis il était revenu à la maison des Brune avec un chien. Il l'avait tiré d'une mare où il se serait noyé sans son intervention. Il s'était résigné à son malheur ; Dieu le protégeait, malgré son épreuve, sinon il ne lui aurait pas envoyé ce cabot. Le chien était efflanqué, noir comme l'enfer, avec une oreille coupée et un œil crevé. Il rappela un pirate à Victor qui le surnomma Black Jack. Il le nourrit, le soigna et s'attacha définitivement la bête. Chahinian et Barrow ignoraient que Victor parlait sans cesse d'Elizabeth à son chien, mais ils crurent remarquer que leur ami recommençait à manger et avait délaissé le porto quelques jours après l'arrivée de Black Jack. Une semaine plus tard, le Nantais manifestait le désir de rencontrer les aventuriers de la Nouvelle-France.

C'était Samuel Barrow qui lui avait indiqué la présence des deux coureurs en Angleterre. Ils y étaient depuis des mois, mais avaient fui Londres au moment de la peste ; les croix rouges qui marquaient les maisons les effrayaient davantage qu'un affrontement en mer ou une escarmouche avec des Indiens. Ils s'étaient rendus jusqu'à Oxford, où s'était réfugiée la Cour. Ils avaient été présentés au Roi. Charles II avait écouté avec une attention particulière les palpitantes expéditions des coureurs. Radisson avait été captif des Agniers, il avait vécu en Nouvelle-Hollande, avait participé à une mission jésuite à Onnontagué. Avec des Groseilliers, il avait exploré le nouveau continent durant des années afin de découvrir la baie du Nord. Ils avaient trafiqué avec succès et accusaient Voyer d'Argenson de leur avoir volé des peaux de castor par milliers avant de les condamner à la prison au lieu de les remercier de leur secours à la colonie.

Charles II avait compati aux malheurs des aventuriers et le duc d'York, son frère, que le négoce passionnait, l'avait encouragé à soutenir les coureurs. Si les Français étaient assez stupides pour se priver des services de ces deux hommes, ils le regretteraient bientôt...

C'étaient ces paroles que Radisson avait rapportées à Victor Le Morhier, ce 1er septembre 1666. Et c'est pourquoi le Nantais affirmait que les Anglais gagneraient la guerre ; ils avaient plus de jugement que les Français.

— Leur flotte est bien supérieure à la nôtre, reconnut Chahinian.

— Ah! fit Victor avec une note de triomphe dans la voix. Il me déplaît de l'admettre, et mon père serait horrifié de m'entendre, mais les Anglais sont les plus forts. Et ils le resteront. En rentrant d'Oxford, je pensais à Guillaume Laviolette ; il m'avait bien décrit Radisson et des Groseilliers. J'essaierai de traiter avec eux.

Chahinian devinait que Le Morhier voulait être absous ; il espérait qu'on lui dise qu'il avait raison de commercer avec les coureurs, même s'ils trahissaient leur patrie.

— Les Frères de Lumière ne sont-ils pas mieux accueillis par les Anglais? dit Victor d'un air complice.

Chahinian répondit qu'en effet les membres de la Confrérie redoutaient moins d'être persécutés à Londres. Mais il ne fallait pas oublier les terribles guerres de religion qui avaient secoué l'Angleterre ; on souriait aujourd'hui aux chercheurs, on les vilipenderait peut-être l'année prochaine. Rien n'était acquis en ces domaines mystérieux...

Victor Le Morhier dut se faire à l'idée ; Chahinian ne lui fournirait aucune réponse, aucune excuse. Il interrogerait seul sa conscience, et déciderait s'il se faisait complice de Radisson et des Groseilliers. Il se demandait si son père s'était souvent trouvé devant pareil dilemme. Il connaissait bien des armateurs, à commencer par Geoffroy de Saint-Arnaud, qui n'auraient pas eu autant de scrupules. Il offrit son bras à Chahinian qui manifestait le désir de rentrer. Il siffla Black Jack et ils marchèrent en silence jusqu'à l'église St. Clement. Le Morhier sondait son âme, mais il ne pouvait s'empêcher d'envier les coureurs qui avaient suivi la Cour d'Oxford à Windsor. Radisson avait dit qu'on leur allouait deux livres sterling par semaine pour leurs dépenses personnelles et qu'on mettrait bientôt une flotte à leur disposition. Une flotte? Deux bateaux, au moins, reconnut des Groseilliers. Ils auraient besoin de marins expérimentés; Le Morhier n'était-il pas tenté de les suivre?

Chahinian, lui, se revoyait à l'âge de son compagnon. Cet âge où il avait compris qu'il ne ferait jamais le deuil de Péronne et que sa seule manière de survivre était de créer de la lumière. Il avait dessiné les plus beaux bijoux, mais l'art et les honneurs hâtifs pour un jeune homme ne l'avaient pas satisfait. Sa soif d'absolu ne s'étancherait qu'en trouvant la lumière. Y parviendrait-il à Londres? Peut-être, car Samuel Barrow était remarquable. Ils ne découvriraient pas cette année, ni même la suivante, comment produire un courant continu, mais Chahinian espérait y parvenir avant de mourir. Il était content de s'être installé à Londres et y resterait bien dix ou vingt ans. Ce ne serait pas un sacrifice car il aimait cette ville. Temple Hall, ses bâtiments en briques rouges, Charterhouse qui n'abritait plus les pères chartreux, mais des pauvres, le palais de Savoie, transformé lui aussi en hospice, le Royal Hampton Court, St. Olave, malgré la porte de son cimetière hérissée de piques de fer, la chapelle St. Clement, où il allait volontiers se recueillir, la City, où il habitait. Il éprouvait une certaine sérénité à déambuler dans son quartier où les allées et venues des commerçants et des financiers l'amusaient. Ils étaient si pressés. Que cherchaient-ils? Que voulaient-ils?

A deux heures du matin, ils voulaient fuir la City en flammes!

Black Jack avait réveillé les trois hommes qui avaient tout de suite reconnu l'odeur du feu. Se ruant vers la fenêtre, ils n'avaient rien vu. Victor était pourtant sorti et avait distingué un rougeoiement suspect dans la boulangerie qui faisait l'angle de la rue. Il avait alerté les voisins avant de rejoindre ses compagnons; il fallait combattre le feu. Le temps d'aller et de revenir avec Samuel Barow, il était trop tard; les flammes léchaient toute la façade, se tournaient avidement vers les maisons mitoyennes, dansaient leur sabbat meurtrier sous les yeux horrifiés des habitants qui devinaient qu'ils perdraient tous leurs biens dans la nuit.

Devant ce spectacle qui semblait inspiré de ses propres cauche-mars, Chahinian était incapable de bouger. Victor Le Morhier qui était rentré pour prendre ses papiers les plus importants, le secoua, le traîna loin de l'incendie avec l'aide de Barrow. Ils couraient vers les quais, guidés par Black Jack qui cherchait instinctivement l'eau, quand Chahinian entendit un cri plus aigu que les autres. Il se retourna et vit à la fenêtre d'une maison, au premier étage, une jeune fille qui suppliait Dieu de l'épargner, qui appelait au secours, qui se tordait déjà dans les flammes.

Péronne!

Elle ne brûlerait pas deux fois! Chahinian échappa à la poigne de ses compagnons et s'élança dans le brasier. Victor le suivit mais une fumée épaisse camoufla l'endroit où était entré l'orfèvre. Un crépitement sinistre obligea le Nantais à reculer. Samuel Barrow, pétrifié d'épouvante, regardait fixement la fenêtre; la jeune fille avait disparu.

— Il est fou! dit-il à Victor. Il ne ressortira jamais de cet enfer! Partons avant de brûler à notre tour.

— Attendez...

Il désignait une forme noire et molle qui titubait vers eux; Chahinian avait réussi à sauver l'Anglaise. Mais à quel prix! Ses vête-ments grillaient encore sur lui! Victor ôta son pourpoint et accou-rut vers Chahinian pour étouffer les flammes. Son visage, ses mains n'étaient plus qu'une plaie sombre, et il s'évanouit en confiant la jeune femme à Samuel. Victor le rattrapa et le souleva, et sentit avec horreur que la peau de l'orfèvre collait à la sienne. Il cessa un moment de respirer, mais les jappements de Black Jack l'incitèrent à courir; le feu gagnait du terrain; c'était maintenant tout un pâté de maisons qui brûlait. Se rendraient-ils jusqu'à la Tamise avec leurs blessés?

Ils avaient eu l'intelligence de ne rien sauver, alors que tant de Londoniens s'entêtaient à porter des meubles et des vêtements. Victor montra une bourse bien garnie à un marinier et ils purent grimper dans une barque, s'éloigner de la fournaise.

Du milieu du fleuve, la vision était apocalyptique: le feu, ali-menté par un grand vent, s'étendait à une vitesse démoniaque et raserait inéluctablement les alentours de la City. Des cris d'effroi s'élevaient des embarcations qui se multipliaient sur la Tamise ; Londres n'avait-elle pas payé pour ses péchés avec la peste ? Que signifiait ce nouveau fléau ? Charles II déplaisait-il tant à Dieu ? Parce qu'il avait déclaré la guerre ou parce qu'il n'avait pas encore remporté la victoire ?

Le Morhier avait assis Chahinian au bout de la grande chaloupe et le regardait, impuissant. Il espérait trouver un médecin sur l'autre rive ; Samuel Barrow, qui soutenait toujours la jeune inconnue, prévint Victor que leur ami mourrait dans l'heure. La petite vivrait, mais leur bon compagnon râlait d'une manière alarmante.

Victor Le Morhier dévisagea Guy Chahinian ; emporterait-il cette dernière image de l'orfèvre ? Un pantin défiguré, qui semblait fondre contre lui ? Il se souviendrait aussi de sa jambe de bois qui avait été bizarrement épargnée. Il eut l'impression que le blessé voulait parler, il se pencha tout près des lèvres éclatées, du nez rongé.

— Péronne, je l'ai sauvée ?

— Vous la connaissiez ? s'étonna Victor Le Morhier avant de se souvenir de cette cousine dont lui avait parlé le chevalier du Puissac.

Il ajouta précipitamment qu'elle était hors de danger. Oui, Péronne était vivante.

Guy Chahinian interrogea Victor du regard ; on ne devait pas lui mentir à cette ultime minute. Victor répéta que la jeune fille était sauvée, Samuel Barrow la tenait contre lui. Elle respirait, il le jurait sur la tête d'Elizabeth.

— Et sur celle d'Anne LaFlamme. C'était aussi une sorcière, mais je n'ai pas pu...

— Vous avez secouru Marie ! Cessez de parler, vous vous épuisez.

— Julien... Les coupelles. Il doit voir Marie...

Les paupières aux cils calcinés frémirent et Le Morhier entendit l'orfèvre murmurer « Péronne ». Victor répéta qu'elle était sauve, grâce à lui. Un doux sourire fleurit alors sur la bouche blessée du Grand Maître de la Confrérie de la Croix-de-Lumière.

Samuel Barrow se signa ; Guy Chahinian avait rendu l'âme.

Le Morhier et Barrow enterrèrent l'orfèvre le lendemain en face de Temple Staits, à Paris Garden ; Barrow y resta avec Becky dont l'état nécessitait des soins constants. Victor, lui, tenta de retourner à la City. Il y renonça en voyant la pagaille qui régnait tout le long de la Tamise et en constatant que l'incendie n'était pas maîtrisé. Au contraire : on aurait dit que les clameurs qui emplissaient Londres l'encourageaient, le poussaient à dévorer toute la ville. Plusieurs centaines de maisons avaient brûlé et il y en aurait encore autant qui disparaîtraient avant la fin du jour. Leur proximité favorisait l'embrasement, ainsi que leur contenu : il y avait beaucoup de magasins d'huile, de poix, de goudron, d'eau-de-vie. Les gens priaient entre deux sanglots, entre deux hurlements, espérant que Dieu aurait enfin pitié d'eux, se demandant si la sécheresse des dernières semaines n'avait pas été prévue afin que l'incendie punisse plus méchamment encore les pécheurs.

Le 4 septembre, le feu couvait la ville comme un dôme d'or maléfique, s'étirant de la Tour à Trinity House, après avoir gagné Old Bailey la veille. St. Paul avait brûlé et tout Cheapside. Trois jours plus tard, Victor apprenait que Ludgate, Fleet Street et une bonne partie du Temple se consumaient et que Whitehall aussi serait atteint. Bien des gens s'étaient réfugiés à Lambeth House et subissaient, fascinés, l'infernal spectacle. Un spectacle qui dura des jours et des jours. Les nuits, elles, s'effaçaient, leurs étoiles ne pouvant rivaliser avec les étincelles qui jaillissaient de tous les coins de la ville.

Après la mi-septembre, Londres avait été amputée des deux tiers de ses habitations, de ses monuments. La fumée noircissait les demeures restantes, salissait les vêtements, ombrait les visages apeurés, masquait les voleurs qui fouillaient les décombres encore fumants.

La désolation était telle que Victor pensa rentrer à Paris. Il décida pourtant de retrouver les marchands avec qui il devait commercer, songeant que certains devaient avoir tout perdu dans l'incendie ; il leur proposerait son aide, en échange de renseignements et de contrats pour leurs futures négociations. Désormais, il ne s'occuperait plus que de son négoce; il naviguerait par tous les océans, achèterait dans chaque ville du monde et vendrait au plus offrant.

Il tenta de revoir Radisson et des Groseilliers, mais chercher un transport était aussi ardu que de raisonner Marie LaFlamme. Il s'étonna de penser à elle en marchant dans cette ville qu'elle ne connaissait pas, qu'elle ne verrait probablement jamais. Il n'avait pas été troublé d'entendre Chahinian parler d'elle; Marie était maintenant pour lui une amie d'enfance. Il l'imaginait, se plaignant des pavés brûlants qui cuisaient les chaussures et du manque de nourriture, mais courant d'un blessé à un autre pour dispenser son savoir.

Elle aurait peut-être secouru Elizabeth? C'était Anne LaFlamme qui avait aidé Myriam Le Morhier à enfanter. Marie avait hérité de ses dons; si elle avait été au chevet d'Elizabeth, celle-ci aurait eu leur fils et serait toujours vivante. Victor se frotta les yeux; il divaguait. Il devait avoir l'esprit encrassé à force de respirer cet air chargé de cendres. Il était temps qu'il reparte.

Il trouverait une hourque pour rentrer en Hollande; il s'embarquerait avec plaisir. Il avait hâte de revoir la mer. Elle ne l'abandonnerait jamais. Il s'émerveillerait de ses réveils dans des draps de brume, de ses étirements bleutés, de ses danses lascives, sauvages, impérieuses, de ses dangereux caprices et de ses tendres accalmies.

Elle serait dorénavant sa seule maîtresse.

Le 14 septembre 1666, Alexandre de Prouville de Tracy envoya deux soldats chercher Bâtard Flamand pour lui montrer la troupe qui partait en pays agnier. Même Jean Talon, qui était plus un administrateur qu'un militaire, croyait en la nécessité de soumettre les Iroquois. Il avait écrit en ce sens à Daniel Rémy de Courcelle, qui n'avait pas besoin d'être convaincu : les Agniers trouveraient leur maître! L'expédition était si importante que Tracy lui-même conduisait son armée : plusieurs centaines de soldats venant de toutes les compagnies du régiment de Carignan-

Salières, autant d'habitants et une centaine de Hurons et d'Algonquins. D'autres corps d'armée et des colons de Ville-Marie les
rejoindraient le 28 septembre, au fort Sainte-Anne. C'était la plus
formidable troupe jamais mise sur pied dans la colonie et Bâtard
Flamand comprit que ses frères perdraient la guerre. Il implora
Tracy d'épargner sa femme et ses enfants et compta avec une
grande appréhension les soldats qui s'éloignaient.

Rose Rolland, elle, regardait défiler les hommes avec un sentiment de vengeance qu'elle ne cherchait même pas à dissimuler; les
soldats pouvaient bien massacrer tous les Agniers si on ne lui rendait pas Marie! En même temps, elle craignait qu'une attaque
massive n'enrage les Iroquois et ne les pousse à tuer leurs captifs;
elle avait bien prié Jean Talon de parler à M. de Tracy et M. de
Courcelle, mais ceux-ci l'écouteraient-ils? Que représentait la vie
d'une femme dans un tel conflit?

Rose retenait ses larmes; depuis la disparition de son amie, elle
s'efforçait de consoler Noémie et Françoise. Elle était épuisée.
Heureusement que son fils apportait un peu de joie rue Sault-au-
Matelot! Lui seul distrayait les filles de leur chagrin.

Mais il ne pourrait jamais remplacer Marie auprès d'elles. Rose
non plus ne le pourrait pas.

Elle priait avec ferveur et savait que toutes les religieuses l'imitaient; sœur Sainte-Blandine le lui avait dit. L'ursuline était bouleversée par l'enlèvement de Marie, Rose l'avait vu au tremblement qui agitait ses mains lorsqu'elle évoquait la guérisseuse, mais
elle n'était pas femme à gémir sans agir. Elle avait proposé à Rose
de prendre Françoise au couvent, mais Rose lui avait démontré
qu'elle l'aidait grandement en s'occupant de Noémie.

— Je sais que vous préféreriez avoir nos filles pour les empêcher
d'imiter les manières des Sauvages, mais vous conviendrez avec
moi que Françoise est très modeste.

Sœur Sainte-Blandine avait alors suggéré que Françoise vienne
étudier trois jours par semaine; Marie serait fière d'elle quand elle
rentrerait!

Rose avait acquiescé; elle voulait croire aussi que la Renarde
reviendrait. Dieu ne pourrait être insensible aux prières de tant de
nonnes.

Et Satan bénirait peut-être Simon Perrot... Rose frissonnait quand elle pensait au soldat, mais il était le seul à désirer ardemment retrouver Marie. Cet entêtement l'intriguait; Marie avait dit que Simon était jaloux et possessif; était-il possible qu'il tienne à son amie d'enfance au point de vouloir l'arracher aux Agniers? Rose lui avait menti en prétendant que Marie s'était languie de lui; il avait paru rassuré, satisfait. Il avait demandé par deux fois si elle avait reçu des nouvelles de Nantes. Les réponses négatives l'avaient soulagé. Alphonse l'avait questionné, mais le soldat s'était empressé de conter ce qu'il ferait subir aux Agniers. Il rapporterait le scalp des ravisseurs!

La douceur de septembre indifférait Rose qui se couchait en se demandant où était son amie, ce qu'elle était devenue. Elle repensait aux tortures qu'avaient endurées les pères martyrs et faisait d'affreux cauchemars. Alphonse la berçait, mais les rêves revenaient quasiment tous les soirs. Eléonore de Grandmaison l'avait réconfortée, puis grondée: Rose devait penser à son fils et aux enfants de Marie; c'est tout ce qu'elle pouvait faire pour elle.

La Renarde avait disparu depuis plus d'un mois; les récoltes de céréales étaient presque finies. On ramassait les pommes. Le temps fraîchissait chaque nuit, la rosée du matin ne sentait plus la framboise et menaçait de geler, les feuilles rougies s'accrochaient vainement aux arbres et les oies avaient survolé l'île d'Orléans. L'aquilon sévissait, fouettant les sapins, contrariant les nuages, emportant les bonnets des commères qui se rendaient à l'église. Plus d'une religieuse avait perdu son voile, à la grande joie des élèves qui gloussaient d'énervement pour avoir vu les cheveux de leur maîtresse. A chaque fois que Françoise empruntait la côte de la Montagne pour se rendre chez les Ursulines, elle s'arrêtait à mi-chemin et contemplait le fleuve que Marie aimait tant. Elle ne pouvait pas croire que cette femme qui l'avait sauvée d'Anne Rochelais avait été assassinée. Elle n'accepterait jamais cette version. D'ailleurs, Mani lui avait dit que les Indiens adoptaient parfois leur prisonnier. Françoise priait pour que sa tutrice ait trouvé une bonne famille. Elle scrutait le Saint-Laurent dans l'espoir de voir apparaître un long canot ramenant Marie à Québec, une frêle embarcation qui s'arrêterait au quai Champlain sous les applaudissements des colons. Françoise était toujours fière d'entendre parler de Marie LaFlamme; on la regrettait, ça oui. Elle avait appris qu'Horace Bontemps et Michel Dupuis avaient promis une récompense à Perrot s'il retrouvait la guérisseuse. Avec l'argent de Véronique du Puissac, ce soldat ne ferait pas une mauvaise affaire. Elle avait été agréante quand il était venu la visiter, même si elle savait qu'elle ne l'aimerait jamais. Il avait une manière de frôler sa main quand elle lui ouvrait la porte qui l'indisposait. Et son regard louvoyant ressemblait fort à celui de Bertrand Rochelais. Elle serait heureuse, vraiment heureuse que ce soit un autre soldat qui ramène Marie à Québec.

Serait-elle exaucée?

* * *

Marie LaFlamme avait cessé de prier.

A quoi bon prier?

Elle était prisonnière des Agniers et ils ne la relâcheraient pas.

Elle regardait la fumée s'échapper du toit de la maison-longue où elle vivait en se disant que ce serait toujours ça de moins à l'intérieur de la cabane. Elle n'était pas encore accoutumée à l'âcreté de la fumée qui se mêlait aux odeurs des humains, des bêtes et de la sagamité qui cuisait durant des heures. Heureusement, on n'avait commencé à faire des feux à l'intérieur de la maison-longue qu'à la dernière lune.

Le mois d'août avait été chaud.

Si chaud. Marie avait pourtant beaucoup frissonné durant les deux premières semaines. Elle avait pensé cent fois que son cœur cesserait de battre.

Le rapt. Cette pierre enfoncée dans sa bouche qui l'avait blessée. Puis cette couverture qu'on lui avait jetée sur la tête et qui l'avait suffoquée. Elle l'avait gardée combien de temps? Une journée? Elle avait entendu l'eau clapoter à chaque coup d'aviron. Mille coups? Deux mille? Couchée au fond du canot, elle avait senti les remous et deviné que ses ravisseurs pagayaient avec une énergie égale à celle de Guillaume Laviolette.

Elle s'était répété cent fois qu'ils l'auraient déjà tuée s'ils l'avaient voulu. Et s'était efforcée de chasser de son esprit l'idée qu'ils attendaient d'avoir rejoint leur clan pour la torturer. Guillaume ne lui avait-il pas dit qu'ils épargnaient habituellement ces traitements aux femmes et aux enfants? Il lui avait cependant conté qu'ils en faisaient leurs esclaves, et les traitaient durement, voire cruellement. Mais ils ne leur brûlaient pas la poitrine avec des haches rougies au feu, ne leur arrachaient pas les ongles et ne les enduisaient pas de poix bouillante. Ils se contentaient de les battre, de leur tirer les cheveux, de les bousculer ou de les priver de nourriture.

« Ils mangent rarement leurs ennemis. » Guillaume avait souvent rassuré les nouveaux colons; en fait, il n'avait entendu parler que de deux cas d'anthropophagie véritable dans toute sa carrière de coureur et il n'avait jamais été témoin de scène du genre. Enfin, c'était l'été; la nature était généreuse, on trouvait à se nourrir aisément. Il y avait du gibier, des fruits, des poissons à profusion.

Pourquoi l'avaient-ils enlevée?

Elle avait pensé au viol. S'était rappelé les horribles nuits où elle subissait Saint-Arnaud. Survivrait-elle de nouveau à cette humiliation? Guillaume affirmait que les Indiens ne violaient pas systématiquement leurs prisonnières.

Elle avait pensé au sacrifice, mais elle n'avait jamais ouï de récit d'immolation. Elle savait qu'ils mangeaient parfois le cœur ou le foie de leur ennemi pour l'honorer, mais ils n'avaient aucune raison de l'estimer; ils ne la connaissaient même pas.

Et s'ils la connaissaient?

Elle n'avait pas eu le temps de voir ses ravisseurs. Elle avait supposé que c'étaient des Agniers, mais si elle se trompait?

Cette idée l'avait choquée; elle avait appelé Simon, Simon, mais une voix grave l'avait probablement exhortée au silence dans une langue qu'elle ne comprenait pas. Simon l'avait-il fait enlever en payant des Indiens? Et s'il avait déserté? S'il avait quitté le fort et attendu son heure pour la ravir à sa famille, à Québec et la ramener à Nantes? Elle avait juré qu'elle n'y retournerait jamais. Elle avait dit et redit encore que le trésor n'existait pas. Mais il ne la croyait pas. Il voulait le butin. Et la récompense de Saint-Arnaud. C'était probablement l'argent de l'armateur qui avait servi à payer son enlèvement.

Cette perspective l'avait encolérée, soutenue, rassurée.

Durant quelques heures. Puis on l'avait débarrassée de sa cagoule. Eblouie, elle avait mis quelques secondes à distinguer le visage de ses trois ravisseurs ; elle avait baissé aussitôt les yeux, par peur, et pour leur montrer sa soumission. Ils l'avaient regardée longtemps, sans dire un mot. Elle avait relevé lentement la tête, tentant de se concentrer sur le paysage qu'elle apercevait au loin pour vaincre ses tremblements. Où était-elle ? Où l'emmenait-on ? Vers Tadoussac ? Trois-Rivières ? Ville-Marie ?

Elle regarda de nouveau les Indiens ; les hommes étaient presque aussi grands que Guillaume, ils étaient forts, avaient des muscles apparents, un ventre plat, et l'aisance avec laquelle ils pagayaient aurait fait l'envie de plusieurs colons.

Ils s'étaient pourtant approchés de la rive pour se reposer ; le plus âgé avait soulevé Marie et l'avait portée jusqu'à une petite clairière où un cercle d'herbes noircies indiquait qu'on avait déjà fait un feu à cet endroit. Les hommes s'étaient assis autour du cercle, comme s'ils y voyaient toujours des flammes, et l'un d'eux avait tiré une sorte de galette de son balluchon de peau. Il avait rompu ce pain en trois parts, en avait donné à ses deux frères avant de séparer avec un couteau acéré ce qui semblait un demi-lièvre à moitié cuit. Bien qu'elle ait été trop bouleversée pour avaler quoi que ce soit, Marie avait vite compris qu'on ne la nourrirait pas du voyage. Elle n'avait pas protesté, n'avait pas bronché, redoutant que le moindre geste ne lui attire la colère de ses ravisseurs. Un de ceux-ci s'était levé et avait rempli une outre d'eau ; en le voyant boire, elle s'était aperçue qu'elle avait terriblement soif. Elle avait frémi quand l'Agnier s'était penché sur elle et avait brutalement écarté ses cheveux, mais elle avait senti l'eau couler entre ses lèvres et oublié un instant son ravisseur. Il avait retiré la gourde et s'était éloigné sans l'avoir touchée. Marie avait été légèrement rassurée ; ces hommes n'avaient peut-être pas l'intention de la déshonorer.

Après leur repas, le plus petit l'avait amenée jusqu'à un arbre auquel on l'avait attachée et elle avait cru alors que sa dernière heure était venue. Elle avait pensé à Anne LaFlamme, à Guillaume qui avaient supporté la torture et elle avait voulu recommander son âme à Dieu. Elle s'était soulagée et les Indiens avaient ri avant de s'allonger et de s'endormir.

Elle les avait entendus ronfler au bout de cinq minutes. Elle avait tenté de se débarrasser de ses liens, mais n'avait réussi qu'à s'irriter les poignets. Toutefois, l'Indien avait laissé ses liens assez lâches pour qu'elle puisse réussir, à force de se tortiller, à s'accroupir. Elle avait mal au cou, aux épaules. Elle avait faim, et encore soif, mais elle avait fini par s'endormir sous un ciel sans lune.

Le jour n'était pas levé qu'on la jetait de nouveau au fond du canot. Elle avait saigné du nez, senti le liquide chaud coller ses lèvres, son menton, son cou. Personne ne l'avait essuyée. Elle s'était mise à pleurer ; elle avait l'impression qu'elle resterait agenouillée durant des mois au fond de ce canot, affamée, ensanglantée, puante, et que les trois hommes qui ramaient devant elle ne s'inquiéteraient jamais de son sort. Pourquoi l'avaient-ils enlevée ? Elle savait maintenant qu'aucun Blanc n'était mêlé au rapt. Les Agniers avaient agi de leur propre chef, ils n'avaient besoin de personne pour leur donner des idées, mais cette expédition comportait des risques ; pourquoi tenait-on autant à elle ?

Elle avait compris beaucoup plus tard que c'était sa chevelure rousse qui l'avait désignée à ses ravisseurs ; quand ils avaient enfin gagné leur village, ces derniers étaient très fiers de montrer leur captive et plusieurs Indiens s'étaient approchés de Marie pour toucher ses cheveux cuivrés, les tirer. Un des ravisseurs avait pourtant empêché un enfant de couper une mèche.

Combien de temps était-elle restée là, sous le soleil de midi, entourée de dizaines d'Iroquois qui la dévisageaient en riant ou en grognant ? Guillaume lui avait déjà parlé des villages indiens, mais elle ne connaissait que le fort huron, bien modeste à côté de celui de ses ravisseurs. Elle avait compté au moins vingt maisons-longues ! Elle savait que chacune d'entre elles abritait près d'une trentaine de familles de trois à cinq personnes ; des centaines d'Agniers vivaient donc dans ce village. La palissade indiquait une certaine sédentarité; si les Algonquins, nomades, vivaient de la chasse et de la pêche, les Iroquois, eux, pratiquaient l'agriculture et choisissaient judicieusement l'emplacement où ils vivraient durant de nombreuses années. Entre dix et trente ans, selon l'épuisement des sols environnant le village. Quand on ne pouvait plus rien tirer d'une terre qu'on n'avait aucun moyen d'engraisser, on abandonnait les maisons-longues et on partait à la recherche d'un territoire à défricher, où coulerait une rivière, où la forêt serait variée, où la terre accueillerait bien le maïs, la courge, le haricot, la citrouille.

Avant d'être poussée dans l'ouverture de la palissade, Marie avait aperçu un grand champ de maïs; les tiges de blé d'Inde étaient si hautes qu'on devait pouvoir y casser huit ou dix épis! Rose se serait extasiée! Le souvenir de son amie l'avait aidée à redresser la tête pour entrer dans le village, mais elle avait trébuché et les rires des Agniers avaient méchamment retenti. Un de ses ravisseurs lui avait donné un coup de pied aux fesses et elle s'était relevée pour voir des dizaines d'Indiens se presser vers elle, en montrant ses cheveux de leurs mains sales.

Les leurs brillaient encore plus que ceux des Hurons; oints de graisse d'ours, ils étaient noirs comme des ailes de corbeaux. Les femmes les séparaient par le milieu et les retenaient à l'arrière avec des rubans colorés; certaines portaient un bandeau brodé sur le front. Quelques hommes avaient les cheveux plus courts et même rasés sur les côtés. La plupart d'entre eux avaient les oreilles percées, mais Marie était trop effrayée pour admirer les bijoux; elle se demandait quelle était la signification des tatouages qui paraient les peaux rougies. Le père Chaumonot prétendait que les Indiens naissaient avec la chair quasiment aussi pâle que celle des Français; c'était l'emploi d'une graisse animale écarlate, dont ils s'enduisaient tout le corps pour se préserver des insectes et des intempéries, qui modifiait la couleur de leur peau à force d'en user. La rudesse du climat qu'ils affrontaient bien souvent à moitié nus tannait également celle-ci.

Ils avaient paru uniformément cuivrés à la Renarde et pareillement vêtus de peaux de bêtes. Certains portaient des tuniques, d'autres n'avaient qu'un carré retenu par des lanières de cuir pour protéger leur sexe; les Hurons se couvraient davantage pour éviter de choquer les religieux de Québec. Les robes des Iroquoises étaient un peu plus longues que celles des hommes, et toutes à franges. Marie apprendrait peu après que ces franges n'étaient pas seulement décoratives; elles permettaient à l'eau de s'égoutter et retardaient la formation de la glace en hiver.

Une femme avait parlé avec ses ravisseurs et Marie avait cessé de respirer; voulait-elle l'acheter? Elle savait qu'un Indien pouvait vendre son prisonnier à un client désireux de le torturer. L'Iroquoise était mince, souple et avait une voix grave tandis qu'elle la montrait. Ses ravisseurs souriaient en secouant parfois la tête. Puis la femme avait cessé de parler, avait tiré un couteau de sous sa tunique et s'était avancée vers elle.

Marie s'était évanouie; l'épouvante et la faim avaient eu raison de sa résistance et de sa volonté.

Quand elle s'était éveillée, elle était allongée par terre et une femme répétait doucement son nom. Elle avait donc rêvé? Elle n'était pas prisonnière? Elle s'était levée aussitôt.

— Sena!

L'Iroquoise avait hoché la tête, avec un sourire contrit. Elle comprenait pourquoi ses frères avaient enlevé Marie LaFlamme, mais elle s'efforcerait de la protéger. Elle n'avait pas oublié qu'elle devait sa liberté à Marie. Elle lui avait tendu un bol de soupe où flottait une tête de poisson et la Renarde avait tout avalé, allouvie et désireuse de prouver aux Indiens qu'elle acceptait leurs coutumes.

Sena lui avait expliqué qu'elle vivrait dorénavant chez les Agniers. On ne la tuerait point, elle n'avait pas à redouter un coup de tomahawk. Sena ignorait toutefois quel sort lui était réservé. Elle parlerait encore avec les chefs et les femmes des ravisseurs.

Elle avait bien défendu son amie. Marie avait permis à Sena de quitter le château Saint-Louis sans penser qu'elle serait payée en retour; elle se félicitait depuis son arrivée chez les Agniers d'avoir secouru l'Indienne. Qu'aurait-elle subi sans son aide?

La Renarde avait appris qu'il y avait trois sortes de captifs: les prisonniers qui s'alliaient aux vainqueurs, les esclaves et, enfin, les femmes qu'aucun homme ne voulait épouser. Les premiers étaient quasiment adoptés par une nouvelle famille, avaient le droit d'en fonder une, participaient à la vie du clan, même s'ils ne pouvaient voter lors des conseils publics. Les deuxièmes, après avoir été torturés, n'avaient d'autre droit que de servir leurs nouveaux maîtres ; ils travaillaient durement pour gagner leur gîte et leur pitance. Quant aux dernières, elles vivaient dans la crainte d'être agressées, maltraitées, tuées si elles déplaisaient à leur propriétaire. Vu sa rareté, on aurait peut-être mieux traité Marie que ces pauvres captives, mais on n'aurait tout de même pas fait preuve d'autant de mansuétude ; elle mangeait à sa faim et on la battait modérément. Bien sûr, on l'attachait chaque nuit, comme tous les prisonniers, mais ses maîtres la traitaient moins rudement que les deux prisonnières algonquines. Un matin, en voyant des enfants leur lancer des pierres pour les réveiller, elle put mesurer le pouvoir de Sena.

La Renarde n'avait pas encore été adoptée par cette dernière, mais l'Indienne promettait de la racheter à ses ravisseurs. Elles parlaient ensemble quelques heures par jour en filant du chanvre, en écorchant des bêtes, en boucanant leur peau, en travaillant l'écorce ou les joncs. Marie avait été surprise d'entendre Sena converser aussi bien en français. Celle-ci lui avait expliqué qu'un Blanc avait vécu durant près d'un an au village et qu'elle n'avait pas oublié ce qu'elle avait appris avec Sasagi Molsem et au château Saint-Louis. Elle se souvenait même de Noémie. Elle avait montré sa propre fille à Marie, qui l'avait complimentée avant de lui dire qu'elle voulait retrouver son enfant. Sena s'était durcie ; elle n'aiderait pas Marie à s'évader. Elle ne pouvait trahir ceux qui l'avaient recueillie alors qu'elle fuyait Québec. Elle avait même ajouté que Marie s'unirait assurément à un Agnier et aurait d'autres enfants.

La Renarde avait tu son amertume devant tant d'incompréhension : elle n'accepterait jamais qu'un Indien la prenne et l'engrosse. Et aucun enfant ne remplacerait sa Noémie. Les propos de Sena l'avaient désarçonnée car celle-ci aimait les enfants. Comme ses sœurs indiennes. Leurs manières étaient si différentes de celles des Françaises ! Marie admirait sans réserve leur attitude ; les enfants étaient choyés, caressés et tellement plus libres. Ils allaient d'une maison-longue à une autre sans avoir à demander à chaque fois la permission. Ils étaient plus dégourdis, plus lestes que les Français, même s'ils passaient de nombreuses heures emmaillotés sur une planchette de bois ou maintenus contre leurs mères grâce à de larges bandes de cuir. Marie avait déjà vu des planchettes au fort huron, mais s'émerveillait encore de leur ingéniosité; on avait même pensé à poser une feuille de blé d'Inde renversée dans une ouverture pratiquée entre deux bandes pour que les filles puissent uriner sans mouiller le duvet qui leur tenait lieu de lange.

Sena était très heureuse d'avoir une fille; Marie sentait que les femmes occupaient une place importante dans la société iroquoise. Elle aurait aimé en discuter avec son amie, mais elle n'osait questionner Sena.

Marie redoutait d'avoir tout le temps nécessaire pour approfondir ses connaissances. Toutefois, après cinq semaines de captivité, elle se couchait le soir sans pleurer, sans prier. Elle récapitulait sa journée, répétait les quelques mots appris, ces mots où une variation du ton en changeait le sens. Aujourd'hui, elle avait dit *iawékon* au lieu de *iawé : kon*. Sena, interloquée, avait ri : Marie avait dit « c'est délicieux » au lieu de dire qu'elle avait mangé de la soupe. Cette soupe infâme dont Sena vantait le bon goût estival. A l'hiver, la grande marmite cuirait une purée moins appétissante; la Renarde devrait bien s'y accoutumer.

Et si elle avait quitté les Agniers à ce moment? Elle avait changé rapidement d'attitude; elle devait apprendre. Apprendre à survivre, connaître la nature, les plantes, à s'endurcir à la faim, à la chaleur, au froid, à la fatigue. Elle avait vu de jeunes enfants s'infliger mutuellement des épreuves corporelles afin de s'habituer à la douleur et se montrer courageux s'ils étaient un jour faits prisonniers. Elle les imiterait à sa manière et, une nuit, elle romprait ses liens et s'enfoncerait dans une forêt qu'elle connaîtrait assez bien pour la traverser et rejoindre les siens. Dans six mois, dans huit, dans dix? Elle y parviendrait. Et aurait tout appris de la médecine des Indiens avant de quitter le clan.

En sortant de la maison-longue où elle avait brassé la sagamité,

Marie vit qu'on la dévisageait comme aux premiers jours de son arrivée. Elle s'assit près de la sœur de son maître qui lui ordonna de ramasser des branchages. Marie s'empara d'une sorte de bâche qui lui permettrait de transporter le bois et se dirigeait vers l'entrée de la palissade quand Sena l'aborda. Tous les regards étaient dirigés vers elles. L'Indienne apprit à Marie qu'un messager avait vu le régiment de Carignan-Salières quitter le fort Sainte-Anne. Des centaines d'hommes !

Les guerriers, la prévint Sena, seraient trop occupés à se préparer à l'attaque et ne se soucieraient pas d'elle, mais leurs femmes et leurs enfants auraient envie de faire subir quelques vexations à cette Blanche qui incarnait l'ennemi. On l'ennuierait, on la persécuterait, mais on l'épargnerait afin d'avoir la possibilité de l'échanger si les soldats du régiment capturaient des chefs. Contrairement à ce que Marie avait toujours pensé, il n'y avait pas qu'un chef par clan. Elle ne comprenait pas encore le fonctionnement de la tribu, mais elle savait que plusieurs hommes étaient importants et que ces derniers étaient parfois élus par les femmes.

Sena avait raison ; des enfants jetèrent du sable sur les fruits que Marie allait manger, une femme lui fit un croc-en-jambe tandis qu'une autre lui tirait les cheveux, la projetait au sol et lui faisait avaler un ver de terre. On lui donna plus de coups de pied qu'à l'accoutumée pour la forcer à travailler plus vite, on cracha sur elle à plusieurs reprises, on la menaça. Toutefois, quand elle regagna la maison-longue avec sa bâche remplie de petit bois, ses maîtres l'autorisèrent à se reposer en réparant une tunique de daim pendant qu'ils parleraient avec les chefs.

Marie entreprit de recoudre le vêtement après s'être piquée deux fois à l'aiguille d'os. Elle s'assit en croisant les jambes comme les Indiennes devant la plus grande des maisons-longues. L'air était très doux pour la fin de septembre. On devait être autour du 20 ; la Renarde tentait de conserver une juste notion du temps, mais elle vivait dans un monde où même les jours et les nuits étaient autrement comptabilisés. On parlait plus volontiers de la prochaine lune que du mois d'octobre. Elle regarda un bosquet d'érables en se rappelant qu'ils avaient rougi très tôt l'année précédente. Verrait-elle ceux-ci changer de couleur ou devrait-elle suivre ses maîtres dans leur fuite?

Sena lui avait dit que les femmes voulaient déserter le village si les troupes françaises arrivaient, mais plusieurs guerriers voulaient combattre les soldats. On ne parlait que d'embuscade depuis deux jours et des traîtres qui acceptaient de signer la paix. Plusieurs chefs prononçaient le nom de Garakontié avec mépris et soutenaient que les Hollandais ou les Anglais les appuieraient dans leur lutte contre les Français. L'inquiétude qui régnait au village démentait pourtant ces affirmations.

Marie n'aimait pas les Agniers, elle détestait son esclavage, mais elle ne pouvait se réjouir en imaginant le massacre de ces jeunes hommes qu'elle côtoyait depuis le 18 août. Elle les avait vus dompter des chiens sauvages, rapporter des poissons magnifiques, courir en riant derrière les filles, jouer avec des enfants, cultiver le tabac, la courge, fabriquer des filets de pêche. Et fourbir des fusils.

Ils iraient se battre avec autant de peur et de rage que les Français. Et ils perdraient. Peut-être que Guillaume Bonnet tirerait sur Tonra. Il crierait victoire pour dissimuler son épouvante. Il recommencerait et d'autres Agniers tomberaient.

Les survivants l'exécuteraient-ils quand ils rejoindraient leurs familles? Non, Sena avait parlé d'échange.

Marie enfonça l'aiguille en tapant dessus avec une pierre. Elle manqua s'écraser un doigt et jura. L'emploierait-on un jour pour cueillir les plantes comme elle l'avait demandé à Sena? Pourrait-elle seconder les chamans? Celle-ci avait répondu, du dédain dans la voix, qu'elle ne connaissait rien aux rites entourant la maladie et la mort, mais Marie rêvait pourtant d'être initiée. Elle contempla les nuages qui voguaient paresseusement sur un ciel mauve et se souvint que Guillaume avait déjà comparé ses yeux à des pervenches.

Guillaume! Lui aussi l'aidait; Sena avait raconté à tous que Marie avait été l'épouse de Sasagi Molsem. Plusieurs Indiens l'avaient regardée d'un autre œil et quelques femmes lui avaient souri. On n'avait pas pour autant allégé sa tâche, mais les femmes avaient plus d'ouvrage depuis que les hommes se préparaient concrètement à la guerre.

Marie soupira ; on verserait tant de sang lors des affrontements qu'on éclabousserait même ce ciel qui lui rappelait les lilas qui embaumaient la côte Sainte-Geneviève.

Puis elle sourit ; comment pouvait-elle penser à Paris alors qu'elle était l'esclave des Agniers ? Son esprit vagabondait curieusement depuis son enlèvement ; elle avait des moments d'intense découragement où elle souhaitait mourir au plus vite, suivis de bouffées d'énergie et d'orgueil où elle se jurait de survivre, et cette étrange impression de dédoublement, comme si elle rêvait et voyait une autre femme agir à sa place. Les souvenirs surgissaient, aiguisant sa nostalgie ou l'apaisant selon les jours, ces souvenirs de Nantes et de Paris et du voyage sur l'*Alouette*.

Elle avait rêvé maintes fois d'Anne LaFlamme ; elle soignait invariablement un loup, puis dix, cent, mille. Leurs ventres étaient troués de balles, leurs entrailles se déroulaient sur le sol et Anne devait les tisser, comme le chanvre, avant de les replacer dans leurs panses. Elle ajoutait du tabac, un petit pot de terre cuite et trois perles avant de recoudre les loups qui disparaissaient dès qu'elle avait fini de les soigner. Marie se réveillait alors, étouffant dans le poil d'un chien. Elle le repoussait mollement, le grondant de l'avoir réveillée ; malgré sa fatigue, elle mettrait du temps à se rendormir, entendant les ronflements des adultes, les couinements des enfants, les gémissements des amoureux. Sena lui disait que les nuits étaient bien calmes durant l'été car les chiens, justement, n'entraient pas tous dans la maison-longue. Marie appréhendait terriblement l'hiver et se retournait sur sa couche de sapinage en enviant ses voisins que la fumée, le froid et les odeurs n'incommodaient guère.

Elle avait aussi rêvé de Guillaume. Il se tenait à l'avant d'un énorme canot d'écorce de bouleau du Nord. Ce bouleau qui prenait une teinte rosée en hiver, qui était imperméable et que les Algonquins échangeaient avec les autres nations indiennes. Le canot filait si vite qu'il passait devant le village sans s'arrêter ; Marie hurlait mais Guillaume ne l'entendait pas, voguait vers le pays du Nord pour acheter des fourrures.

Victor Le Morhier ne l'avait visitée qu'une seule nuit ; il était entouré d'arbres morts qu'il enveloppait d'un linceul avant de les jeter à la mer. Les bois coulaient alors que les draps flottaient, s'élevaient en formant une immense tente où apparaissaient son père et Guy Chahinian. Elle voulait les rejoindre mais Victor l'en empêchait. Elle se débattait. Un voisin la bourrait alors de coups.

Elle regardait la lune et les étoiles par les interstices du mur d'écorces et se demandait si un chaman voudrait un jour considérer les rêves d'une Blanche. Elle savait que les Indiens consultaient certains hommes quand ils étaient malades et qu'ils leur contaient leurs songes ; parviendrait-elle à percer ce mystère auquel on refusait de l'initier ?

Il y avait tant de choses obscures dans cette nouvelle vie ! Fermant les yeux, elle pensait que les mœurs des Agniers étaient bien différentes de celles des Blancs ; au bout de quelques jours, elle avait remarqué que les hommes ne visitaient pas toujours les mêmes femmes. Et que ces dernières ne rougissaient pas d'accorder leurs faveurs à différents prétendants. Et cela, dès leur jeune âge.

Aurait-elle continué à aimer Simon Perrot si elle l'avait mieux connu ? Plus tôt ?

Chapitre 18.

Victor Le Morhier lisait la lettre du chevalier à Emile Cléron qui l'écoutait patiemment même s'il pensait que Julien du Puissac s'embarrassait encore d'inutiles scrupules. Il aurait pu régler le sort de Noémie sans écrire à son parrain. Qu'espérait-il de Victor? Qu'il s'embarque pour la Nouvelle-France? Le chevalier lui annonçait la mort de Guillaume et l'enlèvement de Marie LaFlamme par les Iroquois. Sa fille avait été confiée provisoirement à une bonne amie, Rose, qui avait déjà un petit et ne pouvait se charger indéfiniment de Noémie. Le chevalier du Puissac rappelait que sa femme Véronique était la tante de Noémie; elles l'ignoraient l'une et l'autre, mais son épouse serait heureuse d'aider et même d'adopter l'enfant. Par honnêteté envers Marie, à qui il avait promis le silence au sujet de la véritable identité de Noémie, il s'adressait à Victor, le compère, avant d'en parler à sœur Sainte-Blandine, la marraine.

— Qu'ils prennent l'enfant! fit Cléron. L'affaire est simple.

Victor Le Morhier regarda la Seine qui fuyait au détour de l'île Saint-Louis. Ce début de novembre était venteux, après une belle Saint-Martin. Les enseignes des boutiques grinçaient à chaque bourrasque et les passants redoutaient qu'elles ne leur tombent dessus. Le ciel était si bas que le clocher de la Sainte-Chapelle menaçait les nuages gris. L'orage ne tarderait pas. La pluie serait fine, glacée. Les oiseaux cherchaient des tourelles ou des gargouilles pour s'abriter et les chats s'étaient déjà tapis sous les char-

rettes des marchands de la place de Grève. Victor Le Morhier
releva le col de son pourpoint en se réjouissant de sa chaleur ; la
laine était d'une belle qualité et il l'avait payée un prix raisonnable.
Les commerçants hollandais se plaignaient de la Nouvelle-
Amsterdam, qui leur coûtait cher comparé aux investissements de
leurs rivaux en Nouvelle-Angleterre, mais Victor Le Morhier
savait que le pays était encore riche. Ce qui inquiétait réellement
les Hollandais, c'était l'indépendance que les Britanniques acqué-
raient après avoir subi leur joug économique durant des années.

Barrow avait expliqué à Victor que son pays avait fourni des
draps de laine écrue à la Hollande en très grande quantité. Des
draps qui demandaient à être travaillés et teints. Ces deux opérations permettaient aux Hollandais de vendre le produit fini avec
un profit considérable. Les Anglais avaient bien tenté d'imiter
leurs concurrents en effectuant les mêmes travaux, mais le manque
de main-d'œuvre qualifiée avait conduit à l'échec, malgré les
mesures protectionnistes. La guerre de Trente ans avait ensuite
retardé l'essor économique. Des fluctuations avaient fait grimper
les prix anglais, tandis que les Hollandais offraient encore leurs
étoffes à des coûts intéressants.

L'Angleterre dut se résoudre à renoncer aux tissus anciens pour
réussir à percer sur le marché américain et méditerranéen. On créa
les nouvelles draperies, ces étoffes de laine grossière à long fil, et on
cessa progressivement de vendre de la laine à la Hollande. C'était
l'Irlande, avait ajouté Samuel Barrow, qui avait payé ce redresse-
ment économique.

Victor Le Morhier avait eu confirmation de ce qu'il avait pressenti : l'Irlande était la servante de l'Angleterre qui l'obligeait à lui
livrer sa laine brute. L'Irlande se révoltait. L'Irlande fuyait le vieux
continent. Et les paysans dépossédés allaient peupler la colonie
anglaise, de leur plein gré, et à bon compte... Le gouvernement
hollandais, lui, devait persuader les gens de s'exiler à New Amstel
où on accueillait aussi des étrangers, sans se soucier de leur race ou
de leur religion.

Victor avait tout de suite comparé les colonies anglaises et hol-
landaises à la Nouvelle-France où on exigeait quasiment un certifi-

cat de moralité des immigrants. Mgr de Laval et le Gouverneur voulaient qu'on leur envoie des hommes de bien, tempérants, catholiques, travailleurs, des filles endurantes et modestes. N'avait-on pas déjà rapatrié en France une fille abandonnée et son petit? Samuel Barrow soutenait qu'il y avait plus de commerces que d'établissements religieux en Nouvelle-Hollande. C'était l'inverse au Canada. Victor se demandait si les compagnies qui s'étaient installées à Québec n'étaient pas aussi responsables de la lenteur du peuplement; désireuses de s'enrichir, elles avaient besoin des colons pour assurer leur quotidien, mais elles ne tenaient pas à ce qu'il y ait trop d'hommes intéressés par la traite des fourrures. Trop d'hommes à se diviser les profits...

La Nouvelle-France, en proie aux attaques indiennes qui ralentissaient le commerce des peaux, vivait précairement; tous les commerçants l'avaient dit. Victor Le Morhier devait-il profiter de cette situation?

Il relut la lettre de Julien du Puissac en songeant que le chevalier devait être un vrai patriote qui ne profiterait pas de la rigidité de l'évêque ou du Gouverneur pour s'enrichir.

Mais il devait y avoir de bonnes affaires à réaliser entre les trois colonies! Et leurs mères patries! Du Puissac parlait du régiment de Carignan-Salières qui combattait les Iroquois; ceux-ci ne couperaient plus jamais l'approvisionnement des fourrures quand les Français les auraient matés.

A moins que les Hollandais ne les secourent. Le feraient-ils? Victor en doutait; les fourrures perdaient de la valeur, même si on les traitait de moins en moins en Moscovie. La Nouvelle-Hollande et la Nouvelle-Angleterre se tournaient vers d'autres débouchés, l'exportation de chêne blanc ou la construction navale.

Victor, lui, importerait dans les colonies américaines les produits des îles, rhum, sucre, gingembre, bois exotiques, coton. Quand il aurait amassé assez d'argent, il achèterait un formidable vaisseau et prendrait la route des Indes.

— Tu vas t'embarquer pour Québec? lui demanda Cléron.

— Pas maintenant.

— Mais tu iras?

– Oui. Je partirai au printemps. C'est le bon moment.

– En pleine guerre !

Cléron soupira ; Le Morhier était incapable de rester plus d'un mois dans la même ville. Paris était pourtant la plus belle, la plus grande ; tous les étrangers le disaient ! Lui n'en était jamais sorti et ne s'en portait pas plus mal ! D'ailleurs, Le Morhier l'admettait, après tous ses voyages ; les rues étaient les mieux éclairées du monde et le Cours-la-Reine faisait l'envie des Anglais. Evidemment, depuis l'incendie, la City avait piètre allure ! Cléron regarda en direction de la fontaine du Pont-Neuf ; elle ne suffirait pas à sauver la ville si le feu embrasait un îlot. Le gredin se signa, priant Dieu d'épargner Paris où il devait y avoir autant de pécheurs qu'à Londres. Il décida qu'il donnerait le dixième de ses gains à la quête du dimanche. Sans le dire à la baronne. Elle se moquerait de lui car elle n'était guère superstitieuse. Si elle assistait aux offices religieux, c'était plus pour montrer son opulence que sa piété. Cléron se rappelait la robe de soie ventre d'hermine, non, minime, qu'elle portait dimanche dernier. C'était la couleur à la mode cette semaine-là ; il avait beaucoup ri que les dames s'entichent de la teinte d'un habit monastique.

Il riait souvent à Paris ; les pamphlétaires avaient maints sujets à dénoncer, les artistes montaient leurs tréteaux à chaque foire, les bateleurs attiraient les foules, les musiciens, les dompteurs d'ours. Cléron adorait observer les spectateurs, bouche bée, l'œil écarquillé, s'extasiant du moindre tour de magie. Que voilà de beaux pigeons ! Qu'il était aisé de les entraîner au jeu ! Qu'ils étaient drôles ! Victor, lui, ne parlait jamais de ses distractions à l'étranger, rapportait rarement un bon mot, ne contait guère de scènes cocasses ; les étrangers s'ennuyaient à périr chez eux. Ils pouvaient bien se plaindre des transports, de la saleté des rues, des odeurs, le fripon devinait comme ils étaient excités par l'animation de la ville.

Et sa beauté. Victor avait déjà comparé la mer à une maîtresse. Mais Paris était irrésistible avec ses rues qui s'emmêlaient comme la chevelure d'une femme durant l'amour, sa moiteur qui rappelait la peau des rousses, cette Seine, qui laissait supposer bien des mystères tel un corsage entrebâillé, et certains de ses crépuscules aussi rouges que les joues d'une vierge qu'on galantise. Comment pouvait-on quitter Paris? Victor n'était même plus amoureux de Marie LaFlamme, il partait pour partir. Les perspectives d'un commerce international le poussaient à voyager, mais le joueur soupçonnait le Nantais de sillonner les océans pour défier la mort. Il avait confié à Cléron que son âme avait brûlé dans le grand feu de Londres; depuis, le danger l'excitait, lui donnait l'impression de vivre. Retrouverait-il un peu de candeur s'il revoyait la Nouvelle-France?

— Souris, mon marmiton, dit Victor Le Morhier. Je ne partirai pas pour la colonie avant la fin de l'hiver.

Cléron applaudit; il persuaderait peut-être son compagnon d'oublier la mer et ses pirates, Québec et ses Iroquois.

— C'est grand dommage que Mme de Roche-Brieux nous ait quittés.

— Cesse de la regretter; elle n'aurait pas jeté les dés si souvent.

— Elle aimait bien la baronne.

— Pour avoir aidé M. Chahinian. Le vingt et un, la taupe, le reversi ou le whist n'attirent pas Mme du Puissac. Son époux m'écrit qu'elle est férue d'astronomie et veut apprendre les langues indiennes. Marie aussi le souhaitait...

— Elle les appren...

Cléron se mordit les lèvres; comment pouvait-on être aussi sot!

— Ne t'excuse pas, tu dis la vérité. Si les Sauvages ne l'ont pas tuée, Marie LaFlamme saura parler avec eux avant la fin de l'année.

— Les soldats du régiment la délivreront peut-être? chuchota Cléron en hâtant le pas.

De grosses gouttes coulaient maintenant en bordure de sa perruque, il avait hâte de se réchauffer devant un bon feu.

— Allons boire un coup!

— Aux *Trois Maillets*? proposa Victor avant de siffler Black Jack.

— Non, à *La Croix-de-Lorraine*.

*
* *

— A boire! commanda Julien du Puissac au cabaretier. Ces hommes l'ont bien mérité!

On s'empressa de remercier le chevalier. Alphonse Rousseau était fier de la générosité de son maître. Ce dernier l'avait repris à son service quelques jours après l'enlèvement de la Renarde; de cette manière, il détournait Une Patte de son chagrin en lui permettant de gagner de quoi subvenir aux besoins de trois enfants. Le chevalier avait également remis une bourse bien garnie à Rose en soutenant que Marie LaFlamme lui avait confié un bijou qu'il avait vendu très cher à Paris. Rose le croyait à moitié, mais elle n'avait pas refusé ce don; Françoise devait être correctement vêtue pour aller au couvent des Ursulines.

— Contez-nous votre campagne! demanda le chevalier aux soldats qui se bousculaient chez Boisdon en apprenant qu'on offrait une tournée.

— Avez-vous des nouvelles de la Renarde? demanda Michel Dupuis.

Les hommes secouèrent la tête; les Sauvages désertaient les villages avant que les troupes n'y entrent. Marie avait dû suivre ses ravisseurs.

— Vous n'avez rien vu qui puisse indiquer sa présence sur un des sites iroquois?

Guillaume Bonnet soupira. Il avait suivi Perrot en pensant que ce dernier trouverait Marie LaFlamme. Il aurait alors offert son aide à celle-ci. Mais Simon Perrot, comme tous les soldats, avait pillé les maisons-longues, les avait brûlées. S'il y avait eu un indice prouvant que la Renarde avait vécu parmi les Agniers, il avait disparu depuis.

— On l'a cherchée, jura un soldat. Mais il faut nous comprendre... On a marché durant des jours par des sentiers aussi étroits que le goulot d'une bouteille, aussi lisses qu'une glace.

— Et tout au bord d'une falaise, au-dessus d'une rivière dont on ne voyait pas le fond!

— Les Hurons nous ont secourus plus d'une fois, dit Guillaume Bonnet.

— Les Algonquins aussi. Il y en a un qui a porté M. de Tracy. Le lieutenant-gouverneur se serait noyé sans lui.

Alphonse Rousseau nota que Simon Perrot serrait les poings tandis que ses compagnons louaient l'agilité des alliés. Marie LaFlamme avait déjà dit qu'il détestait tous les Indiens, même amis. Une méchante lueur brillait au fond de son œil quand il se vanta d'avoir tué un Agnier.

— On n'en a pas tiré beaucoup, mais celui-là était bien gras! ajouta-t-il en souriant.

Le chevalier du Puissac voulut des précisions; le régiment n'avait pas décimé des tribus entières?

— Non, monsieur, répondit Bonnet. On vous l'a dit : les Iroquois désertaient leurs campements avant que nous arrivions.

— Campements n'est pas le mot! protesta un vieux soldat. Ces diables sont quasiment mieux installés que nous! Ils ont de vraies cabanes et de grandes huttes, des meubles et assez de vivres pour subvenir à leurs besoins durant des mois, voire des années! Ils ont les plus beaux champs de maïs.

— On avait marché toute la nuit au son des tambours, reprit Guillaume. On avait faim! Notre capitaine avait diminué nos rations depuis dix jours! Heureusement qu'on a trouvé des châtaignes!

— Ensuite, on a mangé leur poisson salé et...

— Et ensuite? le coupa l'aubergiste.

— On a pillé un autre village, puis un autre.

— Ce n'était pas assez! On aurait dû les massacrer! tonna Simon Perrot.

Il se leva brusquement et sortit en claquant la porte du cabaret. Les soldats soupirèrent en même temps.

— Bon débarras, fit l'un.

— S'il avait pu rester au fond de la rivière! dit un autre.

Julien du Puissac invita les hommes à exprimer leur ressentiment envers Perrot. Guillaume Bonnet ne se fit pas prier :

— Le Mousquetaire est un fou!

— Le Mousquetaire?

— Son surnom. Il se vante sans cesse de ses exploits à Paris. A l'entendre, il aurait protégé des comtes et des baronnes!

Les soldats s'esclaffèrent.

— Perrot a essayé de nous voler, chacun à notre tour.

— Vous voler? répéta Alphonse Rousseau.

— On a trouvé quelques wampums, des tuniques brodées, des parures dans un village. Le Mousquetaire était allé en éclaireur; il a prétendu que tout lui appartenait car il était arrivé le premier sur le site. Il a même attaqué Surprenant quand il dormait!

Ledit Surprenant ajouta qu'il l'aurait échigné si Bonnet n'était intervenu.

— Il était si encoléré de ne pas avoir tué ses dix Agniers comme il l'avait parié qu'il était prêt à assouvir sa rage sur moi.

— Ou sur moi!

— Votre capitaine ne l'a pas puni?

— On n'a rien dit. On pensait qu'il périrait dans une embuscade; il était toujours en avant. Pour retrouver Marie LaFlamme, disait-il.

— C'était de l'argent qu'il cherchait!

Le chevalier paya une seconde tournée, mais n'apprit rien de plus au sujet de la Renarde. Après le saccagement de plusieurs villages, Prouville de Tracy, redoutant les froids, avait ordonné le retour. On avait célébré une messe sur les ruines brûlantes des maisons-longues. En plantant une croix et un poteau aux armoiries de la France, on avait décrété qu'on s'emparait du territoire des vaincus au nom du Roi.

— On est rentrés à temps! murmura un soldat. Le lac Champlain n'était que remous et vent! On a perdu huit hommes quand deux canots ont chaviré.

— On serait morts gelés, chuchota Guillaume Bonnet.

Les hommes se tournèrent vers la fenêtre; il commençait à neiger.

Les derniers jours de marche avaient été éprouvants; le vent sifflait, s'engouffrait dans le col de leur uniforme, emportait leur capot. Les doigts engourdis, les pieds gelés, les reins moulus par le poids des provisions, ils avançaient courbés, tête baissée pour se protéger de la bise. Ils espéraient que les officiers avaient raison en soutenant que l'expédition avait porté ses fruits : les Agniers avaient vu la puissance française et se soumettraient rapidement. N'avaient-ils pas fui leurs villages plutôt que d'affronter les soldats ? Et puis, on ne déplorait pas des dizaines de morts ; les victimes de cette marche guerrière étaient principalement des Agniers. Si quelques soldats, comme Simon Perrot, auraient préféré massacrer les Indiens, la plupart d'entre eux étaient soulagés d'atteindre Québec sans blessés graves, sans moribonds. Cette guerre sans bataille n'était pas glorieuse, mais les volontaires retrouvaient leur ville avec un contentement bien légitime.

En sortant du cabaret, Julien du Puissac s'étonna de la quantité de neige qui était tombée ; était-il resté si longtemps chez Boisdon ? La nuit irisait déjà le sol et Alphonse pesta, craignant de poser sa patte sur une plaque de glace.

— Appuie-toi sur moi, fit le chevalier.

Alphonse ragnona qu'il n'était pas invalide. Et s'en excusa aussitôt :

— J'ai les sens retournés ! Personne n'a vu Marie ! Personne !

Du Puissac enfonça son chapeau sans répondre, taisant ses sombres pressentiments ; si elle était toujours vivante, Marie LaFlamme n'allait-elle pas payer très cher la destruction des villages agniers ?

Il parla de Bernard pour égayer son ami. Celui-ci affirma qu'il marchait quasiment :

— Rose a cousu un tata à sa robe, mais il n'en aura pas besoin longtemps.

Le chevalier sourit ; la lisière serait utile jusqu'au printemps : on ne connaissait pas de papot qui marchait à six mois. Avec ou sans tata pour les retenir.

— Rose sera bien triste d'apprendre que Marie...

Alphonse se tourna vers le quai Champlain, frissonna en songeant que la Renarde était peut-être morte de froid et de faim. Les soldats n'avaient-ils pas incendié tout le pays agnier ?

*
* *

Il y avait eu d'abord l'odeur. Acre, lourde, étrange. Marie avait été une des premières à la sentir car elle était moins accoutumée que les Indiens à la fumée. Elle avait prévenu un guetteur, sans savoir pourquoi; craignait-elle qu'on ne l'accuse d'avoir aidé ses compatriotes? De quelle manière? Elle n'aurait rien pu faire. On lui avait passé au cou une corde de cuir tressé dès qu'on avait appris que les soldats gagnaient du terrain. Celui qui ressemblait à un aigle tant son nez était recourbé avait annoncé que le régiment atteindrait leur village avant deux jours.

Les Agniers avaient grogné contre l'ennemi, mais Marie n'avait pas entendu une plainte. Si les femmes avaient les yeux humides en choisissant ce qu'elles emporteraient avec elles lors de la fuite, elles n'avaient émis aucune protestation. Elles avaient décidé les hommes à quitter le village au lieu d'affronter les Blancs. Tous les guetteurs avaient été tués sauf un; il avait réussi à échapper aux soldats éclaireurs pour annoncer à son peuple l'arrivée de centaines de Visages-pâles; ils seraient tous exterminés s'ils restaient dans leurs maisons-longues.

Marie avait eu deux ballots au lieu d'un à transporter. On l'avait fouettée avec une courroie quand elle avait trébuché à la sortie du village. La corde l'étranglait, mais elle n'avait pas protesté, sentant la rage envahir le cœur de ses ravisseurs au fur et à mesure qu'ils s'éloignaient de leur village. L'exécuterait-on en représailles?

Elle avait tellement peiné à traîner les ballots qu'elle n'avait pas senti le froid. Moins d'une heure plus tard, dans la caverne où les Agniers s'étaient réfugiés après une journée de marche, elle grelottait tant qu'une femme avait eu pitié d'elle et lui avait prêté une fourrure. Cette Indienne devait savoir qu'on placerait les prisonniers près de l'ouverture de la caverne. Marie avait cru qu'elle périrait gelée.

Puis il y avait eu l'odeur.

Le guetteur l'avait d'abord rabrouée, mais elle avait continué à renifler tout en pointant son index en direction du village. L'homme avait compris et l'avait frappée sur le côté de la tête. Elle était tombée, il l'avait retenue par la corde et elle s'était étouffée. Il lui avait donné un coup de pied, mais l'avait laissée s'agenouiller. On savait maintenant que la femme aux cheveux de feu ne priait jamais.

Les Indiens s'étaient éveillés rapidement; ils étaient sortis de la caverne pour voir la fumée noircir l'aube. Un chaman avait chanté et Marie avait supposé qu'il implorait la pitié des dieux. Seraient-ils plus attentifs que le Très-Haut?

Des nuages avaient obscurci le ciel toute la journée. De temps à autre, une femme regardait l'horizon en soupirant, un enfant criait, excité par cette incroyable boucane, rêvait d'un festin; s'il fallait un aussi grand feu, c'est qu'on cuisait une bête fabuleuse. Les hommes avaient mis des pièges autour de la caverne; il y aurait peut-être du gibier au prochain repas. Marie en serait privée; elle n'était qu'une prisonnière. Elle s'en moquait; elle s'était habituée à bien des choses, mais n'était pas capable de mordre dans une cuisse de lièvre sanguinolente. Pas encore. Mais s'ils restaient des jours et des jours dans cette caverne? Au crépuscule, Sena lui avait appris que les chefs avaient voté le retour au village; les guetteurs avaient vu les Blancs s'éloigner vers le sud.

Les ruines fumaient toujours quand Marie eut la permission de déposer ses ballots. La désolation des lieux était telle qu'elle se mit à pleurer; les Français voulaient prouver leur suprématie aux Agniers, mais elle ne pouvait cacher son dégoût devant ce gâchis. Les maisons-longues n'étaient plus qu'un tas de cendres brûlantes d'où émergeaient çà et là un pot cassé, un pieu, un chaudron bosselé. La palissade s'était écroulée et il ne restait rien du champ de maïs. Marie se souvenait avec quel enthousiasme on avait cueilli les épis à la fin de l'été; la récolte avait été si bonne! Tous ces efforts inutiles, toute cette nourriture gaspillée! De quoi vivraient-ils cet hiver? On avait brûlé les tonneaux de poisson séché, les sacs de céréales, de graines.

Marie eut un haut-le-cœur en songeant qu'on la mangerait peut-être. Elle s'imagina découpée en morceaux, mordue, et rendit gorge. Une fillette se moqua d'elle, mais une autre lui tendit son outre pour se rincer la bouche. Marie lui sourit, puis se redressa en voyant la femme d'un de ses ravisseurs se diriger vers elle. D'un geste, elle lui ordonna de rejoindre le groupe chargé de déblayer les décombres.

A la fin de l'après-midi, il faisait si froid qu'on aurait pris plaisir à déplacer les troncs d'arbres encore chauds si l'épuisement n'avait pas gagné tout le monde. Marie avait travaillé au côté de Sena et le visage doré de son amie, maculé de suie, ressemblait à un masque apeurant. Elle l'observait quand elle entendit un garçon crier ; elle eut tout juste le temps de pousser Sena avant qu'un arbre à moitié calciné s'écroule à un pied de l'Indienne.

Toute activité cessa. On dévisageait la Renarde et Sena. Un homme aida cette dernière à se relever. Elle regarda les membres de son village avant de tendre la main vers Marie qui la prit mais chuta aussitôt en gémissant ; elle s'était foulé la cheville. La même qu'à l'hiver dernier, dans la tempête, avec Françoise. Sena et son frère se penchèrent vers elle et la soulevèrent pour la transporter vers les ballots de fourrure. Marie protesta et s'efforça de marcher malgré la douleur ; éviter, éviter surtout qu'on ne la croie impotente, encombrante. Et qu'on ne s'en débarrasse. Elle se déchaussa simplement pour se bander le pied avec la courroie de cuir souple qui lui tenait lieu de ceinture, puis elle recommença à travailler.

Une heure plus tard, heureusement, la nuit commandait le repos et, après avoir mangé sa galette de maïs, Marie, éreintée, se dirigea vers l'abri qu'on avait aménagé durant la journée. Elle pensait que le froid l'empêcherait de dormir, mais les hommes et les femmes se collèrent les uns contre les autres, les chiens se couchèrent sur eux et la Renarde oublia l'odeur des corps et de la fumée pour rêver d'un monde meilleur.

On rebâtit les maisons-longues à cent pieds de leur emplacement initial ; on ne voulait pas quitter ce site où la terre était encore bonne pour quinze ans. Les Agniers des autres villages avaient vécu la même épreuve. Certains descendaient au sud, d'autres reconstruisaient leurs cabanes dans la presse ; la prochaine lune serait froide, on changeait de saison.

Le sol n'était pas encore totalement gelé et on put enterrer un vieux chaman qui n'avait pas supporté la désolation de son village. On l'avait trouvé au matin, recroquevillé devant les ruines de la maison-longue où il avait vécu. Marie, qui vaquait librement à l'intérieur du village depuis qu'elle avait secouru Sena, observa discrètement les coutumes entourant la mort. On revêtit le cadavre d'une belle tunique, on le peigna, on le vermillonna avant de l'emmailloter dans une grande peau de daim. On emporta le corps au cimetière, à l'écart du village, et une procession suivit le chaman jusqu'à sa tombe où on déposa une pipe, un couteau, une écuelle, des vivres, du tabac et les bijoux que le défunt portait quand on le consultait, ou ceux qu'il aimait.

Guillaume avait déjà parlé de ces rites mortuaires; Marie savait qu'on avait équipé le chaman pour ce long voyage où il reverrait ses ancêtres. Les chants funèbres étaient plutôt longs et mono-cordes, mais en y réfléchissant, elle n'aimait pas beaucoup plus les messes des morts auxquelles elle avait assisté à Québec avant que Louis Jolliet touche l'orgue. Elle avait probablement accompagné dix fois Saint-Arnaud à des enterrements, mais n'avait aucun sou-venir de ces cérémonies tant elle était obsédée par la présence de l'armateur à ses côtés, tant elle était dégoûtée quand il lui prenait le bras.

Aucun Agnier ne lui faisait plus cet effet; après plusieurs mois parmi les Indiens, Marie commençait à croire qu'on ne la violerait pas. Et se demandait encore pourquoi. Les Français ne montraient pas autant de délicatesse avec des prisonnières; Marie avait été soulagée qu'ils quittent le village quand le régiment s'était appro-ché; elle était persuadée que les hommes auraient violenté Sena et ses sœurs s'ils les avaient arrêtées. Et même le vieux chaman n'aurait pu les guérir de leur brutalité. Ce chaman qui, selon Sena, savait mieux soigner que tous ses pairs.

Marie n'en doutait pas. Cependant, ce sorcier avait toujours refusé qu'elle cueille des plantes. Les autres chamans seraient peut-être plus compréhensifs au printemps? Elle s'était résignée à passer l'hiver avec les Agniers; le régiment était passé près d'elle sans chercher à la joindre. On l'avait oubliée. Et elle ne survivrait pas si elle s'aventurait seule à l'extérieur du village. Elle ne savait pas encore chasser. Et d'autres Indiens vivaient aux alentours de la rivière. Il devait s'agir de la rivière Richelieu. Elle devrait la rejoindre. Comment y parviendrait-elle si elle s'enfuyait trop tôt. Il fallait attendre le printemps, ses journées plus longues, plus chaudes.

Quand les hommes eurent dressé la structure des maisons-longues, les femmes et les jeunes enfants se chargèrent d'y fixer l'écorce de bouleau avec des babiches. On n'érigea que quelques maisons car les matières premières manquaient, à cause du feu, à cause du froid. Tandis que les femmes s'activaient à recréer leurs foyers, leurs maris chassaient, afin d'assurer la survie de la tribu durant les prochains mois. On avait enterré quelques ballots de céréales dès qu'on avait su que le régiment s'avançait en pays agnier, mais on n'avait pu cacher toutes les réserves. Il fallait que le gibier soit abondant.

Marie le souhaitait tout aussi ardemment que ses maîtres. Elle se demandait chaque jour, chaque heure, chaque minute, à quel point l'aide qu'elle avait apportée à Sena la protégeait.

— Sgechnaxen! dit Sena.

Marie se retourna vers sa compagne qui lui tendait une branche de sapin très fournie.

— Quand reviennent les chasseurs?

Sena leva la main droite. Cinq jours. Puis elle confia à Marie qu'elle avait rêvé que les hommes prenaient trois orignaux. Il y avait de la viande pour une centaine de kerat.

— Cent repas? vérifia Marie.

Sena hocha la tête; son amie apprenait lentement la langue iroquoise. A sa grande déception d'ailleurs; Marie avait cru qu'elle converserait après quelques mois, elle n'était pas aussi douée qu'elle l'aurait souhaité. Sena tentait de la rassurer, mais savait que Sasagi Molsem avait appris bien plus rapidement que son épouse. Au moins, elle répondait à son nom. Un de ses ravisseurs l'avait baptisée « Sgechnaxen » car sa chevelure ressemblait à celle du renard roux. Marie avait expliqué à Sena qu'elle avait aussi ce surnom chez les Blancs.

— Ton rêve est beau, Sena, murmura Marie.

Elle faillit demander si elle l'avait conté à un des deux chamans, puis se souvint qu'ils étaient absents. Contrairement à certains prêtres qui discouraient, mais faisaient bien souvent travailler des donnés, les chamans participaient normalement aux tâches communes. Ces sorciers restaient dans une grotte ou dans une tente à l'écart de tous. Marie avait vite été détrompée. Et elle avait fini par comprendre qu'ils attachaient une grande importance aux rêves des malades qu'ils traitaient. C'est pourquoi elle se montrait fort attentive quand Sena lui confiait ses songes ; elle voulait témoigner de son ouverture d'esprit et s'interrogeait, de toute manière, sur ces curieuses méthodes de guérison. Qui sait si elle n'en tirerait pas de grands avantages ? Malgré son désir de retrouver les siens, malgré la rudesse de son existence au sein de cette tribu, la Renarde commençait à apprécier certains aspects de la société iroquoise.

Sena tendait la babiche de toutes ses forces et Marie maintenait la branche quand des gémissements se firent entendre derrière elles. Marie vit le fils d'un des chefs tituber, le visage ensanglanté. Elle n'entendit pas les protestations des femmes quand elle courut vers le petit garçon. Elle pensa qu'il avait bien des misères ; sa mère n'était-elle pas morte en couches un mois plus tôt ? Elle détacha sa cape et la jeta par terre en forçant l'enfant à s'allonger. Sena assura ses sœurs des talents de la Renarde ; elle l'avait déjà soignée en prison. Et n'avait-elle pas marché rapidement après s'être tordu un pied ? Les chamans étaient loin et l'enfant souffrait atrocement même s'il retenait ses cris.

Les tantes de l'enfant acceptèrent de faire confiance à cette Blanche qui était aussi une mère dans son pays et qui avait des gestes d'une grande assurance. Elle penchait déjà la tête de l'enfant vers l'arrière pour examiner sa blessure. Le sang lui compliquait la tâche, mais elle réussit à voir une pointe de fer luire à la place de la prunelle. Il fallait retirer ce corps métallique sinon il s'enfoncerait et l'enfant mourrait.

Marie implora Anne LaFlamme de la soutenir ; elle n'avait jamais pratiqué d'opérations aussi complexes. Ni aussi décisives. Pour le garçon. Et pour elle. Elle périrait s'il décédait.

Elle inspira profondément et le froid éclaircit ses idées ; elle réussirait. Elle fouilla dans sa besace et en extirpa l'aimant dédaigné par ses ravisseurs car il ne brillait pas. Elle demanda à Sena d'immobiliser l'enfant tandis qu'elle préparait un cataplasme pour arrêter l'hémorragie. Elle déchira sa jupe d'un coup de dents et saupoudra le linge de l'herbe des Saints-Innocents broyée qu'elle gardait dans une blague à pétun.

Sena lui tendit son aimant en la regardant avec respect ; les esprits aideraient Sgechnaxen si elle donnait l'exemple. Marie montra à une des tantes de l'enfant comment tenir la paupière grande ouverte, puis approcha l'aimant de l'œil, priant que l'acier s'y fixe et qu'elle puisse l'attirer hors de l'orbite mutilée. Elle dut s'y reprendre à trois fois mais, alors qu'elle redoutait le pire, elle sentit les métaux s'embrasser. Elle extirpa le fragment de l'œil martyrisé et appliqua aussitôt une compresse. Elle posa la main d'une des tantes sur le linge et se redressa.

Elle eut une sorte d'éblouissement et trébucha. Sena la retint et deux autres femmes l'aidèrent à s'asseoir. Une d'elles lui tendit sa gourde, une autre lui donna sa part de viande séchée. Marie n'avait pas faim, mais elle aurait avalé un cheval pour plaire aux Indiennes. L'enfant blessé se releva bientôt et s'avança vers elle d'un pas étonnamment ferme ; Marie vérifia l'efficacité de l'entraînement à la douleur auquel ce garçon devait s'être soumis dès son plus jeune âge. Il lui tendit la main, elle la serra sans savoir ce qu'il attendait d'elle. Sena intervint ; le garçon voulait la pointe de métal. Marie la lui donna de bon cœur.

Le garçon se défit d'une lanière de cuir qu'il portait au cou et la passa par-dessus la tête de la Renarde. Elle flatta le coquillage bleuté qui pendait au bout du cordon en souriant.

— Oga, dit-il en désignant son visage.

Marie répéta, mais Sena précisa que ce n'était pas le nom de l'enfant. Il voulait simplement lui enseigner le mot œil. Marie hocha la tête avant d'expliquer à Tiron qu'elle devrait changer son cataplasme avant que la lune n'apparaisse. Sena traduisit, mais Marie l'interrompit pour dire « ennita » ; elle savait comme les Agniers attachaient de l'importance aux astres. Elle était fière de répéter les mots qu'elle avait retenus.

Et fière d'avoir sauvé l'enfant.

Elle reprit sa tâche où elle l'avait laissée, mais tout en nouant la babiche elle éprouvait une grande sérénité. Une paix qu'elle n'avait pas ressentie depuis des semaines, voire des mois. Elle s'émerveillait de l'odeur du sapin que l'humidité accentuait, de la couleur du ciel qui annonçait la première neige et de l'habileté des femmes qui n'avaient pourtant pas l'habitude de construire les cabanes.

Si la Renarde considérait que les Indiennes comme les Blanches travaillaient souvent plus que leurs hommes, elles avaient pourtant plus de pouvoir que les Françaises, plus de liberté. Marie s'était accoutumée aux gémissements de plaisir qu'on entendait la nuit ; elle enviait les jeunes filles d'avoir le droit d'user de leur corps comme bon leur semblait. Elle constatait qu'elles étaient fidèles après avoir choisi un mari, mais qu'elles ne lui appartenaient pas pour autant.

Geoffroy de Saint-Arnaud, le père Thomas et les inquisiteurs qui avaient jugé sa mère auraient assurément désiré l'extermination de ces Sauvages qui permettaient aux créatures de penser. Qu'était devenu l'armateur ? Marie n'avait pas songé à son époux depuis des lustres. Il devait l'attendre avec Simon, prêt à la dépouiller, à la tuer. Se remémorer tous les périls auxquels elle avait échappé ragaillardit la Renarde ; elle survivrait à son séjour chez les Agniers et reverrait les siens. Etre séparée de Noémie et de Françoise lui pesait, mais elle se répétait que Rose devait les avoir prises chez elle. Elle n'aurait jamais permis qu'une autre femme les recueille. Elle-même aurait adopté Bernard si Rose avait disparu. Ce qui éprouvait le plus Marie était d'imaginer que ses compatriotes parlaient d'elle comme d'une morte. Que Noémie se croie orpheline, que Françoise se sente abandonnée. Elle avait été très émue par le cadeau de Tiron, par son regard solennel quand il lui donnait son porte-bonheur. Elle avait eu envie de le prendre dans ses bras, de sentir ses joues fraîches, de respirer son souffle fin, de flatter ses cheveux noirs.

Elle espérait qu'il accepte dorénavant son affection. Même s'il n'en manquait pas ; les enfants étaient choyés chez les Indiens,

Marie l'avait déjà remarqué au fort huron. Malgré les protestations des religieux qui dénonçaient le manque d'autorité des parents, les Hurons ne s'étaient pas tous résignés à punir sévèrement leurs enfants pour se faire obéir comme le commandait la société française. La Renarde, qui n'avait jamais été fouettée chez elle, se souvenait des cris de Michelle Perrot quand Madeleine la battait. Elle-même n'avait donné que deux fessées à Noémie depuis sa naissance. Elle était heureuse que la cruauté légendaire des Agniers ne s'exerce pas sur leur famille.

Une rumeur joyeuse la détourna de son ouvrage ; les femmes et les enfants couraient déjà vers les chasseurs qui revenaient avec des belles prises. Marie soupira ; il y aurait bien des malades durant la nuit ! Plusieurs Indiens avaient la fâcheuse manie de continuer à manger même s'ils n'avaient plus faim. Dans ces moments-là, leur stupidité la consternait ; pourquoi ne ménageaient-ils pas leurs réserves ?

Elle ne critiquait plus personne quatre heures plus tard.

Elle était assise entre Sena et le père de Tiron. Il avait appris ce que Marie avait fait pour son fils. Les femmes des ravisseurs avaient accepté d'affranchir la Renarde. Elle ne savait pas comment Sondareinta avait négocié son nouveau statut, mais même si elle ne pouvait quitter le village, elle se réjouissait d'avoir dorénavant plus de liberté. En fait, elle serait adoptée, lui avait expliqué Sena.

Celle-ci avait omis de préciser que ce serait Sondareinta, récemment veuf, qui se chargerait d'elle. Sena préférait que le temps et le charme de Sondareinta opèrent avant que Marie comprenne qu'il s'agissait d'un mariage.

Sena n'avait pas tort.

On avait fait cuire des perdrix, des lièvres et un quart d'orignal. On avait mangé, chanté, dansé comme si l'incendie du village était déjà oublié. Marie s'était étonnée de cette gaieté mais avait applaudi aux prouesses des enfants qui s'entraînaient à sauter par-dessus les feux. Elle saurait bien soigner ceux qui se brûleraient. On la laisserait probablement agir. Avec un peu de patience, elle pourrait parler à un des chamans. Le plus grand. L'autre la regardait encore d'un air maussade.

On s'était entassé dans les nouvelles maisons-longues. On y était diablement serré. Marie eut du mal à s'endormir car elle suffoquait. Et parce qu'elle avait trop mangé...

Sondareinta, qui dormait tout près d'elle, l'avait vue sortir de la maison-longue à l'aube et l'avait suivie. Marie n'avait pas remarqué sa présence, s'efforçant de respirer pour vaincre ses maux de cœur. Elle s'était agenouillée, tremblotante, suant abondamment malgré le froid et avait vomi son premier repas d'affranchie. Elle était restée longtemps immobile, redoutant de nouveaux spasmes.

Puis Sondareinta était venu vers elle, lui avait tendu de la gomme de sapin, lui avait fait signe de mastiquer. Il ne l'avait pas aidée à se relever, évitant de l'humilier. Il l'accompagna cependant quand elle dépassa l'ancien champ de maïs pour aller à la rivière.

Ils marchaient en silence. Non pas parce qu'ils ne pouvaient aisément communiquer, mais parce que Sondareinta devinait que Marie apprivoisait sa liberté nouvelle. Elle vivait intensément cet instant. Elle écartait les branches des sapins en s'étonnant qu'ils n'aient pas tous brûlé, elle comptait ses pas depuis la palissade, s'étonnait que la rivière lui semble si loin. Elle trébucha contre les racines d'une grosse souche, mais se rétablit vite et continua sa marche. Le cri d'un oiseau la fit sursauter. Elle s'immobilisa, le guettant. Sondareinta lui posa la main sur l'épaule et lui désigna un érable derrière un bosquet d'épinettes ; c'était là que la perdrix s'égosillait.

Marie sourit à Sondareinta en s'étonnant de son acuité visuelle ; le chevalier du Puissac et M. Chahinian qui se plaignaient parfois d'avoir de mauvais yeux l'auraient envié.

Ils atteignirent un ruisseau plutôt que la rivière. Marie se désola de s'être si mal orientée et se promit de tout remarquer la prochaine fois qu'elle accompagnerait des femmes à la rivière. Elle but l'eau pure avec délices. Elle se sentait mieux. Un flocon effleura sa joue et elle se réjouit ; elle aimait vraiment la neige. Elle frémissait en pensant aux hivers humides et gris qu'elle avait vécus à Nantes. La blancheur du ciel, son apparence ouatée l'apaisait et son sourire était si lumineux que Sondareinta ne put y résister. Il se pencha vers Marie et l'embrassa doucement.

Elle recula d'un pas, interloquée. Il ne bougea pas, continua à l'observer avec ses beaux yeux en amande. Combien de temps restèrent-ils ainsi?

Il embrassa de nouveau Marie, lui serra la taille. Elle se sentait très faible subitement. Prise d'une agréable langueur. Les mains de Sondareinta étaient si chaudes! Il lui caressait maintenant le cou, les épaules, les seins par-dessus ses vêtements et elle se demandait si elle rêvait. Etait-ce bien elle qui cédait à l'entreprise d'un Agnier, dans un lieu qu'elle n'aurait même pas pu nommer, sur un lit de mousse glacée, sous un ciel chargé de neige?

Elle frémit en constatant l'excitation de Sondareinta. Elle palpa son torse, puis s'enhardit à toucher son sexe. Il écarta sa main, enleva sa tunique et la jeta au sol en faisant signe à Marie de s'y allonger. Il se pencha alors vers elle, releva sa jupe et sourit: Sgechnaxen était brûlante et moite et prête à le recevoir. Elle écarta les cuisses et tendit les bras vers cet inconnu. Il ne l'avait pas encore pénétrée qu'elle goûtait son poids sur elle, sa force. Elle avait l'impression d'être à l'abri. Il entra en elle, puissamment, et s'immobilisa. Il joua longtemps avec ses cheveux rouges avant de commencer à bouger. Elle gémit rapidement et ouvrit des yeux stupéfiés sur sa jouissance. Il accéléra son rythme et ils crièrent ensemble cette fois.

Il resta en elle. Comme s'il avait envie de s'endormir ainsi, dans son ventre. Elle n'eut aucune envie de le repousser; le sentiment de sûreté qu'il lui inspirait était si reposant après des semaines de peur, de méfiance et de solitude. Guillaume lui avait confié qu'il appréciait la spontanéité des Indiens, leur manière de s'unir par pur plaisir. Sondareinta répéta Sgechnaxen deux fois. Puis il remit sa tunique. Il ne frissonnait même pas! En rentrant au village, ils s'arrêtèrent pour voir les pièges et Marie sourit quand il lui tendit un lièvre. Le chef civil l'invitait à partager les corvées après les jeux...

Chapitre 19.

Julien du Puissac se laissa tomber dans un fauteuil, soulagé. Son épouse le taquina :

— Vous ne sembliez pas tant souffrir en faisant danser les dames, mon bon.

— Je n'avais pas le choix, maugréa-t-il.

— Dites plutôt que c'était une manière de soutenir votre ami.

Le chevalier acquiesça. Il était arrivé très tôt au premier vrai bal qui se donnait à Québec car il savait que Louis-Théandre Chartier de Lotbinière, qui avait décidé de célébrer le carnaval, n'avait pas l'approbation des Jésuites. Ceux-ci le boudaient et l'invitaient rarement aux cérémonies religieuses où étaient conviés les membres de la meilleure société. Pourtant, son statut de lieutenant général civil et criminel aurait dû inciter les prêtres à rechercher sa compagnie... Du Puissac avait montré vers qui allaient ses sympathies. Il préférait Talon et Lotbinière à Mgr de Laval. Ou même Prouville de Tracy dont la dévotion lui semblait exagérée ; n'avait-il pas déjà prié durant six heures d'affilée ? Il reconnaissait pourtant sa générosité ; le marquis donnait aux Ursulines et aux Jésuites et il visitait lui-même les malades. Enfin, il avait rempli sa mission d'apporter la paix dans la colonie.

— Croyez-vous que Bâtard Flamand ramènera des captifs comme M. de Tracy le lui a ordonné ?

Véronique du Puissac faisait allusion au départ de l'Indien au début de l'hiver : le marquis de Tracy l'avait libéré à condition qu'il revienne à Québec avec des prisonniers français et hurons.

— J'en doute. Bâtard Flamand sera furieux de voir les villages incendiés.

— On a pourtant gardé des otages.

— Oui. Mais il rusera tout de même.

— Les gens en parlaient à mots couverts ce soir.

Du Puissac se lissa le menton ; ses compatriotes préféraient discuter des récentes nominations : Peuvret de Mesnu comme greffier et secrétaire au Conseil souverain, et Rouer de Villeray premier conseiller. Lotbinière seconderait Talon qui ne pouvait plus rendre seul la justice ; la colonie s'étant beaucoup développée au cours de deux dernières années, les litiges s'étaient multipliés.

— Vous n'avez pas encore rencontré d'homme digne de confiance, constata Véronique du Puissac.

Son époux lui caressa le front, le baisa. Non, il n'avait pu s'ouvrir encore à personne de sa mission. Les coupelles sacrées dormaient au fond du grand coffre de cèdre. La seule initiée était Rose, à qui on avait dû dire la vérité sur les activités du chevalier en France. Sa réaction mitigée avait accentué la méfiance de du Puissac. Le pouvoir de l'Eglise était si grand dans la colonie!

— J'espère pourtant que Victor Le Morhier viendra à Québec, dit le chevalier. J'ai besoin de poudres pour continuer. J'ai épuisé toutes mes réserves.

— Regrettez-vous d'être revenu ici?

Véronique du Puissac regardait son mari en tentant de deviner ses sentiments. Elle le trouvait bien taciturne depuis trois semaines. Il avait montré beaucoup d'entrain à danser tantôt, mais il lui cachait quelque chose.

— Non, j'aime le pays. Mais vous...

— J'y suis heureuse si vous l'êtes aussi. Me dites-vous bien là votre idée?

Le chevalier embrassa sa femme pour éviter de répondre ; à chaque fois que Véronique gardait Noémie, il pensait au jour où elle apprendrait la vérité. Elle serait blessée par ses mensonges. Mais pouvait-il faillir à sa parole donnée? La disparition de Marie compliquait les choses et il souhaitait que Le Morhier débarque à Québec; c'était lui le parrain, c'était à lui de prendre une décision en ce qui concernait Noémie. Bien sûr, Véronique adopterait celle-ci avec bonheur.

Les journées d'hiver étaient longues; Mme du Puissac lisait et relisait les ouvrages qu'elle avait apportés avec elle, brodait, cousait, et visitait Rose chaque jour, quel que soit le climat. Février était impitoyable, mais Véronique du Puissac s'emmitouflait courageusement et marchait jusque chez son amie. Celle-ci prenait maintenant beaucoup de plaisir à sa compagnie. Elle lui parlait souvent de Marie LaFlamme et de Guillaume Laviolette, et Véronique avait l'impression de les avoir connus, d'être installée depuis des années dans la colonie. Elle aimait le Québec. Ce qu'elle aimait moins, c'était l'anxiété qu'elle lisait dans les yeux de son mari quand elle berçait Noémie. Elle, si franche, si prompte, n'osait l'interroger.

L'affaire des Dames de la Sainte-Famille la divertit. Comme bien des habitants de Québec.

Du Puissac dit à Une Patte que l'histoire n'aurait pas tant fait parler si elle était arrivée en juin, quand chacun est occupé aux champs. Mais en mars! On s'ennuyait tellement! La moindre distraction était bienvenue. Chacun se souvenait du bal du carnaval et des fêtes plus modestes mais aussi gaies qu'il avait inspirées : on s'y était tant amusés! Excepté Mgr de Laval. Un mois après la fête, il suspendait les réunions des Dames de la Sainte-Famille, cette pieuse association qu'il avait fondée et qui condamnait les fêtes païennes. Les femmes qui n'avaient pu résister à l'attrait du bal étaient maintenant punies. Jean Talon se fâcha alors contre l'évêque : celui-ci empiétait sur les libertés individuelles. Il n'avait pas à interdire les réunions mondaines. L'intendant saisit même le Conseil souverain de cette affaire et deux commissaires lui donnèrent raison.

— C'est bien du tracas pour rien, fit le chevalier.

— Vous reprochez son geste à M. Talon?

Du Puissac tiqua; non, il n'en tenait pas rigueur à l'intendant. Il pensait simplement qu'il avait failli se ridiculiser et créer un bel incident diplomatique. Mgr de Laval avait tant de pouvoir!

Son maître disait vrai, même si Alphonse Rousseau avait été
ravi de voir l'intendant tenir tête à l'évêque. Il souriait juste à y
repenser et s'étonnait que du Puissac ne partage pas son amusement.

— Qu'avez-vous donc, monsieur?

Julien du Puissac soupira.

— Voilà! Vous n'êtes que soupirs depuis Noël! Est-ce l'hiver
qui vous chagrine à ce point?

Le chevalier se taisait. Ce silence exaspéra Alphonse.

— Ce sont vos recherches qui n'avancent pas? Mais qu'espériez-
vous donc en revenant à Québec? La Confrérie doit renaître de ses
cendres. Vous ne recréerez jamais ce qui existait à Paris. Vous
n'êtes pas Guy Chahinian. Vous êtes le chevalier du Puissac et
vous devez songer à secourir la colonie au lieu de rêver à des
chimères!

— Alphonse! protesta le chevalier.

— Non! Vous m'écouterez! Vous voulez faire de la lumière?
Bien. Eclairez d'abord votre âme; vous êtes ici depuis des mois, la
tête plongée dans vos livres, à essayer de trouver seul ce que vos
maîtres n'ont pas encore réussi à découvrir. Vous oubliez même
votre femme qui passe tous ses après-midi chez nous, tant elle
s'ennuie. Et elle aime pourtant les livres. Mais elle aime aussi la
vie!

Alphonse secoua le rideau, désigna des enfants qui jouaient avec
une balle de neige glacée.

— C'est eux qui vous aideront! Nos enfants seront plus fins que
nous. Il le faut. Et il faut aussi les instruire. Songez à Louis Joliet. Il
a étudié avant de connaître sa voie. Il fera de grandes choses!

— Que proposez-vous? demanda du Puissac que les remon-
trances d'Une Patte intriguaient.

— Enseignez! Vous aussi. Et votre dame. Je vous ai servi durant
des années sans que vous songiez à me montrer à écrire. Je serais
peut-être moins sot. Enseignez! Vos élèves comprendront tout
naturellement qu'il faut chercher cette fameuse lumière. Tous les
hommes y rêvent secrètement, depuis toujours. Vous n'êtes pas les
seuls à y penser! Et les autres confréries doivent croire, elles aussi,

qu'elles sont uniques... Si tous les enfants devenaient des hommes instruits, ils chercheraient tous ensemble à créer la lumière. Ils admireraient vos coupelles publiquement.

— Tu sembles oublier tous nos Frères massacrés pour cette idée?

— Je ne les oublie pas, au contraire. J'aimerais que leur mort vous serve de leçon. Vous êtes vivant, vous! Mais vous vous enterrez! Pourquoi êtes-vous revenu à Québec?

Le chevalier haussa les épaules.

— Vous ne le savez même pas! Je vais vous le dire, moi! Vous obéissez à Chahinian qui vous a demandé de mettre les coupelles en lieu sûr. Mais ces coupelles n'ont de sens que pour ceux qui savent les lire. Personne ici n'en est capable. Vous êtes le seul à les déchiffrer. Et vous n'osez rien enseigner... Vous avez fait tout ce que vous pouviez pour votre Maître : vous lui avez sauvé la vie. Si vous tenez vraiment à poursuivre son œuvre, il vous faudra vous mêler à nous. M. Talon a besoin d'hommes qui connaissent les chiffres, les lettres et les pays. Des femmes viendront qui épouseront les soldats qui sont restés. La plupart de leurs enfants cultiveront la terre, mais l'Eglise offrira d'en instruire quelques-uns. Faites de même. Sinon, il n'y aura que des prêtres à détenir le savoir.

Alphonse se tut, abasourdi par son discours; avait-il vraiment semoncé le chevalier? Il ferma les yeux un moment, puis inspira profondément avant de regarder son maître.

Du Puissac lui dit qu'il aurait dû le bousculer bien avant. Et qu'il était bon d'avoir un ami aussi sûr. Il suivrait ses conseils.

— Tu m'as parlé de ma femme. Je sais qu'elle n'est pas heureuse ici.

— Elle est inquiète. Elle croit que vous lui cachez vos soucis et s'imagine le pire. Il doit y avoir autre chose, mais Rose ne veut rien me dire de leurs secrets de femmes.

Le chevalier révéla alors à Une Patte la promesse faite à Marie et les véritables origines de Noémie.

— J'ai juré que je ne dirais rien à sa famille. Pouvais-je deviner que j'épouserais Véronique de Roche-Brieux? Je prie chaque soir que Victor Le Morhier décide tout pour Noémie. Si je t'en ai parlé, c'est qu'une personne de confiance doit le savoir ici, au cas où il m'arriverait malheur.

Voyant la mine anxieuse d'Alphonse, du Puissac le rassura : il avait une bonne santé. Il était seulement tourmenté parce qu'il mentait à sa femme. Et parce qu'il n'avait rien fait encore pour la Confrérie depuis son arrivée à Québec. Mais il pourrait au moins agir à ce sujet s'il suivait les conseils de son serviteur.

— Toi-même, tu pourrais enseigner la menuiserie aux enfants.

Une Patte s'enthousiasma ; il aimait travailler le bois : on le mandait parfois pour aider les autres charpentiers, mais sa jambe artificielle lui nuisait pour transporter des grosses pièces, des planches, et on ne lui confiait que de petits travaux. Il serait ravi de montrer ce qu'il pouvait faire. Son Bernard l'imiterait peut-être ?

Il adorait son fils ! Il le regardait grandir avec une admiration qu'il dissimulait mal. Les hommes se moquaient un peu de lui, mais c'était par envie : Bernard était le plus beau garçon de la colonie et Alphonse s'enorgueillissait de lui offrir une enfance différente de la sienne et de celle de sa mère.

— Ma mère est vengée ! dit Justine Bonnet à Gervaise, la jeune servante de Geoffroy de Saint-Arnaud. Maintenant, dépêche-toi de retourner à la cuisine.

— Et lui ?

— Je vais sortir de cette pièce dans cinq minutes en hurlant que l'armateur s'est donné la mort. Les soldats viendront. Je leur conterai ma fable.

— Je n'aurais pas dû t'aider ! balbutia Gervaise.

— Il t'aurait baisée et battue tous les soirs jusqu'à ce qu'il se lasse de toi. Il t'aurait engrossée, puis jetée à la rue. Tu connais le sort de précédentes.

— Mais les soldats t'interrogeront ! Et moi aussi.

— Mais non ! On sera bien heureux à Nantes que ton maître soit mort.

Gervaise espérait que son amie disait la vérité. Quand Justine

Bonnet, deux semaines auparavant, lui avait confié qu'elle voulait tuer Geoffroy de Saint-Arnaud, la servante l'avait encouragée. Elle était persuadée que Justine Bonnet exprimait ses rêves, mais ne les concrétiserait pas. Tout le monde voulait voir Saint-Arnaud trépasser. Personne ne l'avait pourtant assassiné. Le Petit, son âme damnée, l'avait dénoncé, mais l'armateur était trop important pour qu'on l'arrête et qu'on le condamne. Il avait tant d'argent ! Il n'avait jamais eu le trésor de Marie, mais le commerce du bois d'ébène commençait à rapporter. Lentement, mais sûrement. Et l'armateur prévoyait qu'on réclamerait de plus en plus de nègres dans les prochaines années. Il avait conseillé au maire d'investir en ce sens : Nantes pourrait devenir la reine de ce trafic. Le maire ne l'avait cru qu'à moitié.

Puis il l'avait questionné. Mais à un autre sujet et fort civilement ; il avait confié à l'armateur que les révélations du Petit l'embarrassaient affreusement. Ce monstre accusait son ancien maître d'être à l'origine de ses crimes.

— Je suppose que je lui tenais ses chèvres ! s'était alors esclaffé l'armateur.

— Je sais qu'on l'a aussi accusé de bestialité, mais il soutient qu'il a égorgé Pierre Longpré sur votre ordre.

— Je ne connais même pas cet homme !

— Il dit que vous vouliez qu'il trouve des marins pour tuer des étrangers que vous voliez. Et que lui, le Petit, devait les faire ensuite disparaître.

Geoffroy de Saint-Arnaud avait continué à sourire.

— Pourquoi n'aurais-je pas plutôt chargé le Petit d'assassiner les étrangers ; c'eût été plus simple.

Le maire avait ajouté que le Petit avait raconté son histoire à tous les geôliers et à tous les prêtres qui l'avaient vu en prison.

— Je n'ai rien à répondre à ces accusations ! J'ai employé le Petit durant des années, mais il est arrêté pour des crimes qui ne me concernent nullement. De son cachot, il m'a imploré de l'aider, les soldats me l'ont dit. Je ne peux rien, je ne veux rien pour lui ! Il essaie de se venger en m'accusant de ses forfaits !

Saint-Arnaud s'était calmé et avait ajouté qu'il ne pensait pas que le Petit fût si rusé.

— Je l'ai toujours pris pour une bête.

Le maire avait quitté son prédécesseur avec la conviction qu'il était coupable, mais qu'on n'en aurait jamais la preuve.

Le maire était passé devant la cathédrale sans s'arrêter, puis il était revenu sur ses pas. Il s'était agenouillé au fond de la nef et avait prié pour le repos des victimes de l'armateur. Et pour le sien. Car il ne savait pas comment agir. Il fallait pourtant que tout soit réglé rapidement car il devait s'absenter de Nantes à la fin mars et refusait de partir sans avoir décidé du sort de l'armateur. Le Petit, lui, serait exécuté, même s'il avait dénoncé son maître dans l'espoir d'être gracié.

Mais Geoffroy de Saint-Arnaud? Depuis l'arrestation du serviteur, les billets anonymes se multipliaient dans les troncs des églises. Il semblait que tous les Nantais avaient des reproches à l'égard de l'armateur.

Cependant, M. de Saint-Arnaud avait déboursé mille livres pour la réfection de l'hôtel de ville et encore autant pour les vitraux de la cathédrale qu'une tempête avait malmenés. Pouvait-on accuser un tel bienfaiteur?

Et pouvait-on mécontenter la moitié ou plus de la population qui réclamait un procès?

— Tant de monde voudrait être à ma place, Gervaise! dit Justine Bonnet avant de cracher au visage du mort. Tant de monde! répéta-t-elle. Tu le sais bien! Il a écrasé les Nantais de sa morgue; ils voulaient sa peau. Mais le maire aurait hésité encore longtemps. Va-t'en maintenant.

Gervaise s'exécuta. Elle trébucha en sortant de la chambre, mais en descendant le grand escalier qu'elle avait emprunté bien des fois pour répondre aux caprices de l'armateur, elle releva la tête : elle était fière d'avoir aidé Justine Bonnet.

Tout s'était décidé, tout s'était déroulé si promptement! Justine avait révélé son plan à Gervaise. Quinze jours plus tard, celle-ci l'avait introduite dans la chambre de son maître où elle s'était cachée jusqu'au soir. Elle avait vu entrer l'armateur, se mettre au lit et appeler Gervaise qui l'avait vite rejoint. Il l'avait entreprise. Justine avait alors surgi et l'avait frappé avec le broc que Gervaise avait monté. Il fallait être deux pour vaincre Geoffroy de Saint-Arnaud car il dormait avec une dague à ses côtés. Il s'était débattu après avoir reçu le coup, mais Gervaise l'avait empêché de saisir son arme tandis que Justine le poignardait au cœur.

Elle n'avait droit qu'à un seul essai puisqu'on devait accepter le suicide de l'armateur. Elle regarda son couteau avec une expression d'intense satisfaction, puis elle le retira pour y enfoncer la dague du mort. Elle rinça son couteau dans le broc. Sa main ne tremblait même pas. Puis elle prit le pichet et but l'eau qu'il contenait.

Gervaise avait deviné une telle rage chez Justine qu'elle n'avait pas osé bouger. Mais Justine, très vite, lui commandait de se rhabiller. Elle-même enfilait déjà ses vêtements. Elles devaient être nues pour tuer Saint-Arnaud afin de ne pas tacher leurs robes.

Gervaise activait le feu à la cuisine quand elle entendit le cri d'alarme de Justine. Elle sortit de la pièce et retrouva deux domestiques au pied de l'escalier.

— Ça vient de la chambre de Monsieur.

— Regardez! C'est la petite Justine! Elle a changé!

— Que fait-elle ici? demanda Gervaise.

Justine dévala l'escalier et se jeta dans les bras du cocher en pleurant : elle avait voulu voir M. de Saint-Arnaud, mais il était mort quand elle avait poussé la porte de sa chambre.

— Il m'avait parlé au marché, hier. Il disait qu'il avait quelque chose pour moi.

— Et tu l'as cru? se moqua Gervaise.

Justine fit mine d'être blessée et répondit que l'armateur avait bien des ennuis depuis l'arrestation du Petit. Elle avait pensé qu'il voulait acheter son silence sur tout ce qu'elle avait vu dans sa maison.

— Ne vous a-t-il pas offert quelques livres? ajouta-t-elle en regardant ses anciens amis.

Le cocher, la cuisinière et un valet nièrent : Saint-Arnaud n'avait jamais rien donné à personne.

— Il est bien mort? chuchota la cuisinière qui regardait la porte de la chambre avec inquiétude.

Et si leur maître n'était que blessé? s'il les avait entendus?

— Il a un couteau en plein cœur!

— Il faut prévenir M. Hornet, dit le cocher.

— Il ne pourra rien pour lui, rétorqua le valet. Je vais quérir un officier.

Le domestique était revenu avec trois hommes. Le maire s'était déplacé. Avec les officiers de justice, ils avaient examiné le corps. Ils doutaient du suicide de Geoffroy de Saint-Arnaud car chacun savait qu'il n'était pas de ceux qui éprouvent du remords ou qui craignent leurs semblables, mais ils ne pouvaient accuser Justine de l'avoir tué. Ils n'avaient pas de preuve et n'en voulaient pas. Ils se répétaient qu'elle était trop frêle pour avoir poignardé l'armateur. Il se serait débattu. Et s'il dormait? Non, Gervaise assurait qu'elle lui avait porté un broc d'eau. Monsieur s'était plaint de la chaleur, puis l'avait renvoyée. Elle s'était étonnée, bien sûr, parce qu'il ne faisait pas si chaud pour la mi-mars. Elle était retournée à la cuisine.

Et Justine avait crié que le maître était trépassé.

Cette dernière se vit reprocher d'avoir accepté d'être payée par l'armateur pour son silence. Elle protesta : elle aurait refusé. C'est ce qu'elle voulait apprendre à Geoffroy de Saint-Arnaud. Oh, elle avait bien été tentée, mais sa conscience lui interdisait. Les officiers s'en tinrent à cette version; Saint-Arnaud décédant sans aucun héritier, ses biens revenaient à la communauté. Le maire songeait justement à rénover la salle du Conseil. Et les établissements religieux prendraient l'argent de l'armateur même s'il avait commis un affreux péché en se donnant la mort.

Ce décès ravit les Le Morhier.

Ils aidèrent Justine Bonnet qui avait perdu son emploi car sa maîtresse détestait le scandale. Louise Beaumont l'engagea pour l'aider dans la boutique de colifichets qu'elle venait d'ouvrir; la curiosité des gens qui voulaient en savoir davantage sur la mort de Geoffroy de Saint-Arnaud les pousseraient à entrer dans la boutique. Louise Beaumont saurait bien leur vendre quelques affiquets...

Ni Myriam Le Morhier ni son époux ne questionnèrent Justine sur ce qui s'était passé réellement chez l'armateur. Mme Le Morhier écrivit à son fils que le suicide de Geoffroy de Saint-Arnaud avait surpris tous les Nantais. Cela dit, il avait à répondre à de nombreuses accusations, ce qui expliquait peut-être son geste désespéré.

A La Rochelle, Victor Le Morhier se réjouit de cette nouvelle ; sa marraine était vengée. Pour qu'Anne LaFlamme puisse reposer en paix, il fallait cependant retrouver sa fille. Le Nantais espéra que le *Nouvelle-France* vogue plus rapidement que l'*Alouette*.

Il fut exaucé : il revit les clochers de Québec le 2 juillet 1667. Le temps était maussade, mais la ville lui semblait gaie, colorée et plus animée qu'à son premier séjour. Il est vrai que la population avait beaucoup augmenté ; la presse sur le port le prouvait. Le Morhier tint fermement le collier de Black Jack et descendit après qu'une petite délégation eut reçu le capitaine du navire. Le Morhier reconnut alors M. de Tracy qui parut interloqué de le voir au quai Champlain.

Le Nantais trouva que le marquis avait vieilli, même si son regard était toujours aussi vif. Il apprit au Lieutenant-général qu'il était venu secourir Marie LaFlamme. M. de Tracy lui présenta Jean Talon. Celui-ci le salua, mais s'éloigna rapidement. Prouville de Tracy expliqua à Victor que l'intendant était déçu ; il attendait les nouveaux colons, les femmes et les cavales qu'on lui avait promis.

— Pierre Le Gagneur et ses associés de Rouen doivent armer six navires pour Québec. M. Talon sera plus heureux avec les prochaines arrivées.

— Dites-le-lui !

La pluie qui commençait à tomber dispersa la foule. Victor Le Morhier s'approcha plus aisément de l'intendant à qui il répéta ce qu'il avait entendu dire à La Rochelle. Il l'assura que les sept cents barils annuels de lard seraient acheminés vers la colonie. Ils parlèrent ensuite de Québec et le Nantais écouta les projets de Talon concernant la ville avec un intérêt véritable. Il le félicita de pouvoir exporter bientôt des pois verts, du houblon et de l'orge aux Antilles. Il lui exposa à son tour ses idées commerciales, puis s'enquit de Marie LaFlamme, après avoir précisé qu'il était un ami d'enfance et le compère de Noémie.

— Voyez Rose et Alphonse Rousseau. Ils la cherchent depuis près d'un an. Chacun la regrette dans la colonie.

— Sœur Sainte-Blandine est toujours chez les Ursulines ? M. du Puissac est bien installé à Québec ?

— Oui. Il ne plaît pas à Mgr de Laval, mais il n'est pas le seul... Sœur Sainte-Blandine enseigne le catéchisme au couvent.

Pour montrer son intérêt pour la colonie, Victor s'informa de la composition du Conseil souverain et Talon lui répondait quand un homme vint vers lui pour le prévenir qu'on l'attendait au Château.

— M. de Courcelle n'est pas très patient. Nous nous reverrons, monsieur Le Morhier.

Le Nantais regarda l'intendant s'éloigner vers la côte de la Montagne, puis partit en sens inverse, après avoir sifflé Black Jack qu'il avait laissé courir quand les gens avaient quitté le port. Le Morhier avait hâte de revoir le chevalier, mais il ne pouvait s'empêcher de traîner un peu dans une ville. Quelle qu'elle soit. Il se promenait toujours avant de rencontrer les marchands avec qui il concluait des affaires. Il ne vendrait rien, cependant, à Julien du Puissac. Il le verrait après avoir chopiné ; il serait moins anxieux. Il redoutait de lui apprendre la mort d'Elizabeth et de Guy Chahinian car il savait que sa douleur, ainsi que celle de son épouse, raviverait la sienne.

Au cabaret, il y avait déjà bien du monde, mais Victor réussit à se faire servir. L'endroit était plus exigu que dans son souvenir, mais plus clair. Il reconnut le tenancier et lui demanda où il pouvait trouver Alphonse Rousseau.

— Vous le connaissez ?

— J'étais sur l'*Alouette* avec Marie LaFlamme ; je suis le compère de sa fille Noémie. M. Talon m'a dit que M. Rousseau est un ami de Marie.

— C'est lui, là, près de la cheminée, avec une jambe de bois.

Le cabaretier faillit ajouter qu'il ferait mieux d'oublier la Renarde au lieu de se morfondre comme Une Patte. Reparler de cette femme ne la ferait pas revenir !

Victor et Alphonse se plurent immédiatement. Ils quittèrent le cabaret au bout d'une heure afin de ne pas inquiéter Rose qui savait que son homme ne s'attardait jamais chez Boisdon. Elle accueillit chaleureusement Victor, lui parla de Marie, de son mariage avec le coureur, de l'affaire Martin, et elle lui dit son amour pour Noémie. Il la verrait bientôt. Elle était sortie avec Françoise.

— Françoise?

Rose expliqua qui était celle-ci, puis parla du courage de Marie après la mort de Guillaume.

Et de l'insuccès de leurs recherches :

— Même Simon Perrot n'a rien trouvé en fouillant les villages agniers.

— Simon Perrot? s'écria Victor Le Morhier. Il est ici?

Victor savait que le soldat n'était pas mort car ses parents le lui avaient appris après l'avoir vu à Nantes quelques mois auparavant. Mais il ne s'attendait pas à le retrouver à Québec.

— Tu le connais?

— C'est un pays. A-t-il changé lui aussi?

— Que veux-tu dire? demanda Alphonse.

Victor exprima sa joie d'avoir entendu parler de Marie en termes si élogieux; elle semblait avoir mûri et avoir oublié ses caprices. Bien sûr, elle était entêtée et le resterait, mais sa mère aurait été fière d'elle. Si Perrot s'était amendé, il devait être humble et posé.

— Il est pareil qu'avant, fit Rose en grimaçant.

— Fanfaron, cruel, irréfléchi? Et Marie?

— Il l'a fait souffrir.

Rose hésitait à raconter la liaison de son amie, mais Victor lui révéla qu'il connaissait l'amour de Marie pour le soldat et que rien ne l'étonnerait. Rose relata alors les amours tumultueuses de la Renarde, son humiliation, sa peur.

— On n'a pas dit à Perrot qu'elle ne veut plus le revoir car on voulait qu'il la cherche!

— On se demande d'ailleurs pourquoi il tient tant à elle. Il ne l'aime pas...

Victor soupira; Perrot connaissait l'existence du trésor. Il avait charmé Marie, puis il l'avait harcelée, menacée pour qu'elle l'aide à s'approprier le butin. Pierre LaFlamme avait commis une belle erreur en contant cette fable à Geoffroy de Saint-Arnaud.

— Simon est très vaniteux, se contenta de dire Victor. Il ne peut accepter qu'une femme le repousse.

— Une Patte l'a toujours dit.

— Une Patte?

Rose tapota la main de son époux, sourit. Victor s'exclama :

— Vous connaissez le chevalier!

Il leur confia qu'il avait entendu parler d'Une Patte à Paris par Julien du Puissac. Et Guy Chahinian. Qu'il devait d'ailleurs annoncer le décès de l'orfèvre au chevalier.

Alphonse se signa en soupirant; il n'aurait pas voulu être à la place de Victor Le Morhier. Il lui proposa pourtant de l'accompagner chez son maître.

— Votre maître?

— Il ne m'emploie pas vraiment. Je fais quelques petits travaux pour Monsieur, mais je ne pourrai jamais l'appeler autrement.

Victor accepta l'invitation de Rose à souper rue Sault-au-Matelot et sortit avec Alphonse qui lui parla de la Renarde jusqu'à ce qu'ils arrivent chez le chevalier.

Véronique du Puissac poussa un cri joyeux en reconnaissant Victor, puis le bénit :

— Vous ne sauriez mieux tomber! Vous distrairez mon époux!

Elle semblait si soulagée que le Nantais s'inquiéta : le chevalier regrettait-il son installation en Nouvelle-France?

Sa femme haussa les épaules. Elle l'ignorait. Il ne lui disait plus rien. Elle entendit le pas du chevalier, se tut. Julien du Puissac s'écria en voyant son ami :

— Le Morhier! Vous êtes venu!

— J'ai vos poudres, chevalier.

Du Puissac se frotta les mains : il pourrait continuer ses recherches! Il avait réfléchi à ce qu'Alphonse lui avait reproché et avait conclu qu'il devait classer ses travaux avant d'enseigner la chimie aux élèves des Jésuites. On le tracasserait, mais les jeunes gens étaient si curieux qu'ils viendraient étudier auprès de lui. Que cela plaise ou non à Mgr de Laval. L'évêque ne dirait peut-être rien car l'homme n'était point sot et voulait, tout autant que Talon, que la colonie prospère. Il faudrait lui présenter habilement le projet d'instruire des jeunes du pouvoir des métaux. Des métaux créés par Dieu.

Julien du Puissac s'avisa que ni Victor ni Alphonse ne souriaient. Même Black Jack semblait embarrassé.

— Vous êtes bien sévères...

— Je viens ici avec de tristes nouvelles, monsieur, dit Victor. M. Chahinian est décédé.

— Quoi?

— Elizabeth aussi est morte.

Véronique du Puissac gémit et se rapprocha de son époux dont l'air effaré lui brisa le cœur. Le chevalier s'écroula dans un fauteuil et garda le silence durant un long moment, se rappelant sa première rencontre avec Guy Chahinian, son évasion, l'arrestation de leurs Frères, sa joie lorsqu'il avait expérimenté les propriétés de l'ambre, son soutien lors de la mort de Catherine, sa première femme. Il s'excusa alors auprès de Victor et lui dit comme il avait estimé Elizabeth.

— Nous en parlerons tantôt, l'interrompit Victor. Je dois vous conter la fin de M. Chahinian. Je dirais qu'il est mort heureux, malgré l'horreur du moment.

Julien du Puissac admit que Victor Le Morhier avait raison d'affirmer que le Maître avait eu une fin quiète : il était enfin délivré de Péronne.

— Londres a bien souffert cette année, murmura-t-il. Et vous aussi.

Victor regarda la pluie qui coulait sur la vitre et dit qu'il ferait beau le lendemain. La vie était ainsi faite.

— Vous êtes un sage, murmura son hôtesse.

— Je n'ai pas le choix. Elizabeth ne m'a pas sauvé de la peste pour que je me laisse dépérir. Et j'ai des devoirs envers Marie. Je me suis engagé en acceptant d'être le compère de Noémie. Maintenant que sa mère a disparu, je dois l'aider.

— Vous verrez comme cette enfant est belle! dit Véronique du Puissac. Elle souffre de l'absence de Marie, mais Rose et moi tâchons de l'entourer de notre affection.

— Avez-vous abandonné tout espoir de retrouver Marie?

Le chevalier jeta un coup d'œil à Alphonse avant de répondre; il refusait de le décourager.

— On a vu des cas de prisonniers qui revenaient après des mois de captivité. Les Agniers sont maintenant soumis. La dernière faction militante signera la paix dans moins de dix jours.

— J'avais cru comprendre que c'était déjà fait.

— Oui, d'une certaine manière. M. de Tracy a montré sa puissance aux Iroquois. Imaginez de centaines d'hommes, les roulements de tambour résonnant dans la forêt! Les Agniers ont fui leurs villages. Ils sont domptés. Mais c'est tout récemment qu'un messager nous a appris qu'ils demanderaient officiellement la paix. Nous espérons pouvoir alors obtenir des nouvelles de Marie.

— Et la faire libérer en gage de bonne foi!

**

Marie LaFlamme se demandait ce qui lui arriverait depuis qu'elle avait appris que les Agniers avaient décidé de respecter la paix.

Elle ne pouvait pas retourner à Québec. Même si elle était maintenant libre de ses mouvements.

Libre! Elle était enceinte de sept mois et demi.

Elle chercha un arbre pour s'abriter de la pluie; elle se sentait assez lourde sans supporter des vêtements mouillés. La tunique tendue sur son ventre était si chaude! Il y avait longtemps qu'elle avait jeté ses habits français et s'était habituée au cuir contre sa chair, mais l'été était torride.

— Sgechnaxen! dit Sena en lui montrant une écuelle.

— Je n'ai pas envie de jouer, répondit Marie.

Elle était pourtant habile au jeu de plat. Elle avait tant de chance en lançant les noyaux peints en noir et blanc que les enfants venaient apprendre sa manière de secouer l'écuelle.

Sena savait que la mort de Sondareinta avait attristé Marie, même si elle n'était pas amoureuse de lui. Il avait été un bon mari et elle était furieuse qu'il soit mort. Les chamans l'avaient soigné sans vouloir révéler à Marie quelles plantes ils utilisaient. Ils ne pouvaient dévoiler ce secret à une Blanche car les herbes perdraient alors leur pouvoir magique. Sondareinta avait cependant accepté de boire une infusion de merisier et de pin que Marie lui avait prescrite. Elle savait que les Indiens utilisaient ces bois pour traiter les intestins. Les chamans taisaient leurs secrets, mais elle avait observé les sorciers avec beaucoup d'attention depuis des mois. Et les femmes, en parlant devant elle, lui avaient beaucoup appris : la racine noire soignait la diarrhée, le pain bina les maladies de cœur, les queues de renard les rognons, l'épinette rouge les ulcères et les plaies tandis que l'écorce de pruche purifiait le sang. Elle avait reconnu le tsa-wo-yan que Mani lui avait montré à Québec et qui traitait les brûlures d'estomac.

Mais aucune de ces plantes n'avait pu sauver Sondareinta. Il avait supporté stoïquement la douleur. Il avait été heureux qu'on danse longtemps pour lui, même s'il était mort en regrettant de ne pouvoir offrir un banquet aussi somptueux que le faisaient ses ancêtres à tous les membres de la communauté.

Marie avait craint qu'on ne l'accuse de lui avoir jeté un sort, mais sa grossesse l'avait protégée. Après avoir vécu plusieurs lunes chez les Agniers, elle avait vérifié ses intuitions : la femme avait un certain pouvoir. C'était une femme, Aataentsic, disait Sena, qui avait créé la terre et les hommes. Ceux-ci avaient très peu d'autorité sur les femmes, même si c'étaient des hommes qui étaient chefs ou capitaines d'un village, car elles avaient le pouvoir de les destituer. Elles jouaient un rôle d'une grande importance dans les conseils de guerre, interdisant parfois aux hommes de partir en campagne si leur absence menaçait la communauté. Les femmes décidaient aussi des mariages et donnaient leur identité aux enfants et on se réjouissait autant, sinon plus, de la naissance d'une fille. Deux Huronnes qui avaient été adoptées et qui s'étaient mariées rapidement avaient expliqué à Marie que les Iroquois épousaient volontiers des Huronnes afin d'échapper aux devoirs de partage imposés par le système de filiation maternelle. Marie avait interrogé Sena qui lui avait confirmé que les héritages se transmettaient par les femmes. Tout venait des femmes ; un individu se définissait par rapport à ses liens familiaux avec une femme et les hommes vivaient dans la famille de leur épouse.

Marie ne voulait pas demeurer toute sa vie dans une tribu indienne, mais elle préférait évidemment cette vision de la femme, même si elle était parfois ambiguë. Ainsi, Sondareinta avait refusé qu'elle l'accompagne dans les bois dès qu'il avait su qu'elle était enceinte car elle ferait fuir les bêtes en les regardant. Pourtant, malgré quelques croyances païennes, ce n'était pas chez les Agniers qu'on aurait condamné Anne LaFlamme au bûcher en l'accusant de sorcellerie !

La Renarde s'interrogeait encore sur la liberté sexuelle, même si elle devait admettre qu'elle avait apprécié ses relations avec Sondareinta. Elle se souvenait de cette première fois, au bord de la rivière. Puis de la seconde, dans une grotte. Elle n'avait jamais pu accepter qu'il la rejoigne la nuit dans la maison-longue alors qu'ils étaient entourés. Il avait trouvé ce refus étrange, mais s'y était conformé. D'ailleurs, il la prenait rarement car il refusait de disperser ses forces.

Sondareinta avait montré beaucoup de joie en apprenant qu'elle était grosse. Les autres membres de la tribu également. Cette allégresse avait aidé Marie à admettre son état. Elle n'avait pas dormi les premiers temps, se rongeant les sangs en pensant à son retour à Québec : elle serait rejetée, elle et son enfant. Sans nul doute. Elle se souvenait que Rose avait été montrée du doigt quand on avait appris qu'elle était enceinte à la suite d'un viol. On la mépriserait d'avoir appartenu à un Indien. Noémie en souffrirait. Et Françoise...

Puis elle avait senti grandir l'enfant en elle. Elle avait commencé à lui parler. A l'aimer. Elle avait tressailli de bonheur quand elle l'avait senti bouger. Sondareinta avait rêvé d'un garçon. Il en ferait un grand chasseur.

Elle rêvait d'un garçon qui serait sorcier, chaman, médecin. Lui aurait toutes les autorisations pour pratiquer.

Non, peut-être pas. Une peau légèrement foncée, des yeux, des cheveux trop noirs indisposeraient les habitants de Québec. Son fils se heurterait-il aux mêmes difficultés qu'elle? Parviendrait-elle à le faire admettre par la société de Québec? Elle avait fini par se raisonner; elle ne pouvait pas deviner l'avenir. Ce qui importait était d'aimer son enfant et de lui offrir le meilleur.

Puis Sondareinta était mort.

Le mois suivant, les chefs décidaient de la paix. Et le frère de Sondareinta lui proposait de l'épouser. C'était une manière de la protéger, elle et le futur bébé, mais elle avait demandé à réfléchir.

Elle savait pourtant ce qu'elle devait faire.

Chapitre 20.

— J'ignore ce qu'il faut faire, dit Julien du Puissac à Victor Le Morhier. J'ai promis à Marie de garder le secret sur l'identité de Noémie, mais ma femme est fine. Et souffre de mon silence. Elle ignore ce que je lui cache et imagine le pire...

— Dites-lui tout!

— Vous me le permettez ? Je redoute sa colère et sa peine, mais je lui dois la vérité.

— Vous l'aimez profondément. Vous me rappelez mes parents. Un secret ne doit pas pourrir votre union. Et je connais trop votre épouse pour penser qu'elle nuirait au bonheur de Noémie.

— Je ne le ferais pas, en effet, dit Véronique du Puissac. Ma nièce m'est si chère !

La belle voix de Mme du Puissac emplit la pièce. Le chevalier regarda son épouse s'avancer. Il était blême d'anxiété. Comment était-elle entrée sans qu'il l'entende ?

— Je n'étais pas sortie comme vous l'avez cru, répondit-elle. Et je ne rougis pas de ce subterfuge ; j'étais trop inquiète à votre sujet.

— Vous saviez donc que Noémie était votre nièce ? Qui vous l'a dit ?

— Elle ressemble de plus en plus à ma sœur. Je me torturais l'esprit à comprendre votre mutisme. Je craignais qu'il ne soit nécessaire à la protection de l'enfant. S'il y avait eu un lien avec les persécutions des Frères... Je ne savais que penser.

— Me pardonnerez-vous ?

Véronique du Puissac tendit ses mains au chevalier qui les baisa avec fougue.

— Je ne perdrai pas de temps à vous haïr. La vie est trop courte. Ma pauvre Julie n'a pas pu aimer sa fille. Nous l'aimerons pour elle. Et pour Marie qui était une bonne mère. Une mère prudente.

Véronique du Puissac respira profondément avant d'ajouter que le marquis de Roche-Brieux aurait eu envie de faire enlever Noémie s'il avait connu son existence. L'aurait-il aussi mutilée, enfermée au couvent ?

— Qu'allons-nous faire de Noémie ?

— En discuter avec les Rousseau. Ils se doutent d'ailleurs de la vérité... J'ai souvent dit à Rose que Noémie me rappelait ma cadette. Ils ont aimé, ils ont recueilli cette enfant avant nous. Noémie est suffisamment troublée par la disparition de sa mère. Quitter la rue Sault-au-Matelot la bouleverserait. Si les Rousseau acceptent de la garder encore chez eux, elle y restera. Nous les aiderons à l'élever. Comme les oncle et tante que nous sommes.

Véronique du Puissac avait parlé d'un ton si doux que les hommes en furent émus.

— J'espère que ma filleule aura votre générosité, madame, dit Victor Le Morhier.

— J'espère surtout qu'elle reverra sa mère. Elle l'appelle presque chaque nuit. Rose et Françoise la consolent bien souvent. Elle oublie parfois son chagrin durant le jour, en jouant, mais dès que le soir tombe elle se souvient. Avez-vous vu M. de Tracy ?

— Oui. Il ne me reste qu'à le décider à avancer la date de notre expédition. M. le Marquis me dit qu'il faut patienter et attendre le retour de Bâtard Flamand.

— Il est parti depuis plus de huit mois maintenant.

— Je le sais, dit Victor.

— Et Simon Perrot ?

— Je lui dirai de rester à Québec. Je lui interdirai de s'approcher de Marie.

— Le pourrez-vous ?

— Je le menacerai de raconter son passé parisien à M. de Tracy.

— Il tentera de salir la réputation de Marie.

— Qui le croira ?

— Bien des gens, répondit Véronique du Puissac. La médisance est une distraction. Offrez plutôt de l'argent à ce Perrot. Dites-lui que nous pouvons encore lui en donner.

Victor refusa, promettant que le soldat les ferait chanter s'ils agissaient ainsi. Perrot était avide : il n'aurait jamais assez d'argent. C'était d'ailleurs l'appât du gain qui le poussait à rechercher Marie. Victor parla alors du trésor de Pierre LaFlamme.

— Il n'a jamais existé, mais Marie y a cru si fort qu'elle en a convaincu Saint-Arnaud et Perrot. L'un est mort, mais l'autre peut encore lui nuire. Mais je vais tenter de le faire taire et de le persuader d'aller s'installer à Ville-Marie. Ou de rentrer en France.

Tandis que le Nantais partait à la recherche de Simon Perrot, Véronique du Puissac faisait remarquer à son époux que leur ami devait être toujours épris de Marie LaFlamme pour affronter tant de périls.

— Il nierait tout si vous le lui demandiez, dit le chevalier, mais vous avez raison. Il a aimé Elizabeth, mais Marie l'a toujours ensorcelé. Il est de nouveau sous son pouvoir. Comme si son esprit était parmi nous.

Véronique fit mine de frissonner.

— Ne me parlez pas de spectres. Je n'en dormirai pas cette nuit !

— Je vous protégerai.

— C'est Victor qui aurait besoin d'un ange gardien, fit Mme du Puissac, redevenue sérieuse.

Le soleil pailletait le fleuve d'une lueur incarnat quand Victor Le Morhier rencontra Simon Perrot devant la fontaine. Il se méfiait trop du soldat pour le voir dans un endroit isolé, mais ne pouvait lui parler librement chez Boisdon. Ils étaient donc convenus de ce lieu. Personne ne s'étonnerait de les voir bavarder ensemble puisqu'ils étaient tous deux nantais. Ils s'observèrent longuement avant de parler, se jaugèrent tels des matous qui envisagent de se battre. Ils se détestaient toujours. Et même davantage. Mais Le Morhier espérait faire entendre raison au soldat. Perrot écouta les arguments de Le Morhier, ricana :

— Tu me crois idiot ? Tu veux garder le trésor pour toi seul !

Mais Geoffroy de Saint-Arnaud t'écrasera quand tu retourneras à Nantes.

— Il est mort.

— L'armateur?

Simon Perrot était désarçonné par cette nouvelle, même s'il avait toujours pensé se débarrasser de Saint-Arnaud quand il le jugerait bon. Ainsi, Marie était veuve. Mais elle n'hériterait pas de son époux. Tout à coup, il comprit! Victor Le Morhier voulait épouser Marie LaFlamme. Il l'amadouerait pour s'approprier son trésor, c'était net! Il ne le laisserait pas séduire Marie!

— Je ferai partie de l'expédition qui part à la recherche de Marie, que cela te plaise ou non.

— Je parlerai à M. de Tracy.

— Je dirai que Marie était ma maîtresse.

— Quelles preuves as-tu?

Simon Perrot rugit qu'il trouverait un moyen de lui nuire : Marie l'aimait! Lui seul, depuis toujours!

Victor, prudent, s'éloigna sans se retourner. Il n'avait pu raisonner Simon, mais il l'avait troublé. Le soldat n'était pas aussi sûr de son charme qu'il le clamait.

Quand ils auraient retrouvé Marie, il serait bien obligé de se soumettre à sa volonté. Il conterait leur liaison? Elle nierait. Perrot avait un trop mauvaise réputation pour que les gens le croient et chacun savait qu'il était vantard. Les fables de Simon ne les intéresseraient pas bien longtemps. Hormis Mgr de Laval qui exigeait des preuves d'une vie pieuse pour autoriser Marie à être sage-femme. Rose avait dit que son amie tenait plus à ce projet qu'à tout autre. Le réaliserait-elle un jour?

Victor se demanda si Marie avait aidé des femmes à accoucher chez les Agniers. Qu'était son existence? La maltraitait-on? L'avait-on adoptée? Tuée? Non. Il se refusait de penser à sa mort. Marie LaFlamme était trop têtue pour mourir. Elle avait bien survécu à Saint-Arnaud et Perrot.

Mais les Agniers... Que mangeait-elle? Où dormait-elle? Avec qui?

* *
*

Avec son fils.

Pierre. Ostenia.

Le soleil était très haut quand il était né. Marie avait pensé à la coupelle d'or de Guy Chahinian entre deux contractions. Elle avait ri de l'incongruité de cette image. Puis elle s'était dit que le ciel était un dôme lumineux, que le dieu du soleil la protégerait. Les crampes l'avaient surprise ; elle croyait accoucher au moins deux semaines plus tard. Elle s'était accroupie au bord du petit lac où elle était venue cueillir de herbes, à l'abri d'un pin. Seule. Comme les autres femmes.

Elle avait crié si fort qu'elle avait fait fuir tous les oiseaux des environs. Elle avait poussé si ardemment que son souffle avait imprimé des rides sur le lac. Elle avait tant sué que le pin s'était abreuvé en effleurant son ventre.

Elle avait imploré Anne LaFlamme de la secourir.

Elle avait maudit les Indiennes qui accouchaient si aisément.

Elle avait pleuré de joie quand elle avait deviné la tête de son fils.

Elle l'avait lavé, puis l'avait couché contre son sein. Elle était restée au bord du lac jusqu'à la fin du jour. Puis elle était rentrée au village. Afin que personne ne se doute qu'elle préparait sa fuite, elle avait percé une des oreilles de son fils avec un os de poisson. Elle avait montré les patenôtres de porcelaine qu'elle y accrocherait bientôt.

Puis elle avait mangé. Elle devait reprendre rapidement des forces. Elle avait décidé de quitter les Agniers à la prochaine lune.

Elle marchait maintenant depuis trois jours. Quand verrait-elle un fort français ? Elle avait des provisions pour quatre jours encore. Elle s'arrêtait souvent pour allaiter son fils, pour se baigner. Et éviter de s'épuiser. On ne la poursuivrait pas ; elle avait accouché d'un fils dont le père était mort. Le cas aurait peut-être été différent s'il s'était agi d'une fille, mais Marie était persuadée qu'on ne chercherait pas à la ramener de force au village. Le temps des rapts et des meurtres était fini : on avait signé un traité de paix.

On le respecterait bien assez longtemps pour qu'elle ait le loisir de rejoindre les Blancs.

Elle avait enfin atteint une rivière presque aussi large que le Saint-Laurent. Elle avait donc pris la bonne direction. Elle s'arrêta pour manger des framboises et se souvint comme Noémie les aimait. Elle la reverrait bientôt. Au détour d'un sentier, elle aperçut une biche qui broutait avec son petit. La bête observa Marie un instant, regarda son fils, puis son petit comme si elle les comparait. Puis les animaux s'enfuirent. Marie espéra qu'elle avait une expression aussi douce quand elle se penchait vers Pierre.

Elle l'aimait tant! Elle ne cessait de l'embrasser, de le flatter, de le presser contre elle. Encore et encore. Elle s'émerveillait de la longueur de ses cils, de l'arrondi de ses lèvres, de la largeur de son front, de la forme de son nez, de son menton, de la force de ses petites mains, de son appétit, de ses regards amusés. Amusés, oui, elle le devinait. Et intelligents et confiants.

Pierre croyait que sa mère atteindrait Québec. Elle ne le décevrait pas.

Elle était pourtant épuisée au bout de six jours, même si elle mâchait de la menthe et de la racine de gingembre. Elle ne craignait pas, toutefois, de périr de famine car la forêt regorgeait de fruits et de petit gibier. Elle décida de se reposer deux jours dans une cabane abandonnée. Elle ajouta des branches de sapin à celles qui avaient servi de couche aux chasseurs qui avaient construit la maison et s'allongea après avoir nourri son fils. Il ne faisait même pas nuit.

La lune brillait quand Ostenia la réveilla pour boire. Elle lui donna son sein en se remémorant son rêve : son fils était blanc le jour et indien la nuit. Il parlait alors à la lune et aux étoiles, aux hiboux et aux renards, mais à l'aube il prenait la coupelle de M. Chahinian, et déchiffrait ce qui était gravé avant de l'emplir d'une sève qui guérissait tous les maux.

Marie se rendormit en chantant une berçeuse à son fils. Il but deux fois dans la nuit, mais dormit ensuite à poings fermés. Marie l'imita. Et sursauta une heure plus tard en entendant un léger bruit. Elle pria que son fils ne se mette pas à pleurer. Puis elle retint sa respiration; était-ce une bête ou un homme qui rôdait près d'elle? L'avait-on vue? Sentie?

On s'approchait.

Elle recouvrit Ostenia d'une peau et d'une branche de sapin et sortit son couteau avant de se glisser hors de la cabane.

Elle reconnut alors des mots français.

La langue des Blancs. Sa langue! Elle avait envie de crier « maman », mais elle dit « Vive le Roi » car elle supposait que ces Français étaient des soldats qui gardaient un fort non loin de là et qui étaient partis chasser ou pêcher.

Des hommes répondirent par la même phrase. Elle les guida vers elle en répétant « Vive le Roi ».

— Une Sauvagesse! s'écria un soldat.

— Je suis française! hurla Marie. De Nantes!

— Marie? interrogea Victor. Marie?

Etait-ce bien elle? Dans cette tunique de peau, les cheveux huileux, le visage sali, en mocassins? Plus ronde que dans son souvenir? Plus grande, plus forte?

Même ses admirables yeux violets lui semblaient démesurés. Il bégaya « Marie » et tendit les bras vers elle.

Elle s'y réfugia et il la tint si serrée qu'elle dut se dégager.

— Marie!

— Victor!

Ils avaient mille choses à se dire, mais étaient incapables de parler. Ils se regardaient si intensément que le soldat qui accompagnait Victor se sentit gêné. Il toussa :

— Je vais aller prévenir les autres.

Marie sortit alors de sa torpeur et tandis que le soldat s'éloignait, elle fit signe à Victor de se baisser pour entrer dans la cabane. Elle découvrit son fils.

— Il s'appelle Pierre. Comme mon père.

Plus tard, elle lui expliquerait qu'elle le nommait aussi Ostenia quand la nuit tombait. Puis elle demanda des nouvelles de Noémie. C'était si étrange de prononcer ce nom après un an. Elle cherchait parfois des mots, hésitait, riait de ses erreurs. Victor lui apprit l'arrivée de sa tante Véronique. Marie l'approuva d'avoir tout dit au sujet de Noémie.

Les hommes de l'expédition furent étonnés de sa résistance physique; la Renarde avait été influencée par son séjour chez les Indiens. A eux aussi, elle semblait plus costaude. Ils avaient déjà vu des Huronnes porter leur enfant dans ce sac étrange, mais l'image était curieuse quand c'était une femme rousse qui les imitait. Sa tunique, d'ailleurs, était quasiment de la même couleur que ses cheveux.

Marie parla très peu de sa captivité et Victor se garda d'insister. Lui-même avait mis du temps à évoquer le souvenir d'Elizabeth. Il conta son mariage à Marie, le décès de sa femme, la lettre de du Puissac. Et la mort de Saint-Arnaud. Marie applaudit, mais dit à Victor qu'elle prenait moins de plaisir qu'elle ne l'aurait cru en entendant cette nouvelle : son passé nantais était si loin maintenant!

— Et ton trésor?

— Il n'y a jamais eu de trésor, murmura Marie, et tu l'as toujours su.

Elle effleura les fins cheveux de son fils avant d'ajouter :

— Mon trésor, je le tiens contre moi.

Victor la complimenta de sa sagesse :

— Nanette n'en reviendrait pas si elle te voyait si réfléchie!

— Ma pauvre nourrice avait souvent raison. Mais je l'ai peu écoutée.

— Ni elle ni personne. Tout le monde te dit aussi courageuse qu'entêtée à Québec.

Marie demanda en riant si on avait parié sur elle et Victor dut avouer qu'elle connaissait bien ses compatriotes. On avait même offert des récompenses. Il l'informa du retour du chevalier, de la mort de Chahinian.

— Et Simon? Tu n'en parles pas. Ma bonne Rose doit t'avoir conté...

Victor Le Morhier relata la conversation qu'il avait eue avec Perrot avant de quitter Québec. Ce dernier ne faisait pas partie de l'expédition car il avait été conduit au château pour s'être battu. Mais il avait demandé à parler à Victor et lui avait dit qu'il reprendrait Marie.

— Il est fou!

La Renarde frissonna malgré la douceur de la fin d'août.

— Je suis... Nous sommes tous là pour te protéger. Il ne pourra rien contre toi.

Victor toucha les cheveux de Marie. Elle lui expliqua qu'elle les laverait avant d'arriver à Québec, mais que l'huile la protégeait des moustiques.

— Mais moi, je ne mange pas mes poux, ajouta-t-elle.

Elle n'avait jamais pu s'habituer à voir les Indiens dévorer les insectes ou se moucher pour s'essuyer ensuite les mains sur les poils d'un chien ou leurs propres cheveux. Elle savait qu'on pissait dans tous les coins des châteaux en France, mais cela lui semblait moins répugnant.

Elle se tut, Victor ne l'écoutait pas.

— Que se passe-t-il? Je t'ai choqué?

— Pas plus qu'avant. Non, je pensais à ton fils.

— Il est beau! Il a les yeux et les cheveux aussi noirs que Sondareinta, mais sa peau est claire et c'est ma bouche, mon nez. On ne pensera pas toujours aux Agniers en le voyant. Son père est mort, je suis sa seule famille, sa vie. Et il est la mienne. Je dirai qu'on m'a mariée de force.

— Mort ou vivant, son père était indien. On montrera ton fils du doigt. Il en souffrira. Les prêtres n'approuveront pas ce mariage païen. Ils diront que tu aurais dû mourir plutôt que de te soumettre. Que tu es déshonorée.

— Les robes noires diront tout cela, c'est vrai. Mais les femmes comprendront que je voulais revoir Noémie, que je voulais vivre pour elle.

Victor rétorqua qu'elle ne serait jamais sage-femme; Mgr de Laval ne le permettrait pas.

— On repousse sans cesse cette autorisation. Mais je l'obtiendrai un jour. Je suis patiente, même si les robes noires sont aussi coriaces que les Agniers. M. Talon pourra peut-être intervenir? Ou M. de Tracy. Que deviennent-ils?

Ils avaient décidé d'abaisser la dîme, ce qui déplaisait au clergé qui avait dû l'accepter. Le marquis allait rentrer en France. Avec un peu de chance, Marie le saluerait avant son départ.

Elle arriva le lendemain, le 29 août 1667. Et fit quasiment oublier la fête donnée en l'honneur de Prouville de Tracy. Malgré les conseils de Victor qui lui offrait de revêtir des habits d'homme au lieu de garder sa tunique de peau pour rentrer à Québec, elle tint à garder ses vêtements. A quoi bon nier les faits ? Elle avait vécu chez les Agniers, chacun le savait. Et tous verraient son fils. Elle n'en était pas honteuse.

— Tu n'es pas si sage, se contenta de dire Victor Le Morhier.

Il l'approuvait secrètement, même s'il redoutait les réactions des habitants de Québec.

Il y en eut pour tous les goûts. On la plaignit, on la critiqua, on l'évita, on la rechercha, on la félicita, on la dénonça. Mais aucun de ses amis ne se détourna. Jusqu'à la très bigote Agathe Souci qui lui porta une tarte aux gadelles.

Marie se fit lentement à la vie citadine. Elle comprit le malaise qu'éprouvait Guillaume quand il rentrait de course. Tout lui semblait si petit et si massif à la fois. Les chaises étaient bien dures et Françoise et Noémie s'habituèrent à la voir s'accroupir au sol. Elles l'entendirent à chaque repas s'extasier de la qualité de la soupe ou d'une omelette. Elles s'en étonnèrent jusqu'à ce qu'elle leur parle de la sagamité et des têtes de poisson qui flottaient été comme hiver dans ce mauvais bouillon.

Noémie demeura chez Rose dans un premier temps malgré la hâte qu'avait Marie de la reprendre avec elle. Il fallait l'apprivoiser. Françoise l'aida beaucoup dans cette entreprise ; elle amenait Noémie chaque fois qu'elle allait voir Pierre chez Marie. Celle-ci constata que Françoise était toujours aussi maternelle et se prit à rêver au mariage de cette jeune femme. Elle s'était métamorphosée ! Les hommes lui tournaient autour maintenant !

Bien des choses avaient changé en un an, pensait Marie. Bien des gens s'étaient mariés ou étaient rentrés en France, bien des soldats s'étaient faits colons et commençaient à apprécier leur sort.

Bien des gens, sauf Simon.

Il avait eu l'audace de se présenter devant elle. Elle l'avait écouté car elle avait appris des Agniers qu'il fallait toujours laisser la parole à son ennemi. Simon avait dit qu'il voulait l'épouser. Que rien ni personne ne pouvait l'en empêcher.

Hormis son refus. Elle l'avait mis à la porte.

Elle n'avait plus peur de lui.

Un soir de septembre, alors qu'elles faisaient de la gelée de pomme, Rose lui dit pourtant de se méfier. Marie rétorqua que Perrot n'était pas revenu chez elle de tout le mois. De plus, il avait sûrement remarqué que Victor Le Morhier la courtisait.

En effet. Et cela lui déplaisait infiniment. Elle ne devait pas appartenir à un autre que lui. Il ne pensait même plus au trésor. Il pensait qu'une créature avait osé le repousser, lui Simon Perrot, et qu'elle allait payer cette insolence!

Il guetta Marie durant des jours avant de se décider à l'attaquer. Il choisit le crépuscule, alors qu'elle revenait de sa cueillette. Il n'eut pas le temps de la toucher qu'une masse noire fonçait sur lui, lui broyait le poignet. Une seconde masse lui fouillait déjà la gorge. Il entendit les cris de Marie. Il eut l'impression qu'on lui transperçait le ventre au fer rouge et il s'écroula en comprenant que Mkazawi et Black Jack le dévoraient vivant.

Victor tenta d'intervenir, mais les chiens étaient enragés. Ils déchiquetèrent Simon Perrot avec une mémoire alimentée par des dizaines de coups de pied sournois. Ils l'étripèrent. Puis se léchèrent les babines, se flairèrent comme s'ils se félicitaient, et revinrent en agitant la queue vers Marie et Victor qui s'étaient détournés du spectacle.

Victor rappela à Marie qu'ils avaient promis aux enfants de les emmener faire un tour de chaloupe quand les étoiles commenceraient à poindre dans le ciel. La Renarde se blottit contre son ami d'enfance. Enlacés, ils marchèrent lentement, très lentement vers la basse-ville.